SARAH BAINES

ALPHAWÖLFIN

- WOLFSGEZEITEN -

Sarah Baines

Alpha Wölfin

- Wolfsgezeiten -

Verwendete Bildmaterialien:
Orloff – bigstock
Andrzej Wilusz – bigstock

ISBN: 978-3-96443-586-6

Sarah Baines
c/o madera GmbH & Co. KG
Oldenburger Straße 167
26180 Rastede
Deutschland

Mail:
sarah.baines.aut@gmail.com

Website:
https://sarahbaines.com

Druck und Bindung:
Print Group Sp. z o.o, Szczecin (Polen)

Bestellung & Vertrieb:
Nova MD, Vachendorf

1

Ungeduld ließ ihn die Finger fester um sein Handy schließen, während er dem Freizeichen lauschte. Fünfmal. Sechsmal. Sie nahm nicht ab und er schluckte ein Knurren herunter. Siebenmal. Achtmal. Er unterbrach die Verbindung und warf das Telefon zurück auf den Tisch.

Die verdammte Wölfin ging nicht dran. Dabei wusste er, dass sie inzwischen eingetroffen sein musste. Erneut griff er nach dem Telefon, suchte kurz im Netz und wählte erneut, diesmal die Nummer der Rezeption.

»Ist Rachel Fraser bereits eingetroffen?« Er bellte den Mann von der Rezeption an, kaum dass dieser seinen Spruch hatte herunterrasseln können.

»Ich bin nicht befugt …«

Er legte auf.

Sie war da. Sie musste es.

Sie hatten ihm tatsächlich eine Frau geschickt. Er konnte es noch immer nicht fassen. Aber die Zeit drängte und sogar Jared hatte sich für die Frau verbürgt, der er bereits im vergangenen Jahr begegnet war.

Rachel Fraser. Die Partnerin des Betas aus New Orleans, der in einigen Tagen nachkommen würde.

Zähneknirschend hatte er schließlich eingewilligt. Er kam nicht gut mit Frauen klar. Schon gar nicht mit Wölfinnen. Etwas, woran er jedoch keinen zweiten Gedanken verschwendet hatte, da er seit sehr langer Zeit keine davon mehr gesehen hatte.

Um genau zu sein, hatte er erst eine einzige davon zu Gesicht bekommen. Nicht die schönste Erinnerung.

Mit einem neuerlichen Knurren verließ er sein Büro, nahm seine Jacke von der Garderobe im Flur und verließ das Haus.

Er fuhr in die Stadt. Wie er es immer tat, wenn er sich wieder beruhigen wollte. Auf dem Weg hatte er einen dritten Anruf gemacht. Der Erste, der ihn nicht noch weiter in Rage versetzt hatte.

Er parkte den Wagen eine halbe Meile von seinem Ziel entfernt. Aus Gewohnheit. Auch wenn seine Ausflüge in die Stadt ein offenes Geheimnis waren, hatte er sich diese Form der Diskretion in fünf Jahren nicht abgewöhnt. Genauso wenig wie die unscheinbaren Briefumschläge, die er im Handschuhfach seines Wagens bunkerte und von denen er nun einen herausnahm und in die Innentasche seiner Jacke steckte.

Sein Weg führte ihn an einer Bank vorbei und wie üblich betrat er den um die späte Uhrzeit verwaisten Vorraum und hob eine nicht geringe Summe ab, die er in den Umschlag steckte, ehe er seinen Weg fortsetzte. Eine fünf Jahre alte Routine, die ihn beruhigte.

Sie war da. Sie hatte Zeit und sie stellte keine Fragen.

Blind für die winterliche Umgebung ging er den vertrauten Weg von der Bank bis zu dem Haus, in dem sie lebte. Er nahm nicht den Vordereingang, sondern kam über den Seiteneingang. Damit die Nachbarn nichts mitbekamen.

Sie erwartete ihn bereits. Im Schein der Flurlampe lehnte sie im Türrahmen und er erwiderte ihr kleines Lächeln. Er bekam nicht mit, wie eine kleine Gestalt sich wenige Meter von ihm entfernt tiefer in die Schatten drückte, als er die Frau an sich zog und rau küsste. Er sah nicht die Tränen, die in den Augen der heimlichen Beobachterin glitzerten, als die Frau die Arme um seinen Hals schlang und er sie im gleichen Moment hochhob und ins Haus trug.

Sie grub die Zähne in ihre Hand, spürte den Schmerz und hieß ihn willkommen, als der metallische Geschmack von Blut ihren Mund füllte.

Sie sollte nicht weinen. Aber sie tat es, während sie dabei zusah, wie er die ihr fremde Frau ins Haus trug und die Tür hinter sich ins Schloss trat.

Schon ein paar Tage war sie in diesem Ort. Scranton, Pennsylvania. Hatte sich eine billige Bleibe gesucht, in der man keine Fragen stellte, und hatte begonnen, ihn auszuspionieren. Auch wenn sie wusste, dass es falsch war. Sie wusste, dass sie nicht das Recht hatte, verletzt zu sein.

Aber die Tränen wollten nicht aufhören zu fließen, ließen ihre Sicht verschwimmen und hinterließen feuchte Spuren auf ihren Wangen, als sie so lautlos, wie sie ihm gefolgt war, ihren Weg zurück antrat. Sie konnte nicht länger bleiben. Oder es würde sie zerfetzen.

Seit Tagen fand sie immer wieder Ausreden, warum sie ihn nicht aufsuchte. Warum es besser war, wenn sie ihn zunächst beobachtete. Studierte. Einzuschätzen versuchte, was von jenem Mann noch übrig war, dem sie vor so unendlich langer Zeit begegnet war.

Er sah noch genauso aus wie früher. Nicht mal die Frisur, die dunkelbraunen Haare, deren Spitzen sich leicht wellten und fast bis auf seine Schultern fielen. Damals hatte er sie im Zopf getragen. Aber sie wusste, wie es sich anfühlte, wenn sie offen über ihre Haut strichen, wie es war, die Finger darin zu vergraben. Er wirkte kräftiger, noch muskulöser als damals, und ihr Mund wurde trocken bei der Vorstellung, wie viel Kraft sich tatsächlich in diesem Körper inzwischen verbergen musste.

Sie musste sich zwingen, nicht zu rennen, während sie den Weg zurück zu ihrer Absteige nahm. Und sie war dankbar darum, dass es dunkel und bereits so spät war, dass nur noch wenige Menschen auf den Straßen waren. Sie brauchte keine Aufmerksamkeit. Sie war so etwas nicht gewöhnt, nachdem sie nahezu ihr gesamtes Leben damit verbracht hatte, unsichtbar für die Welt zu sein, in der sie lebte. Die Blicke, die man ihr nun zuwarf, waren daher fast schon zu viel für sie. Sie kitzelten ihren Reflex, den zufällig Vorbeikommenden die Zunge rauszustrecken oder einen Spruch an den Kopf zu werfen.

Am Ende war sie stolz auf sich, dass sie nichts dergleichen tat. Dass sie einfach nur immer weiter hastete, bis sie den Eingangsbereich der Herberge für Leiharbeiter erreichte, dem Typen am Empfang zunickte und die Treppe hinaufsprintete, immer zwei Stufen auf einmal nehmend.

Erst in ihrem Zimmer gestattete sie es sich, ihren Gefühlen freien Lauf zu lassen. Schluchzend ließ sie sich gegen die Tür in ihrem Rücken sinken, rutschte daran herab und zog die Beine fest an sich, bis sie das Kinn auf die Knie legen konnte, während die verdammten Tränen einfach weiter über ihre Wangen liefen.

»Elisabeth Dorothea van Briel, reiß dich zusammen!« Sie presste die Worte wie einen Fluch durch ihre zugeschnürte Kehle, während sie dennoch unfähig war, sich in den Griff zu bekommen.

Sie hatte sich keine Vorstellung davon gemacht, wie es wäre, wenn sie ihn endlich fand. Wenn sie ihre Feigheit überwand und sich ihrer Vergangenheit stellte. *Ihm* stellte. Sie hatte es nicht gewagt, sich auch nur irgendwas zu überlegen, als sie die Maschine bestieg, die sie von Deutschland in die Vereinigten Staaten gebracht hatte. Weil sie andernfalls der Mut verlassen hätte. Ihr dreckiger Engländer war schon immer unbeherrscht gewesen. Rau und wütend. Wenn sie eines in der kurzen Zeit, die sie miteinander gehabt hatten, gelernt hatte, dann dass man bei ihm mit allem rechnen musste.

Im Guten wie im Schlechten.

Gesellschaftliche Regeln. Moral. Anstand. Nichts weiter als zu vernachlässigende Details für einen Mann, den das Leben schon gefickt hatte, ehe er alt genug gewesen war, um selbst daran die Schuld zu tragen.

All das hatte sie gewusst, als sie sich auf die Suche nach ihm begeben hatte.

Trotzdem zerriss es sie gerade.

»Warren, tu mir das nicht an.« Ein ersticktes Flehen zwischen all den Tränen. Aber sie wusste, dass ihre Bitte selbst dann vergebens wäre, wenn er sie hätte hören können.

Er stieg in seine Hose, während er mit gerunzelter Stirn auf die Frau starrte, die bäuchlings auf dem Bett lag und ihn mit trägem Blick aus dunklen Augen musterte.

Natalie war eine große Frau. Kräftig, mit kinnlangen blonden Haaren. Genau der Typus, den er im Bett bevorzugte. Deshalb hatte er sie auch damals in der Bar angesprochen. Obwohl er da bereits geahnt hatte, warum sie dort war. Es war ihm sogar gelegen gekommen. Eine Frau, die keine Fragen stellte. Die nie ein Wort darüber verlor, dass er keine Zärtlichkeit aufbringen konnte. Sie wusste, dass er zu ihr kam, wenn er einen Ausgleich brauchte. Sie hatte es ihm nie vorgeworfen. Und in all den Jahren hatte sie ihn auch erst zweimal gebremst. Er redete sich ein, dass es nicht daran lag, dass sich in dem Umschlag, den er auf die Kommode gelegt hatte, erheblich mehr

Geld befand, als sie ausgemacht hatten. Sicher war er sich jedoch nicht. Allerdings fragte er auch nicht nach.

»Du hättest was sagen sollen«, meinte er leise, als sein Blick auf die roten Abdrücke fiel, die er an ihrer Hüfte hinterlassen hatte. Abdrücke, die ihr eine Weile erhalten bleiben würden. Mit gehobener Braue folgte sie seinem Blick und lächelte schief.

»Nicht der Rede wert.«

Die Nachlässigkeit in ihrem Tonfall ließ ihn die Zähne zusammenbeißen. Er könnte ihr mit einem Handgriff das Genick brechen, wenn er nicht aufpasste. Aber das konnte sie nicht wissen. Er musste vorsichtiger sein.

»Wenn du deswegen anderen absagen musst«, setzte er an, wurde jedoch von ihr unterbrochen: »Es ist in Ordnung, Warren. Und jetzt raus mit dir oder ich rechne doppelt ab.«

Sie grinste.

Er nach einem Moment auch.

Er mochte Natalie. Sie war pragmatisch und besaß einen trockenen Humor. Sie stellte keine Ansprüche, hatte nie versucht, mehr über ihn zu erfahren. Auch nach fünf Jahren wusste er andersherum auch nichts über sie. Nur, dass sie eigentlich im Baumarkt arbeitete. Nicht weil er gefragt hatte, sondern weil er sie dort gesehen hatte. Keiner von ihnen hatte je gefragt. Manchmal glaubte er, dass sie – genauso wie er – es auch nicht anders wollte. Sie kamen gut miteinander klar, weshalb er seit Jahren immer wieder zu ihr kam. Auf eine verdrehte Art und Weise war dies wohl die stabilste und langfristigste Beziehung, die er je gehabt hatte.

Keine Ansprüche. Keine Rechtfertigungen. Keine Reue.

Er hatte nicht mehr zu geben als das. Gelegentliche Besuche. Sex, bei dem es ihn nicht scherte, ob seine Gespielin dabei kam oder nicht. Natalie wusste das. Genauso, wie sie wusste, dass sie ihm auch nichts vorspielen musste.

»Bleib liegen. Ich find allein raus.«

Sie nickte. »Bis bald.«

Sein Ärger war weitestgehend verraucht, als er den Wagen zurück auf den ungepflasterten Hof seines Grundstücks lenkte. Das Gefühl kehrte nicht mal zurück, als er den Jeep bemerkte, der demonstrativ dort quer stand.

Jared.

Er beeilte sich, den Wagen abzustellen und die paar Stufen zu seinem Haus hochzugehen. Sein Beta erwartete ihn bereits in seinem Wohnzimmer. Entspannt in einem der beiden Sessel am Kamin sitzend, drehte er ein Glas in Händen. Das Feuer, das er bereits vor einer Weile entzündet haben musste, brach sich in dem schweren Bleikristall und mit verschränkten Armen ließ Warren sich gegen den Türrahmen sinken.

»Wenn mein Beta hier unangekündigt auftaucht und es sich gemütlich macht, muss was passiert sein.«

Jared lächelte, jedoch fehlte jegliche Erheiterung in seinem Blick, als er zu ihm aufsah. »Richard ist verschwunden.«

Warren fluchte. Richard, John und Will deVries. Drei Brüder. Drei geborene Werwölfe, die er vor fast einem Jahrhundert bei sich aufgenommen hatte. Drei von insgesamt neun Wölfen, die das Rudel umfasste, das er in den zurückliegenden Jahrhunderten geschaffen hatte.

Richard war der dritte, der binnen weniger Wochen spurlos verschwunden war.

Es hatte ihn Überwindung gekostet, sich deshalb an Patrick Tremaine zu wenden. Wobei er dem anderen Alpha bisher verschwiegen hatte, worum es tatsächlich ging.

Er brauchte Hilfe. Dieses Rudel war nicht groß genug, um gegen einen Gegner anzukämpfen, der aus den Schatten zuschlug und keinerlei Spuren hinterließ.

Aber alles, was New Orleans geschickt hatte, war eine verdammte Frau.

Vergangenen Monat hatte es begonnen. Mit Will, dem jüngsten deVries. Er war auf dem Weg von der Arbeit im Bear Creek gewesen. Richard hatte seinen Wagen im Graben gefunden, nachdem er bereits Stunden vermisst wurde.

Morris war der nächste gewesen, wobei sich keiner von ihnen sicher war, ob er nicht einfach so abgehauen war. Es wäre nicht das erste Mal gewesen, dass der kaum achtzigjährige Mann sich aus dem Staub machte, weil er irgendwas nachjagte, um dann Wochen oder Monate später wie aus dem Nichts wieder aufzutauchen.

Und jetzt Richard. Nach ihm und Jared der älteste Wolf im Rudel. Wie seine Brüder arbeitete er als Wildhüter im Bear Creek.

»Okay. Das reicht. Ich ruf sie zusammen. Ich will keinen mehr allein erleben, bis die Sache vorbei ist.«

»Ich würde dir so gerne widersprechen, Warren. Aber ich fürchte, es führt kein Weg mehr daran vorbei. Meinst du, du schaffst es, diesmal keinen von ihnen umzubringen in der Zeit?«

Jeden anderen hätte er für solche Worte zusammengeschlagen. Jetzt hingegen lächelte er lediglich, ehe er sich vom Türrahmen abstieß und zu dem antiken Rollwagen mit den nicht weniger antiken Karaffen ging. Er bediente sich am Brandy, ehe er sich seinem Beta gegenüber im Sessel niederließ.

»Morris ist nicht da. Die Chancen stehen gut.«

Sie tranken schweigend, jeder seinen eigenen Gedanken nachhängend. Irgendwann raffte Warren sich auf, tippte eine Nachricht an jeden, der noch da war, und lehnte sich schließlich zurück, während er ins Feuer starrte.

Es war nie sein Plan gewesen, Alpha eines Rudels zu werden. Es war einfach passiert. Und er hatte darauf aufgebaut, als er begriff, dass sie in der Gruppe stärker waren. Einer Gruppe Einzelgänger. Ein Absurdum. Aber es funktionierte. Irgendwie.

Vor zweihundertfünfzig Jahren hatte es mit jenem Mann begonnen, der ihm gerade im Sessel gegenübersaß. Er hatte ihn im Wald gefunden. Jenem Wald im heutigen Minnesota, den er damals für sich beansprucht hatte. Eigentlich hatte er ihn töten wollen. Er duldete keine anderen Wölfe in seiner Nähe. Aber der halbe Santee war zu dem Zeitpunkt bereits fast tot gewesen. Bis heute wusste er nicht, warum er es damals nicht getan hatte. Warum er den Mann stattdessen in seine Hütte geschleppt und wieder zusammengeflickt hatte. Den einzigen Mann, den er seitdem als Freund bezeichnete.

Sie hatten beide, jeder auf seine Weise, die Hölle erlebt. Jareds Mutter war eine Santee-Sioux gewesen. Die Cree hatten sie gefangen genommen und an die Weißen verkauft. Ein üblicher Vorgang damals. Die Wilden verkauften die Wilden an die Weißen und die Weißen dachten sich nichts dabei.

Sein Beta hatte verflucht lange gebraucht, um diese Denkweisen auch aus ihm rauszubekommen.

Jared war kein Kind der Liebe gewesen und er war davongelaufen, als seine Mutter sich schließlich das Leben nahm.

Er kam vom Regen in die Traufe. Begegnete einer Frau, verliebte sich.

In eine Wölfin. In die psychotische Ausgeburt eines Werwolfes. Als er es begriffen hatte, war es bereits zu spät gewesen. Sie glaubte, in ihm ihren wahren Partner gefunden zu haben. Ungeachtet der Tatsache, dass der damals kaum zwanzigjährige Jared das durchaus anders sah. Sie wandelte ihn mit ihrem Blut und er überlebte es wie durch ein Wunder.

Jared redete nicht über diese Zeit, daher kannte sogar Warren nur Fragmente. Aber irgendwie hatte der Welpe es geschafft, die wahnsinnige Wölfin zu töten. Er war schwerverletzt gewesen, als Warren ihn damals gefunden hatte. Aber er hatte überlebt.

Umso erstaunlicher für Warren, dass ausgerechnet dieser sich nun für jene Wölfin verbürgt hatte, der er vor über einem Jahr in Scranton begegnet war. Jareds Problem mit Frauen ihrer Art war tatsächlich noch größer als sein eigenes. Es war gut gewesen, dass sie nie wieder einer von ihnen begegnet waren. Und jetzt sollte es plötzlich vier von ihnen in New Orleans geben?

Irgendwie würde er damit klarkommen müssen. Im Vergleich zu dem, was Jared durchgemacht hatte, waren seine Gründe, Frauen ihrer Art abzulehnen, geringfügig. Wenn sein Beta es also konnte, würde er es auch hinbekommen. Irgendwie.

»Ich geh ins Bett.«

Jared nickte beiläufig, sagte jedoch nichts, als Warren noch im gleichen Moment auf die Beine kam.

Worte waren nach all den Jahren unnötig zwischen ihnen. Zweihundertfünfzig Jahre. Sie verstanden einander, auch wenn sie nichts sagten.

2

Sie erwachte, als ein Sonnenstrahl, der dreist durch den fadenscheinigen Vorhang ins Zimmer fiel, sie im Gesicht kitzelte. Mit einem Stöhnen rollte sie sich auf die Seite und vergrub ihr Gesicht im Kissen.

Ihre Tränen waren getrocknet, aber noch immer fühlte sie diese entsetzliche Leere in sich. Nichts hatte sie in den zurückliegenden Tagen darauf vorbereitet, was sie vergangenen Abend gesehen hatte. Auch wenn sie es sich hätte denken können. Denken müssen.

Ihr dreckiger Engländer war nie ein Heiliger gewesen. Und ein wenig hatte sie ihn auch genau dafür geliebt. Auch wenn sie ihm das nie gesagt hatte. Dieses Wissen wäre nur Wasser auf seine Mühlen gewesen.

Aber diese Zeiten waren lange vorbei. Verblasst im Lauf so vieler Jahrhunderte. Der Mann, der er heute war, war ihr fremd. Genauso, wie sie ihm fremd sein musste. Auch sie war nicht unberührt von einem Leben geblieben, das Dinge von ihr verlangt hatte, die sie an den Rand all dessen gebracht hatten, was sie einst gewesen war. Und darüber hinaus. Das halbe Kind, dem er einst begegnet war, war tot.

Mit einem leisen Seufzen stand sie schließlich auf, tapste ins Bad und unter die Dusche.

Es war an der Zeit. Sie konnte sich nicht ewig verstecken. Ihnen rannte die Zeit davon. Ihnen allen.

Sie wählte ihre Lieblingsjeans, als sie schließlich aus dem Bad zurückkehrte. Grauverwaschen, mit so vielen Rissen darin, dass sie definitiv frieren würde. Es war egal. Und ihren Lieblingspullover, ein schwarzer Kapuzenpullover mit vielen Reißverschlüssen und Nieten darauf. Dann schlüpfte sie in ihre Stiefel. Schwere Kampfstiefel mit Stahlkappen, aber sie bemerkte ihr Gewicht kaum. Sie waren alt und das Leder an vielen Stellen bereits aufgestoßen. Aber das war etwas, das sie in ihren Augen nur noch schöner machte.

Im Bad hatte sie ihren Sidecut noch mal rasiert. Jahrelange Übung stellte inzwischen sicher, dass sie blind der gestochen scharfen Linie folgen konnte, an der der Sidecut endete und ihre fast schulterlangen dunklen Haare begannen. Jetzt zögerte sie, entschied sich jedoch gegen das Make-up, das auf dem Rand des Waschbeckens auf sie wartete.

Sie war nicht auf dem Weg zu einem Date. Sie war auf dem Weg, sich allem zu stellen, wovor sie Angst hatte. Make-up würde nicht ausreichen, um sich dahinter zu verstecken.

Ihre Finger zitterten, als sie nach der Bomberjacke griff, die sie vergangene Nacht achtlos über den Stuhl geworfen hatte, nachdem sie vom Boden wieder hatte aufstehen können.

Sie war fertig. Es gab nichts mehr, womit sie sich selbst davon abhalten konnte, das zu tun, weshalb sie gekommen war.

Die Frau, die vor ihm stand, war flachsblond, groß, trainiert und das Misstrauen in ihren hellblauen Augen schien chronischer Natur. Etwas, das er durchaus nachvollziehen konnte. Es war nicht zu übersehen, dass Rachel Fraser Probleme damit hatte, in einem Raum voller Wölfe zu stehen. Immer wieder ballte sie an ihren Seiten die Hände zu Fäusten, entspannte sie jedoch wieder, sobald sie sich dieses Reflexes bewusst wurde.

Sie hatten eindeutig etwas gemeinsam. Er wollte sie hier nicht haben und sie wollte hier nicht sein. Dennoch war sie es. Und keiner von ihnen würde daran etwas ändern. Sie war eine Mittlerin. Wenn man es so nennen wollte. Das Zeichen des guten Willens ihres Alphas, der sie geschickt hatte, als Warren endlich den Mund aufgemacht und um Hilfe gebeten hatte, ohne jedoch dabei seine Beweggründe zu nennen.

»Warum bin ich hier?« Aus verkniffenen Lidern sah sie ihn an und er verbiss sich das Lächeln, das sich ihm dabei entringen wollte. Er wusste, dass sein Lächeln in solchen Momenten auf die meisten eher verstörend wirkte. In seinem ganzen Leben war er erst einem einzigen Wesen begegnet, das davon unbeeindruckt geblieben war. Nur ein einziges Wesen, das ihn damit sogar noch hatte aufziehen können, während bei allen anderen sämtliche Alarmsignale ansprangen.

»Drei meiner Leute sind verschwunden.«

Ihr Blick, mit dem sie ihn von oben bis unten musterte, wurde spöttisch. »Das wundert mich ehrlich gesagt gar nicht.«

Er musste nicht zu Jared sehen, um zu wissen, dass dieser gerade mit einem Grinsen kämpfte. Sein verdammter Beta besaß einen morbiden Sinn für Humor. Und vermutlich zählte er innerlich bereits rückwärts, wann Warren auf die Kleine losging.

»Hüte deine Zunge, Wölfin.«

»Oder was?« Ihr Blick wurde frostig und er sah, wie ihr Körper sich in Erwartung eines Angriffs spannte.

Sie hatte keine Chance gegen ihn. Sie war keine hundert Jahre alt und er ihr haushoch überlegen. Und Befriedigung erfüllte ihn, als sie keine Sekunde später mit einem halberstickten Schmerzlaut gegen die Wand krachte. Geschätzt hatte er ihr wenigstens eine Rippe gebrochen, als er sie mit einem Arm von den Füßen gefegt und quer durch den Raum geschleudert hatte.

Wenn er eines gelernt hatte in seinen fast vierhundert Lebensjahren, dann dass Wölfe die physische Auseinandersetzung brauchten. Sie mussten gewisse Dinge auf diese Weise austragen. Und gerade im Moment musste diese Wölfin lernen, wo ihr Platz war.

»Noch mehr?« Mit vor der Brust verschränkten Armen blieb er mitten im Raum stehen und sah dabei zu, wie sie mühsam wieder auf die Beine kam. Der Geruch von Blut füllte die Luft. Ihr Blut, das sich in winzigen Sprenkeln auf ihrem Handrücken verteilte, als sie hustete, während sie abwehrend die andere Hand hob.

»Danke«, presste sie zwischen zwei rasselnden Atemzügen heraus, »mein Bedarf an Arschlöchern ist gedeckt.«

»Wenn ihr mit euren Rangeleien dann also fertig seid, würde ich gern zum Thema zurückkommen. Dann kann ich euch sagen, was hier passiert.« Eine Stimme, so fremd und doch so vertraut, dass er auf dem Absatz herumwirbelte. Ein Echo aus dem hintersten Winkel seiner Erinnerungen.

Wie oft hatte er in den zurückliegenden Jahrhunderten geglaubt, sie zu hören? Wie oft hatte er sich in einer Menschenmenge umgedreht, weil er geglaubt hatte, diese Stimme zu hören?

Dieses Mal war es real. Da stand sie und das Blut gefror in seinen Adern bei ihrem Anblick.

»Ellis.«

Sie war älter geworden. Reifer. Ihr Gesicht hatte die mädchenhaften Züge verloren, die sie damals noch besessen hatte. Aber noch immer war sie unverkennbar der kleine Frechdachs, dem er einst begegnet war. Er sah es an dem Funkeln in ihren graugrünen Augen, als sie weiter in den Raum trat.

Alle Anwesenden hatten sich ihr zugewandt. Der kleinen, dunkelhaarigen Frau, die gerade mit dem Selbstbewusstsein einer ganzen Armee in sein Wohnzimmer marschierte und sich wenige Schritte von ihm entfernt aufbaute. Nah, aber darauf bedacht, außerhalb seiner Reichweite zu bleiben. Weil sie wusste, wie sehr er gerade mit dem Impuls kämpfte, sie umzubringen.

»Hallo Warren.«

Sein Verstand hakte aus und noch ehe ihm klar wurde, was er tat, war er bei ihr und hatte seine Hand um ihren Hals gelegt. Er drückte. Fest. Hörte ihr Röcheln. Aber sie hob nicht mal eine Hand, um ihn aufzuhalten, als er immer fester zudrückte. Sie hielt einfach still, erwiderte seinen Blick, bis er sie abrupt losließ. Als hätte er sich verbrannt, wich er von ihr ab, hörte ihr Husten und sah, wie sie auf die Knie ging. Vor ihm. Und sein Herz geriet ins Stolpern, als sie den Blick senkte und den Kopf ein wenig drehte, bis sie ihm ihre Kehle präsentierte.

Sie unterwarf sich. In jener Tradition, die man sie gelehrt hatte. In jener Tradition, die sie ihm selbst einst beigebracht hatte. Bevor sie ohne eine Erklärung verschwunden war. Und er kämpfte mit dem Drang, ihr dafür das Genick zu brechen.

Niemand im Raum sagte ein Wort, als die Sekunden sich in die Länge zogen, während sie dort kniete. Nicht mal die zuvor so aufmüpfige Rachel. Auch sie sah stumm auf die Frau, die in der Mitte des Raumes kniete.

»Steh auf.« Er sprach es durch zusammengebissene Zähne, während er den Impuls zurückdrängte, erneut auf sie loszugehen. Seine Fäuste in diesen zierlichen und doch so unfassbar starken Körper zu rammen, den Schmerz in ihren Augen zu sehen. Ihr Erschrecken, wenn er sie gegen die Wand drückte … Er blinzelte die Bilder seiner Fantasie fort, als sie langsam auf die Beine kam. Noch immer hielt sie den Blick gesenkt. In einem Raum voller Wölfe sah sie zu Boden, ungeachtet der Gefahr, in der sie schwebte.

Ein Wort von ihm und sie wäre tot. Obwohl nur ein einziger Wolf im Raum ihr an Alter und Kraft gleichkam, wäre auch sie nicht in der Lage, sich gegen sechs jüngere Wölfe durchzusetzen.

Oder gegen ihn.

Sie wusste das alles. Dennoch sah sie zu Boden.

Weil sie akzeptierte, was er für sie entschied.

Sie war in der geschützten Umgebung eines Rudels aufgewachsen. Sie kannte die Regeln.

Regeln, die sie ihm einst beigebracht hatte. Und die sich nun gegen sie wandten.

»Was hast du zu sagen, Frau?« Er kam nicht dagegen an, die Verachtung, die er in diesem Moment für sie empfand, in seinem Tonfall mitklingen zu lassen. So viele Jahrhunderte aufgestauter Wut. Jahrhunderte, in denen er sie zu hassen gelernt hatte. Sie bündelten sich in dem abfälligen Klang, unter dem sie zusammenzuckte.

Dann sah sie auf und die Angst in ihren Augen schnürte ihm die Luft ab.

Er hätte nie für möglich gehalten, dass diese Frau auch nur wusste, was Angst war.

»Ein Krieg zieht auf.«

Jedes einzelne geflüsterte Wort schnitt wie Rasierklingen in ihren zerquetschten Kehlkopf. Aber das war nichts im Vergleich zu dem, was sie fühlte, wenn sie ihn ansah. Sein Anblick zerriss sie. Sie hatte gewusst, wie es werden würde. Dennoch hatte nichts davon sie auf den Hass in diesen wunderschönen blauen Augen vorbereitet. Auf die grenzenlose Verachtung, mit der er sie nun musterte.

»Erkläre dich.« Seine Worte fühlten sich an, als hätte er sie gebissen. Sie schnappten nach ihr, gruben ihre scharfen Zähne in ihre Haut, rissen Stücke aus ihr und sie holte tief Luft, während sie sich für den Schmerz wappnete, der Sprechen in den kommenden Stunden für sie bedeuten würde.

»Andere Wesen sind in diese Welt gekommen. Magier. Sie haben sich mit Dämonen von hier zusammengetan. Sie fangen uns von der Straße, sperren uns ein, pflanzen uns Chips ein, mit denen sie uns kontrollieren können. Töten können. Sie brechen unseren Willen und zwingen uns, für sie zu arbeiten. Sie benutzen uns, um weitere von uns zu erschaffen. Sie bauen eine verdammte Armee mit uns auf.«

Stille senkte sich über den Raum, während sie die Tränen zurückdrängte, die der Schmerz ihr in die Augen getrieben hatte. Verdammter Engländer, dass er ihr den Kehlkopf hatte zertrümmern müssen in seinem Zorn.

Er schnaubte abfällig und ihr Herz sank. »Du erzählst Märchen, Frau.«

»Ich wünschte, es wäre so, Warren. Sie haben mich selbst erwischt und auf eine ihrer Farmen verschleppt.«

Nur für ein paar Tage. Nicht mal ausreichend, um ihr einen dieser verdammten Chips einzusetzen, mit denen man die anderen gefügig gemacht hatte. Abgerichtet hatte. Gebrochen.

Sie hatten sie dafür quer durchs Land gekarrt. Hatten sie aus dem kleinen Ort an der deutsch-polnischen Grenze, in dem sie gelebt hatte, entführt und bis zu dieser verfluchten Farm transportiert und eingesperrt.

Ihnen war nicht genug Zeit geblieben, um sie ebenfalls in die Mangel zu nehmen wie die anderen, die sie mit ihr dort eingepfercht hatten. Wenige Tage später war diese Farm überrannt worden. Von einem anderen Rudel und Dämonen, die sich zusammengetan hatten, um die verdammte Farm auszuheben.

Die Dinge, die sie dort entdeckt hatten, hatten sogar ihr Albträume beschert. Die Magier und Dämonen hatten die ehemalige Fabrik in eine regelrechte Zuchtanlage umgebaut, in der sie entführte Menschen mit Werwolfsblut infiziert hatten.

Und die Leichen verbrannten, wenn die Infizierten es nicht überlebten.

Was zugegeben ziemlich häufig vorkam. Es gab nicht viele Menschen, die so etwas überstanden.

Sie wünschte wirklich, dass es ein Märchen wäre. Ein beschissenes, grausames Märchen. Wie früher, als es noch nicht die Geschichten gewesen waren, die man kleinen Kindern vor dem Schlafengehen vorlas.

»Du lügst, Frau!« Seine Worte waren mehr ein Knurren als alles andere und holten sie zurück in die Realität. In eine Realität, die auf ihre ganz eigene Weise mindestens so grausam war wie das, was sie vor wenigen Monaten erst gesehen hatte.

»Bei der Ehre meiner Familie schwöre ich dir, Warren de Navarre, dass ich die Wahrheit sage.« Sie räusperte sich und holte tief Luft, ehe sie fortfahren konnte. »Und dass eine dieser Farmen hier irgendwo sein muss.«

Sie log nicht. Auch wenn er sich wünschte, dass es so wäre. Aber der Blick war fest, mit dem sie dem seinen begegnete. Da war keine Falschheit in ihren Augen.

Wie es das nie gewesen war. Sie hatte ihn noch nie belogen. Auch wenn sie nicht immer die Wahrheit gesagt hatte.

»Warren de Navarre.«

Er zuckte bei ihrem formellen Tonfall zusammen. Noch immer klang ihre Stimme heiser und er wusste, dass er die Schuld daran trug, dass jedes Wort ihr gerade wehtat, aber er weigerte sich, dem leisen Gefühl von Schuld in sich nachzugeben.

»In deiner Funktion als Alpha ersuche ich dich um Schutz. Ich bin bereit, dich als meinen Alpha anzuerkennen und dir meine Loyalität zu schenken für einen Platz in deinem Rudel.«

Er kannte diese Worte. Worte, die sie ihn gezwungen hatte auswendig zu lernen. Worte, die er hätte sagen sollen, wenn sie ihn zu ihrem Vater, dem Alpha ihres Rudels, brachte. Etwas, das nie geschehen war.

Bitterkeit lief in Wellen durch seinen Körper bei dieser Erinnerung. Und Bitterkeit war es, die ihn schließlich den Mund öffnen ließ.

»Dein Wert ist geringer als der jedes einzelnen Mitglieds meines Rudels, Elisabeth van Briel. Entsprechend gibt es nur einen Platz, den ich dir bieten kann.«

Er sah, wie ihr Körper sich für den Bruchteil einer Sekunde spannte. Dann wurde ihr Blick leer und sie nickte knapp.

»Ich akzeptiere.«

3

Sie versuchte, sich nicht davon verletzen zu lassen, was er zu ihr gesagt hatte. Sich unbeeindruckt zu zeigen bei den scharfen Kanten seiner Worte, die sich in ihr Herz gruben, während sie ihre Sachen in die Reisetasche stopfte, mit der sie gekommen war.

Omega. Etwas, das es in der Form eigentlich nicht gab. Natürlich gab es immer diesen einen im Rudel, der in der Nahrungskette am Ende stand. In einem funktionsfähigen Rudel meinte dies jedoch nichts weiter, als dass es der Jüngste war, auf dessen Kosten der eine oder andere Spaß gemacht wurde. Nicht jedoch jemand, der am äußersten Rand des Rudels stand.

Aber genau dahin hatte er sie befördert. Seine Worte hatten keinen Raum für Interpretationen gelassen. Für keinen der Anwesenden.

Er hatte sie nicht haben wollen. Und er hatte ihr ein Angebot gemacht, das sie eigentlich nicht hätte annehmen können. Niemand begab sich freiwillig in eine Position, aus der die wenigen, die jemals das zweifelhafte Vergnügen hatten, in ihr zu landen, das Rudel verließen, dem sie angehörten.

Sie hatte dennoch akzeptiert. Wohlwissend, dass er alles daransetzen würde, ihr das Leben zur Hölle zu machen. Er würde sie demütigen. Das wusste sie. Er würde sie bereuen lassen, sein Angebot angenommen zu haben. Weil er sie dafür bezahlen lassen wollte, was sie damals getan hatte.

Genau deswegen stand sie nun in dem Zimmer der Absteige, das sie angemietet hatte, und packte ihre Sachen. Sie würde bei ihm leben. Damit er sie rund um die Uhr würde bereuen lassen können, worum sie selbst gebeten hatte.

Er war noch nie ein netter Mann gewesen. Schon damals war er dieser raue, ungehobelte Kerl gewesen, der mit einem Bein im Knast gestanden hatte. Eigentlich sogar mit beiden. Als sie ihn kennengelernt hatte, war er am Tiefpunkt seines Lebens angekommen. Heruntergekommen. Versoffen. Aggressiv. Jeder Millimeter seiner Erscheinung hatte von jener Gosse gesprochen, der er entstammte.

Ihr dreckiger Engländer war exakt das gewesen, als sie einander das erste Mal begegnet waren: ein verflucht dreckiger Engländer.

Nieuw Amsterdam, 2. September 1664

Sie war quer durch Manahatta gerannt, nachdem sie es endlich geschafft hatte, den wachsamen Augen ihrer Eltern zu entkommen. Ihr Vater würde ihr vermutlich den Hals umdrehen, sollte er herausfinden, wie nah sie dabei an Nieuw Amsterdam geraten war. Allerdings würde er schon explodieren, wenn er erfuhr, dass sie es auch nur gewagt hatte, sich von der Siedlung zu entfernen. Und ohne Begleitung zu laufen.

Es war auch gar nicht geplant gewesen. Sie hatte nicht nachgedacht, als sie losgelaufen war. Sie hatte einfach nur laufen wollen. Eventuell nicht die intelligenteste Idee, dann jene Richtung zu wählen, die gerade politisch im Umbruch war.

Höflich gesagt. Tatsächlich waren vor drei Tagen die Engländer in jenen Teil eingerückt. Über Long Island hatten sie das untere Manhattan, wie man es inzwischen nannte, eingenommen. Oder hätten es, wenn die Niederländer, die von ihrem eigenen Gouverneur die Schnauze voll gehabt hatten, sich nicht kampflos ergeben hätten.

Auf jeden Fall waren es keine guten Zeiten, um einen Ausflug in diese Richtung zu unternehmen. Aber sie war neugierig gewesen auf die Dinge, die dort vor sich gingen.

Wie sie es schon immer gewesen war. Nieuw Amsterdam war eine Stadt und keine Siedlung wie der Ort, an dem sie lebte. Sie war eine junge Frau, natürlich war sie neugierig! Eventuell auch, weil ihre Eltern ihr schon immer verboten hatten, sich dort rumzutreiben.

Genauso, wie sie ihr verboten hatten, alleine laufen zu gehen.

Allerdings war sie inzwischen achtzehn und sah überhaupt nicht ein, sich irgendwas verbieten zu lassen. Es waren Menschen, die dort lebten. Keine Wölfe. Was war also zu befürchten?

Ja, sie war eine Frau. Ja, sie war klein. Aber sie war eine verdammte Wölfin. Ein Mensch konnte ihr gar nichts anhaben. Selbst in ihrem Alter war sie einem jeden von ihnen haushoch überlegen.

Und genau deswegen war sie schon immer heimlich hergekommen. So nah, dass sie die Geräusche hinter jener Mauer hören konnte, die man errichtet hatte. Zum Schutz gegen die Eingeborenen und Briten. Das hatte offensichtlich hervorragend funktioniert, denn jetzt saßen die Engländer auf eben jener Mauer und soffen. Seit drei Tagen. Selbst die Lenape, mit denen die Stadt für gewöhnlich regen Handel trieb, hielten sich seitdem von diesem Ort fern.

Aber sie war noch nie berühmt für ihre weisen Entscheidungen gewesen.

Ein letztes Mal streckte Ellis ihre Glieder, genoss den warmen Spätsommerwind, der durch ihren Pelz strich, ehe sie langsam in ihre menschliche Gestalt zurückkehrte.

Sie war an einem kleinen Teich, einem Überlauf des East Rivers angekommen. Genau an der Stelle, an der sie vor langer Zeit schon Kleider versteckt hatte. Weil sie schon sehr oft hergekommen war. Um nicht zu sagen: regelmäßig. So nah an die Stadt, dass sie glaubte, das Leben hinter den Mauern riechen zu können. Ein Leben, das ihre Eltern ihr vorenthielten.

Es war nicht immer leicht, das einzige Kind des Alpha-Paares zu sein. Und zeitgleich das erste Mädchen, das in ihrem Rudel seit ihrer Übersiedlung in die Neue Welt geboren worden war. Das einzige Mädchen. Drei weitere Kinder waren vor ihr zur Welt gekommen. Alle männlich.

Ein Geruch drang in ihre Nase und angewidert rümpfte sie sie. Und sie quiekte erschreckt, als plötzlich ein Mann viel zu nah bei ihr aus dem Unterholz torkelte.

»Was haben wir denn da?« Der Typ schwankte bedenklich und seine Stimme kam nur schleppend, fast genuschelt.

In einer abrupten Bewegung rollte sie sich hinter einen Strauch und angelte nach dem dünnen Kleid, das sie dort in alten Stoff gewickelt verborgen gehalten hatte.

Wie konnte ihr der Kerl nur entgangen sein? Er stank wie eine halbe Kompanie nach Schweiß, Dreck, Alkohol und … Sie verzog das Gesicht. Ungewaschene Frau.

»Verschwinde!«, zischte sie den Fremden an, der jedoch in seiner Torkelei gänzlich unbeeindruckt schien.

Er war mehr als nur stramm. Seine rot-weiße britische Uniform war zerknittert und starrte so dermaßen vor Dreck, dass das Weiß definitiv kein Weiß mehr war. Seine Haare waren fettig und sie schätzte, dass sein Gesicht seit mindestens drei Tagen keine Rasur mehr erlebt hatte.

So sah also ein siegreicher Brite aus. Spontan schwand jegliches Interesse an den Vorgängen hinter den Mauern der Stadt bei ihr.

Er gab ein missbilligendes Schnalzen von sich und Ellis rollte mit den Augen, als er sich anschließend sichtlich mühte, Worte herauszubekommen.

»Du kannst mir nicht erst diesen Prachtarsch und diese Titten unter die Nase reiben, um mich dann fortzujagen, Täubchen. Sowas macht man nicht.«

Täubchen? Prachtarsch? Titten? Aus welcher Kloake kam dieser Mann nur? Ihr Vater hätte ihn windelweich geprügelt, wenn er das mitbekommen hätte.

So jedoch stand sie allein auf weiter Flur mit diesem Rohling und hektisch zog sie sich das Kleid über den Kopf, um besagte Titten und den Prachtarsch nicht noch länger an die frische Luft zu halten. Sie musste den Lüstling nicht unnötig provozieren.

»Und wie ich das kann, du dreckiger Engländer!«, schnaubte sie, strich sich das Kleid glatt und kam hinter dem Busch vor.

Er war … groß. Das hatte sie zwar schon in ihrer halb hockenden Position vermutet, allerdings war sie nun doch überrascht, wie groß er tatsächlich war. Und kräftig. Spontan war sie froh drum, dass sie ihm trotzdem noch sämtliche Knochen würde brechen können, sollte er ihr zu nah kommen. Wäre er ein Wolf, hätte sie hingegen ein Problem.

Allerdings würde keiner der Wölfe aus ihrem Rudel es je wagen, sich so zu benehmen. Niemals.

»Komm schon, Dirne. Ich zahl auch.«

Im ersten Moment blieb ihr die Luft weg. Sie musste sich gerade verhört haben. Oder ihre Englischkenntnisse waren schlechter, als sie bisher gedacht hatte.

Nein, so, wie er sie gerade musterte, hatte sie sich absolut nicht verhört.

»Jetzt mach schon. Zieh den Rock hoch und zeig mir, was du hast. Ist doch nichts dabei. Nur ein fairer Tausch. Du bekommst Geld und ich einen Fick.«

»Du hältst mich für eine Hure?«

Er hob eine Braue und wirkte plötzlich gefährlich nüchtern, als er sie nun eingehend musterte.

»Nein.« Das simple Wort setzte seiner Dreistigkeit noch die Krone auf.

Sie wich zurück, als er einen Schritt in ihre Richtung machte. Und mit um den Leib geschlungenen Armen, um sich davon abzuhalten, auf ihn loszugehen, funkelte sie ihn an.

»Wage es ja nicht, verfluchter Engländer! Du stinkst nicht nur Meilen gegen den Wind, du benimmst dich auch noch, als kämst du aus der Gosse.«

»Und die feine Dame hat Angst, dass die Gosse auf sie abfärben könnte, wenn sie sie zwischen ihre hochwohlgeborenen Schenkel lässt?«

Seine Stimme hatte sich verändert. Plötzlich war nicht mehr der Hauch von Trunkenheit darin und sie schluckte schwer. Aber sie war auch nicht gewillt, klein beizugeben.

»Ganz recht.«

Sie sah die Bewegung nicht kommen. Plötzlich war er bei ihr, packte sie und erschreckt schrie sie auf, als sein Arm sich um ihre Taille schlang.

Dann schlug sie ihn. Ins Gesicht.

Lykaon sei Dank nicht mit voller Kraft. Dennoch kräftig genug, dass er losließ und sein Kopf zur Seite flog. Hastig ging sie auf Abstand und schluckte schwer, als er den Kopf ihr zuwandte.

Seine Lippe war aufgeplatzt. Blut rann aus seinem Mundwinkel und sie schlug sich die Hand vor den Mund, als er es achtlos mit dem Ärmel seiner Uniform abwischte.

Dann lachte er leise. »Für ne feine Dame hast du nen ziemlichen Schlag drauf.«

Wieder hatte sich seine Stimmung verändert. Er wirkte nicht mal verärgert. Dennoch blieb sie wachsam.

»Willst du noch einen?«

»Wenn du danach die Beine für mich breit machst?«

Sie hatte schon die Hand gehoben, ließ sie jedoch wieder sinken, als er leise lachte.

»So, wie du dich aufführst, könnte man wirklich auf die Idee kommen, dass du mal kräftig durchgenommen werden solltest.«

Ihre Hand schnellte hoch und er wich lachend zurück, als sie einen Schritt auf ihn zuging.

»Wie heißt du?«

»Ellis … Elisabeth van Briel«, erwiderte sie und hätte sich dafür noch im gleichen Moment am liebsten selbst geohrfeigt. Das ging ihn überhaupt nichts an.

»Warren de Navarre.«

»So ein hübscher Name für so einen verwahrlosten Mann. Aber ich ziehe *dreckiger Engländer* vor«, erwiderte sie stur und ignorierte, dass er daraufhin grinste.

»Damit kann ich leben, Frechdachs.«

Fassungslosigkeit breitete sich in ihr aus, als sie dabei zusah, wie er sich im gleichen Moment halb von ihr abwandte, die Hose öffnete und …

»Pisst du gerade vor meinen Augen in den Busch?«

»Schätzchen, ich bin betrunken und der feinen Dame ja eh nicht gut genug. Also warum sollte ich auf irgendwas Rücksicht nehmen?«

»Du bist ...« Ihr fehlten die Worte, während sie sich umdrehte und auf den kleinen Teich starrte.

»Ein Gossenjunge. Ganz recht. Und der pisst, wann und wo es ihm gefällt.«

War das Trotz in seiner Stimme? Irritierende Vorstellung bei einem Mann wie ihm. Aber so ganz kam sie von dem Eindruck nicht los.

Anhand des Klapperns seines Gürtels erkannte sie, dass er seine Hose schloss, und wandte sich ihm nach einer Sekunde wieder mit gehobener Braue zu.

Würde der Kerl herausfinden, wie Waschen und Rasieren funktionierten, wäre er vermutlich gar nicht mal so unansehnlich. Auch wenn seine Manieren eindeutig zu wünschen übrigließen.

»Eigentlich wollte ich *widerlich* sagen. Die Gosse kann nichts dafür, dass du dich benimmst wie ein Schwachsinniger.«

»Du hast ein ganz schön vorlautes Mundwerk, Frechdachs. Ich würde es dir ja stopfen ...«

Sie hielt sich die Ohren zu und konnte trotzdem sein Lachen hören.

Ihm machte die Sache offensichtlich Spaß.

Noch *nie* hatte sie erlebt, dass man so mit ihr umging. War das normal unter Menschen? Sie kannte es nicht anders, als dass man ihr mit dem ihr gebührenden Respekt gegenübertrat. Und mit *Anstand!* Etwas anderes würde ihr Vater gar nicht zulassen. Selbst wenn die Männer im Rudel vor geraumer Weile dazu übergegangen waren, sich die Hälse nach ihr zu verdrehen, *niemand* würde auf die Idee kommen, sich ihr gegenüber so zu benehmen wie dieser Rüpel vor ihr.

Spontan taten ihr die Frauen in der Stadt leid. Sie hatte Männer schon für weniger verprügelt. Wenn sie sich vorstellte, eine schwache menschliche Frau zu sein, die so einem Lüstling gegenüberstand … Nein, sie war eindeutig froh, keine dieser Frauen zu sein.

»Ich werde jetzt gehen.« Auch wenn sie bleiben wollte. Aber das war blanker Unsinn.

»Warte!«

Sie hatte sich schon abwenden wollen, als sein Ausruf sie aufhielt.

»Du bist nicht aus der Stadt. Woher kommst du?«

Sie zögerte. »Aus einer Siedlung weiter nördlich.« Genauer wollte sie nicht werden. Allerdings fragte sie sich auch, warum sie es ihm überhaupt erzählte. Eigentlich ging es ihn nichts an.

»Seh ich dich wieder?«

Er klang … unsicher. Nicht mehr wie der rohe Lüstling, als der er sich zuvor präsentiert hatte. Und irgendetwas machte das mit ihr.

»Wenn du herausfindest, wie man sich wäscht?«

Sie ließ ihn stehen. Wandte sich ab und marschierte ins Unterholz. Obwohl sie hörte, wie er nach ihr rief.

Sie lächelte, als sie schließlich ein *morgen Abend* hörte.

4

Sie war wieder da. Noch immer konnte er es nicht fassen. Sie war einfach in den Raum marschiert. Das gleiche Selbstbewusstsein, das gleiche arrogante Funkeln in den Augen.

Dreihundertzweiundsiebzig Jahre lagen zwischen heute und ihrer letzten Begegnung. Doch nichts hatte seinen Hass auf diese Frau in all der Zeit lindern können. Er riss an seinen Gliedern, wütete in seinen Eingeweiden und ließ ihn die Fäuste ballen, während er – von allen beobachtet – unruhig im Raum auf und ab tigerte.

»Raus!«

Nicht mal die blonde Wölfin besaß genug Mumm in den Knochen, seine Anweisung zu ignorieren. Obwohl er sehen konnte, dass sie mit den Zähnen knirschte, als sie zusammen mit allen anderen den Raum verließ.

Einzig Jared blieb zurück.

»Ich hatte sie mir irgendwie anders vorgestellt.«

Warren wirbelte auf dem Absatz herum, kaum dass die Tür hinter den anderen ins Schloss gefallen war. Im ersten Moment wollte er seinen Beta anfahren. Dann seufzte er jedoch nur resigniert und fuhr sich mit einer Hand durch die Haare.

Noch immer saß der Schock tief in seinen Gliedern. *Sie.* Er hatte gewusst, dass sie noch lebte. Weil er es irgendwo im hintersten Winkel seines Bewusstseins hatte spüren können. Aber nach all den Jahren hatte er nicht mehr damit gerechnet, sie jemals wiederzusehen.

»Geh ihr nicht auf den Leim. Sie mag klein und harmlos aussehen, aber sie ist ein eiskaltes Miststück, das dir jeden Knochen im Leib bricht, wenn du nicht aufpasst.« Und das einem das Herz herausriss, wenn man am Boden lag.

»Warum hast du sie dann nicht abgewiesen?«

Weil er sie leiden sehen wollte. Weil er wollte, dass sie begriff, wie tief sie in seiner Achtung gesunken war. Weil er ihr all das heimzahlen wollte, was sie ihm angetan hatte.

»Das geht dich nichts an, Jared.« Ein Knurren begleitete seine Worte und ließ seinen Beta die Stirn runzeln.

»Glaubst du ihr?«, wechselte dieser dann jedoch das Thema. Augenscheinlich begriff er, dass er bei ihm nicht weiterkommen würde.

Schwer ließ Warren sich auf den Sessel am Kamin sinken und verfolgte, wie Jared sich ihm gegenübersetzte.

»Ich weiß es nicht. Aber auszuschließen ist es nicht.«

Die Geschichte, die sie erzählt hatte, klang – gelinde gesagt – abenteuerlich. Aber das hatten alle ihre Geschichten.

Er hatte sich nie um die Belange anderer Werwölfe geschert. Nachdem sie abgehauen war, hatte er sich von allem zurückgezogen. Als Einzelgänger war er durch Nordamerika gezogen, hatte gejagt, die wilde Natur erkundet und dabei alles und jeden gemieden, sei es Mensch oder Wolf. Erst mit Jareds Auftauchen hatte sich dieses Verhalten ein wenig geändert. Nicht genug, um bewusst Kontakt zu anderen zu suchen. Aber ausreichend, um heute da zu stehen, wo er war: an der Spitze eines Rudels.

Von dem Rudel um Patrick Tremaine hatten sie erst erfahren, als zwei seiner Leute, Brüder, vor einigen Jahren in ihr Revier gezogen waren. Aber nachdem klar gewesen war, dass die beiden keinerlei Bedrohung für sie darstellten, hatten sie sie in Ruhe gelassen. Bis diese Rachel und ihr Partner einen Streuner mitten in ihr Gebiet getrieben hatten. Ohne diesen Zwischenfall wäre bis heute kein Kontakt zwischen Patrick und ihm zustande gekommen. Weil er sich von jeher einen Dreck um dieses Volk geschert hatte, in das er mit einem Haufen leerer Versprechungen geworfen worden war. Ihretwegen.

Er hatte sich nie die Frage gestellt, ob es noch mehr auf dieser Welt gab als Menschen und Werwölfe. Aber er durfte es nicht ausschließen. Entsprechend durfte er auch nicht ausschließen, dass Ellis die Wahrheit gesagt hatte. Egal, wie abenteuerlich ihre Worte von Magiern und Dämonen auch geklungen hatten.

Er hatte die Angst in ihren Augen gesehen. Angst in den Augen einer Frau, die selbst als blutjunges Ding, das sie damals gewesen war, niemals Angst gehabt hatte. Es hatte nämlich nie etwas gegeben, wovor die wohlerzogene, stolze Tochter eines Alphas sich hätte fürchten müssen. Sie hatte nie erfahren müssen, wie es war, am Boden zu sein. Sie kannte den Hunger nicht, der einem die Eingeweide zernagte, die Kälte, die alles Denken unmöglich machte.

Shoreditch, East End of London, Juni 1660

Starke Arme hielten ihn, während er dabei zusehen musste, wie alles, was einst sein Leben bestimmt hatte, aus dem winzigen Verschlag getragen wurde, in dem die Werkstatt gewesen war.

»Beruhig dich, Warren.« Corins Stimme drang nur schwach an seine Ohren, zu sehr zerrte die Wut an ihm.

Das einzig Gute war, dass sein Vater nicht mehr miterleben musste, wie sich alles auflöste, wofür er Zeit seines Lebens so hart gearbeitet hatte.

»Lass mich los!« Er wand sich in den Armen seines Freundes, doch dieser hielt ihn unbeirrt fest, während weiterhin zwei Männer vom Gericht sämtliche Werkzeuge und alles, was ihm noch geblieben war, nach draußen auf einen Karren luden. Um es zu verkaufen.

Sie trugen alles aus dem Haus, was irgendwie einen Wert besaß. Aus jenem Haus, in dem er geboren worden war. In dem im Jahr darauf seine Mutter und seine beiden älteren Geschwister an der Pest gestorben waren. In dem vor drei Jahren sein Vater seinen Verletzungen erlegen war, nachdem er bei der Arbeit an All Hallows Barking, vom Gerüst gefallen war. Auf einer Karre hatten sie ihn hergebracht und mit zerschmetterten Gliedern in den Dreck vor der Tür geworfen.

Warren hatte nichts mehr für ihn tun können. Wenige Tage später landete sein Vater im Armengrab. Seitdem war er der Letzte, der von seiner Familie noch übrig war.

Und wenn diese Männer fertig wären, die wenigen Wertsachen herauszuschleppen, würden sie auch ihn von hier entfernen.

Das Haus, ein windschiefes, halbverfallenes Gebäude, dessen Dach undicht war und in dem der Schimmel sich von unten durch die gesamte erste Etage zog, hatten sie ihm nämlich ebenfalls genommen.

Hier war er aufgewachsen. Hier hatte er das Handwerk seines Vaters gelernt.

»Lass uns gehen, Warren. Du kannst hier nichts mehr tun.«

Er wollte nicht gehen. Hier war sein Zuhause. Eines, das gerade in kleinen Teilen abgetragen wurde. Aus dem er entfernt wurde. Und sein Zuhause aus ihm.

Jeder Muskel seines Körpers spannte sich, während er einen letzten Blick auf den Raum vor sich warf. Durch die kleinen Butzenfenster fiel kaum Licht ins Innere. Selbst am Tag war es hier dunkel. So dunkel, dass immer Licht gebrannt hatte, damit man hier arbeiten konnte. Damit man Möbel herstellen konnte für die reichen Pinkel im vornehmen Westen der Stadt.

Sie hatten so gekämpft. Die Konkurrenz war groß und die Gewinne nicht der Rede wert. Man unterbot sich gegenseitig, um überhaupt Arbeit zu haben. Und man nahm jede Arbeit an. Man starb im schlimmsten Fall dabei. Wie sein Vater. Der alte Narr hätte niemals auf das Gerüst klettern dürfen. Er war zu alt gewesen, seine Gelenke hatten ihm Probleme gemacht.

Warren hatte nichts davon gewusst, bis sie ihn vor die Tür gekarrt hatten. Er hätte es seinem alten Herrn auch verboten. Und wenn er ihn dafür hätte bewusstlos prügeln müssen.

Aber schon damals war es so knapp mit dem Geld gewesen, dass sie beide *jede* Arbeit übernommen hatten. An jenem Tag hatte er selbst einen Auftrag gehabt. Hatte als Tagelöhner beim Ausbau eines Hauses nähe Westminster mit angepackt. Hätte er gewusst, dass sein Vater nur wenige Minuten nach ihm an jenem Tag das Haus verlassen hatte …

»Lass uns gehen, Corin.«

Er bückte sich, als sein Freund ihn nach einem Moment des Zögerns freigab, und hob das kleine Bündel auf, das ihm von seinem Leben geblieben war. Die wenigen abgetragenen Kleider, die er besaß. Achtundzwanzig Jahre, die in einen kleinen Beutel passten.

Er trat hinter seinem Freund auf die Straße, aber auch dort gab es kein Sonnenlicht. Die Häuser standen zu eng und der warme Geruch von unverarbeitetem Holz wurde ersetzt durch den Gestank der Straße. Unrat zierte die Seiten, versank halb im Schlamm des ungepflasterten Weges, weil es die vergangenen Tage geregnet hatte. Aber das alles nahm er kaum wahr, war er doch seit Beginn seines Lebens daran gewöhnt. Wie sie alle. Im Dreck geboren, im Elend aufgewachsen. Und am Ende würden sie auch hier sterben.

»He! Ich brauche noch eine Unterschrift!«

Warren erstarrte, als er die Stimme des Beamten hinter sich hörte. Und für einen winzigen Moment stellte er sich vor, wie er herumwirbelte und dem kahlköpfigen Mann mit den schwarzen Schneidezähnen seine Faust ins Gesicht rammte.

»Gib her.« Er riss dem städtischen Schuldeneintreiber die Papiere aus der Hand, dann den Federkiel und winkte Corin, damit er ihm als Unterlage diente.

Ungelenk kritzelte er am unteren Ende ein großes X darauf und reichte dem Mann den Wisch schließlich zurück.

»Es muss alles seine Ordnung haben.«

Warren enthielt sich eines Kommentars und wandte sich ab.

Schweigend verließ er mit Corin an seiner Seite die Straße seiner Kindheit, bis sie auf eine größere traten. Der Schlachter am oberen Ende hatte Schweine rausgehängt. Frisch geschlachtet. Fliegen umkreisten die toten Leiber und sein Magen zog sich zusammen. Wann hatte er zuletzt gegessen?

Er wusste es nicht mehr.

»Und was machen wir jetzt?« Er folgte Corin, der sich mit erstaunlicher Eleganz seinen Weg zwischen Abfällen und anderen Menschen bahnte, ging ihm nach, als er auf die Bishopsgate zuhielt, und blieb stehen, als dieser sich dort im Licht der Nachmittagssonne zu ihm umwandte.

»Jetzt gehen wir etwas trinken.« Corin grinste von einem Ohr zum nächsten, als er einen kleinen Beutel in die Höhe hielt.

Wider Willen musste Warren lachen. Nicht mal er hatte mitbekommen, wie sein Freund den Beutel gestohlen hatte.

»Irgendwann erwischen sie dich.«

»Dann kann ich danach wenigstens behaupten, im Westen zu leben.«

Warren schüttelte den Kopf bei der überdrehten Erheiterung seines Freundes. Weiter als Newgate würde keiner von ihnen dem West End kommen.

Sie gingen weiter. Stadtauswärts bis sie die High Street erreichten und Corin ihn mit einer Hand im Rücken die Stufen hinab in eine der Tavernen dort schob.

Warren wusste, wie dumm es war, sich jetzt zu betrinken. Trotz des Schuldeneintreibers hatte er noch immer einen Arsch voll Schulden und zudem kein Dach über dem Kopf. Er besaß nicht mal mehr Werkzeug, um seiner Arbeit nachgehen zu können. Er saß auf der Straße. Wie so viele andere auch in diesem verfluchten Drecksloch einer Stadt. Und wenn kein Wunder geschah, käme er da auch nicht wieder raus.

»Wie viel ist es?«

Corin grinste von einem Ohr zum nächsten, während er sich auf eine grob gezimmerte Bank in dem Kellerraum niederließ. »Genug für eine ordentliche Mahlzeit, einen dicken Schädel und eine Dirne, wenn wir sie uns teilen.«

Das klang nach einem guten Ende eines beschissenen Tages.

»Was willst du jetzt machen? St. Pauls?«

Zwei Krüge landeten vor ihnen auf dem Tisch und mit schief gelegtem Kopf sah Warren der Magd nach, die mit schwingenden Hüften zur nächsten groben Holzbank ging und auflachte, als einer der Männer dort sie auf seinen Schoß zog. Hübsches Ding.

»Und mich dort mit tausend anderen um die wenige Arbeit prügeln?« Er warf seinem Freund einen spöttischen Blick zu.

»Du könntest dich verpflichten und in die Kolonien gehen. Die suchen Leute.«

Warren schnaubte. »Was hat dieses Land jemals für mich getan, eh? Glaubst du wirklich, dass ich meinen Arsch zum Dank jetzt für die feinen Pinkel riskiere?«

Er nahm einen tiefen Schluck aus seinem Krug und lächelte, als die Schankmagd erneut bei ihnen auftauchte. Diesmal mit zwei gut gefüllten Holztellern. Sie erwiderte sein Lächeln und kicherte, als er es sich nicht verkneifen konnte, ihr die Kehrseite zu tätscheln, als sie sich abwenden wollte.

»In der Neuen Welt hättest du mehr Chancen. Was hält dich hier? Du hast keine Mäuler zu stopfen und keine Eltern, denen du etwas schuldig wärst. Bleibst du hier, landest du früher oder später in *The Fleet* oder noch schlimmer.«

Fleet Prison. Das Schuldgefängnis. Ja, er erinnerte sich, dass auch der Beamte selbiges erwähnt hatte. Sich das allerdings von einem notorischen Dieb und Trickbetrüger erzählen zu lassen, verlieh der Sache eine ganz besondere Note.

»Nicht heute, Corin.« Morgen würde er sich darum Gedanken machen. »Auf meinen alten Herrn.« Er hob seinen Krug und sah, wie sein bester Freund traurig lächelte.

»Darauf, dass der alte Sack davon nichts mehr mitbekommen muss.«

Er erwachte am nächsten Morgen mit dem vorhergesagten Schädel neben seinem friedlich schnarchenden besten Freund im winzigen Haus, das dieser mit seiner gesamten Familie bewohnte. Die Luft im Raum war stickig durch die fünf Personen, die hier schliefen, und mit einem Ächzen schälte er sich aus dem Bett und landete mit einem Poltern auf dem Boden.

Der Abend war exakt so verlaufen, wie Corin es prophezeit hatte. Mit etwas im Magen trank es sich besser und die Magd war ihnen wohlgesonnen gewesen. Oder dem restlichen Geld, das sie fröhlich eingestrichen hatte, ehe sie in dem kleinen Weg zwischen der Taverne und dem angrenzenden Haus ihre Röcke für sie gehoben hatte.

Ein Abend, an dem er sich die Sorgen weggesoffen und gevögelt hatte.

Jetzt war es an der Zeit, die harten Fakten seines Lebens zu sortieren.

Leise schlüpfte er in Strümpfe und Hose, stopfte das zerschlissene Leinenhemd hinein und griff nach seinen Schuhen und dem kleinen Beutel mit seinem letzten Besitz, ehe er sich auf den Weg machte.

St. Pauls. Einen Steinwurf entfernt von jenem Ort, mit dem der Schuldeneintreiber ihm gedroht hatte.

Die Sonne ging gerade erst auf, als er auf die Straße trat. Bis er bei dem halb verfallenen Holzbau der Kirche angekommen war, wäre sie jedoch schon längst aufgegangen und der Ort voll von Menschen wie ihm. Niemals würde er dem West End näher kommen als so. Keiner von ihnen.

5

Mit einem Knoten im Magen lenkte sie den altersschwachen Wagen, den sie sich spontan bei ihrer Ankunft in den Staaten gekauft hatte, auf das weitläufige Grundstück, das zu Warrens Haus gehörte.

Eine zwei Meter hohe Holzmauer fasste das Gelände zur Straße hin ein und sie lächelte leicht, als sie auf das große Schild über der Einfahrt sah. *De Navarre – Antique Furniture Restorer.* Er hatte ihr erzählt, dass er früher in London Möbel gebaut hatte, bis man ihm alles genommen hatte. Und so, wie er damals davon erzählt hatte, hatte sie da schon gewusst, wie sehr er diese Arbeit liebte.

Als sie den Internetauftritt seiner Firma das erste Mal gesehen hatte, hätte sie beinahe geweint. Weil sie sich für ihn gefreut hatte. Er tat heute das, was er sein ganzes Leben lang hatte machen wollen. Seit fast hundert Jahren, wenn sie der Firmengeschichte glauben durfte.

Ein Mann lehnte in der Tür zum Haus, als sie den Wagen geparkt hatte und ausstieg. Es war nicht Warren, aber auch dieser Mann war am Morgen in dieser Zeitkapsel von einem Wohnzimmer gewesen. Der Einzige von ihnen, der nicht das Weite gesucht hatte, als Warren sie alle vor die Tür befördert hatte. Schon bei ihren Beobachtungen die zurückliegenden Tage hatte sie ihn oft in Warrens Umfeld gesehen. Er besaß sogar ein Haus etwas weiter die Landstraße hoch.

»Jared Peaceful.« Der Mann lächelte sie an und sie kam nicht umhin, es zu erwidern und seine Hand zu schütteln, als er sie ihr hinhielt, kaum dass sie mit ihrer Tasche auf der Schulter bei ihm angekommen war. Der Wolf mit den unübersehbaren indianischen Wurzeln hatte eine angenehme Art. Im Vergleich mit Warren wirkte er so, wie sein Nachname einen glauben lassen konnte: friedlich.

»Elisabeth van Briel. Ellis«, zwang sie sich zu sagen, während sie auf die Geräusche ihrer Umgebung lauschte.

»Entspann dich, Ellis. Er ist nicht da.«

»Dann bist du also mein Empfangskomitee?« Sie gab sich Mühe, ihre Worte leicht klingen zu lassen. Der Arsch durchschaute sie jedoch, wie sie an seinem gleichbleibend warmen Blick erkannte.

»Irgendjemand muss dir ja dein Zimmer zeigen.« Damit gab er den Türrahmen frei und bedeutete ihr, einzutreten. Sie tat es und ignorierte das aufgeregte Klopfen ihres Herzens, als die Stille des Hauses sie umfing. Sein Geruch hing in der Luft. Ein Geruch, den sie überall auf der Welt wiedererkannt hätte. Der sie all die Jahre hindurch verfolgt hatte. Bis in ihre Träume.

»Wo sind die anderen?« Als sie beim ersten Mal hergekommen war, war das Wohnzimmer voll gewesen mit anderen Wölfen. Und einer Frau.

»Arbeiten? Und Rachel versucht vermutlich gerade, irgendeinen Waldbewohner umzubringen.«

Er ging ihr voraus und sie folgte ihm die Treppe ins obere Stockwerk hinauf, während sie seinem Rücken einen fragenden Blick schenkte.

»Ist sie …«

Er unterbrach sie, ehe sie den Satz beenden konnte. »Nein. Sie gehört zum Rudel aus New Orleans. Nachdem bereits ein Drittel unseres Rudels vermisst wird, hielten wir es für ratsamer, uns um Unterstützung zu bemühen. Ihr Partner wird in ein paar Tagen ebenfalls eintreffen.«

Ganz schön viel neue Informationen für so kurze Zeit. Sie hatte nicht gewusst, dass es wieder Rudel in dieser Welt gab. Sie hatte ihre Begegnung mit den Lyko-Brüdern schon für ein kleines Wunder gehalten.

Zwei Rudel in Europa, eines davon noch ganz jung. Zwei weitere in den USA. Und vielleicht sogar noch mehr, die von der Welt unbemerkt entstanden waren.

Oder überlebt hatten.

Nein. Letzteres hielt sie für unwahrscheinlich.

Aber die Hoffnung wärmte sie, während sie Jared den Flur entlang folgte, bis er eine der Türen öffnete und sie aufmunternd anlächelte.

»Du bist sein Beta, oder?«

»Aye.«

»Wie kommt es, dass du mir gegenüber so freundlich bist?« Etwas, das sie wirklich irritierte. Sie konnte sich nicht vorstellen, dass dieser Mann nicht wusste, wer sie war. Und was sie getan hatte.

»Warum sollte ich das nicht? Du hast mir nichts getan.«

»Weil alles, was er dir über mich erzählt hat, der Wahrheit entspricht. Ich habe all das getan, was er mir vorwirft.«

Warren mochte eine Menge Fehler haben. Lügen gehörte nicht dazu.

Als sie diesmal zu Jared sah, hatte dessen Lächeln sich vertieft.

»Du wirst deine Gründe dafür gehabt haben.«

Die Erinnerungen kamen so plötzlich, dass sie nicht in der Lage war, sie zurückzudrängen, bevor sie ihren scharfen Stachel in ihr Herz bohrten. Und für einen kurzen Moment senkte sie die Lider.

Als sie wieder aufsah, bemerkte sie das Verstehen in den Augen des Fremden und hastig sah sie zur Seite. »Deshalb trage ich auch die Konsequenzen.«

Er nickte knapp und zum ersten Mal sah sie sich in dem kleinen Raum mit dem winzigen Fenster um. Ja, Warren hatte beschlossen, ihr das Leben schwer zu machen. Dieser Raum enthielt nichts weiter als eine Matratze, die man auf den Boden gelegt hatte, und eine nackte Glühbirne an der Decke, deren Zustand verriet, dass sie dort schon gehangen hatte, als die Dinger noch hergestellt worden waren. Der Geruch von Reinigungsmitteln hing schwach in der Luft und sie ahnte, dass das hier eigentlich eine Abstellkammer war. Er hatte sie ihretwegen umfunktioniert, obwohl das Haus groß genug war, um ihr ein normales Zimmer zu geben. Die Spiele hatten begonnen, dieser Raum war nicht mehr als ihr Auftakt.

Mit einem Finger drückte sie auf den Lichtschalter und seufzte schwer, als das Licht trotzdem nicht anging.

»Er hat hier irgendwo einen Vorrat von den Dingern. Ich hol dir eine.«

Sie lächelte, wusste aber selbst, dass es erbärmlich aussah.

»Er hat dich übrigens für die Nachtschicht eingeteilt. Und zwar allein. Wenn du magst, gehe ich nachher mit dir laufen und zeige dir das Grundstück.«

Wow. Damit hatte sie nicht gerechnet. »Gern.«

Er hatte sich schon fast abgewandt, als sie noch mal das Wort an ihn richtete: »Jared?«

Er drehte sich zu ihr um.

»Danke.«

Seit Stunden rannte er bereits über das Gelände. Feiner Schmerz riss an seinen Gliedern, Zeichen der Erschöpfung, in die er sich gelaufen hatte. Seine Pfoten brannten, weil sich kleine Steine und abgebrochene Zweige hineingebohrt hatten. Er hechelte, aber dennoch blieb er nicht stehen. Denn noch war die Wut da. Weil allein ihr Anblick ausgereicht hatte, um all das wieder ans Tageslicht zu befördern, was er schon vor Jahrhunderten fest verschlossen gehabt zu haben glaubte.

Er war ein Narr gewesen.

Ein einziger Blick auf sie und alles war wieder da gewesen. Die Gefühle, die sie in ihm geweckt hatte. Die tiefe Verletzung, die sie hinterlassen hatte.

Nur ein einziges Mal in seinem ganzen Leben hatte er geglaubt, sein Glück gefunden zu haben. Er hätte alles für sie getan. Nein. Nicht hätte. Er *hatte* alles für sie getan.

Erschöpfung ließ ihn schließlich unweit des Hauses im Unterholz zusammenbrechen. Seit fast zweihundert Jahren gehörte dieses Land ihm. Zweihundert Jahre, die er es sich in regelmäßigen Abständen selbst vererbte. Wie auch die Firma. Am Ende war sogar er sesshaft geworden. Hier unweit der Pocono Mountains zwischen Wäldern und menschlichen Siedlungen.

Seit damals hatte er keinen Gedanken mehr daran verschwendet, noch mal in den Dreck einer Großstadt zurückzukehren. Direkt unter Menschen. Anfangs, weil er sich selbst nicht getraut hatte und die geschützte Umgebung eines Waldes vorgezogen hatte. Später nicht, weil er begriffen hatte, dass die Nähe zu Menschen ihm nichts mehr geben konnte. So war er hergekommen und hatte dabei zugesehen, wie Scranton und Wilkes-Barre entstanden und schließlich ineinander gewachsen waren. Wie sie seit knapp hundert Jahren langsam in Vergessenheit gerieten, seit der Bergbau keine nennenswerte Rolle mehr spielte.

Er mochte es hier, mit den Pocono Mountains vor der Haustür, den üppigen Wäldern und den Vorzügen der Städte in

Reichweite. Nach so langer Zeit hatte er endlich einen Ort gefunden, an dem er zur Ruhe gekommen war.

Bis *sie* all das wieder zerstört hatte.

Kälte kroch in seine Glieder, als er sich schließlich aufraffte und in seine menschliche Form zurückkehrte. Sie betäubte den Schmerz, der sich einstellen wollte. Den er nicht haben wollte, während er gedankenverloren mit dem Zeigefinger die vertraute schnurgerade Narbe auf seiner Handinnenfläche nachzeichnete.

The Fleet, City of London, Januar 1664

Mit den Händen an der Wand abgestützt stand sie leicht vorgebeugt und mit hochgeschlagenen Röcken vor ihm und präsentierte ihm ihren blanken Arsch. Mit einer Hand in ihren Haaren zwang er sie weiter nach vorn, während er sich mit aller Kraft in sie pumpte. Sie keuchte, wimmerte, aber es verlor sich in dem kehligen Laut, der ihm entwich, als er in ihr abspritzte.

Er gab sie frei, kaum dass er fertig war, trat einen Schritt zurück und schloss seine Hose wieder, während sie ihre Röcke runterzog und ihn vorwurfsvoll ansah.

»Das war nicht nett von dir, Süßer.«

Er hob eine Schulter. »Du hast dein Geld bekommen.«

Wenn möglich, wurde ihr Gesichtsausdruck noch vorwurfsvoller und er wandte sich ab, unfähig länger in ihr ehemals schönes Gesicht zu sehen. Schön, bevor ihr Leben sie ruiniert hatte. Er wusste nicht mal, wie sie hieß. Es spielte aber auch keine Rolle.

»Du fickst wie ein verdammtes Tier.« Der Kerl, der sich mit diesen Worten vor ihm aufbaute, reichte ihm gerade mal bis ans Kinn und Warren hob spöttisch die Brauen.

»Was schert es dich, solange ich nicht dich ficke?« Etwas, was er definitiv nie in Erwägung ziehen würde. Aber auch das war an diesem Ort keine Seltenheit. Für Geld war man hier bereit, eine Menge zu tun.

»So geht man mit einer Dame nicht um!«

Die Worte entrangen Warren ein trockenes Auflachen. »Hier unten habe ich noch keine Dame gesehen.«

Was stimmte, denn die wenigen Privilegierten, die an diesem verdammten Ort landeten, bekamen ein eigenes Zimmer und mussten auch nicht hier unten in diesem frostüberzogenen, zugigen Raum betteln, um die Miete für diesen Ort zu bezahlen. Zumindest solange sie Verwandte hatten, die ihnen halfen.

»Wenn es dich tröstet: Das war weder das erste noch das letzte Mal, dass sie die Beine für mich breit macht.«

Weil sie das Geld brauchte, das sie dafür bekam. Wie sie alle hier. Weil sie noch immer glaubte, irgendwie ihre Schulden begleichen zu können, um eines Tages wieder hier rauszukommen.

Er war seit acht Monaten hier. Er könnte ihr sagen, dass sie aufhören sollte, Träumen nachzujagen. Sofern niemand sie auslöste, würde sie hier nicht wieder rauskommen. Im besten Fall machte sie also die Beine breit für Männer wie ihn, um zumindest das Geld für ihre Unterkunft hier zusammenzubekommen, wenn sie es nicht aus eigener Kraft schaffte. Im schlechtesten Fall landete sie bei den Aufsehern, um sich mit Gefälligkeiten freizukaufen.

Gefälligkeiten, die bereits Spuren auf ihrem ausgemergelten Körper hinterlassen hatten. Denn auch die Dirne, die sich bereits an den nächsten Kerl heranmachte, war nicht erst seit gestern hier. Nicht immer hatte sie mit ihrer Masche Erfolg gehabt.

Die Wärter in *The Fleet* waren ausgemachte Sadisten. Abschaum, wenn nicht sie, die sie hier festsaßen, diesen Stempel bereits tragen würden. Auch sein Körper konnte davon berichten.

»Du bist das Letzte.« Der Kerl mit den schwarzen Zähnen spuckte vor ihm auf den Boden und Warren schnaubte, ehe er sich abwandte und in eine Ecke des großen Raumes ging, in den man sie tagsüber pferchte. Pfützen, deren eindeutiger Geruch die Luft verpestete, schimmerten dort auf dem gefrorenen Boden und darauf achtend, nicht versehentlich in eine davon zu treten, stellte er sich zur Wand und öffnete erneut seine Hose, um sich zu erleichtern.

Eine Weile hatte er wirklich geglaubt, es schaffen zu können. Jeden Tag war er nach St. Pauls gegangen. Jeden Tag hatte er mit anderen darum gekämpft, einen der wenigen Auftraggeber davon zu überzeugen, ihm den Vorzug zu geben.

Ab und an hatte das auch funktioniert. Aber es hatte nicht gereicht. Das Geld, das er dafür bekam, war nicht mehr als ein Tropfen auf dem heißen Stein, bei weitem nicht ausreichend, um die verbliebenen Gläubiger zu bezahlen, die ihm noch im Nacken saßen. Die Zinsen wuchsen schneller, als er etwas zurückzahlen konnte.

Er hatte auf der Straße geschlafen, um Geld zu sparen. Weil er Corin nicht zur Last fallen wollte, der es auch so schon schwer genug hatte. Er lebte mit seiner Mutter und seinen Schwestern zusammen in diesem winzigen Haus, das nur aus einem einzigen Raum bestand, doch auch für sie sah es nicht besser aus. In der Stadt konnte man nichts selbst anbauen, aber die Preise für Lebensmittel waren explodiert. Obwohl jeder von ihnen sich um Arbeit bemühte, reichte es einfach nicht, denn die Löhne schienen mit jedem Jahr, das verstrich, geringer auszufallen. Und es war kein Ende in Sicht. Die Reichen wurden reicher und die Armen immer ärmer. Sie waren schlichtweg am falschen Ende der Stadt zur Welt gekommen.

Sie waren, was sie nun mal waren: Abschaum. Nicht mehr wert als der Dreck, der sich in den Straßen türmte und die Luft verpestete. Und so verfuhr man auch mit ihnen.

Irgendwann hatte er sich dabei wiedergefunden, wie er zusammen mit den allgegenwärtigen Ratten in dieser Stadt den Müll nach Essbarem durchwühlt hatte. Das war der Moment gewesen, in dem er aufgegeben hatte. Wenige Wochen später war er hier gelandet.

Eine Bewegung am Rande seines Sehfelds ließ ihn herumwirbeln und nur knapp konnte er der Klinge entgehen, die ein Rindvieh von einem Mann gerade zwischen seine Rippen hatte rammen wollen. Mit einer Drehung wich er dem unbeholfenen Stich aus, packte das Handgelenk des Mannes und drückte es zusammen, bis dessen Hand sich öffnete.

Mit einem Scheppern ging die Klinge zu Boden, während er den Kerl nach vorn riss und dieser gegen die Wand krachte. Warren wartete nicht, bis sein Angreifer einen neuen Versuch unternahm, griff in dessen verfilzte Haare und riss ihn von der Wand zurück … nur um ihn gleich darauf mit der Stirn erneut gegen den harten Stein zu knallen. Der Kerl grunzte, ruderte mit den Armen und Warren riss ihn erneut zurück. Um ihn ein weiteres Mal mit dem Kopf gegen die Wand zu schmettern. Wieder und wieder, bis der blanke Stein sich rot an der Stelle verfärbte, bis der Körper in seinem Griff erschlaffte und schließlich reglos zu Boden sackte.

Warren glaubte nicht, dass der Mann ihn wegen der Dirne angegriffen hatte. Viel wahrscheinlicher war es, dass dieser ihm das wenige Geld, das er erbettelt hatte, hatte abnehmen wollen. Am Ende des Tages war das alles, was zählte: Geld.

Denn ihre Menschlichkeit hatten sie alle schon vor langer Zeit eingebüßt.

Gespenstische Stille hatte sich über den Raum gesenkt, in dem viel zu viele Menschen dicht bei den Fenstern zur Straße saßen und betteln sollten. Sein Atem ging keuchend, Dunstwolken stiegen vor seinen Augen auf mit jedem Mal, dass er die Luft seinen Lungen entließ, und er erstarrte, als sein Blick auf die beiden Wärter fiel, die unbemerkt den Raum betreten hatten. Die das Schauspiel mit angesehen hatten, statt einzugreifen.

»Legt ihn in Ketten.«

Er musste sich nicht fragen, was passiert war. Er musste den reglosen Körper am Boden nicht sehen, um zu begreifen, was er getan hatte.

Wenn sein Zeitgefühl ihn nicht trog, war er vor wenigen Tagen zweiunddreißig geworden. Aber seine Reise war jetzt zu Ende. Für ihn ging es nur noch nach Newgate. Anschließend nach Tyburn.

6

Sie kam auf die Beine, kaum dass sie ihre menschliche Gestalt wiedergefunden hatte. Mit einem schnurrenden Laut streckte sie sich, stellte sich auf die Zehenspitzen, reckte die Arme hoch über den Kopf und spürte, wie ihre Muskeln sich dabei dehnten. Dann erst sah sie auf den Mann vor sich, der nun ebenfalls auf die Beine kam und sie nachdenklich musterte.

»Meinst du, du schaffst das?«

Jared hatte ihr das Gelände gezeigt, das sie in dieser Nacht im Auge behalten sollte. Einen Teil jenes Areals, das Warren gehörte.

»Muss ich wohl, oder?« Sie grinste ihn an, auch wenn sie sich nicht danach fühlte.

Die Nachtschicht war der erste Punkt in einer ganzen Reihe von Dingen, die Warren sich einfallen lassen würde, um ihr das Leben schwer zu machen. Das Gelände, obwohl es lediglich ein kleiner Teil des gesamten Grundstücks war, war riesig. Groß genug, um es fast unmöglich zu machen, es allein im Blick zu behalten.

Allein. In einer Zeit, in der ein Drittel des Rudels bereits entführt worden war, weil sie *allein* gewesen waren. Deutlicher konnte er ihr nicht sagen, wie wichtig er ihr Überleben einschätzte. Aber sie tat ihr Bestes, um sich von diesem Tiefschlag nicht beeindrucken zu lassen. Sie wusste, dass noch erheblich mehr davon auf sie wartete.

Die Außenbeleuchtung war angesprungen, als sie sich dem Haus genähert hatten, und gebannt verfolgte Ellis, wie Jared die Brauen zusammenzog. Sie vermochte nicht zu sagen, was gerade in ihm vorging. Aber sein Blick aus dunklen Augen ließ sie nervös werden.

»Wie lang seid ihr schon hier?«, fragte sie schließlich, um die eigenwillige Stimmung zwischen ihnen zu überspielen.

»Ungefähr zweihundert Jahre.«

»Ihr alle?« Sie bückte sich nach den Kleidern, die sie am Rand der Veranda abgelegt hatte, ehe sie aufgebrochen waren, und schlüpfte hinein. Kalt glitt der Stoff über ihre noch immer vom Laufen erhitzte Haut und sie schauderte leicht, während sie ihre Hose schloss und nach ihrem Pullover griff.

»Nur Warren und ich. Die anderen kamen später.«

Damit erübrigte sich die Frage nach dem Alter des Mannes vor ihr. Aber bereits bei der Wandlung hatte sie begriffen, dass er kein junger Wolf mehr sein konnte. Es war ihm entschieden zu leichtgefallen, in die Wolfsgestalt zu wechseln. Und sie hatte den Biss an seinem Unterarm gesehen, der ihn einst vom Menschen zum Wolf hatte werden lassen. Die einzige Narbe auf seinem Körper, die nie verblassen würde. Wie die Narbe in Warrens Handinnenfläche. Jared Peaceful war ebenfalls kein geborener Wolf und spontan wurde sie neugierig auf dessen Geschichte. Eine Geschichte, die alt sein musste, wenn er sich so leicht wandeln konnte.

»Wie habt ihr euch kennengelernt?« Sie folgte ihm, als er die Tür zur Küche aufzog, und seufzte tonlos, als die Wärme des Hauses sie umfing.

»Er hat einen halbtoten Frischling mitten im Wald irgendwo in Minnesota vom Boden gekratzt, aufgepäppelt und irgendwie haben sich danach unsere Wege nicht mehr getrennt.« Er lachte leise bei der Erinnerung und mit schiefgelegtem Kopf sah sie ihn an, als er dabei zum Kühlschrank ging und eine Flasche Wasser herausnahm. Es war unverkennbar, wie sehr er Warren mochte. Wie sehr er jenen Mann mochte, der damals, als sie ihm begegnet war, die Ureinwohner dieses Landes abfällig als *wilde Tiere* bezeichnet hatte.

Die beiden Männer gaben ein merkwürdiges Gespann ab. Beide waren groß, beide mit einer kräftigen Statur gesegnet. Doch während Warren noch heute die halb verwilderte Aura kaum unterdrückter Aggression umgab, wirkte dieser hier erstaunlich entspannt. Ungefähr so entspannt, wie sein Nachname schon vermuten ließ, und halb amüsiert, halb irritiert runzelte sie die Stirn.

»Sag mal, hast du dir den Nachnamen selbst gegeben?«

Jared strahlte über das ganze Gesicht.

Nieuw Amsterdam, 3. September 1664

Sie hatte es tatsächlich auch an diesem Abend geschafft, sich fortzuschleichen. Unter einem Vorwand hatte sie sich vorzeitig in ihr Zimmer im Haus ihrer Eltern zurückgezogen, sich dort quasi direkt von der Tür zum Fenster geschlichen und war nach draußen geklettert. Dort hatte sie sich ausgezogen, alles in ihr Überkleid gewickelt und sich in ihren Wolf verwandelt.

Eventuell musste es seltsam angemutet haben, anschließend einen Wolf zu erleben, der mit einem Kleiderbündel im Maul Richtung südlichstes Ende Manahattas rannte. Aber sie hatte nicht das geringste Bedürfnis verspürt, ihm noch mal so gegenüberzutreten wie in der vergangenen Nacht. Sie war nämlich wirklich eine gut erzogene junge Frau und nicht die Dirne, für die er sie ganz eindeutig gehalten zu haben schien. Einen Eindruck, den sie nun definitiv zu ändern gedachte.

Auch wenn sie wusste, wie albern die ganze Sache war. Der Kerl war nichts weiter als ein heruntergekommener britischer Soldat. Niemand, den sie auch nur eines zweiten Blickes würdigen sollte. Ihr Vater würde toben, sollte er je herausfinden, was sie da gerade im Begriff war zu tun.

Aber irgendetwas hatte er gehabt. Sie wusste nicht mal warum, aber sie hatte tatsächlich den halben Tag über ihre Begegnung mit ihm gegrübelt.

Er war anders als die Männer, die sie bisher kennengelernt hatte. Was zugegeben nicht viele waren, denn ihre Eltern achteten sorgsam darauf, mit wem sie sich umgab. Und nach den Männern aus ihrem Rudel und den Händlern der Lenape, zu denen sie Kontakt pflegten, gab es nicht mehr viel. Schon oft hatten sie sich deshalb in den zurückliegenden Jahren gestritten. Um genau zu sein, seit sie mit sechzehn alt genug geworden war, um sich für Männer zu interessieren. Sie hatte das *heiratsfähige Alter*, wie die Menschen es nannten, bereits vor geraumer Weile erreicht. Es war an der Zeit, dass ihre Eltern sie auch ließen.

Leider wusste sie jedoch auch, *warum* ihre Eltern sich so verhielten. Und leider, leider verstand sie sie auch noch.

Sie machten das nicht, weil sie die Tochter des Alpha-Paares war. Auch nicht, weil sie in ihrem Wahn, ihr einziges Kind beschützen zu wollen, jegliches Maß vergaßen.

Sie taten es, weil bereits viel zu viele Frauen in diesem unseligen Krieg ihres Volkes abgeschlachtet worden waren. Einen Krieg, den sie jedoch lediglich vom Hörensagen kannte. Ihre Eltern waren zusammen mit den vier Familien, aus denen ihr

Rudel bestand, vor dreißig Jahren mit einer Welle an Auswanderern in die Neue Welt aufgebrochen und hatten sich hier niedergelassen. Sie waren vor dem Krieg geflohen, um hier ein neues Leben beginnen zu können. Ihre eigene Geburt war dabei wie ein Zeichen für das Rudel gewesen. Ein Zeichen, das sie endlich aufatmen konnten. Aber noch immer saß die Angst ihnen allen im Nacken.

Deshalb wurde sie so überbehütet. Mehr noch als die drei anderen Kinder, die ihr vorausgegangen waren. Weil jeder von ihnen Angst hatte, dass der Krieg ihnen trotz allem gefolgt sein könnte.

Sie wäre die erste, die dabei sterben würde. Nicht weil sie schwach war, sondern weil sie eine Frau ihres Volkes war. Das einzige Wesen, das reinrassige Wölfe gebären konnte. Wölfe, die von Beginn an die volle Stärke eines Wolfes besaßen, nicht wie jene, die gewandelt wurden und Zeit brauchten, um ihre Menschlichkeit abzulegen.

Mit ihr lebten sechs Frauen im Rudel. Jede einzelne von ihnen wurde genauso behütet wie sie. Aber sie war die einzige, die dagegen aufbegehrte. Denn sie war ebenso die einzige, die vom Krieg noch nie etwas gesehen hatte.

Sie wollte nicht undankbar sein. Sie liebte ihre Eltern, die zwar streng waren, aber sie dennoch vergötterten. Aber sie wollte auch leben. Und wenn nicht hier, wo denn dann? Auch sie wollte irgendwann jenes Glück finden, das ihre Eltern miteinander gefunden hatten. Aber sie wusste auch, dass sie das in dem kleinen Kreis ihres Rudels nicht konnte. Mit diesen Männern war sie aufgewachsen. Sie waren für sie Brüder und Onkel und keine Männer, für die sie sich weitergehend interessierte, auch wenn nicht wenige sich inzwischen um sie bemühten. Aber keiner von ihnen gab ihr jenes Gefühl, das ihre Eltern miteinander verband.

Wahre Partnerschaft. Das war es, was sie sich wünschte. Was sich ein jeder von ihnen wünschte. Ein Wolf ging nur eine einzige wirkliche Beziehung in seinem Leben ein. Es gab für ihn nur dieses eine Wesen, mit dem er diese Art der Verbindung eingehen konnte. Es begann mit dieser leisen Sehnsucht nach dem anderen. Eine Sehnsucht, die wuchs, wenn man sie nährte. Aus der Liebe entstand und mit ihr jene Verbindung, die ihre Eltern ihr vorlebten.

Nichts anderes wollte sie auch für sich. Auch wenn sie wusste, dass das noch lange auf sich warten lassen konnte. Ihr Vater war bereits über zweihundert Jahre alt gewesen, als er ihrer Mutter begegnet war. Im Vergleich damit waren ihre achtzehn Jahre lächerlich. Aber sie war noch nie sonderlich geduldig gewesen. Etwas, wofür ihre Mutter sie stets rügte.

Ihre Mutter war ein Mensch gewesen, als sie ihrem Vater das erste Mal begegnet war. Die Tochter eines Kaufmanns. Keines reichen Mannes, aber eines Mannes, der nichts auszustehen hatte. Ihr Vater hatte ihr den Hof gemacht, ganz so, wie die Menschen es taten. Hatte geschafft, dass sie sich verliebte und seinen Antrag annahm. Erst danach hatte er ihr von seinem Geheimnis erzählt.

Ellis liebte die Geschichte ihrer Eltern. Denn sie liebte das warme Leuchten in ihren Augen, wenn sie davon erzählten, wie es für sie gewesen war. Auch wenn es ihre Mutter zunächst Überwindung gekostet hatte. Natürlich hatte sie Angst gehabt. Aber sie hatte ihren Vater schon da so sehr geliebt, dass sie am Ende ihre Angst bezwungen hatte und seine Frau geworden war. Mit allem, was dazu gehörte. Sie hatte sich für diese Liebe entschieden und für ein Leben als Wölfin an der Seite eines Alphas, mit all der Verantwortung, die zu diesem Leben dazugehörte.

Wer brauchte schon Romeo und Julia, wenn er Paare wie ihre Eltern direkt vor der Nase hatte?

Dieses Mal rannte sie nicht bis zu dem kleinen Teich, an dem sie sich am Vorabend begegnet waren. Dieses Mal stoppte sie etwas vorher, um sich in der fast vollständigen Dunkelheit des Abends umzuziehen, ehe sie an jener Stelle aufkreuzte, von der sie ihn bereits riechen konnte.

Immerhin, ihre Nase berichtete, dass er zumindest versucht hatte, sauberer zu werden. Er schien sich sogar die Haare gewaschen zu haben, denn sie wirkten im Schein der Öllampe, die er mitgebracht hatte, weniger fettig als noch am Vortag. Auch die verdreckte Uniform war gewichen und hatte etwas Platz gemacht, das sie bestenfalls als *zerschlissen* beschreiben konnte. Aber immerhin war das fadenscheinige und an vielen Stellen notdürftig geflickte Leinenhemd nicht so schmutzstarrend.

Offensichtlich legte dieser Wüstling keinerlei Wert auf seine Erscheinung. Oder auf anderweitige Umgangsformen, wie sie mit einem neuerlichen Naserümpfen zur Kenntnis nahm. Er hatte wieder getrunken. Und der Geruch einer Frau haftete ihm an. Ein frischer Geruch nach einer weniger frischen Frau. Der Mann konnte eindeutig seinen Schwanz nicht in der Hose behalten.

»Ich hoffe wirklich, dass sie es wert war.« Mit diesen Worten trat sie in den Schein der Lampe und es war ihr dabei vollkommen egal, ob es ihn irritierte, dass sie wusste, was er eindeutig erst vor kurzem getan haben konnte. Es machte sie wütend, mit welcher Dreistigkeit er hier auftauchte, nachdem er zuvor eine andere Frau bestiegen hatte.

Verwirrung spiegelte sich in seinem Blick, als er die Flasche sinken ließ, die er gerade an die Lippen hatte führen wollen. Dann jedoch wurde sie von einem spöttischen Lächeln verdrängt. »Neidisch, Frechdachs?«

Sie schnaubte und setzte sich einige Schritte von ihm entfernt ans Ufer des Teiches.

»Mitleidig mit der armen Frau, die das aushalten musste.«

Er lachte unterdrückt, ehe er einen tiefen Schluck aus der kleinen Flasche nahm. Selbst an ihrem Platz konnte sie den scharfen Geruch des Alkohols darin riechen und zwang sich, darüber nicht ebenfalls die Nase zu rümpfen.

»Du solltest ihr vielmehr dankbar sein.« Der Blick, den er ihr dabei zuwarf, ließ keine Zweifel offen, was er damit meinte.

»Sie tut mir trotzdem leid.«

»Warum?« Er wirkte tatsächlich neugierig, als sie ihm daraufhin einen kurzen Blick zuwarf, ehe sie wieder auf die spiegelglatte Oberfläche des Teiches vor sich sah.

»So, wie du gestern mit mir umgesprungen bist, wirst du auch mit ihr umgegangen sein. Und dafür verdient sie mein Mitgefühl.«

Den halben Tag war sie mit ihren Gedanken immer wieder an diesen Punkt des vergangenen Abends zurückgekehrt. Er hätte sie vergewaltigt, wenn sie sich nicht zu wehren gewusst hätte. Etwas, das sie jedoch nur gekonnt hatte, weil sie eben keine schwache, menschliche Frau war.

Sie wusste, dass menschliche Männer sich viel zu oft nichts dabei dachten, wenn sie eine Frau zu sich nahmen. Wenn sie sie wie Dreck behandelten. Menschliche Männer waren nicht wie die Männer ihres Volkes. Sie wurden nicht dazu erzogen, einer Frau mit Respekt zu begegnen. Auf Augenhöhe. Menschliche Männer dachten von Frauen als etwas, das sie besitzen konnten. Wie einen Gegenstand. Und so behandelten sie sie auch viel zu oft.

Der Mann, der nun wenige Schritte von ihr entfernt saß und gar nicht zu begreifen schien, wo das Problem lag, war dafür wohl das beste Beispiel.

»Wo ist dein verdammtes Problem, Frau? Sie hat ihr Geld bekommen und ich den Spaß, den du mir verwehrst.«

Zum zweiten Mal bekam sie bei ihm das Gefühl, dass Trotz in seiner Stimme lag. Nur schwach, aber der Gedanke ließ sie plötzlich nicht mehr los.

»Glaubst du etwa, sie gibt ihren Körper für Männer wie dich her, weil es ihr Freude bereitet, von einem brünftigen Eber bestiegen zu werden? Glaubst du, sie würde nicht auch lieber etwas anderes tun, um ihren Lebensunterhalt zu verdienen?«

Ihre Worte trafen ihn. Sie konnte sehen, wie seine Miene abweisend wurde und wie er wieder die Flasche hob und in tiefen Schlucken daraus trank.

»Glaubst du etwa, ich habe mir dieses Leben ausgesucht?«

Newgate, City of London, Januar 1664

Ins Eisen hatten sie ihn gelegt und zu Fuß den Weg von *The Fleet* nach Newgate getrieben. Mit Stöcken hatten sie ihn geschlagen, wenn er zu langsam gewesen war, weil das Gewicht der Ketten an Armen, Beinen und dem Hals zu schwer gewesen war. Einen Spaß hatten sie sich daraus gemacht, während andere sie neugierig beobachtet hatten.

Er hatte den Kopf oben behalten, hatte finstere Blicke auf all jene geworfen, die in seinem Weg gestanden hatten, bis diese vor ihm zurückgewichen waren. Ihm. Dem Mörder. Dem Schuldner. Dem Abschaum aus East End.

Von einem Gefängnis ins nächste. Zusammen mit Halsabschneidern, gedungenen Mördern und allerlei anderem Gesocks. Weil er jetzt nicht besser war als sie. Weil er in den Augen der Welt noch nie besser gewesen war. Er gehörte jetzt auch zu ihnen. Blut klebte an seinen Händen. Im wahrsten Sinne des Wortes. Kleine, inzwischen bräunliche Sprenkel, die er zu Schlieren verrieben hatte, in seinem Bemühen, sich davon zu befreien. Aber sie wollten nicht weggehen.

Doch schon bald würde es keine Rolle mehr spielen, wie viel Blut und Dreck an ihm klebte. Sie würden ihn hängen. Der abfällige Blick des Schnellrichters, der ihn hier aufgenommen hatte, hätte nicht deutlicher sein können.

Seine Gedanken gingen zu Corin. Seinen Freund, den er fortgejagt hatte, als dieser gleich zu Beginn seiner Inhaftierung in *The Fleet* bei ihm aufgetaucht war. Er hatte ihm Geld geben wollen. Geld, das er auf der Straße gestohlen hatte. Geld, das er besser für seine eigene Familie aufwenden sollte. Angeschrien hatte er ihn. Einen Schwachkopf genannt. Ihn verflucht. Bis Corin sich von dem Fenster abgewandt hatte, in dem er zum Betteln gesessen hatte.

Er vermisste Corin. Den einzigen Freund, den er je besessen hatte. Der bei ihm geblieben war, als es immer weiter bergab mit ihnen gegangen war. Der den Arm um ihn gelegt hatte, als er den Leichnam seines Vaters auf einen Karren geladen hatte, um ihn ins Armengrab zu bringen. Weil er nicht mehr für seinen alten Herrn hatte tun können. Weil sie kein Geld besaßen für ein ordentliches Begräbnis. Sie hatten ja nicht mal genug Geld gehabt, um sich ordentliche Mahlzeiten zu leisten.

Wenigstens musste keiner der beiden miterleben, wie es nun mit ihm zu Ende ging. Entweder weil er in den nach Schimmel und ungewaschenen Leibern, nach Elend und Verzweiflung stinkenden Gemäuern verreckte oder weil man ihn henkte. Es spielte keine Rolle mehr. Er würde in diesem verrottenden Loch von einem Gefängnis in dieser vor Dreck und Elend erstarrten Stadt sterben.

»He da! Aufstehen!«

Den Rücken an die Wand gelehnt, die Augen geschlossen, hatte er auf dem Boden dieser Zelle gesessen, in die sich viel zu viele Leiber pressten. Wie viele genau vermochte er nicht zu sagen, er war nicht gut im Zählen. Aber es waren viel zu viele, die mit ihren Ausdünstungen und dem Geruch von Fäkalien und Erbrochenen die Luft verpesteten. Jetzt sah er auf und legte den Kopf schief, als einer der Wärter mit dem Stiefel gegen seinen Fuß trat.

»Ich sagte: Aufstehen!«

Mühsam rappelte er sich hoch, bis er den Mann um einen halben Kopf überragte und dieser misstrauisch zurückwich. Zurückwich vor dem Tier, das man vor wenigen Stunden hier abgeliefert hatte und das man zur Sicherheit auch weiterhin in Ketten hielt. Sie rasselten leise bei jeder Bewegung und ihr Gewicht zerrte an ihm, als er zum Zeichen des Friedens die Hände hob.

»Mitkommen.« Die Pike fest umfasst, bereit, jederzeit damit zuzustechen, winkte der Wärter damit in Richtung Ausgang und Warren runzelte die Stirn. Sollte es wirklich so schnell gehen? Es wäre fast schon Gnade zu nennen, wenn es wirklich so wäre.

Doch der Mann führte ihn nicht wieder nach in den Innenhof, sondern lediglich eine Stiege abwärts in einen weiteren Raum, dem man die fortschreitende Verwahrlosung anmerkte. Ein Mann stand dort. In Uniform und mit Abzeichen auf der Brust, die ihm jedoch fremd waren. Aber es war ausreichend Flitter auf dem roten Stoff, dass auch ihm klar war, dass er einem hochrangigen Militär gegenüberstand. Einer, der ernsthaft darum bemüht schien, seine Stiefel nicht versehentlich in etwas zu stellen, was sie ihm ruinieren würde.

»Ich habe dich gesehen, als sie dich hergebracht haben.«

Warren schwieg, während der Wärter hinter ihm stand, die Pike direkt auf seinen Rücken gerichtet.

»Sie werden dich hängen für das, was du getan hast.«

Er nickte knapp, während ihm langsam zu dämmern begann, worauf diese Unterhaltung hinauslaufen würde.

Es war kein Geheimnis, dass das Militär seit einiger Zeit Schwierigkeiten hatte, Männer zu verpflichten. Das Heer erfreute sich keiner großen Beliebtheit seit dem Scheitern des Commonwealth.

»Verstehst du, was das bedeutet?« Augenscheinlich hielt der Mann ihn für einen Schwachkopf.

»Natürlich tu ich das. Und ich werde annehmen, wenn es meinen Kopf aus der Schlinge zieht.«

Der Soldat schien überrascht, seine Brauen wanderten nach oben und Warren verengte die Lider, als er ihn erneut, diesmal gründlicher musterte.

»Dir ist egal, was mit dir passiert?«

»Entweder verrecke ich hier oder in einer der Kolonien. Bei letzterem hatte ich vorher wenigstens eine ordentliche Mahlzeit.«

Ein letztes Mal gingen seine Gedanken zu Corin zurück. An jenen Tag, an dem sie ihm sein Elternhaus genommen hatten. Und er lächelte, als er sich an seine Worte von damals erinnerte.

Wie leicht es doch war, sich selbst im Dreck dieser Welt zu verlieren. Wie leicht es am Ende war, sich selbst für eine warme Mahlzeit zu vergessen.

7

Die Wölfin stand mitten in ihrem Hotelzimmer und starrte ihn an, als hätte er Aussatz. Sie schien es nicht sonderlich zu schätzen, wenn man sie überraschte. Aber sie waren am Vormittag nicht zum Ende gekommen und ihm stand nicht der Sinn danach, noch mehr Zeit zu vertrödeln.

»Jetzt weißt du, was unser Problem ist.«

Rachel Fraser nickte knapp, während das Misstrauen jedoch nicht aus ihren Augen wich. Wenn möglich war ihre offenkundige Abneigung, die sie bereits bei ihrem ersten Zusammentreffen großzügig zur Schau gestellt hatte, noch weiter gewachsen. Er konnte sich denken warum.

»Nach dem, was Ellis gesagt hat, sitzen wir alle im gleichen Boot.«

»Wenn …«, setzte Rachel an, brach jedoch ab, als er eine Hand hob.

»Wir *sitzen* alle im gleichen Boot.« Der Nachdruck seiner Stimme ließ sie sich versteifen, dann nickte sie, auch wenn ihr Blick frostig war.

»Ich muss das besprechen«, überging sie schließlich die Spannung im Raum und er spürte, wie Erleichterung in ihm aufstieg. Er hatte nicht die Geduld, um in dieser Situation auch noch einen Kleinkrieg mit einer bockigen Wölfin zu führen.

»Wir sind zu wenige, um gegen das anzugehen, was vor unserer Tür steht. Wir können jeden Mann und jede Frau gebrauchen.«

»Ich rede mit Patrick und Vince.«

Mehr würde er nicht bekommen. Er konnte es in ihrem Blick sehen. In der Härte darin, die ihr eigenes Leben dort hinterlassen hatte.

»Ich will nicht, dass du hier alleine bleibst. Drei von uns sind schon verschwunden. Es ist zu gefährlich. Pack deine Sachen, ich habe Zimmer genug.« Er sparte sich die Abschiedsfloskel, wandte sich ab und verließ das Hotelzimmer.

Die Leute wichen ihm aus, als er die Treppe ins Erdgeschoss nahm, durch die Lobby und weiter, bis er auf der Straße stand. Sein Wagen parkte auf der gegenüberliegenden Straßenseite, aber statt hinzugehen und nach Hause zu fahren, blieb er wie angewurzelt vor dem Eingang des Hotels stehen, während die Leute ihm finstere Blicke zuwarfen, weil sie einen Bogen um ihn machen mussten.

Sie würde dort sein. In dem Zimmer, das er für sie eingerichtet hatte. Oder vielmehr ausgeräumt. Er hatte die wenigen Reinigungsmittel, die seinen Geruchssinn nicht in den Wahnsinn trieben, daraus entfernt und eine ausrangierte Matratze vom Speicher dort hingeschleppt, während er sie am liebsten draußen im Hof hätte schlafen lassen. Und gleichzeitig dennoch das schlechte Gewissen an ihm genagt hatte.

Bis ihm wieder einfiel, *was* sie damals getan hatte. Bis er sich an den Schmerz und die Leere erinnerte, die sie damals hinterlassen hatte.

Nieuw Amsterdam, 3. September 1664

Sie war so sauber gewesen. So rein, als sie splitterfasernackt dort am Teich gestanden hatte. Im ersten Moment hatte er sie für ein Trugbild seines alkoholvernebelten Geistes gehalten. Bis sie gequiekt und der schrille Laut in seinen Ohren gedröhnt hatte. Das war entschieden zu real gewesen, um dem Suff zu entspringen.

Er hatte da schon gewusst, dass sie aus einem guten Stall kam. Einem verdammt guten Stall. Ihre dunklen Haare schimmerten im restlichen Sonnenlicht und ihre Hände waren viel zu feingliedrig, um harte Arbeit gewöhnt zu sein. Vermutlich würde er nicht mal Schwielen an ihnen finden, wenn er sie berührte. Nicht wie an seinen, die rau und rissig waren.

Das hatte ihn allerdings nicht davon abgehalten, dennoch sein Glück bei ihr zu versuchen. Am Ende machten doch die meisten Frauen die Beine breit, wenn dafür anschließend ein paar Münzen in ihren Taschen landeten.

Aber diese nicht. Und sie hatte wirklich verdammt gut zugelangt. So hart, dass er im ersten Moment geglaubt hatte, dass sie ihm einen Zahn ausgeschlagen hatte. Es hatte zumindest gefährlich geknirscht gehabt. Sie sah aus wie eine feine Dame und schlug zu wie ein Kerl. Und sie besaß ein so vorlautes Mundwerk, dass er am Ende hatte lachen müssen.

Nein, die kleine Ellis war keine Frau, die jemals ihre Grenzen erlebt hatte. Ein Wildfang, kaum den Kinderschuhen entwachsen, aber eindeutig eine Frau. Eine verwöhnte Tochter aus reichem Hause, die noch nie etwas auszustehen gehabt hatte und bei seinem Anblick eindeutig angewidert gewesen war.

Und die trotzdem nicht gegangen war.

Es hatte Spaß gemacht, sie zu provozieren. Das empörte Funkeln in ihren Augen zu sehen, die hektische Röte auf ihren Wangen. Sie hatte so lebendig gewirkt in diesem Moment.

Da war keine Verachtung in ihrem Blick gewesen. Nur diese grenzenlose Empörung, die ihre Augen riesengroß hatte werden lassen, als er sich vor ihr erleichtert hatte. Er konnte sich nicht mehr daran erinnern, wann man ihn zuletzt ohne diese Verachtung angesehen hatte.

Er war so verdammt scharf auf sie gewesen. Selbst nachdem sie ihn stehen gelassen hatte, hatte er noch das Bild ihres nackten Körpers vor Augen gehabt. Von diesen vollen milchweißen Titten, dem runden Arsch, den sie ihm ungewollt entgegengestreckt hatte. Er hatte sie so dringend ficken wollen. Seinen Schwanz in ihre saubere kleine Spalte schieben wollen, seine Hände über diese seidige Haut gleiten lassen wollen … sie festhalten, wenn sie bockte, weil er sie zu hart rannahm.

Die halbe Nacht hatte er später im Bauch des Schiffes, mit dem sie hergekommen waren, wachgelegen und dem Schnarchen der anderen gelauscht, während er sich gefragt hatte, ob sie überhaupt schon mal einen Mann gehabt hatte. Alt genug war sie zumindest dafür. Eigentlich wäre es eher ungewöhnlich, wenn sie noch nicht verheiratet war und wenigstens ein Balg hätte. Aber an ihrem Körper hatte er keine Spuren gesehen, die auf eine Schwangerschaft schließen ließen.

Außerdem konnte er sich nicht vorstellen, dass ein Mann eine Frau wie sie abends allein durch die Welt laufen ließ. Vollkommen ungeschützt vor Männern wie ihm.

Selbst am darauffolgenden Tag, während er als Wachdienst eingeteilt worden war, der kontrollierte, dass die Niederländer das Fort räumten, hatte er seine Gedanken kaum von der dunkelhaarigen Schönheit lösen können.

Er wollte sie wiedersehen. Auch wenn er nicht wirklich daran glaubte, dass sie auftauchen würde. Dennoch schnappte er sich einen Krug Wasser, wusch sich und spülte sogar seine Haare aus, ehe er seine Kleider wechselte. Die Uniform, die am Morgen noch feucht gewesen war, nachdem er sie in der Nacht ausgewaschen hatte, tauschte er gegen die letzten Kleider, die er noch besaß. Die Sachen, mit denen er Newgate verlassen hatte.

Mehr besaß er nicht. Die Uniform und diese Kleider. Noch immer behielt man den größten Teil seines Solds ein, damit er zurückzahlte, was die Armee vorgestreckt hatte, um ihn freizukaufen. Er erhielt gerade so viel, dass es reichte, um es in der nächsten Taverne wieder zu versaufen oder damit die eine oder andere Frau ihre Röcke hob. Nicht genug für Kleidung oder Schuhe. Und viel zu wenig, um abzuhauen. Man konnte seinen Vorgesetzten nicht unterstellen, nicht zu wissen, was sie taten, wenn sie Männer wie ihn aus dem Knast holten und anschließend schlecht ausgebildet als Kanonenfutter in irgendwelche Gefechte schickten. Zu schade, dass die Niederländer sich nicht gewehrt hatten, als sie hier eingetroffen waren. Sie hatten sich kampflos ergeben und räumten friedlich jenes Fort, um das diese Stadt gewachsen war.

Eine verdammt saubere Stadt. Kein Vergleich mit der Hölle, aus der man ihn geholt hatte, in der die Straßen oftmals so eng waren und die Häuser so gedrängt standen, dass die Sonnenstrahlen vielerorts nie den Boden berührten. Die verfluchten Niederländer hatten hingegen so viel Platz, dass sie sogar eine Windmühle errichtet hatten. Umgeben von Wasser bauten die Idioten eine Windmühle.

Aber auch dieser Ort hatte seine Abgründe. Am Ende war es doch überall gleich. Die einfachen Leute taten, was sie mussten, um ihr Überleben zu sichern. Die Reichen schlugen sich die Bäuche voll und herrschten. Einzig die Fassade war eine andere.

Aber auch hier machten die Frauen die Beine breit, wenn sie dafür Geld sahen. Und nachdem er den ganzen Tag mit dem Bild einer dunkelhaarigen, nackten Schönheit gekämpft hatte, hatte er diese Option auch dankend angenommen. Ein halber Penny und die Dienstmagd aus der Taverne nah des Anlegers hatte in einer dunklen Nische des Schankraums ihre Röcke für ihn gehoben. Der Spaß ging nicht lang. Überreizt wie er war, war er bereits wenige Minuten später fertig und sie hatte ihm nur einen schiefen Blick zugeworfen, ehe sie mit einem Kopfschütteln ihre Röcke wieder glattgestrichen hatte und zu ihrer Arbeit zurückgekehrt war. Aber er hätte sie eh nicht verstanden. Er sprach kein Niederländisch. Und sie nur gebrochen Englisch.

Er hatte sich danach Mut angetrunken. Oder getrunken, um sich auf die Enttäuschung vorzubereiten, wenn sie bei Sonnenuntergang nicht auftauchte. So oder so, er hatte getrunken, ehe er durch das große Tor die Stadt verlassen hatte. Einer der Soldaten, mit denen er hergekommen war, hatte Wache geschoben und ihm zugerufen, dass er ein Idiot war, bei Nacht da rauszugehen, wenn die Rothäute ihn zerreißen würden. Er hatte es ignoriert.

Es war tatsächlich ein Schock für ihn gewesen, als sie plötzlich aus den Schatten getreten war. Mit gerümpfter Nase und einem bissigen Spruch. Irgendwoher hatte die kleine Hexe gewusst, was er wenige Stunden zuvor getan hatte. Und sie war alles andere als amüsiert deswegen.

»Hättest du dich mir aufgezwungen, wenn ich mich nicht gewehrt hätte?«

Er schwieg. Weil er die Antwort darauf nicht kannte. Vor zehn Jahren hätte er noch jene Antwort geben können, die sie sich erhoffte. Heute war er sich da nicht mehr so sicher.

Nachdenklichkeit lag in ihrem Blick, als er zu ihr herübersah. Und erneut staunte er darüber, dass keine Verachtung darin zu finden war.

»Ich bin kein guter Mann, Ellis.« Es war ein Geständnis. Leise, den Blick aufs Wasser gerichtet. Eines, das er vor sich selbst machte.

»Warren?«

Es kostete ihn Mühe, den Blick vom Wasser zu nehmen und auf sie zu richten. Noch immer saß sie da. So nah und doch viel zu weit weg.

»Erzähl mir von dir.«

Sie schlich regelrecht die Treppe herab, obwohl es völliger Quatsch war. Die Männer, die im Erdgeschoss waren, konnten sie bei dem Lärm, den sie veranstalteten, ohnehin nicht hören.

Aber sie verstummten schlagartig, als sie den Geräuschen folgte und das Speisezimmer betrat, in dem sie sich versammelt hatten. Auch hier waren die Möbel nicht gekauft, sondern ausgewählte Stücke aus diversen Epochen, denen man ansah, dass sie gepflegt wurden. Ellis würde ihre Hand dafür ins Feuer legen, dass Warren sie selbst hergestellt hatte. Wie jedes Möbel in diesem Haus erzählten sie von den diversen Zeiten, in denen er gelebt hatte. Nicht ein einziger Stuhl an der großen Tafel glich dem anderen. Jeder ein Unikat. Und ihr Herz wurde schwer, als ihr Blick auf den Mann fiel, der am Kopf der Tafel saß und sie finster anstarrte.

»Für dich ist hier kein Platz.«

Zwölf Stühle standen in dem großen Raum. Lediglich sieben davon waren belegt.

Die Schultern zurückgebogen, den Kopf erhoben, wandte sie sich ohne ein Wort ab und verließ, verfolgt von viel zu vielen Blicken, den Raum, zog die Tür hinter sich leise ins Schloss und ging in die Küche.

Ein Teller stand dort auf dem Tisch. Besteck. Serviette. Jemand hatte eine Kerze angezündet. Ihr Licht flackerte leicht im Zug, der entstand, als sie den Raum betrat, und ihre Kehle wurde eng.

»Ach, Warren.« Sie kam nicht dagegen an, das Brennen von Tränen in ihren Augen zu spüren.

Sie aß allein. Vollkommen ungestört brachte sie ihre Mahlzeit hinter sich. Dann räumte sie ihren Teller in die Spülmaschine und nach einem kurzen Moment, den sie auf die Flamme gestarrt hatte, löschte sie auch diese, zog sich aus und legte ihre Sachen über den Stuhl. Dann erst öffnete sie die Tür nach draußen und trat in die klirrende Kälte.

Ihre Nachtschicht hatte begonnen.

Ungeduld jagte seinen Puls in die Höhe, während er dabei zusah, wie alle anderen den Tisch abräumten und ihre Sachen in die Küche brachten. Erst nachdem es still geworden war um ihn herum, erhob auch er sich, brachte seinen Teller in die Küche und zog sich aus. Einen kurzen Moment zögerte er, dann hängte er seine Sachen über die ihren und folgte dem Weg, den sie zuvor genommen hatte.

Sie wusste, dass er da war. Dass er ihr folgte, während sie an der Grenze des Kerngebietes entlangstreifte. Auch wenn sie ihn nicht riechen konnte, konnte sie seine Anwesenheit dennoch spüren. Sie hing in der Luft, jene eigenwillige Präsenz, die er schon immer gehabt hatte. Jene Wildheit und diese kaum unterdrückte Aggression, die ihn schon damals umgeben hatte.

Die Aura eines Mannes, der mit dem Leben nie seinen Frieden geschlossen hatte.

Nicht ein einziges Mal nahm sie seine Witterung auf. Nicht ein einziges Mal konnte sie ihn sehen. Aber er folgte ihr. Die ganze Nacht hindurch blieb er in ihrer Nähe. Wachte über sie, während sie die Gerüche dieses Landes in sich aufnahm, Witterungen von Tieren, die über das Gebiet gezogen waren. Alles blieb friedlich in dieser Nacht. Kein anderer Wolf, nicht mal die Gerüche von Menschen konnte sie wahrnehmen.

Sie kehrte zum Haus zurück, als die ersten Silberstreifen am Horizont erschienen. Müdigkeit zerrte an ihren Gliedern, als sie schließlich in der Küche ankam. Sein Geruch hing schwach an ihren Kleidern, hatte sich von den seinen auf ihre übertragen, als er diese über die ihren gehängt haben musste, und in einem Anfall von Schwäche hob sie ihren Pullover hoch und atmete tief seinen Geruch ein, während gleichzeitig die Tränen in ihre Augen traten.

8

Manahatta, 6. September 1664

»Was ist los, Liebling?«

Irritiert sah Ellis von ihrer Arbeit auf und in das Gesicht ihrer Mutter, die unbemerkt neben sie getreten war.

»Nichts ist los.«

Eine blonde Braue in einem Gesicht, das dem ihren viel zu ähnlich war, wanderte nach oben und Ellis spürte sich erröten. Ihre Mutter sah entschieden zu viel für ihren Geschmack.

»Liebling, du stehst seit mehreren Minuten mit dem Messer in der Hand da und wartest darauf, dass der Hase sich selbst das Fell abzieht.«

»Du meinst, dass er mir den Gefallen nicht tun wird?«

Ihre Mutter gluckste leise, als Ellis dem toten Tier einen gespielt bösen Blick zuwarf, und legte einen Arm um ihre Tochter.

»Böser Hase«, murmelte diese leise in Richtung des Tieres und ließ zu, dass ihre Mutter ihr das Messer abnahm und mit sich zu dem groben Esstisch zog, der in der Küche stand.

»Also, was hast du auf dem Herzen?«

Ellis seufzte schwer und ließ sich auf einen der Stühle sinken. »Mama, was würde Vater tun, wenn ich mich verlieben würde?«

Die blauen Augen ihrer Mutter funkelten belustigt und Ellis Schultern sanken herab.

»Du meinst, wenn wir beiseitelassen, dass du in seiner Vorstellung immer noch fünf bist und dich gar nicht verlieben kannst?«

»Ja.«

»Und ich gehe mal davon aus, dass wir in diesem selbstverständlich rein theoretischen Fall von einem Mann sprechen, der nicht aus dem Rudel stammt?«

»Ja.« Ellis klang schon bedeutend kleinlauter.

»Und dass du dich in diesem natürlich nur theoretischen Fall bereits seit mehreren Nächten heimlich aus dem Haus schleichst, um diesen *menschlichen* Mann zu sehen?«

»Ja.« Das Wort knirschte bedenklich, während sie sich zu fragen begann, woher ihre Mutter immer zu wissen schien, was ihre einzige Tochter so anstellte.

»Gibt es noch irgendwelche *rein theoretischen* Dinge, die ich wissen müsste, um deine Frage beantworten zu können?«

Ellis wand sich. Jede Nacht hatte sie sich seit ihrer ersten Begegnung heimlich aus dem Haus geschlichen, um ihn zu sehen. Und jede Nacht hatte er sie bereits erwartet, wenn sie am Teich eingetroffen war. Nicht ein einziges Mal mehr hatte er nach einer anderen Frau dabei gerochen. Und irgendwie war sie jede Nacht ein Stückchen näher an ihn herangerutscht, bis sie zuletzt so nah bei ihm gesessen hatte, dass sie nur die Hand hätte ausstrecken müssen, um ihn zu berühren.

Er hatte ihr so viel von sich erzählt. Von seinem Leben in der alten Welt. Von London. Und sie war sprachlos gewesen. Erst da hatte sie begriffen, wie behütet sie tatsächlich aufgewachsen war. Wie viel Glück sie in ihrem Leben gehabt hatte.

Er hatte so wütend geklungen. So verzweifelt. Und schließlich resigniert. Und irgendwie hatte sie da zu begreifen begonnen, warum er dieser heruntergekommene Mann war, dem sie begegnet war. Warum er jener dreckige Engländer war, als den sie ihn immer noch bezeichnete. Genauso, wie er sie weiterhin Frechdachs nannte, wenn sie mal wieder ihren Mund nicht halten konnte.

Bis sie schließlich bemerkt hatte, dass er nicht mehr irgendein dreckiger Engländer war. Er war *ihr* dreckiger Engländer.

»Das Leben war nicht sehr nett zu ihm. Aber ich glaube, er könnte ein guter Mann sein.«

Das amüsierte Funkeln in den Augen ihrer Mutter schwand, als diese langsam erfasste, was Ellis nicht deutlicher zu sagen vermochte.

»Wenn er der Richtige ist, dann warte, bis dein Vater keine andere Wahl mehr hat, als ihn zu akzeptieren. Und wenn er es nicht ist … dann warte erst recht.« Dann stahl sich ein kleines Lächeln in ihr Gesicht. »In jedem anderen Fall würde dein Vater ihn vermutlich umbringen. Aber das ist selbstverständlich alles rein theoretisch.«

Ein Stein fiel Ellis vom Herzen und einem Impuls folgend erhob sie sich, ging zu ihrer Mutter und küsste sie auf die Wange. »Danke, Mama.«

Die Worte ihrer Mutter hatten ihr Ruhe gegeben. Eine Ruhe, die sie selbst dann verspürte, als sie Stunden später aus dem Fenster ihrer Schlafkammer aus dem ersten Stock sprang, das Bündel schnappte, zu dem sie ihre Kleider verknotet hatte, in den Wald lief, bis sie außer Sichtweite war, und tief Luft holte, um sich dort auf die Wandlung einzustellen. Ihr Körper begann zu kribbeln, in Wellen lief es durch sie hindurch und ein leises Stöhnen entwich ihr, als ihre Gliedmaßen sich verkürzten und Fell auf ihrem Körper zu sprießen begann. Wenige Sekunden später packte sie das Kleiderbündel mit dem Maul und preschte den ihr inzwischen vertrauten Weg gen Süden.

Er war nicht da und für einen kurzen Moment stach sie die Erkenntnis. Sie hatte sich so auf ihn gefreut. Auf diesen Mann, der immer noch nicht wesentlich sauberer geworden war, auch wenn er es in der Zwischenzeit zumindest einmal geschafft hatte, sich zu rasieren.

Der Lärm aus der Stadt war lauter geworden und mit gerunzelter Stirn reckte sie die Nase in die Luft und sog die Witterung ein. Und sie lauschte.

Ihr empfindliches Gehör erfasste eine Vielzahl an Stimmen jenseits der Mauer. Sogar Musik.

Die Leute in der Stadt feierten!

Was ging da vor sich?

Für einen kurzen Moment spielte sie mit dem Gedanken, den Wald zu verlassen. Auf das offene Feld zu gehen, das sich bis zu der Mauer zog, die die Stadt umgab, um besser hören zu können, was dahinter passierte.

Aber so mutig war sie am Ende doch nicht. Irgendetwas war geschehen. Sie würde spätestens davon erfahren, wenn einer aus dem Rudel in die Stadt ging, um Waren zu verkaufen und die Vorräte aufzufüllen.

Eine ganze Weile wartete sie noch am Ufer. Doch schließlich wandte sie sich schweren Herzens ab. Heute würde er nicht kommen. Und sie musste gegen die Angst ankämpfen, dass er gar nicht mehr käme.

»Ellis!«

Sie war schon fast im Unterholz verschwunden, als sie ihren Namen hörte. Auf dem Absatz wirbelte sie herum und ihr Herz stockte, als Warren auf sie zugelaufen kam. Er hatte sie *nicht* vergessen.

Er war völlig außer Atem, als er schließlich dicht vor ihr zum Stehen kam. Als ob er die ganze Strecke gerannt war. Und ihr Mund wurde trocken, als sie zu ihm aufsah und das kleine Lächeln bemerkte, das seine sonst harten Züge weich werden ließ. Er freute sich, sie zu sehen.

»Du hast auf mich gewartet.«

Natürlich habe ich das, du Idiot. »Eigentlich hatte ich gerade gehen wollen, als so ein dreckiger Engländer allen im Umkreis verraten musste, dass ich mich hier verstecke.«

Er lachte leise und sie hielt die Luft an, als er seine Hand hob und ihr eine Strähne aus dem Gesicht wischte, die sie übersehen haben musste, als sie ihre Haare zu einem Zopf geflochten hatte.

»Was ist passiert?«, fragte sie schließlich nach und staunte, wie heiser ihre Stimme plötzlich klang.

»Stuyvesant hat endlich den Übergabevertrag unterzeichnet. Ab heute heißt diese Stadt New York.«

Noch immer stand er vor ihr. Noch immer so nah, dass sie glaubte, die Wärme seines Körpers spüren zu können. Sein Blick ruhte auf ihr und ein unruhiges Flattern entstand in ihrem Magen, je länger sie so voreinander standen.

»Glaubst du, dass die Leute sich je daran gewöhnen werden? Einfach eine Stadt umbenennen. Das funktioniert doch nie.«

Seine Hand kehrte zurück an ihre Wange, strich mit den Fingerspitzen darüber und beschleunigte ihr inzwischen rasendes Herz.

»Sollen die Leute sie nennen, wie sie wollen.«

Dann küsste er sie. Beugte sich einfach vor und presste seine Lippen auf die ihren. Nur kurz und sprachlos sah sie zu ihm hoch, als er sich wieder aufrichtete.

»Gar keine Schelle von der feinen Dame?«

Gutmütiger Spott schwang in seiner Stimme mit, ließ ihr das Atmen schwer werden, während sie sich in dem Funkeln seiner Augen verlor. Zum ersten Mal bemerkte sie, wie wunderschön sie waren. Vollkommen blau. So rein wie die Augen eines Neugeborenen, von dichten, dunklen Wimpern umgeben. Kein Mann sollte so schöne Augen haben.

»Nein«, wisperte sie heiser, unfähig, den Blick zu lösen. Unfähig, ihn von sich zu stoßen oder für seine Dreistigkeit zu schelten.

Er küsste sie erneut. Umfasste mit beiden Händen ihr Gesicht, hielt sie fest, als er seine Lippen auf die ihren legte, und wie von selbst stellte sie sich auf die Zehenspitzen und legte ihre Hände auf seine Oberarme, um nicht den Halt zu verlieren.

Sein Kuss veränderte sich, als er auf keinerlei Widerstand bei ihr traf. Wurde eindringlicher und sie schnappte nach Luft, als seine Zunge über ihre Unterlippe strich. Er nutzte die Gelegenheit, seine Zunge glitt zwischen ihre geöffneten Lippen und kurz versteifte sie sich, als sie ihn leise stöhnen hörte.

Ihr Herz überschlug sich bei dem fremden Gefühl, das er mit seinem Kuss in ihr auslöste. Ihre Haut war plötzlich hochempfindlich, der Stoff ihrer Kleider kratzte unangenehm darauf, während das Kribbeln in ihr nur noch mehr wurde. Sie schwankte leicht und klammerte ihre Finger fester in die Muskeln seines Oberarms, als ihre Knie weich wurden.

Dann erwiderte sie seinen Kuss. Vorsichtig, unsicher. Und entlockte ihm dennoch ein weiteres Stöhnen, als sie das Spiel seiner Zunge mit der ihren beantwortete.

Ihr Atem ging schwerfällig, als der Kuss schließlich endete. Und sie konnte sehen, wie seine Brust sich ebenfalls unter kräftigen Atemzügen viel zu schnell hob. Seine Hände gaben ihr Gesicht wieder frei, Fingerspitzen strichen über ihre erhitzte Haut und sie schauerte leicht, während sie ihn aus großen Augen ansah.

»Du wurdest noch nie geküsst.« Überraschung lag in seiner Stimme, spiegelte sich in seinem Blick und sie spürte sich erröten, während sie langsam nickte.

Einen Moment lang sah er sie nur an und sie vermochte nicht zu sagen, was dabei in ihm vorging. Unsicherheit befiel sie, während sie so voreinander standen. Aber auch sie brachte kein Wort über ihre Lippen.

»Ich muss jetzt gehen.«

Seine Worte waren wie ein kalter Guss für sie. Er hatte sie geküsst und nun ließ er sie stehen. Aus irgendeinem Grund pikte es sie. Trotzdem nickte sie.

Sein dritter Kuss kam unvorbereitet. Hart pressten sich seine Lippen auf die ihren, zwangen sie dazu, die ihren für ihn zu öffnen, und ein Wimmern entschlüpfte ihr, als er so Besitz von ihrem Mund ergriff. Dennoch erwiderte sie seinen Ansturm, klammerte sich in den Stoff seines Hemdes und wäre fast gefallen, als er sich abrupt von ihr löste.

Ihre Lippen brannten, als sie diesmal seinen Blick suchte. Er war einige Schritte zurückgewichen und etwas flackerte in seinen Augen, was sie nicht zu deuten vermochte. Etwas, das sie so noch nie im Blick eines Mannes gesehen hatte. Es machte ihr Angst, während es gleichermaßen heiße Schauer durch sie jagte.

»Sehen wir uns wieder?«

Er nickte. Langsam. Zögernd. Als ob er selbst nicht sicher war, ob das eine gute Idee war.

»Morgen Abend.« Dann wandte er sich um und stumm sah sie ihm nach, als er Richtung Stadt verschwand.

Die blonde Frau wirbelte herum, als Ellis am nächsten Vormittag die Küche betrat. Noch immer war sie müde, der nächtliche Streifzug war lang gewesen und sie hatte erst spät in einen unruhigen Schlaf gefunden, aus dem sie dann viel zu früh wieder erwacht war. Ihr Gehirn brauchte daher eine ganze Weile, ehe es den Namen der Fremden vor ihr ausspuckte.

»Guten Morgen, Rachel.« Ihre Stimme wurde gedämpft von einem Gähnen, das sie zu unterdrücken versuchte, während sie an der Frau vorbei zum Kaffeeautomaten schlich.

»Guten Morgen … Ellis?«

Sie nickte, während sie den Startknopf drückte und die Maschine mit einem Brummen zum Leben erwachte.

»Warum tust du dir das hier an?«

Ellis stöhnte, während sie auf der Suche nach Bechern systematisch die Schranktüren öffnete. Da konnte wohl jemand kein Blatt vor den Mund nehmen.

»Vielleicht steh ich ja drauf. Ich finde, man sollte alles mal ausprobiert haben, ehe man es ablehnt«, erwiderte sie in gespielt gelassenem Tonfall, während sie einen Becher aus dem Schrank fischte.

Die Frau in ihrem Rücken schnaubte und das Geräusch klang verdächtig nach *Schwachsinn.* Aber Ellis war sich da nicht so ganz sicher und zog es vor, den Becher anzustarren, den sie unter die frisch zum Leben erwachte Maschine gestellt hatte.

»Ich will nur helfen«, meinte sie dann jedoch zum Becher, als das Schweigen zu sehr an ihren Nerven zerrte.

»Und dich dafür mit Füßen treten lassen? Ich kann bei meinem Alpha ein gutes Wort für dich einlegen. Wir haben bestimmt noch Platz für eine fünfte Frau.«

Überrascht wandte Ellis sich zu Rachel um.

»Ihr seid zu viert?«

Die Angesprochene nickte. »Zwei pubertierende Monster, eines davon geboren. Laura, die Frau meines Alphas und ich.«

Geboren. Sie hatten eine geborene Wölfin in ihrer Mitte!

Ellis war im ersten Moment nicht in der Lage, etwas dazu zu sagen. Stumm starrte sie die Frau an, die gar nicht zu wissen schien, was sie soeben gesagt hatte.

Der Bann brach, als Jared den Kopf zur Tür reinstreckte.

»Wenn die Damen mir folgen möchten? Es gibt einiges zu besprechen.«

Warren hatte sie die ganze Zeit von seinem Platz hinter dem massiven Schreibtisch nicht aus den Augen gelassen, während er sie genötigt hatte, ihre Geschichte vor Jared, ihm und Rachel in voller Länge zu wiederholen. Und sie hatte erzählt und sich darum bemüht, jedes Detail ihrer Erlebnisse in Deutschland wiederzugeben.

Angefangen von ihrer eigenen Entführung, über ihre Begegnung mit den Lyko-Brüdern und der Zusammenarbeit mit den Dämonen, mit denen sie die dortige Farm in Schutt und Asche gelegt hatten.

Und sie erzählte von der Vereinbarung, die sie mit den Dämonen getroffen hatten. Von der Aufgabe, die Scott Lyko übernommen hatte, der sich aktuell darum bemühte, ein Netzwerk aufzubauen, dem sich die noch existierenden Werwölfe anschließen sollten. Ein Netzwerk, das nicht nur die Wölfe einen sollte, nachdem sie sich so viele Jahrtausende hindurch gegenseitig fast ausgerottet hatten, sondern sie stark machen sollte im Kampf gegen jene, die hinter diesen Farmen standen. Jene Magier, die die dort gezüchteten Werwölfe dafür nutzen wollten, um ihre eigene Heimat, Veluvion, zurückzuerobern. Und gegen jene Dämonen auf der Erde, die sich gegen ihre Obrigkeit, das *House of War,* gewandt hatten, um ihre eigene Herrschaft auf diesem Planeten zu etablieren. Etwas, das sie früher oder später alle angehen würde, denn sollten sie dabei Erfolg haben, würde es diese Welt für immer verändern. Diese Dämonen scherten sich nicht um die Bemühungen aller übrigen übernatürlichen Wesen, ihre Existenz vor den Menschen zu verbergen. Und sie erzählte von jenem Krieg der Wölfe, der beinahe ihr gesamtes Volk ausgelöscht hätte.

»Was für ein Krieg?« Fragend ruhte Rachels Blick auf ihr und Ellis lächelte matt. Natürlich konnten sie nichts mehr davon wissen. Wie auch in Deutschland waren die Wölfe hier zu jung, um ihre eigene Vergangenheit zu kennen. Sie waren nicht mehr als das schwache Echo dessen, was sie einst gewesen waren. Ein so stolzes Volk. Aber auch fest in jenen Traditionen verhaftet, die zu ihrem Untergang geführt hatten.

»Unsere Vorfahren haben zweitausend Jahre lang hart daran gearbeitet, sich gegenseitig umzubringen. Allem voran die Frauen, die sie regelrecht abgeschlachtet haben. Deshalb gibt es auch kaum noch welche von uns«, erklärte sie der Runde, während sie Warrens bohrendem Blick dabei auswich.

»Warum?« Rachels Tonfall war der Inbegriff an Unverständnis und Ellis grinste schief.

»Wie alt ist eure geborene Wölfin?«

»Fünfzehn.«

Alt genug, um bereits die ersten Wandlungen erlebt zu haben.

»Dann solltest du das eigentlich wissen. Ein von einer Wölfin geborener Wolf ist schneller, stärker und kann sich erheblich leichter wandeln, als jeder andere Wolf in den ersten Jahrzehnten. Indem man die Frauen tötete, schwächte man das gesamte Rudel. Am Ende nahmen wir uns selbst unsere größte Stärke, wir vernichteten uns gegenseitig, bis es niemanden mehr gab, der sich an uns erinnerte, und die Frauen unseres Volkes zum Mythos wurden.«

Sie konnte nicht anders, als Warren in diesem Moment anzusehen, und beinahe glaubte sie, in den tiefen seiner blauen Augen zu ertrinken, die sich nicht von ihr lösten. Bis sie es war, die am Ende den Blick in den Schoß senkte.

»Lange Zeit habe ich geglaubt, die letzte von uns zu sein. Erst in den zurückliegenden Monaten habe ich zwei weitere getroffen, eine dritte scheint ebenfalls diese Farm überlebt zu haben. Und ich habe neue Rudel gefunden, die entstanden sind. So wie hier scheint sich unser Volk auch in Europa langsam zu erholen.«

Ihr Volk erwachte zu neuem Leben. Das war die Hoffnung, die in all der Schwärze der zurückliegenden Monate in ihr aufgekeimt war. Nach so vielen Jahrhunderten der Angst hatte sie einen Grund zu hoffen.

»Aber das wird nicht funktionieren, wenn man uns von der Straße entführt und als Kanonenfutter in einem Krieg benutzt, der nicht der unsere ist«, mischte sich nun Jared ein, ehe die Spannung im Raum überhandnehmen konnte, und Ellis beeilte sich zu nicken.

»Richtig. Für diese Leute sind wir die idealen Opfer. Nicht vernetzt wie Vampire oder Dämonen und reproduzierbar, sofern man einen Haufen Leichen in Kauf nimmt. Wir haben keine Ahnung, wie lange das schon so geht. Scott Lyko ist immer noch mit der Entschlüsselung der Daten beschäftigt, die er von der Farm sichern konnte. Aber allein die Menge an Toten, die wir gefunden haben, und die wenigen Überlebenden reichen aus, um mir zu sagen, dass es schon eine ganze Weile so gehen muss. Schätzungsweise seit fünf Jahren. Zumindest ist seitdem bekannt, dass es zunehmend Magier auf der Erde gibt.«

»Und jetzt haben sie ausgerechnet *dich* hergeschickt, um für diese Allianz bei mir die Werbetrommel zu rühren.« Beißender Spott lag in Warrens Stimme und Ellis biss die Zähne zusammen.

»Nein, Warren. Ich habe darum gebeten herzukommen«, erwiderte sie und zuckte zusammen, als fast im gleichen Augenblick die Glühbirne der Deckenlampe mit einem Knacken erlosch.

9

Er war ihr Richtung Stadt gefolgt. Nach der Unterredung in seinem Büro hatte er ihr eine Einkaufsliste sowie seine Kreditkarte in die Hand gedrückt. Dabei hatte er sehen können, wie sie mit den Zähnen geknirscht hatte. Aber sie hatte kein Wort darüber verloren, war in Stiefel und Jacke geschlüpft und wenig später hatte er den Motor ihres Wagens auf dem Hof aufheulen hören.

Und wie schon in der vergangenen Nacht hatte er es nicht über sich gebracht, sie dabei unbeobachtet zu lassen. Also stand er jetzt auf dem riesigen Parkplatz, der zu dem Supermarkt gehörte, in den sie gefahren war, etwas abseits ihres Wagens und wartete darauf, dass sie aus dem Laden wieder herauskam.

Weil er es trotz seiner Wut nicht verantworten konnte, sie einer Gefahr auszusetzen. Egal, wie stark sie auch sein mochte. Sein Beschützerinstinkt ließ es ebenso wenig zu, wie der immer stärker werdende Drang, in ihrer Nähe zu sein. Ihren Geruch in der Nase zu haben, der noch immer der gleiche war.

Sie hatte sich verändert. Und doch wieder nicht. Noch immer schimmerte jener Wildfang in ihr durch, der sie damals gewesen war. Den er noch immer begehrte. Er hatte wirklich geglaubt, das hinter sich gelassen zu haben. Aber dieses Gefühl war mit Macht zu ihm zurückgekommen und hielt ihn seitdem vom Schlafen ab.

In seiner Erinnerung war sie wunderschön gewesen. Aber seine Erinnerungen hatten gelogen. In Wahrheit war sie noch viel schöner.

Er wich zwischen die parkenden Wagen zurück, als er sah, wie sie einen übervollen Einkaufswagen mit einer Hand über den Parkplatz steuerte und sich so gar nicht darum zu scheren schien, dass eine Frau ihrer Statur das eigentlich gar nicht konnte. Und er ertappte sich bei einem Lächeln bei dem Anblick.

New York, 7. September 1664

Sie war noch Jungfrau. Das war wohl das letzte gewesen, womit er gerechnet hatte. Aber nach allem, was sie ihm die vergangenen Tage aus ihrem Leben erzählt hatte, hätte er auch von selbst draufkommen können. Wenn er denn nur nachgedacht hätte, statt sie jedes Mal sabbernd anzustarren, wenn sie in seiner Nähe war.

Mit ihren achtzehn Jahren war sie vollkommen unberührt vom Schmutz dieser Welt und Scham stieg in ihm auf, als er auf den Dreck unter seinen Fingernägeln starrte, während er eigentlich darüber wachen sollte, dass die niederländischen Soldaten ihre Sachen auf jene Schiffe luden, die vor Anker gegangen waren, um sie abzuholen.

Sie war so vollkommen anders als er. Mehr denn je kam es ihm nun wie ein Sakrileg vor, dass er sie dennoch begehrte. Rasend begehrte.

Seit ihrer zweiten Begegnung hatte er keine andere Frau mehr angerührt. Etwas, das ihm den Spott seiner Kameraden eingehandelt hatte. Aber er hatte die Vorstellung nicht ertragen, dass sie ihn nochmal so ansehen würde wie an jenem Abend. Angewidert. Verärgert.

Es hatte sie geärgert, was er getan hatte. Und plötzlich hatte er gemerkt, dass er das nicht wollte. Dass es ihm wichtig war, was sie von ihm dachte.

Ihm, dem dreckigen Engländer, der in seinem Leben nie erfahren hatte, wie es sich anfühlte, wenn man sich nicht darum sorgen musste, wo man das nächste Essen herbekam. Wie es war, in einem Bett mit sauberen, feinen Laken zu schlafen. Ohne Flöhe oder Bettwanzen, die einen zerbissen. Alles Dinge, die für sie selbstverständlich waren.

Er hatte dem kleinen Frechdachs nichts zu bieten außer Schmutz und Elend. Und sie wusste das. Trotzdem kam sie jeden Abend wieder. Hatte sich von ihm sogar küssen lassen. Hatte sich an ihm festgehalten und den Kuss erwidert.

Ihre Eltern würden ihn vom Hof jagen. Wäre sie seine Tochter, er würde es nicht anders machen. Zu alt, zu ungebildet, zu arm. Das einzige, was er von sich behaupten konnte, war, dass er in seinem Alter nur einen einzigen Backenzahn bisher beim Zahnbrecher hatte lassen müssen und dass er arbeiten konnte. Wenn man ihn denn ließ. Es war schon lange her, dass er sein eigenes Gewerk ausgeübt hatte.

Die Gedanken beschäftigten ihn noch, als seine Ablösung kam und seinen Dienst somit beendete.

Er ging nicht zurück zu dem Schiff, auf dem sie alle nach wie vor schliefen. Stattdessen fand er sich plötzlich vor dem Badehaus wieder, das man in dieser Stadt errichtet hatte. Ein wenig war von seinem Sold noch da, seit er nicht mehr so viel trank und den Röcken nachstieg. Es würde reichen. Es musste.

Mit vierzehn hatte er seine Unschuld in einer dunklen Gasse zwischen zwei Häusern unweit des Spitalfields verloren, aber selbst damals war er nicht so nervös gewesen wie jetzt, als er in den letzten Strahlen der Dämmerung am Teich stand und auf sie wartete.

Er hatte ein Bad genommen, sich sogar rasieren lassen. An seinen Kleidern konnte er nichts ändern. Er war, was er nun mal war. Aber wenigstens das konnte er tun, um sich in ihrer Gegenwart nicht mehr wie der Abschaum zu fühlen, der er war. So wertvoll wie der Dreck in den Straßen seiner rattenverseuchten Heimatstadt.

Am Ende waren ihm sogar ein paar Penny geblieben, mit denen er zum Konditor gegangen war. Weil sie ihm erzählt hatte, dass ihre Mutter ihr verboten hatte, zu viel Süßes zu essen, und streng darüber wachte. Es war nicht viel, aber er hoffte, dass er ihr damit dennoch eine Freude machen konnte.

Er hörte es rascheln und sein Atem stockte, als sie aus dem Dunkel des Waldes trat. Wieder mal erwischte ihr Anblick ihn unvorbereitet. Wie er das immer tat. Ihre kleine, zierliche Gestalt, die sie in ein schlichtes, schwarzes Kleid gehüllt hatte, aus dem am Dekolletee ihr weißes Unterkleid hervorlugte. Wie immer hatte sie ihre Haare zu einem Zopf geflochten, der ihr weit über den Rücken fiel. Sie trug keine Haube, noch nie hatte er sie mit einem dieser gestärkten, unnützen Dinger erlebt, und kleine Strähnen hatten sich aus ihrer Frisur befreit und umspielten ihr zartes Gesicht.

Sie lächelte, als sie auf ihn zukam, und sein Mund wurde trocken, als sie dicht vor ihm stehen blieb. Ohne Scheu, ohne Ekel. Als ob sie keinen Gedanken daran verschwendete, wie weit er unter ihr stand. Und noch nie in seinem Leben hatte er sich so unbeholfen im Angesicht einer Frau gefühlt.

»Was ist denn mit meinem dreckigen Engländer passiert?« Sie neckte ihn und seine Kehle wurde eng, als sie die Hand hob und über seine Wange strich. *Ihr* dreckiger Engländer. Und das Leuchten in ihren Augen ließ seine Knie weich werden.

»Der hat einmal im Monat Badetag, Frechdachs.« Eine kleine Lüge, die sie ihm hoffentlich verzieh. »Ich habe dir was mitgebracht.«

Sie strahlte über das ganze Gesicht, als er die kleinen Teilchen aus dem Taschentuch wickelte, in das er sie eingeschlagen hatte. Und er ertappte sich bei einem Lächeln, als sie übermütig in die Hände klatschte. Sie stammelte sogar vor Freude, doch schlug er ihre Hand weg, als sie nach einem der Stücke greifen wollte.

Sie schmollte und er glaubte, noch nie etwas Süßeres gesehen zu haben als ihre in diesem Moment vorgeschobene Unterlippe, während ihre Augen vor Erheiterung blitzten.

»Was bekomme ich denn dafür?«

Ihre Augen wurden groß, das Schmollen verschwand und sein Herz überschlug sich, als sie die Zähne in die Unterlippe grub. Eine feine Röte kroch in ihre Wangen und gebannt wartete er ab, wie sie nun reagieren würde.

Sein Herzschlag setzte aus, als sie mit der Zungenspitze über ihre Unterlippe leckte.

»Was willst du denn haben?«

Alles. »Einen Kuss von der feinen Dame.«

Und, gottverdammt, sie lächelte.

»Dann wirst du dich schon runterbeugen müssen. Ich kann nämlich nicht fliegen.«

Er lachte leise, während er ihrer Aufforderung nachkam. Sie war so süß mit ihrem vorlauten Mundwerk. So anders als die Frauen, mit denen er für gewöhnlich Umgang pflegte. So ganz anders, als er sich vornehme Damen immer vorgestellt hatte.

Sie küsste ihn. Scheu berührten ihre Lippen die seinen und viel zu schnell schon zog sie sich wieder zurück.

»Das reicht nicht, Frechdachs.«

Ihre Wangenfarbe vertiefte sich und so etwas wie Trotz glomm in ihren Augen auf. Dann legte sich ihre Hand in seinen Nacken und mit erstaunlicher Kraft zog sie ihn erneut zu sich herab.

Diesmal küsste sie ihn richtig und er hörte sein eigenes Stöhnen, als ihre Zunge über seine Lippen strich. Ein leises Quieken entfuhr ihr, als er gleich darauf einen Arm um sie legte, als er sie an sich zog und den Kuss vertiefte. Er wusste, dass er zu grob war, dass er vorsichtiger mit ihr sein musste. Aber sein Hunger nach ihr machte ihn wahnsinnig und ließ die wenige Beherrschung, die er besaß, bröckeln. Doch sie unternahm nichts, um ihn aufzuhalten. Da war kein Widerstand, nur süße Hingabe, mit der sie sich gegen ihn sinken ließ und seinen Kuss erwiderte.

Sein Herz hämmerte gegen seine Rippen, als der Kuss schließlich endete, und er wusste, dass seine Finger zitterten, als sie den Kopf hob und ihn anlächelte. Sie lächelte, obwohl ihre Lippen geschwollen waren von einem Kuss, der noch immer in ihm nachhallte.

»Besser?«

»Ein Stück hast du dir wohl verdient.«

Wieder tauchte dieses niedliche Schmollen auf ihren Lippen auf und fasziniert sah er dabei zu, wie sie stillhielt, als er eines der Stücke nahm und an ihre Lippen hielt.

Es durchfuhr ihn wie ein Blitzschlag, als sie den Mund öffnete und es sich in den Mund schieben ließ. Als ihre Zunge für einen winzigen Moment über seine Haut strich und ihr wohliges Stöhnen seinen Schwanz hart werden ließ.

»Mehr.« Ein einziges heiseres Wort, das ihre Lippen verließ und ihm durch Mark und Bein ging, während ihr Blick an seinen Lippen hing.

Sie wusste, was er gerade machte! Heiß und kalt durchlief es ihn bei dieser Erkenntnis. Sie wusste es. Und sie wollte es auch. Er sah es in ihren Augen. Sie begehrte ihn.

Erneut küsste er sie, übte sich in Zurückhaltung, nur um gleich darauf zu scheitern und sie mit einer Hand an ihrem Hinterkopf an sich zu ziehen. Ihre Hände legten sich auf seine Brust. Diese kleinen, schlanken Finger gruben sich in den Stoff seines Hemdes. Aber sie stieß ihn nicht von sich, vielmehr klammerte sie sich daran fest und seufzte leise, als er ihren Kopf noch weiter in den Nacken bog.

Sie war außer Atem, als er sie viel später freigab. Ihr Blick war verhangen und ihre Lippen schimmerten feucht im Schein der kleinen Lampe, die er mitgebracht hatte. Und wie eine Puppe ließ sie es geschehen, als er sie mit sich zu Boden zog, bis sie voreinander saßen.

Er wollte so vieles in diesem Moment. Sie auf den Boden legen, unter ihre Röcke gleiten, mit den Händen die zarte Haut ihrer Schenkel erkunden … Nichts davon tat er, blieb einfach vor ihr sitzen und sah atemlos dabei zu, wie sie vorsichtig das zweite Stück Konfekt nahm, als er es ihr hinhielt.

»Was ist mit dir?«

»Sie sind für dich.«

Ihr Blick veränderte sich, wurde nachdenklicher, tiefer. »Aber ich will sie nicht, wenn ich sie nicht mit dir teilen kann.«

In diesem Moment wollte er weinen. Da war kein Platz mehr für das Herz in seiner Brust, als er sah, wie sie ihm das zweite Stück hinhielt. Wie sie es an seine Lippen führte, genauso, wie er es zuvor bei ihr getan hatte.

»Was verlangst du dafür?« Die Worte kratzten in seinem Hals.

Sie lächelte leicht und sein Herz setzte aus.

»Einen Kuss.«

Federleicht berührte der Blätterteig seine Lippen, er konnte die klebrige Glasur darauf spüren, wie sie daran haften blieb. Und sie schob es ihm in den Mund, kaum dass er ihn geöffnet hatte.

Ihre Fingerspitzen strichen über seine Lippen und er schloss sie kurz darum, ehe er sie freigab. Noch nie hatte er Süßigkeiten gegessen. Das war etwas für die Reichen, ihnen hatte dafür immer das Geld gefehlt. Und er stöhnte, als er das kleine Teilchen mit der Zunge gegen den Gaumen drückte und die cremige Füllung daraus hervorplatzte.

Er hatte nicht gewusst, wie unendlich süß Vanille schmeckte. Weich verteilte die Füllung sich in seinem Mund, ließ jeden seiner Sinne explodieren und er schloss die Augen, während er langsam kaute.

Lange blieb er so sitzen, wohl wissend, dass sie ihn dabei beobachtete, als er dem Geschmack in seinem Mund nachspürte, bis er langsam weniger wurde und er schließlich schluckte und die Augen öffnete.

Da saß sie und lächelte ihn an. Mit einem Blick, der besagte, dass sie gewusst hatte, dass er so etwas noch nie zuvor gegessen hatte.

»Du schuldest mir was.« Ihre Stimme klang kehlig, war voll jenes Verlangens, das er nach ihr verspürte. Doch war es Scheu, die ihn befiel und die ihn die Hand wieder senken ließ, die er in einem Reflex nach ihr ausgestreckt hatte.

Sie wollte das hier. Sie wollte ihn.

Aber das sollte sie nicht.

»Ich bin nicht der Richtige für dich.« Nur mühsam kamen die Worte über seine Lippen, widersprachen sie doch allem, was er sich wünschte.

»Aber du bist der Einzige, den ich will«, erwiderte sie mit fester Stimme und versetzte seiner ungewohnten Zurückhaltung den Todesstoß.

Er wusste nicht, wie es gekommen war, dass sie plötzlich unter ihm lag. Wusste nicht, wann es geschehen war, dass er die Haken und Ösen ihres Kleides geöffnet und ihr Unterkleid an ihr hinabgeschoben hatte, bis ihre vollen Brüste sich ihm nackt in der kühlen Luft präsentierten. Aber plötzlich lag sie so vor ihm im Gras, die Augen geschlossen, den Kopf zurückgeworfen, während sie die Schultern durchdrückte, um ihm entgegenzukommen. Seinen Lippen entgegen, mit denen er sie erkundete. Seinen Händen, deren raue und schwielige Innenflächen nichts weiter spürten als zarte, weiche Haut.

Er wollte sie nackt unter sich, aber es war zu kühl. Er wollte nicht, dass sie fror. Er wollte in ihr sein, seinen Samen in sie pumpen, aber er hatte Angst davor, ihr weh zu tun. Er wollte so vieles in diesem Moment. Sie halten, küssen, spüren.

»Warren, bitte.« Ihre Finger glitten in seine Haare, lösten das Band, mit dem er sie zusammengefasst hatte, und er lauschte andächtig dem leisen Stöhnen, das ihr entwich, als er in ihre aufgerichtete Brustwarze biss. Sie bewegte sich unter ihm. Unruhig drängte sie ihm ihr Becken entgegen, rieb sich an ihm, keuchte, als er seinen Schaft fester gegen ihre Scham presste, und entlockte ihm ein Stöhnen, als sie ihre Finger in seine Haare krallte.

Sein Gewicht auf einen Unterarm verlagernd ließ er eine Hand an ihr hinabgleiten, arbeitete sich durch die vielen Lagen Stoff, die ihren Schoß verbargen, und hörte sie scharf Luft holen, als er auf nackte Haut stieß.

Sie war so unendlich schön in ihrer Lust, die sie den Kopf hin und her werfen ließ, als er sich langsam höher tastete, bis er die dunklen Löckchen fand, die ihre Mitte verbargen. Sie war nass. Und sie wimmerte leise, spreizte ihre Beine und drängte sich seinen Fingern entgegen. Unverfälschte Lust. Noch nie hatte er so etwas gesehen. Noch nie hatte er es darauf angelegt, es zu sehen. Er hatte sich nie darum geschert, wie es für eine Frau war, wenn er sie nahm. Denn noch nie hatte er das Bedürfnis verspürt, zärtlich zu sein.

Bei ihr war es anders. Wie alles mit ihr anders war.

Jetzt wusste er nur nicht wie.

»Bitte.« Sie wisperte es erstickt, während sie sich ihm noch weiter entgegen bog.

Hitze umfing ihn, als er mit einem Finger in sie eintauchte, bis er gegen das Hindernis stieß. Unberührt. Er konnte es gar nicht glauben. Diese perfekte Frau war unberührt. Und schenkte sich ihm.

Er gab auf. Er konnte nicht mehr. Seine Hand verließ ihren Schoß und er spürte, wie sie ihr Bein um ihn schlang, als er hektisch am Bund seiner Hose nestelte. Er musste einfach in ihr sein, musste diese Hitze spüren, die Enge, wenn sie ihn umfing.

Er wusste, dass er ihr wehtun würde, wenn er in sie eindrang. Aber er wusste nicht, wie er es ihr leichter machen konnte. Er zitterte auch viel zu sehr.

»Es tut mir leid.« Er murmelte die Worte an ihrer Stirn, als er sich in Position brachte, als er spürte, wie ihre Nässe die Spitze seines Schwanzes benetzte, und verschloss ihre Lippen mit den seinen, um ihren Schrei zu ersticken, als er in sie eindrang.

Sie verkrampfte unter ihm, ihr Schoß zog sich so fest zusammen, dass er stöhnte. Er tat ihr weh. Er wusste das. Er konnte die Spannung in ihrem Körper spüren, ihre Versuche, ihn abzuschütteln, als er sich in ihr bewegte. Als er in sie stieß, nur um sich Sekunden später in ihr zu ergießen.

Er wich von ihr ab, als hätte er sich verbrannt. Hastig stopfte er seinen Schwanz in seine Hose, sah dabei das Blut, das an ihm klebte, und sein Herz zog sich zusammen.

»Es tut mir, Ellis. Es tut mir leid.« Wieder und wieder sprach er diese Worte, während er zwischen ihren Beinen kniete und fassungslos auf ihr ehemals weißes Unterkleid starrte. Da war so viel Blut. Und er war dafür verantwortlich.

Er wollte sich erheben, auch wenn er gar nicht wusste, was er tun sollte, als ihre Stimme ihn zurückhielt. »Untersteh dich, jetzt abzuhauen.« Noch immer klang sie gepresst und er schluckte schwer, als er in ihr Gesicht sah.

»Ich …« Er wusste nicht, was er sagen sollte. Er hatte ihr wehgetan.

Sein Blick fiel auf das Tuch, mit dem er das Konfekt hergebracht hatte. Unbeachtet lag es neben ihm und einer Eingebung folgend nahm er es auf und erhob sich.

»Warren!« Ellis fauchte und er hörte das Rascheln ihrer Röcke, als sie sich aufrichtete.

»Bleib liegen, Frau.« Er drehte sich nicht um, trat an den Teich und ging in die Hocke.

Gründlich spülte er den Stoff aus, tränkte ihn schließlich und kehrte mit dem feuchten Lappen zu ihr zurück.

Sie hielt still, als er sich neben sie setzte und sie vorsichtig wusch. Behutsam strich er mit dem Tuch über die Innenseite ihrer Schenkel. Entfernte das Blut und seinen Samen, der sich dort verteilte hatte, wusch erneut das Tuch im Teich aus und wiederholte die Prozedur, bis er kein Blut mehr an ihr entdecken konnte.

Ellis regte sich nicht. Mit gespreizten Beinen blieb sie vor ihm liegen, ließ zu, dass er zumindest versuchte wiedergutzumachen, was er gerade angerichtet hatte, und sein Mund wurde trocken, als er das Tuch zur Seite legte und es endlich über sich brachte, ihr in die Augen zu sehen.

Er wusste nicht, was er erwartet hatte, dort zu finden. Verachtung vielleicht. Jene Verachtung, die er von Anfang an bei ihr erwartet hätte. Stattdessen war da nur Wärme und ein kaum merkliches Lächeln, das ihre Züge weich werden ließ.

»Meine Mutter hatte mich gewarnt, dass es so ausgehen könnte.«

Er war sprachlos.

»Deine …« Er bekam den Satz nicht zu Ende und sie grinste schief.

»Ja, meine Mutter. Obwohl sie meinen Vater über alles liebt, war das erste Mal wohl eine Katastrophe. Warren, ich möchte nicht aufdringlich erscheinen, aber … würdest du mich bitte in den Arm nehmen? Das brauche ich gerade.«

Er tat es. Obwohl er noch immer nicht verstand, was gerade passierte. Warum sie nicht wütend war. Warum sie ihn nicht fortjagte. Er legte sich neben sie und hörte ihr leises Seufzen, als er den Arm um sie schlang und sie ihre Wange an seine Brust bettete.

Noch nie hatte er eine Frau im Arm gehalten. Noch nie hatte er dieses warme Gefühl gespürt, das in seinem Innersten aufkam, als sie nun ihre Hand auf seine Brust legte und mit den Fingern kleine Kreise darauf zog.

»Wir üben das jetzt einfach so lange, bis es funktioniert«, hörte er sie sagen und irgendwas in ihm zerbrach. Er konnte den Riss spüren, der quer durch seine Seele lief und ein schon sehr altes Gewicht von ihm nahm. Ein Gewicht, von dem er bis zu diesem Moment nicht mal gewusst hatte, dass es auch nur existierte.

Er gab ihr keine Antwort. Er konnte es nicht. Stattdessen zog er sie fester an sich und vergrub sein Gesicht in ihren Haaren.

10

Sie war gerade dabei, die Einkäufe in Vorratskammer und Kühlschrank zu räumen, als ein Mann den Raum betrat.

»Hey.«

Sie zuckte zusammen, mühte sich dann jedoch um ein Lächeln, auch wenn sie es nicht so fühlte.

»Hey.« Kurze, dunkelblonde Haare über einem schmalen, fein konturierten Gesicht. Nicht ganz so muskulös wie Warren, aber auch nicht weit davon entfernt.

Ellis blieb der Mund offenstehen, als er neben sie trat und damit begann, die verbliebenen Lebensmittel aus den Tüten zu räumen.

»Ich bin übrigens John. Der letzte deVries, der noch frei rumläuft.«

»Ellis«, erwiderte sie im Reflex und sah, wie er lächelte. »Was machst du da?«

»Wonach sieht es aus?«, fragte er prompt zurück, während er ungerührt weiter Lebensmittel in den Kühlschrank räumte.

»Warren würde das nicht gefallen.«

John schnaubte. »Und? Dem gefällt eine Menge nicht.« Dann sah er auf und bei dem Ernst in seinen Augen stockte sie in ihrer Bewegung. »Keine Ahnung, was zwischen euch vorgefallen ist. Aber ich lass mich nicht für seine privaten Kriege instrumentalisieren. Und die anderen auch nicht. Du bist hier. Du kannst helfen und mein Bauchgefühl sagt, dass du in Ordnung bist.«

Für einen Moment war Ellis sprachlos. Dieser Wolf widersetzte sich vielleicht nicht seinem Alpha, aber er ignorierte dessen festgelegte Rangfolge. Wie auch schon zuvor sein Beta.

Das Klingeln ihres Telefons riss sie schließlich aus ihrer vorübergehenden Erstarrung und mit einem entschuldigenden Lächeln in Richtung John zog sie es aus ihrer Tasche und huschte aus der Küche in Richtung Büro. Es war leer und leise schlüpfte sie hinein und zog die Tür hinter sich ins Schloss, dankbar für die Unterbrechung. Sie hätte nicht gewusst, was sie John hätte sagen sollen.

»Scott?« Sie hatten vor einer Woche zuletzt miteinander gesprochen. Als sie ihm mitgeteilt hatte, dass sie eine Spur zu Warren hätte.

»Wie geht's dir?«, erklang seine Stimme und sie lächelte. Der Brite und seine unendliche Höflichkeit. Er war so ganz anders als sein knurrender Landsmann, in dessen Haus sie untergekommen war.

»Bestens«, erwiderte sie und schämte sich eventuell ein wenig dafür, dass sie den ältesten Lyko gerade belog. Aber am Ende ging es ihn auch nichts an.

»Wo steckst du?«

»Ich habe Warren gefunden und stehe gerade in seinem Büro.«

Sie konnte hören, wie er das Telefon bewegte, und fiel ihm ins Wort, ehe er irgendwas sagen konnte, womit sie nicht würde umgehen können. Scott Lyko war erstaunlich feinfühlig, es war nicht auszuschließen, dass er ahnte, dass irgendwas nicht stimmte. »Hast du was für mich?«

Er war zu höflich, um sich nicht vom Thema abbringen zu lassen. Auch wenn sie an seinem kurzen Zögern erkennen konnte, dass er nicht glücklich damit war. »Die Dämonen haben mir Zugriff auf die Polizeidatenbanken gegeben und ich bin die Liste der kürzlich Vermissten durchgegangen.«

Ellis versuchte wirklich, sich auf den Schock einzustellen, den er gerade vorbereitete.

»Im Umkreis von Wilkes-Barre/Scranton sind in den zurückliegenden drei Jahren insgesamt vierhundert Menschen verschwunden. Damit hat sich die Zahl der Vermissten in der Region seitdem sprunghaft verfünffacht. Und das sind nur die dokumentierten.«

Sie sank gegen die Tischplatte in ihrem Rücken, während ein eisiger Schauer sie durchlief.

In Deutschland hatten die Scheißkerle sich überwiegend auf Menschen fokussiert, die niemand vermisste. Oder bei denen es nicht lange dauern würde, ehe man die Suche einstellte. Nicht unwahrscheinlich, dass sie es hier genauso hielten. Das würde bedeuten, dass die Zahl der Entführten noch erheblich höher war als die Zahl jener, die von der Polizei erfasst worden waren. Die Region, in der sie sich gerade befand, war ländlich. Viele Menschen lebten nicht in Städten, sondern auf ehemaligen Farmen oder in abgelegenen Häusern mit nur einem Minimum an Kontakt zur Außenwelt. Oder sie waren gleich Amish, die den Kontakt mit der normalen Gesellschaft weitestgehend mieden.

Eine Fundgrube für die verdammten Arschlöcher. Das Ostküsten-Hinterland, wie es genannt wurde, musste ihnen wie ein riesiges Buffet erscheinen.

Vor vier Wochen war sie in die Staaten aufgebrochen, mit nichts weiter als ein paar ausgedruckten Mails, die Scott vom Server der zerstörten Farm gefischt hatte. Jede einzelne Adresse, die er hatte ermitteln können, war sie abgegangen, ehe sie in Pennsylvania gelandet war. Allesamt ohne Erfolg.

Pennsylvania hatte sie sich nur deshalb für den Schluss aufgehoben, weil sie da schon gewusst hatte, dass Warren hier leben musste. Es hatte sie nämlich keine Mühen gekostet, seinen Namen in eine Suchmaschine einzutippen und die Website seiner Firma zu finden. Etwas, das sie lange Jahre hindurch nicht gewagt hatte, aus Angst, was sie würde finden können. Weil sie sich in ihrer unendlichen Feigheit eingeredet hatte, dass es besser für sie beide wäre, wenn sie verschwunden bliebe.

»Hast du noch mehr frohe Botschaften?«

»Reicht das noch nicht?«, konterte er und sie entrang sich ein zittriges Lächeln.

»Es werden hier drei Wölfe vermisst. Es wäre also wahnsinnig sexy, wenn du mir irgendwas liefern könntest, womit ich was anfangen kann.«

»Ich würde es ja mit den Stromrechnungen der umliegenden Firmen versuchen, Ellis, aber die sind da alle solche Energieschleudern, dass es unmöglich ist, die eine von der anderen zu unterscheiden. Außerdem kann niemand gesichert sagen, ob sie ihren Verbrauch nicht mit der Magie abdecken, die diese Mistkerle im Leib haben.«

Sie gluckste leise, als sie sich dabei spontan drei Magier im Hamsterrad vorstellte.

»Aktuell gehe ich die Grundstücks- und Hausverkäufe in der Region im Zeitraum der letzten vier Jahre durch. Mühselig, es kann also etwas dauern. Aber ich bleib dran und geb dir Bescheid, wenn ich was habe.«

Es war nur Zufall, dass sie den Kopf hob und zur Tür sah. Und sie erstarrte, als sie Warren dort erkannte. Sie war so abgelenkt gewesen, dass sie nicht mitbekommen hatte, wie er die Tür geöffnet hatte.

»Beeil dich, Scott. Bitte.« Sie legte auf, während sie nicht in der Lage war, den Blick von Warren zu lösen. Er war so wütend. Die Luft um ihn herum vibrierte regelrecht und sie glaubte, es sogar auf ihrer Haut spüren zu können.

Sie schaffte es nicht, das Wort an ihn zu richten. Schaffte es nicht, die Situation mit einem dummen Spruch aufzulösen und zu überspielen, wie nervös sie gerade war. Stattdessen schob sie das Handy zurück in ihre Gesäßtasche und wollte mit gesenktem Kopf an ihm vorbei.

Er hielt sie fest, als sie auf seiner Höhe im Türrahmen war. Seine Finger gruben sich in ihren Oberarm und sie schluckte, als sie zu ihm aufsah.

Die Hitze in seinem Blick traf sie unvorbereitet und Gänsehaut entstand auf ihren Armen, als sich ein leises Grollen aus seinem Brustkorb löste.

Dann küsste er sie. Grob fiel er über ihre Lippen her, presste sie mit dem Rücken gegen den Türrahmen und ihr unterdrückter Schmerzlaut versank zwischen ihnen, während sie einen Arm um seinen Hals schlang.

Ihre Lippen brannten, als er sie bereits viel zu schnell wieder freigab. Wut und Verlangen kämpften in ihm. Sie konnte sehen, wie er damit rang. Wie er darum kämpfte, jenes Verlangen zurückzudrängen, das auch in ihr brannte.

»Du gehörst mir, Ellis.«

Sie konnte nichts sagen. Ihre Kehle war wie zugeschnürt. Und sie rannte davon, kaum dass seine Hand ihren Oberarm freigab. Und nur entfernt hörte sie, wie eine Glühbirne im Flur mit einem Knall zerbarst.

Es war mitten in der Nacht, als er zu ihr kam. Als er den kleinen Verschlag mit dem winzigen Fenster betrat, den er ihr gegeben hatte.

Sie hatte gewusst, dass er kommen würde. Hatte gewusst, dass er ebenso wenig wie sie in der Lage wäre, dieses Jahrhunderte alte Verlangen zu unterdrücken. Das Verlangen nach dem eigenen Partner, das einzig aufgrund der Erinnerungen die Hitze zwischen ihre Schenkel getrieben hatte.

»Warren.« Ein gebrochenes Wispern in der Dunkelheit, als er sich auf sie legte.

»Sei still.«

Er versiegelte ihre Lippen mit einem Kuss. Rau. Hart. Aber nicht strafend. Da war nur diese verzweifelte Lust, die sie dazu brachte, ihre Nägel über seinen Rücken kratzen zu lassen, ihre Beine für ihn zu spreizen, als er sich dazwischen drängte, und ihr Becken an ihm zu reiben.

Flüssiges Feuer rauschte durch ihre Adern, als er eine Hand an ihr hinabgleiten ließ. Als er den Slip zerriss, der ihnen im Weg war, und sie wimmerte, als er bereits Sekunden später in sie eindrang.

Wie oft hatte er früher versucht, zärtlich zu sein? Jedes Mal war er daran gescheitert. An diesem Verlangen, das sie beide so fest in seinen Klauen hatte. An der Hitze zwischen ihnen. Dem Hunger. Dieses Mal versuchte er es gar nicht. Hart stieß er in sie, füllte sie aus und brachte sie an die Grenzen dessen, was sie ertragen konnte. Und sie klammerte sich an ihn, grub ihre Zähne in seine Schulter und erstickte ihren Schrei, als sie unter seinen rauen Stößen kam.

Er kam wenige Augenblicke später, sie spürte, wie er sich in ihr ergoss und mit einem rauen Stöhnen in ihr erstarrte.

Schmerz presste ihr die Luft aus der Lunge, als er sich gleich darauf erhob und sie ohne ein Wort zurückließ.

Manahatta, 16. September 1664

Finster starrte sie auf das Hemd in ihrem Schoß. Eine ganze Woche hatte sie an diesem Stück, einem Überrock, einem Mantel sowie zwei Hosen und einem weiteren Hemd gesessen. Die Fingerkuppen hatte sie sich blutig gestochen bei dem Versuch, etwas zu tun, was ihr absolut nicht lag und sie nur beherrschte, weil ihre Mutter sie dazu gezwungen hatte, es zu lernen.

Nähen. Sie hätte nie für möglich gehalten, dass sie es mal freiwillig täte. Ihre Talente lagen eindeutig woanders. Im Kämpfen. Mit den Händen. Mit dem Schwert. Und als Wolf. Darin war sie gut. So gut, dass sie selbst ihrem Vater im Training die Stirn bieten konnte. Bei filigranen Arbeiten mit Nadel und Faden versagte sie hingegen kläglich.

Dennoch hatte sie es getan. Hatte sich still und leise in eine Ecke gesetzt und angefangen, Kleider zu nähen. Und wann immer der wissende Blick ihrer Mutter auf sie gefallen war, war sie errötet.

Sie hatte sie gefragt. Hatte all ihren Mut zusammengenommen und die ältere Frau gefragt, woran man erkannte, dass man seinem Partner begegnet war. Dass *er* der Richtige war. Der Einzige. Und ihre Mutter hatte sie mit einem kleinen Lächeln angesehen und sie hatte gewusst, dass sie sich dabei in ihren eigenen Erinnerungen an jene Zeit verlor.

Wenn du bereit bist, Dinge für diesen Mann zu tun, die du nie für möglich gehalten hättest. Wenn du ohne zu zögern dein Leben für ihn geben würdest. Dann weißt du es, mein Liebling.

Und jetzt saß sie hier und starrte auf die kleinen blutigen Einstiche in ihren Fingerspitzen, die langsam verheilten.

Sie würde es ihm sagen müssen. Sagen müssen, dass sie ihm nicht nur ihre Unschuld geschenkt hatte, sondern auch ihr Herz. Und was das bedeutete. Aber sie hatte Angst. Angst davor, dass er nicht würde akzeptieren können, was sie war. Dass er sie zurückweisen würde, weil sie anders war.

Es war das erste Mal in ihrem Leben, dass sie vor etwas Angst hatte. Weil sie liebte. Weil sie diesen heruntergekommenen Mann liebte, der so stolz und gleichzeitig so unbeholfen war in seinen Versuchen, es bei ihr richtig zu machen.

Sie lächelte, als sie an die vielen Male zurückdachte, die er inzwischen versucht hatte, zärtlich zu ihr zu sein. Seit jenem ersten Mal hatten sie sich jeden Abend wiedergesehen. Und jeden Abend wieder waren sie miteinander im Gras gelandet, hungrig auf den jeweils anderen. Und jeden Abend sah sie am Ende die Reue in seinem Blick, weil er es wieder nicht geschafft hatte, ihr einen Höhepunkt zu entlocken. Weil er sie immer kurz davor brachte, nur um dann die Beherrschung zu verlieren. Sie wusste, dass sein Stolz darunter litt. Auch wenn sie ihm jedes Mal versicherte, dass es ihr nichts ausmachte. Weil es der Wahrheit entsprach. Irgendwann würden sie das schon noch hinbekommen. Seltsamerweise war ausgerechnet an diesem Punkt ihre sonst nicht vorhandene Geduld endlos. Auch so genoss sie, was sie miteinander teilten. Seinen Körper an dem ihren zu spüren. In ihr. Seine Bewegungen, das Stöhnen, wenn er in ihr kam. Und wie er sie anschließend im Arm hielt, sie streichelte und kleine Küsse auf ihrem Gesicht verteilte.

Dieser raue, ungehobelte Mann wurde dann ganz weich und er schämte sich nicht mal dafür, wie schwach er in diesen Momenten war. Wenn möglich, liebte sie ihn dafür nur noch mehr.

Sie wartete, bis ihre Eltern das Haus verließen, die an diesem Abend miteinander laufen gehen wollten. Dann packte sie die Kleider, die sie genäht hatte, in ihren Umhang, zog sich aus, warf ihre eigenen Sachen darauf und verknotete alles zu einem festen Bündel. Dann verließ sie das Haus und die Siedlung, bis sie im Wald angelangte. Dort verwandelte sie sich, packte das Bündel und rannte in die zunehmende Dämmerung.

Sie wusste, dass sie zu früh war. Warrens Dienst konnte gerade erst zu Ende gegangen sein und er war dazu übergangen, sich zu waschen, ehe er zu ihr kam. Ihr dreckiger Engländer wusch sich neuerdings tatsächlich regelmäßig.

Ihre Nerven flatterten, als sie ihren Umhang fester um sich zog und sich ins Gras am Ufer des Teiches niederließ. Bald würde es zu kalt sein, um sich weiterhin hier draußen treffen zu können. Sie würden eine Lösung dafür finden müssen. Wie sie für alles eine Lösung finden mussten. Aber dafür würde sie reden müssen.

Aber nicht heute. Heute würde es sie schon genug Mut kosten, ihm die Sachen zu geben, die sie für ihn genäht hatte. Ihr dreckiger Engländer war ein stolzer Mann. Es war nicht unwahrscheinlich, dass ihr Geschenk ihn vor den Kopf stoßen würde. Die Tochter aus wohlhabendem Hause, die ihrem verarmten Geliebten Kleidung schenkte. Sie wusste nicht, wie sie ihm würde begreiflich machen können, dass sie ihm einfach nur eine Freude machen wollte. Dass es ihr egal war, wie viel Geld er besaß. Oder eben nicht besaß. Sie wollte, dass es ihm gut ging. Die Winter konnten sehr kalt hier werden. Doch er besaß nur seine Uniform und die Sachen, die er trug, wenn er bei ihr war. Nicht mal einen Mantel, der ihn gegen die zunehmende Kälte schützen konnte, nannte er sein Eigen. In spätestens einem Monat würde er ihn jedoch brauchen.

Ihr Herz hüpfte in ihrer Brust, als es am gegenüberliegenden Ende des Teiches im Gebüsch raschelte. Und es blieb stehen, als ein Mann auf die Lichtung trat.

Es war nicht Warren.

»Was macht so ein hübsches Ding ganz allein im Wald?«

Es war wie eine Wiederholung der ersten Begegnung mit Warren. Diesmal jedoch gefror ihr das Blut in den Adern, als sie den Mann in seiner derangierten rot-weißen Uniform bemerkte. Entgegen Warren an jenem Abend war dieser Mann nicht betrunken und auf der Suche nach einem Ort, um seinen Rausch auszuschlafen. Er war nüchtern und das lüsterne Funkeln in seinem Blick ließ sie hastig auf die Beine kommen.

»Das geht dich nichts an, Soldat.« Sie ließ ihren Tonfall betont hart klingen, während sie ihren Blick abfällig über ihn gehen ließ.

Jeder Muskel ihres Körpers spannte sich, als der Mann langsam den kleinen Teich umrundete, bis nur noch wenige Schritte sie trennten.

»Bleib mir vom Leib!«, zischte sie, doch der Mann lachte nur leise.

»Was willst du gegen mich ausrichten, wenn ich es nicht tue?« Abschätzig glitt sein Blick über ihre Gestalt und sie lächelte.

Der typische Fehler des selbstgefälligen menschlichen Mannes, der eine Frau unterschätzte. Er dürfte sie um Haupteslänge überragen, wenn sie es auf die Entfernung richtig einschätzte, und wog vermutlich knapp das Doppelte von ihr.

Wenn sie mit ihm fertig wäre, hätte sie ihm wenigstens drei Knochen gebrochen.

»Komm her und find's raus.«

Dieser arrogante Einfaltspinsel kam nicht mal auf den Gedanken, dass er ihr unterliegen könnte. Und er taumelte zurück, als sie ihm die Faust mit voller Wucht in den Magen trieb, kaum dass er in ihrer Reichweite war.

Er keuchte, presste sich die Hände vor den Bauch und sie sah den Zorn in seinem Blick, als er sie aus seiner nun zusammengekrümmten Haltung musterte.

»Das wirst du bereuen, Dirne.«

»Ich denke nicht.« Sie lächelte leicht, wohl wissend, dass sie ihn damit nur noch weiter provozierte.

Er zog ein Messer und entlockte ihr damit ein trockenes Auflachen.

»Wirklich?«

Er umkreiste sie und aufmerksam verfolgte sie seine Bewegungen, drehte sich mit ihm, während sie jedoch nicht den Blick von seinen Augen nahm.

Sie sah den Moment, in dem er zum Sprung ansetzte in seinem Blick. Jenes triumphierende Glitzern, als er sich bereit machte, um sie zu überwältigen.

Er stieß vorwärts und sie packte sein Handgelenk, drehte es und hörte sein Grunzen, als sie es ihm dabei brach und die Klinge nutzlos im Gras landete.

Der erste Knochen.

Seine andere Hand wollte ihre Haare packen, sie damit in die Knie zwingen. Doch sie war schneller, löste ihre Finger von seinem Gelenk und packte seinen Unterarm mit beiden Händen.

Speiche und Elle brachen wenige Sekunden später und noch ehe sein Schmerzschrei verklang, hatte sie ihre Finger in den Stoff seiner Uniform gekrallt, hob ihn hoch und warf ihn mit dem Rücken voran gegen einen der Bäume. Laub segelte auf ihn herab und mit einem befriedigten Gefühl klopfte sie sich die Röcke aus und strich sich eine Haarsträhne aus dem Gesicht.

»Lauf, du Narr. Und komm nie wieder zurück.«

Er ließ sich nicht lang bitten. Röchelnd kam er auf die Beine und rannte, den gebrochenen Arm fest an seinen Körper gepresst, in Richtung Stadt davon.

Ellis erstarrte, als sie ihm nachsah und ihr Blick auf einen Mann fiel, der unweit des Teiches zwischen den Bäumen stand.

Warren. Und an der Fassungslosigkeit in seinen Zügen erkannte sie, dass er zu viel gesehen hatte.

»Was bist du?«

Die Fassungslosigkeit seiner Miene wiederholte sich in seinem Tonfall und ihre Eingeweide krampften zusammen, als sie auf ihn zugehen wollte, er jedoch vor ihr zurückwich.

»Warren …« Ihre Stimme brach und sie sah zu Boden, als sie seinem Blick nicht mehr standhielt.

»Kein Mensch, keine Frau kann das, was ich gerade gesehen habe. Sprich, Frau!«

Sie zuckte unter jedem einzelnen seiner herausgewürgten Worte zusammen, wand sich, ehe sie es schaffte, die Schultern zurückzunehmen und das Kinn zu heben.

»Ihr Menschen nennt uns Werwölfe.« Jedes einzelne Wort quälte sie, konnte sie dabei doch sehen, wie die Angst sich in seine Augen schlich. Wie ihr scharfer Geruch sich in den seinen mischte und er sich in einer fahrigen Geste über die Bartstoppeln fuhr. »Bitte glaub mir, Warren, wir sind nicht das, wofür ihr uns haltet.«

Aber wie konnte sie ihm das nur deutlich machen? Wie sollte sie ihm erklären, dass sie nicht jene mordenden Ungeheuer waren, als die die Menschen von ihnen dachten?

»Du hast diesen Mann gerade durch die Luft geworfen, als wöge er nichts, Frau. Wie kann ich dir das glauben?«

Ob es ein gutes Zeichen war, dass er noch mit ihr sprach? Dass er nicht einfach fortlief und die Leute in der Stadt alarmierte? Dass er sie nicht gegen die Siedler am nördlichen Ende dieses Eilands aufwiegelte, bis sie mit Piken und Forken ihr Dorf stürmten?

»Es gibt keinen Grund, aus dem wir Menschen angreifen sollten. Keinen Grund, aus dem wir über euch herfallen sollten. Wir wollen einfach nur in Frieden leben. Wie ihr auch.«

Menschen hatten ihnen nie etwas getan. Es waren immer nur andere Wölfe gewesen, die sie bedroht hatten. Gegen die sie sich hatten verteidigen müssen. Es war so verdammt selten, dass ein Wolf durch Menschenhand starb. Meist waren es jene, die ohnehin nicht zu halten gewesen wären. Die ihre Instinkte nicht unter Kontrolle hatten und die die eigene Gemeinschaft gerichtet hätte, sobald sie von ihr erfuhr. Viel häufiger war es hingegen, dass Menschen in ihrer gottgläubigen Panik andere Menschen beschuldigten, Werwölfe zu sein. Einfache Leute, die sie auf diesem Wege zu Sündenböcken machten. Die menschliche Mär des Werwolfs war nichts weiter als das Hirngespinst einer gottesfürchtigen Bevölkerung, die viel zu wenig über die Welt wusste, in der sie lebte.

»Wie kann ich dir das glauben?« Er rang mit sich. Sie konnte es in seinem Blick sehen, der über sie ging, als wäre sie eine Fremde.

»Unser Rudel lebt seit dreißig Jahren an diesem Ort, Warren. Dreißig Jahre, in denen nie ein Mensch durch uns zu Schaden kam. Wir sind aus unserer Heimat geflüchtet, weil andere wie wir uns töten wollten. Jetzt wollen wir hier einfach nur in Frieden leben.«

Wieder fuhr er sich mit der Hand durch das Gesicht und sie sah, wie sein Brustkorb sich unter schweren Atemzügen hob und senkte.

»Ich würde dir niemals etwas tun.« Weil sie ihn viel zu sehr liebte. Weil sie es nicht ertragen würde, ihn leiden zu sehen.

Er rang mit sich. Aber sie wusste, dass es nichts gab, was sie noch sagen konnte, um ihn davon zu überzeugen.

»Lass mich nachdenken, Frau.«

Sie nickte abgehackt.

Und sie sank auf die Knie, als er sich im gleichen Moment abwandte und sie am Teich zurückließ. Ihr Blick fiel auf das Bündel, das wenige Handbreit von ihr entfernt im Gras lag, und Tränen nahmen ihr die Sicht, während sie dem leisen Rascheln, mit dem er sich entfernte, lauschte, bis es schließlich verklang.

»Ich liebe dich, Warren. Das werde ich immer.« Ihr Flüstern verhallte ungehört, während ihr Herz in tausend Teile zerbrach.

11

Jared sog scharf die Luft ein, kaum dass sie am nächsten Morgen die Küche betrat, und ein Knurren entwich ihm, als er sie aus verengten Lidern musterte.

»Nicht, Jared. Ich habe es genauso gewollt.«

Natürlich hatte der Wolf riechen können, was vergangene Nacht geschehen war. Es war egal, wie sehr sie sich schrubbte, der Geruchssinn eines Wolfes war fein genug, um Warrens Geruch an ihr dennoch wahrzunehmen.

»Er behandelt dich wie Dreck, Ellis.«

Sie lächelte schwach, während sie einen Becher unter den Kaffeeautomaten stellte und den Startknopf drückte, ehe sie sich dem Kühlschrank zuwandte. »Er tut, was er tun muss, um seinen Frieden damit zu machen.«

Jareds Worte waren genauso richtig wie sie falsch waren. Warren kämpfte. Mit sich selbst. Denn so sehr er sie auch für das hasste, was sie ihm einst angetan hatte, so wenig kam er gegen das an, was sie aneinander band.

Sie waren Partner. In ihren Gefühlen, aber auch im Blut miteinander verbunden. Keiner von ihnen konnte das so einfach zur Seite schieben. Auch Warren nicht.

Deswegen hatte er sie auf den letzten Platz in diesem Rudel verbannt, nur um im nächsten Moment darüber zu wachen, dass ihr nichts geschah, während sie die Nachtwache übernahm. Deswegen verbot er es ihr, mit den anderen am Tisch zu sitzen, nur um postwendend den Tisch in der Küche für sie zu decken.

Vor sehr langer Zeit hatte sie diesem stolzen und sturen Mann etwas angetan, was er ihr nicht verzeihen konnte. Was sie sich selbst nicht verzeihen konnte. Aber genauso sehr wusste sie auch, dass sie, sollte sie erneut vor jener Wahl stehen, die sie damals gehabt hatte, genauso entscheiden würde.

Das Geräusch mehrerer Autos, die auf den Hof rollten, ließ sie den Kopf heben und fragend zu Jared sehen.

»Rachels Leute. Sie hatte vorhin die Güte gehabt, uns mitzuteilen, dass sie bereits auf dem Weg seien.«

Sie seufzte leise, während sie einen schmachtenden Blick gen Kühlschrank warf. »Kann ich erst was essen, bevor ich mein Sprüchlein aufsage?«

Jared grinste. »Ich denke schon. Warren hat sich bei Sonnenaufgang in seiner Werkstatt eingeschlossen. Wenn er das macht, kommt er da meist erst am Abend wieder raus. Du hast also alle Zeit der Welt, den Kühlschrank zu plündern.«

»Großartig. Ich sterbe vor Hunger!«

Der Geruch frischen Holzes und Leims füllte die warme Luft im Raum, etwas, das ihn für gewöhnlich beruhigte, wenn er hier war. Jetzt jedoch starrte er missmutig auf den malträtierten Stuhl, dessen gebrochene Rücklehne er zuvor geleimt und schließlich zum Aushärten eingespannt hatte.

Fast zweihundert Jahre alte Handarbeit in einer achtlosen Bewegung zerstört. Manchmal fragte er sich wirklich, wann die Menschen vergessen hatten, den Wert der Dinge, die sie umgaben, zu schätzen. Aber er durfte sich nicht beschweren, denn die Achtlosigkeit, mit der sie mit den Möbeln umgingen, sicherte sein Einkommen.

Er hatte als einfacher Tischler angefangen, hatte Auftragsarbeiten aus der Umgebung übernommen. Einbauschränke, Türen, das Übliche. Einer von vielen einfachen Handwerkern in einer Gegend, die durch den Kohleabbau gerade im Begriff war zu erblühen. Damit wurde man zwar nicht reich und er auch nicht glücklich, aber es hatte seinen Lebensunterhalt finanziert.

Dann hatten die Leute angefangen, die alten Möbel auf die Straße zu stellen, die sie von ihren Eltern und Großeltern geerbt hatten. Wundervolle alte Stücke, die sie bei Wind und Wetter verkommen ließen, wenn sie sie nicht gleich verfeuerten.

Er hatte sie eingesammelt. Weil es ihm in der Seele wehgetan hatte, zuzusehen, wie alles verschwand, was ihn einst umgeben hatte. Er hatte sie aufgearbeitet und gehortet. Hatte eine ganze Scheune umgebaut, um diese Stücke einlagern zu können. Im Rückblick war er zu dem Zeitpunkt wohl kurz davor gewesen, ein Messi zu werden. Auch wenn dieser Begriff damals noch nicht mal existiert hatte.

Irgendwann hatten die Leute begonnen, sich wieder auf diese alten Werte zu besinnen. Da hatte er angefangen, diese Möbel zu verkaufen. Und mit dem Verkauf waren andere auf ihn zugekommen, die gesehen hatten, welche Arbeit er leistete.

Er war einer der ersten gewesen, die dann in den Neunzigern einen Internetauftritt besaßen. Die damals tatsächlich hohe Investition hatte sich sehr schnell wieder gerechnet, denn plötzlich wuchs sein Bekanntheitsgrad und die Leute schickten ihm Aufträge quer über die ganze Ostküste. Oftmals Restaurationsarbeiten, ab und an jedoch auch Auftragsarbeiten, die er im Stil vergangener Epochen anfertigte. Sogar für Filme hatte er schon Möbel hergestellt, die dann später für ein Vielfaches ihres ursprünglichen Preises von den Filmstudios wieder verkauft worden waren.

Er selbst zog die Anonymität seiner Firma vor. Zwar stand sein Name darauf, aber er hielt sich weitestgehend zurück, kommunizierte per Mail oder Telefon und ließ über Fremdfirmen aus- und anliefern. Die wenigsten Kunden sahen sein Gesicht und soziale Netzwerke mied er wie der Teufel das Weihwasser.

Alle fünfundzwanzig Jahre überschrieb er dann die Firma an seinen imaginären Sohn. Er besaß keine Sozialversicherungsnummer und auch sonst nichts, womit er Spuren in dieser Welt hinterließ. Einzig die Möbel.

Die Erinnerung an die vergangene Nacht überfiel ihn, als er sich gerade dem zweiten Stuhl zuwenden wollte, bei dem ein Zierstück der Rücklehne abgebrochen war.

Ellis.

Er wusste, dass es ein Fehler war, was er getan hatte. Er hätte zu Natalie fahren sollen. Aber sie war es nicht, nach der er sich so verzweifelt sehnte. Sie war es nicht, die in der Lage wäre, diesen unendlichen Hunger in ihm zu stillen.

Sie war es nicht, die den gleichen Hunger nach ihm verspürte.

Manahatta, 21. September 1664

Vier Tage waren vergangen. Vier Abende, die sie zum Teich gelaufen war, um am Ende enttäuscht zurückzukehren. Vier Nächte, in denen sie sich die Innenseiten ihrer Wangen blutig gebissen hatte, um ihr Schluchzen zu unterdrücken, während sie in ihrem Bett lag und weinte.

Ihr dreckiger Engländer hatte sie verlassen. Weil er nicht akzeptieren konnte, was sie war. Weil sie in seinen Augen ein Monstrum war.

Ein scharfer Stich in ihrem Herzen schnürte ihr die Luft ab, als ihr Blick auf die Truhe fiel, in die sie das Bündel mit seinen Kleidern getan hatte. Sie hatte sie ihm so gern geben wollen.

Sie wollte es nach wie vor. Sie wollte nicht, dass er fror. Auch wenn sie ihn nicht haben konnte, wollte sie nicht, dass er irgendetwas auszustehen hatte.

Sie dachte nicht lang nach, als sie die Truhe öffnete und das Bündel herausnahm. Auch nicht, als sie eine dieser fürchterlichen Hauben hervorkramte, die sie für gewöhnlich ans unterste Ende der Truhe schob, damit sie sie nicht mal anschauen musste. Sie waren steif, unbequem und nahmen einem die Sicht, weil sie viel zu oft ins Gesicht rutschten. Außerdem schnitt das blöde Band ständig in ihren Hals.

Aber ohne würde sie zu viel Aufsehen in der Stadt erregen. Und genau das war es, was sie nun vorhatte: Sie würde jetzt in die Stadt gehen und ihrem dreckigen Engländer die Sachen geben, die sie für ihn genäht hatte. Sie würde es irgendwie aushalten, dass er vermutlich bereits wieder nach anderen Frauen und Alkohol stank. Sie würde sie ihm geben und dann würde sie ihn sein Leben leben lassen. Mehr wollte sie nicht. Er sollte nur nicht frieren.

Der Weg hinab nach New York dauerte als Mensch bedeutend länger denn als Wolf. Fast drei Stunden benötigte sie. Drei Stunden, die sie auf der breiten Straße, die sich über das gesamte Eiland zog und auf der immer wieder Kutschen und Karren an ihr vorbei rumpelten, marschiert war, den Blick stur geradeaus gerichtet.

Ihre Eltern würden ihr die Hölle heiß machen, wenn sie wüssten, was sie gerade im Begriff war zu tun. Unter einem

Vorwand hatte sie sich fortgeschlichen, nachdem sie zuvor das Kleiderbündel in hohem Bogen aus dem Fenster ihrer Kammer in den Wald geworfen hatte. Aber bei Tag konnte sie schlecht hinterherspringen, ohne dass es jemandem auffiel.

Aber sie würde auch aushalten, wenn ihre Eltern ihr zürnten. Ein letztes Mal noch wollte sie ihn sehen und ihm die Sachen geben, die in ihren Händen ebenso brannten wie die Tränen, die immer wieder in ihre Augen stiegen.

Zusammen mit einer Gruppe Händler gelangte sie kurz vor der Dämmerung unauffällig durch die Mauer und im ersten Moment war sie überrascht, wie weitläufig das Gelände dahinter war. So viele Häuser. So viele Menschen.

Wo sollte sie nur anfangen zu suchen? Viel zu viele Gerüche mischten sich hier. Nach anderen Menschen, Waren, die feilgeboten wurden, Tieren. Sie würde eine Ewigkeit brauchen, bis sie seine Witterung fand.

Vielleicht war es nicht ihre klügste Idee gewesen, herzukommen. Aber sie würde jetzt auch keinen Rückzieher machen. Nicht, wenn sie es bereits so weit geschafft hatte. Also drückte sie das Bündel fester an sich und ging einfach weiter, die breite Straße hinab und auf das Fort zu, von dem sie durch Warren wusste, dass die Niederländer es bereits geräumt hatten.

Von dem sie wusste, dass er seit kurzem dort lebte. Dass er dort in einem der Räume schlief, die den einfachen Soldaten vorbehalten waren. Mit vielen anderen schlief er dort auf einer einfachen Pritsche, seit die niederländischen Soldaten ausgezogen waren.

Ein buntes Stimmengewirr umfing sie, eine Mischung aus Niederländisch und Englisch, je weiter sie sich dem Hafen und damit auch dem Fort näherte. Weiter hinten konnte sie eine Windmühle erkennen. Das Wahrzeichen ihrer Heimat, wie ihre Eltern ihr erzählt hatten. Aber sie selbst hatte noch nie eine zu Gesicht bekommen.

Ungewohnte Scheu überfiel sie, als sie schließlich vor den Mauern des Forts ankam. So viele Soldaten in blauen und roten Uniformen, einige trugen mehr Abzeichen auf ihrem Frack, andere weniger. Aber alle mit einem Dreispitz auf dem Kopf. Wie ihr Vater ihn trug auf seinen seltenen Ausflügen in die Stadt.

Sie ging weiter und richtete den Blick zu Boden, als die ersten Soldaten sie neugierig musterten. Sie wollte wirklich keine Aufmerksamkeit erregen. Sie wollte nur ihren dreckigen Engländer finden.

Sie ließ das Fort hinter sich und ging weiter nach Süden, dort, wo sie die Masten der Schiffe sehen konnte, mit denen die Engländer hier gelandet waren. Auf einem davon war *er* hergekommen.

»Was machst du hier?«

Finger schlangen sich knapp oberhalb ihres Ellenbogens um ihren Arm, hielten sie fest und erschreckt wirbelte sie herum.

»Warren.« Ihre Stimme versagte, während sie ihn musterte. Er sah mitgenommen aus. Sein Bart war wieder gewachsen, seine Augen waren rot und dunkle Schatten lagen darunter. Der Geruch schalen Alkohols ging von ihm aus. Er konnte sich seit Tagen nicht mehr gewaschen haben. Aber sie konnte keine Frau an ihm riechen.

Sie ließ es geschehen, dass er sie mit sich zog, die Straße hinab und sie schließlich in eine kleine Gasse zwischen zwei Häuser drängte, in der man Fässer abgestellt hatte, die ihr die Sicht auf die Straße nahmen.

»Was machst du hier?«, wiederholte er seine Frage, eindringlicher diesmal und sie konnte den unterdrückten Ärger hören, der darin mitschwang.

»Ich wollte dir nur das hier bringen.« Sie fühlte sich so schrecklich dumm in diesem Moment, als sie ihm das Bündel hinhielt und er es abfällig musterte.

»Ich will deine Almosen nicht.«

Jedes Wort sickerte wie Gift in ihr Bewusstsein und ihr Herz sank.

»Ich habe sie für dich gemacht und sie dir schon beim letzten Mal geben wollen. Weil doch der Winter kommt und es kalt wird. Ich will nur nicht, dass du frierst.« Sie konnte nicht verhindern, dass Tränen dabei in ihre Augen schossen. Sie hatte stark sein wollen, tapfer. Hatte ihn nicht merken lassen wollen, dass es ihr das Herz brach, weil er sie verschmähte.

»Du hast sie für mich gemacht?« Unglauben spiegelte sich in seiner plötzlich heiseren Stimme und mit angehaltenem Atem sah sie zu ihm auf.

»Ich bin nicht sehr gut im Nähen, vielleicht passen sie auch nicht richtig, aber ich habe mir Mühe gegeben. Nimm sie, bitte. Ich werde dich auch nie wieder behelligen.«

Sie wusste nicht, wie es kam, dass er sie plötzlich zwischen den Fässern gegen die Hauswand gedrängt hatte. Wusste nicht, wie es geschehen war, dass seine Lippen auf den ihren gelandet waren. Es war so schnell gegangen. Er küsste sie, fiel grob und hungrig über sie her und sie wimmerte, während sie sich ihm gleichzeitig entgegenreckte.

Seine Lippen verließen ihren Mund, küssten sich eine Spur über ihr Gesicht. Ihre Wangen. Ihre Stirn. Ihre Haube war plötzlich nach hinten gerutscht, das Band schnürte ihr die Kehle zu, während seine Finger in ihren Haaren wühlten. Aber all das spielte keine Rolle mehr.

»Verlass mich nicht.« Tränen liefen über ihre Wangen. Tränen, die er fortküsste, während seine Hände sich auf ihre Taille legten, sie hochhoben und sie sich plötzlich auf einem der Fässer wiederfand. Sein Becken drängte ihre Schenkel auseinander, seine Hände zogen ihre Röcke hoch, aber sie war nicht in der Lage, ihn von irgendwas abzuhalten.

»Wie könnte ich das einzig Gute verlassen, was mir je widerfahren ist?« Er flüsterte nur noch und sie stöhnte leise, als seine Hände auf nackte Haut stießen. Sie spürte die Schwielen auf den Innenflächen, als er ungeduldig ihre Schenkel weiter auseinander drückte. Raue, große Hände, die es gewohnt waren, fest zuzupacken und die ihr dennoch nie wehgetan hatten.

Sie rutschte nach vorn an die Kante des Fasses, als seine Hände sie verließen und sie hörte, wie er seine Hose öffnete. Sekunden später war er in ihr und sie presste ihre Lippen gegen seine Schulter, als er sich in ihr zu bewegen begann.

In harten, festen Stößen nahm er sie, als ob er selbst die Kontrolle verloren hatte. Und sie ließ es geschehen, ergab sich diesem Drängen in ihm und klammerte sich an ihm fest, als er wenige Augenblicke später in ihr kam.

Sie zitterte, als er keuchend gegen sie sank und fest in seine Arme zog. Mit den Fingern strich sie durch seine Haare, die er im Nacken zusammengefasst hatte. Die Strähnen kitzelten sie und sie seufzte leise, als er eine Entschuldigung an ihrer Schläfe murmelte.

»Ich mach es wieder gut. Das verspreche ich. Ich mach das alles wieder gut, meine wunderschöne Ellis.«

Seine Hände glitten über ihren Rücken, ziellos, unsicher und sie lächelte, während sie ihre Nase an seinem Hals rieb. Die Bartstoppeln piksten leicht, aber nicht mal der Geruch des Alkohols konnte sie davon abhalten, ihm so nah zu sein.

Sie sah auf, als er sich schließlich zurücklehnte und mit einer Hand ihr Kinn anhob.

»Ich muss zum Dienst. Ich habe Nachtwache an der Mauer. Drei Nächte noch. Wirst du auf mich warten?«

Sie nickte und biss sich auf die Lippe, als er zurücktrat und ihre Röcke herunterzog, ehe er seine Hose schloss. Erst als er lächelte und nach den Bändern ihrer Haube angelte, kam wieder Leben in sie und verlegen löste sie die Schleife und tastete nach dem vermaledeiten Stück Stoff in ihrem Nacken.

»Ich habe dich noch nie mit Haube gesehen.« Erheiterung lag in seiner Stimme, während sie mit der unseligen Haube kämpfte, und er lachte leise, als er sie ihr schließlich aus den Fingern wand.

»Ich mag die Dinger ja auch nicht.«

Sie hielt still, als er sie ihr aufsetzte, und schauerte leicht, als seine Finger über die empfindliche Haut ihres Halses strichen, als er die Bänder verknotete.

»Dann bin ich in deinen Augen kein Ungeheuer?« Sie hielt die Luft an, während sie auf seine Antwort wartete.

»Niemals.«

Er küsste sie federleicht auf die Nasenspitze und sie kicherte leise, als er sie schließlich von dem Fass hob und wieder auf den Boden stellte. Der Druck der letzten Tage wich der Erleichterung. Ihr dreckiger Engländer hielt sie nicht für ein Monstrum.

»Wir reden. In drei Tagen. Und jetzt lauf, ehe dich noch jemand mit mir sieht.« Ein letztes Mal küsste er sie noch, dann drehte er sie an den Schultern herum und sie quiekte erschreckt, als er ihr einen deftigen Schlag auf die Kehrseite verpasste, der sie einen Schritt nach vorn stolpern ließ.

»Lauf, Frechdachs. Ehe ich es mir anders überlege und dich nicht mehr gehen lasse.«

Sie lachte, als sie ihren Weg zurück antrat, und fühlte sich plötzlich so frei wie noch nie zuvor in ihrem Leben.

12

New York, 24. September 1664

Er hatte versucht, sie sich aus dem Kopf zu schlagen. Seinen kleinen Frechdachs, der einem Mann mit bloßen Händen erst drei Knochen gebrochen hatte, ehe sie ihn hochgehoben und gegen einen Baum geschmissen hatte, als wöge er nichts.

Aber nichts hatte funktioniert. Er hatte gesoffen, bis er selbst am nächsten Tag noch Probleme hatte, geradeaus zu gehen. Er hatte den Weibern nachgestarrt, sich jedoch für keine davon begeistern können. Denn wann immer er die Augen geschlossen hatte, hatte er sie gesehen. Wie sie die Nase gerümpft hatte bei ihrer zweiten Begegnung. Wie sie unter ihm lag und ihn so warm anlächelte, dass er es bis in den hintersten Winkel seiner Seele spüren konnte. Obwohl er versagt hatte bei ihr. Ein ums andere Mal hatte er bei der einzigen Frau versagt, bei der er es nicht wollte.

Der einzigen Frau, die ihm was bedeutete.

Ihr Geständnis hatte ihn schockiert und im ersten Moment überfordert. Sie war kein Mensch. Aber sie sah aus wie einer. Sie verhielt sich wie einer.

Schließlich hatte er begonnen sich zu schämen, weil er sich des tiefen Schmerzes erinnerte, der in ihrem Blick gelegen hatte, als er sich abgewandt hatte.

Sie hatte ihn nie für das verachtet, was er war.

Er würde es andersherum auch nicht tun.

Die Nachtwache war ihm dann dazwischengekommen, die sein vorgesetzter Offizier ihm zugeteilt hatte, nachdem er betrunken zum Dienst erschienen war. Eine vergleichsweise harmlose Strafe. Er hatte schon schlimmeres erlebt.

Aber die Ungeduld hatte an ihm gezerrt. Er wollte zu *ihr*. Zu dem kleinen Frechdachs, dem er so unendlich wehgetan hatte.

Und dann war sie plötzlich da gewesen. Fast am Anleger und somit genau dort, wo sie nicht hingehörte. Der einzigen Ecke in dieser verfluchten Stadt, in der eine feine Dame nichts verloren hatte. Aus heiterem Himmel hatte sie da gestanden und er hatte nicht lang nachgedacht und sie mit sich gezogen.

Der unendliche Schmerz in ihrem Blick hatte ihn bis ins Mark getroffen. Und er hatte sich so dafür geschämt, dass er für jene Tränen verantwortlich war, die über ihre Wangen gelaufen waren.

Sie hatte Kleider für ihn genäht. Kleider, die er nun am Körper trug, als er mit einer heruntergedrehten Laterne in der Hand aus dem Tor spazierte und die spöttischen Kommentare seiner Kameraden ignorierte, die darüber spekulierten, ob er sich für eine der Wilden so fein gemacht hätte.

Sie lachten. Es scherte ihn nicht.

Sie hatte Kleider für ihn genäht. Die Tochter aus gutem Hause, die gewiss einen Schneider für ihre Garderobe besaß, hatte sich hingesetzt und genäht. Für ihn. Den Gossenjungen.

Ich will nur nicht, dass du frierst. Ihre Worte hatten ihn fast in die Knie gehen lassen. Sein Frechdachs war so unendlich selbstlos und plötzlich hatte er sich selbst dafür verachtet, sie zuvor so angefahren zu haben. Sein Stolz hatte ihm im Weg gestanden.

Nie wieder. Das schwor er sich, während er sich langsam dem Teich näherte.

Er würde nie wieder seinen Stolz über sie stellen.

»Warren!« Sie erwartete ihn bereits, als er sein Ziel erreichte. Und er lächelte leicht, als sie die Röcke raffte und auf ihn zulief. Das Lächeln verblasste, als sie dann jedoch unsicher wenige Schritte von ihm entfernt stehen blieb.

Er schloss die Kluft zwischen ihnen, zog sie in seine Arme und hielt sie fest an sich gedrückt.

»Ich hatte solche Angst, dass du nicht kommst.« Ihre Stimme zitterte und er zog sie noch näher und wiegte sie vorsichtig.

»Es ist gut, Ellis. Ich bin hier. Ich bin bei dir.«

Ihre Arme schlangen sich um seine Mitte, kleine, zierliche Hände strichen über seinen Rücken. Hände, die einen Mann werfen konnten, der doppelt so schwer war wie sie. Sie wirkte so zerbrechlich. Aber das war sie gar nicht. Er hatte es mit eigenen Augen gesehen.

Sie ließ zu, als er sich schließlich von ihr löste, ihre Hände in die seinen nahm und mit sich zog, ehe er den Mantel, den sie für ihn gemacht hatte, auf dem Boden ausbreitete und sich darauf niederließ. Sie machte es ihm nach, schmiegte sich in seine Arme und sein Herz zog sich zusammen bei dem kleinen, glücklichen Lächeln auf ihren Lippen.

»Erzähl mir von dir.« Die gleiche Frage, die sie ihm vor wenigen Wochen gestellt hatte.

Und sie beantwortete sie. Erzählte ihm von ihrem Leben im Rudel ihres Vaters. Davon, wie dieses Rudel vor einem Krieg unter ihresgleichen geflohen war.

Die Geschichte, wie Lykonpolis einst fiel und die Überlebenden in Arkadien einfielen. Wie der Krieg begann, der ihr Volk inzwischen fast ausgelöscht hatte. Und davon, wie sie hofften, hier ein neues Leben in Frieden finden zu können.

Ihr Leben war anders als jenes, das er kannte. Nicht weil ihre Familie begütert war. Sondern weil ihr Volk anders lebte. Sie kannten keinen Unterschied zwischen Männern und Frauen. Jeder war Teil dieser Gemeinschaft. Es gab auch kein wirkliches Oben oder Unten. Nur das Alpha-Paar und der Beta, der keine Frau an seiner Seite hatte. Sie führten das Rudel an, das aus kaum mehr als siebzehn Personen bestand. Man kümmerte sich umeinander, statt auf den anderen herabzusehen.

Und je mehr sie erzählte, desto eigenwilliger kam es ihm vor, dass sie immer noch bei ihm war. Dass sie sich überhaupt für ihn interessieren konnte. Für den schwachen, menschlichen Mann, der von der Hand in den Mund lebte, der sie lieben und ihr Lust bereiten wollte, aber ein ums andere Mal dabei versagte.

Sie, diese starke, junge Frau. Die Tochter eines Anführers, die in der Gestalt des Wolfes über dieses Land jagte. Die kämpfen konnte und die vor nichts und niemandem Angst haben musste.

»Kann ich es sehen?«

Sie löste sich bei seiner Frage von ihm, richtete sich auf und stumm erwiderte er ihren Blick, als sie ihn prüfend musterte. Dann nickte sie. Langsam. Vorsichtig. Und er konnte die Verunsicherung im Zittern ihrer Finger sehen, als sie auf die Beine kam und umständlich die Haken ihres Kleides öffnete.

Er hielt die Luft an, als sie wenig später nackt vor ihm stand. Nicht ein einziges Mal mehr hatte er sie seit jener ersten Begegnung so gesehen und sein Mund wurde trocken, als sie sich ihm zuwandte, vollkommen ungeniert ob ihrer Nacktheit.

»Du musst keine Angst haben. Und bitte, lauf nicht weg.« Sie lächelte schief. »Es ist schwer, den Jagdinstinkt unter Kontrolle zu behalten, und ich will dir nicht versehentlich wehtun.«

Er nickte. Und sprachlos sah er dabei zu, wie sie daraufhin tief Luft holte, ehe sie in die Hocke ging.

In diesem Moment zerstob auch der letzte Zweifel in ihm. Als er dabei zusah, wie ihr Körper sich veränderte. Wie Arme und Beine sich verkürzten, ihr Körper schrumpfte und dunkles Fell auf ihrer Haut wuchs. Das Ganze dauerte nur wenige Sekunden, dann stand eine Wölfin an jener Stelle, an der seine Ellis gewesen war.

Sein Herz geriet ins Stolpern bei diesem Anblick. Die kleine, drahtige Wölfin mit dem dichten, dunklen Pelz hatte die gleichen Augen wie sie. Und ein ungewolltes Lächeln glitt über sein Gesicht, als sie plötzlich den Kopf schief legte und leise fiepte.

Sekunden verstrichen, die er sie einfach nur ansah. Dann hob er langsam eine Hand und klopfte vor sich auf die Erde.

Sie fiepte erneut, ehe sie sich langsam in Bewegung setzte, ihn dabei nicht aus den Augen lassend, als ob sie Angst hatte, ihn trotz aller Vorsicht zu erschrecken.

Dann war sie bei ihm, ließ sich auf die Hinterläufe nieder und schloss die Augen, als er behutsam mit einer Hand durch ihr dichtes, weiches Fell strich.

»Meine wunderschöne Ellis.«

Sie winselte, stieß mit der Schnauze gegen seine Hand und er lachte leise. Sie konnte ihn verstehen.

»Was machst du nur mit mir?« Er murmelte die Worte, die Stirn gegen die ihre gelehnt, und hielt den Atem an, als er spürte, wie sie abermals die Gestalt wechselte. Bis sie vor ihm kniete, die Stirn noch immer an der seinen, und die Hände in seinen Nacken legte.

»Dich lieben, Warren.«

Ihr leises Geständnis ließ ihn sprachlos zurück.

Sie liebte ihn.

»Ellis, sag das nicht.« Brüchig und rau kamen die Worte über seine Lippen, gequetscht von der plötzlichen Enge in seiner Kehle.

»Warum nicht, wenn es doch die Wahrheit ist?«

Die Verletzlichkeit in ihrem Blick schnürte ihm die Luft ab. Sie war so wunderschön und all die Gefühle, die sie für ihn zu haben glaubte, standen ihr ins Gesicht geschrieben. Gefühle, die auf ihr Echo in ihm trafen. Denen er nachgeben wollte, es aber dennoch nicht wagte.

»Du bist noch so jung, Ellis. Ich bin nicht der Richtige für dich. Irgendwann wirst du das verstehen und dann wirst du dich abwenden. Eines Tages wird einer kommen, den dein Vater nicht vom Hof jagen wird, sobald er ihn sieht. Der dir all das bieten kann, was du verdienst. Und dann wirst du mich vergessen.«

Tränen schwammen in ihren Augen, als sie ihn ansah. Als sie mit einer Hand über seine Wange strich und die Berührung bis in den letzten Winkel seines Herzens reichte.

»Ich habe dir so viel von meiner Welt erzählt. Nur das eine nicht. Wir Wölfe lieben nur ein einziges Mal.«

Er ertrank in seiner Hoffnung. Die ganzen Wochen hatte er sie zurückgedrängt. In den hintersten Winkel seiner Gedanken verbannt. Jetzt sprengte sie die Ketten, die er ihr selbst angelegt hatte, und flutete jede Faser seines Körpers.

»Dein Vater würde das nie zulassen, Ellis.«

Sie lächelte. So warm und so glücklich, dass es ihn Mühe kostete, sie nicht einfach an sich zu reißen. Noch immer saß sie nackt vor ihm, schien die aufziehende Kälte gar nicht zu bemerken, und er schwieg, weil er um nichts in der Welt diesen Anblick aufgeben wollte.

»Glaubst du wirklich, dass mein Vater es nicht bereits weiß, wenn ich mich seit Wochen Nacht für Nacht mit deinem Geruch an mir zurück ins Haus schleiche? Ich weiß nicht, wie meine Mutter es schafft, dass er ruhig bleibt. Aber er schweigt. Und er würde nie den Partner seiner Tochter vom Hof jagen. Dann würde er seine Tochter nämlich verlieren. Und das weiß er.«

Partner. Ein ungewöhnliches Wort für die Verbindung zweier Wesen, sprach es doch von Teilhabe, von Gemeinschaft. Aber es gefiel ihm. Nicht untergeordnet zu sein aufgrund seiner Herkunft, sondern auf gleicher Höhe mit ihr.

Es war ihr gleich, woher er kam und wie viel er besaß. Es war unwichtig für sie, in deren Augen er sein eigenes Himmelreich sehen konnte. Er hatte die Hölle auf Erden erlebt, bis er die Angst vor einem Teufel verloren hatte, der ihm nichts mehr zeigen konnte, was er nicht bereits durchlebt hatte. Aber dort vor ihm saß der Himmel mit allem, was er sich nie zu wünschen gewagt hatte.

»Ich kann nicht mal lesen, Frau.« Ein letztes Aufbegehren. Ein letzter Versuch, ihr deutlich zu machen, wie wenig er ihr zu bieten hatte. Doch sie lächelte.

»Dann bringe ich es dir bei, wenn du es erlaubst.«

Er war verloren. Verloren in der Wärme ihres Lächelns. In den Gefühlen, aus denen sie keinen Hehl machte. Sie liebte ihn. Und er wollte nie wieder ohne sie sein.

»Ja. Das will ich. Genauso, wie ich bei dir sein will. Ich liebe dich, Elisabeth van Briel. Wenn du mich also wirklich haben willst, dann gehöre ich dir.«

Ihr kleiner Aufschrei, als sie sich daraufhin in seine Arme warf, rann heiß durch seinen Körper und wie von selbst fand seine Hand ihren Weg an ihren Hinterkopf, bis ihre Lippen einander berührten. Sie klammerte sich an ihn, als er sie zurück auf den Mantel drängte, schlang die Beine um ihn, als seine Lippen die ihren verließen und er hörte sie seufzen, als er ihren Hals hinabwanderte.

Ihre Finger zogen am Stoff seines Hemdes, bis er ihre Berührung direkt auf seiner Haut spürte, und hastig zog er es über seinen Kopf, warf es ins Gras und stöhnte, als ihre Finger ihn erkundeten. Da war so viel Zärtlichkeit in ihren unsicheren Berührungen, als er sie erkundete. Als er langsam an ihr hinabglitt, den weichen Linien ihres Körpers folgte. Mit den Händen, seinen Lippen. Sie beantwortete jede Berührung mit einem Stöhnen, wölbte den Rücken durch, um ihm näher zu sein, und erzitterte, als er tiefer glitt, Küsse auf ihrem festen, flachen Bauch verteilte, die harten Muskeln unter dieser weichen Haut spürte, die von der Kraft sprachen, die sich in ihrem Körper verbarg.

Ihrem wunderschönen Körper, den sie ihm schenkte. Der auf jede Berührung von ihm reagierte. Ihre Wangen waren gerötet und entfernt hörte er sie seinen Namen flüstern, als er tiefer glitt, als er mit den Schultern ihre Schenkel weiter spreizte, bis sie vollkommen entblößt vor ihm lag.

Ein langgezogener kehliger Laut entrang sich ihr, als er sie dort erkundete. Als er mit der Zunge über die Falten ihrer Weiblichkeit strich, die Nässe spürte, die sich dort bereits gesammelt hatte. Ihre Finger glitten in seine Haare, hielten ihn fest, als er den kleinen sensiblen Punkt dort fand, als er ihn mit der Zunge umspielte, bis sie sich unruhig unter ihm wand und er seine Hände auf ihre Hüften legte, um sie zum Stillhalten zu bekommen.

Sie bettelte ihn an, nicht aufzuhören. Und er tat es nicht. Küsste sie, leckte sie, knabberte an diesem kleinen Nervenbündel, bis sie aufschrie unter dem ersten Höhepunkt, den er ihr entlocken konnte. Er hielt sie fest, als Schauer um Schauer sie durchlief. Bis die Spannung ihren Körper verließ und sie unter ihm weich wurde. Erst dann glitt er an ihr hinauf, öffnete seine Hose und er sah, wie ihre Augen sich weiteten, als er langsam in sie eindrang.

Pulsierende Wärme umfing ihn, hielt ihn fest, massierte ihn und für einen Moment tat er nichts weiter, als dieses Gefühl zu genießen, so tief in ihr zu sein. Verbunden zu sein mit ihr, der einzigen Frau, die er je geliebt hatte. Die ihn mit der gleichen Liebe ansah, die er für sie empfand.

Sei stöhnte und schlang die Beine um ihn, als er sich in ihr zu bewegen begann. Kleine, heisere Laut schlüpften über ihre Lippen, als er das Tempo beschleunigte und spürte, wie ihr Innerstes sich immer fester um ihn schloss.

Sie kam ihm entgegen, beantwortete jeden seiner Stöße mit ihrem Becken, zog ihn tiefer, immer tiefer und fest krallten ihre Finger sich in die Haut seines Rückens, als sie wenig später gemeinsam ihre Erlösung fanden.

Zwei Alphas, wie sie unterschiedlicher nicht sein könnten. Zwei Betas. Zwei Frauen, die Alpha und Beta des Rudels aus New Orleans. Und sie. Sie alle saßen zusammen im Esszimmer an der großen Tafel. Ellis hatte einmal mehr ihren Spruch aufgesagt, damit alle Beteiligten im Raum auf dem gleichen Stand waren. Jetzt hatte sich jedoch Schweigen über den Raum gesenkt, während Patrick Tremaine, der Alpha des anderen Rudels, das Gesagte in aller Seelenruhe zu durchdenken schien.

»Mir gefällt die Idee der Vernetzung. Wir haben alle viel zu lang in geschlossenen Kreisen gelebt.« Er sprach leise, seine tiefe Stimme passend zu seinem distinguierten Äußeren. Wenn sie den Wolf an ihm nicht riechen könnte, sie wäre nie darauf gekommen, dass er einer der ihren war. Er war zu zurückhaltend für diese eigentlich sehr aggressive Spezies. Warren, aber auch Patricks Beta, Vince, passten viel eher zu den Vorstellungen und Erinnerungen, die sie besaß.

Aber vielleicht war es genau dieser Wandel in ihrem Volk, der sie wiederauferstehen lassen konnte. Der verhindern würde, dass sie einander erneut an die Gurgel gingen.

Stumm verfolgte sie, wie der dunkelhaarige Mann sich mit einem kleinen Lächeln seinem Beta zuwandte.

»Mir scheint, als ob du etwas hast, das uns allen nun helfen könnte auf diesem Weg.«

Der Angesprochene nickte und mit schiefgelegtem Kopf sah sie ihn an, als sein Blick zu ihr ging.

»Ich habe in den zurückliegenden Jahrzehnten mit einer Datenbank über alle Wölfe in den USA begonnen. Sie ist nicht vollständig und wird fortlaufend ergänzt. Aber ich denke, in den richtigen Händen kann sie ein Anfang sein.«

Ellis war beeindruckt. Das hätte sie dem muskulösen Mann mit den kurz rasierten Haaren nicht zugetraut.

Sie zögerte nicht lang, zog ihr Handy hervor und rief Scotts Eintrag auf, ehe sie auf Lautsprecher stellte und es in die Mitte des Tisches legte.

»Ellis? Ist was passiert? Ich hab noch nichts für dich«, erklang wenig später Scotts Stimme aus dem Apparat und sie lächelte.

Das Lächeln erlosch, als sie Warrens finstere Miene bemerkte.

»Alles in Ordnung. Aber wir sitzen hier gerade in einer wirklich charmanten Runde und ich dachte, dass ein dritter Alpha dabei nicht schaden könnte. Außerdem haben wir vielleicht etwas für dich.«

Eine weitere Nacht, in der er ihr folgte. Eine weitere Nacht, in der er ihr zumindest für einige Stunden die Wache überlassen hatte, auch wenn diese nun nur noch einen Teilabschnitt des Kerngebiets umfasste und lediglich vier Stunden dauerte.

Mit Eintreffen des anderen Rudels, neun seiner insgesamt vierzehn Mitglieder, hatten sie sich erheblich besser organisieren können. Sie hatten einen Wachplan ausgearbeitet. Jeweils Vier-Stunden-Schichten und das Kerngebiet in Abschnitte unterteilt. Abschnitte, die man allein kontrollieren konnte und dennoch in Hörweite der anderen blieb, die im Notfall eingreifen konnten. Alles Dinge, für die sein eigenes Rudel zu klein gewesen war.

Sechzehn Wölfe befanden sich mittlerweile auf seinem Grund und Boden. Nie hätte er zu träumen gewagt, jemals eine so große Menge an Wölfen auf einem Fleck zu erleben. Oder dass sie dann darunter wäre. Jene grazile Wölfin, deren federleichten Bewegungen er seit einer Stunde folgte, unfähig, sich abzuwenden und ins Haus zurückzukehren. Und genauso unfähig, sich ihr zu stellen. Auch wenn er wusste, dass sie sich seiner Anwesenheit bewusst war.

Es war egal, wie sehr er sich darum bemühte, seine Spuren zu verbergen. Vor ihr war ihm das nicht möglich. Genauso, wie er ihre Nähe tief in sich spürte, nahm sie ihn wahr.

Sie war aufgeregt. Durcheinander. Aber selbst er konnte die Ruhe spüren, die von ihr ausging, seit er sich zu ihrer Nachtwache gesellt hatte. Sie hatte darauf gehofft, auch wenn sie nun nichts unternahm, um ihm näher zu kommen.

Sie nahm einfach hin, was er tat. Und es machte ihn rasend. Er wollte, dass sie aufbegehrte. Oder ging. Sich wieder dahin verkroch, wohin sie einst verschwunden war.

Oder sich ihm stellte.

Aber genauso, wie sie unfähig war, den ersten Schritt zu tun, war er unfähig, damit aufzuhören.

Ein fremder Geruch stieg in seine Nase und sämtliche Alarmsignale schrillten in ihm los. Das war kein Tier. Allerdings war es auch kein Mensch.

Die Erde grollte und beinahe hätte er sein Gleichgewicht verloren, als der Boden direkt vor ihm aufbrach.

Was sich nun aus dem Erdreich wühlte, war etwas, das er noch nie zuvor gesehen hatte. Hände mit Klauen so groß wie Schaufeln, die Haut dunkel wie der Ort, dem es gerade entstieg. Geifer tropfte dem Wesen aus dem Maul und rotglühende Augen bohrten sich in die seinen. Und es war verdammt groß.

Dann sprang es.

Er wich zur Seite, als die Klauen nach ihm griffen, und sprang, kaum dass er aus der Reichweite dieses Wesens war, direkt auf seinen Rücken. Seine Krallen fanden keinen Halt auf der viel zu harten Haut und nur mit Mühe konnte er seine Zähne in den Nacken des Viehs graben.

Die Haut war hart wie Stein und beinahe wäre er trotz aller Bemühungen abgerutscht, als das Wesen ihn abzuschütteln versuchte.

Ein Knurren erklang. Ein lang vergessener und doch zutiefst vertrauter Laut. Dann sah er sie über die Schulter des Viehs, in das er sich verbissen hatte, sah, wie ihre Vorderläufe sich senkten und grub seine Zähne noch tiefer, als sie vom Boden abfederte und dem Monster direkt in die Arme segelte.

Sie war wahnsinnig. Anders konnte er sich ihren frontalen Angriff nicht erklären. Das Echo ihres Schmerzes durchzog ihn, als die Klauen sich in ihre Seiten gruben. Der Geruch von Blut füllte die Luft. Ihr Blut. Aber auch das des Wesens unter ihm, das sich mit einem markerschütternden Schrei aufbäumte.

Erneut knurrte sie und er konnte sehen, wie sie sich im Griff dieses Ungeheuers wand. Wie sie den Kopf warf … Blut spritzte auf. Verteilte sich großzügig über sie beide und der Schrei versank in einem Gurgeln.

Erst jetzt löste er seine Zähne, stieß sich mit den Pfoten von dem Wesen ab und sprang über dessen Schulter.

Sie jaulte, als er den Unterarm des Wesens packte und seinen Kopf zurückriss, damit es sie in seinem Todeskampf freigab und nicht unter sich begrub. Einmal, zweimal … der Arm riss mit einem dumpfen *Plopp* aus dem Gelenk, einzig gehalten von der Haut, die einfach nicht nachgeben wollte. Aber es reichte dennoch. Ellis strampelte, befreite sich aus dem Griff und mit einem Satz sprang er zurück, kaum dass sie aus der Gefahrenzone war.

Sie hechelte vor Schmerzen, während sie beide dabei zusahen, wie das Monster vor ihnen zusammensackte. Immer mehr Blut strömte aus dessen aufgerissener Kehle und wie gebannt sah er zu, wie es schließlich zusammenbrach und das Glühen seiner Augen erlosch.

Erst danach kehrte er in seine menschliche Gestalt zurück und sah auf Ellis.

Auch sie hatte die Form gewechselt, schien jedoch nicht in der Lage, sich aufzurichten. Ihre Seiten sahen böse aus, die Klauen hatten sie ihr komplett aufgerissen und blutige Rinnsale liefen über ihren Körper und tropften langsam auf den Waldboden.

Ein schmerzerfülltes Stöhnen verließ ihre Lippen, als er sie hochhob und mit sich zum Haus trug. Sie zitterte in seinen Armen, aber sie unternahm nichts, um sich von ihm loszumachen, ließ stattdessen ihren Kopf gegen seine Schulter sinken und tief holte er Luft, um ihren Geruch unter all dem Blut in die Nase zu bekommen.

»Das machst du nie wieder, Frau!«

»Und wie ich das wieder machen werde.« Ihre Stimme klang heiser und er verbot es sich, bei dem Anflug von Trotz darin zu lächeln.

Sie hatte nicht einen Funken ihrer Sturheit eingebüßt.

Keiner von ihnen verlor auch nur ein Wort, als er sie zurück ins Haus trug, während er hinter sich das Heulen der anderen hörte. Sollten sie sich darum kümmern. Er trug Ellis nach Hause. Vorbei an den anderen, die im Wohnzimmer saßen und deren neugierige Blicke er auf sich spüren konnte, als er mit ihr auf den Armen an der offenen Tür vorbei zur Treppe ging.

Er brachte sie in sein Bad, setzte sie auf dem Klodeckel ab und runzelte die Stirn, als er die Blässe ihrer Wangen bemerkte. Sie hatte viel Blut verloren.

»Es geht gleich wieder. Gib mir nur einen Moment.« Sie versuchte tatsächlich aufzustehen und ein Knurren entwich ihm, das sie umgehend wieder zurücksinken ließ.

»Lass das!«, fuhr er sie an und sah, wie sie die Lippen zusammenpresste, dann jedoch nickte.

Aus dem Schrank nahm er Desinfektionsmittel und sterile Verbände. Dann kehrte er zu ihr zurück. Akribisch reinigte er die Wunden und runzelte die Stirn, als er die tiefen Furchen unter dem Blut bemerkte, die das Ding ihr hinterlassen hatte.

Sie hatte nicht mal gezuckt.

Sie hatte ohne lange nachzudenken gehandelt und dabei ihr eigenes Leben riskiert. Weil sie ihn hatte schützen wollen.

Ein leises Wimmern drang an seine Ohren, als er schließlich die Wunden mit den Verbänden abdeckte. Sie hatten bereits aufgehört zu bluten. Zeichen dafür, wie stark das Alter ihren Körper hatte werden lassen. Wie den seinen. Trotzdem war sie in seiner Vorstellung noch immer die zierliche, schwache Frau, die er zu Beginn in ihr gesehen hatte. Etwas, das vermutlich nie enden würde.

»Danke.« Sie schaffte es nicht mal, ihn dabei anzusehen. »Ich gehe dann …«

»Du bleibst hier!«, schnitt er ihr scharf das Wort ab und sah, wie ihre Finger sich fester um den Rand des Klodeckels schlossen.

Aber sie widersprach auch nicht. Ließ zu, dass er sie erneut hochhob und in sein Schlafzimmer trug. Und ihre Augen weiteten sich, als er sie auf seinem Bett absetzte.

»Keine Widerrede, Frau. Du schläfst hier.«

Sie nickte nur.

Sekunden verstrichen, in denen sie einander ansahen. Sekunden, die eine Ewigkeit bedeuteten, in der er sich erinnerte, wie es einst zwischen ihnen gewesen war.

Damals hatte sie ein Licht in ihm entzündet. Eine kleine tänzelnde Flamme in der alles erstickenden Dunkelheit seines Innersten. Als sie gegangen war, hatte sie das Licht mitgenommen und die Dunkelheit war nur noch schwärzer geworden.

Er wandte sich ab, als er das Bild der Frau auf seinem Bett nicht mehr ertrug.

13

New York, 30. September 1664

Es war kalt geworden. Der Spätsommer war endgültig gewichen und Warren wusste, dass es nicht mehr lange dauern würde, bis sie sich nicht mehr im Freien würden sehen können.

Niesel hatte eingesetzt, als er an den Teich gelangte, und er lächelte, als er sie dort bereits stehen sah. Sie wirkte unruhig, seine wunderschöne Wölfin. Abwechselnd trat sie von einem Bein auf das nächste und fuhr herum, als sie ihn kommen hörte.

Obwohl er sich Mühe gegeben hatte, leise zu sein. Aber sie besaß nicht nur einen scharfen Geruchssinn, sondern auch ein verflucht gutes Gehör. Es war nicht leicht, sich ihr zu nähern, ohne dass sie es bemerkte.

Schon seit Tagen konnte er die innere Rastlosigkeit spüren, die sie immer häufiger seine Nähe suchen ließ. Sie ließ ihn kaum noch los, wenn er bei ihr war. Und sie verließ ihn immer später in der Nacht. Unwillig. Und es wärmte ihm das Herz, weil er sehen konnte, dass sie ihn am liebsten gar nicht mehr verließe.

Auch diesmal lief sie auf ihn zu, kaum dass sie ihn bemerkt hatte. Doch blieb sie inzwischen nicht mehr stehen. Sie hatte ihre Scheu verloren und er lachte leise, als sie sich in seine Arme warf und ihr Gesicht an seiner Brust vergrub.

Normalerweise würde er sie jetzt küssen, bis sie beide vergaßen, was um sie herum geschah. Sie würden ins Gras sinken und sich lieben.

Lieben. Weil es nichts anderes war, was zwischen ihnen geschah. Und er liebte es, ihr diese atemlosen, kleinen Laute dabei zu entlocken, liebte es, ihre Höhepunkte zu erleben, die seit jenem Tag vor einer Woche immer häufiger vorkamen.

Und sie würden darüber vergessen, was unausgesprochen seit einer Woche in der Luft hing.

Aber nicht heute. Das hatte er sich vorgenommen.

Er küsste sie trotzdem. Legte seine Hände um ihr Gesicht und lauschte dem wohligen Laut, den sie von sich gab, als er ihre Lippen mit den seinen bedeckte. Widerwillig löste er sich dann jedoch von ihr und sah, wie sie an ihrer Unterlippe nagte, als sie zu ihm aufblickte.

»Und jetzt wirst du mir sagen, was los ist, Frechdachs.«

Sie seufzte. Tief und schwer. Und er ließ zu, dass sie schließlich zurückwich und die Arme um sich schlang.

»Mir reicht das hier nicht.«

»Mir auch nicht.« Eine Antwort, die sie nur noch unruhiger werden ließ. Er konnte sehen, wie sie ihre Hände fest in ihre Seiten krallte. Und wie sie das Gesicht verzog, ehe sie sie wieder lockerte.

»Was ist? Sprich.«

»Habe ich dir erzählt, dass meine Mutter ein Mensch war, als sie meinem Vater begegnete?«

Nein, das hatte sie nicht.

»Dann habe ich dir auch verschwiegen, dass das bereits vor sechzig Jahren geschehen ist, oder?« Fangfrage. Natürlich wusste sie, dass sie das nicht getan hatte.

Sechzig Jahre. Aber sie war erst achtzehn.

»Was willst du mir sagen, Ellis?« Ein merkwürdiges Gefühl machte sich in ihm breit, während er dabei zusah, wie sie mit sich rang. Ein Gefühl, das irgendwo zwischen aufsteigender Ahnung und Beklemmung hing, während er sich nicht entscheiden konnte, ob er würde ertragen können, was sie ihm gerade mitzuteilen versuchte.

»Mein Vater ist fast dreihundert Jahre alt. Er hat damals meine Mutter in einen Wolf gewandelt, damit sie für immer zusammen sein können.« Erneut biss sie sich auf die Unterlippe, während sie ihn jedoch unverwandt ansah. »Ich will dich als Partner an meiner Seite. Ich will neben dir einschlafen und mit dir aufwachen. Ich will mit dir leben. Ich will eine Familie mit dir. Für immer.«

Für immer. Er wusste, dass es ihn mehr schockieren sollte, was sie ihm gerade offenbart hatte. Aber er brachte dieses Gefühl einfach nicht auf, während er sich in all dem verlor, was ihre Worte stattdessen in ihm auslösten.

Er könnte sein wie sie. Er könnte an ihrer Seite sein. Er könnte der Vater ihrer Kinder sein.

Er dachte nicht lang nach, als er ihr die Antwort gab.

»Das will ich auch.«

Alle Blicke waren auf ihn gerichtet, als er ins Wohnzimmer trat. Schweigen hing drückend im Raum, ein Schweigen, das von viel zu vielen Fragen kündete. Aber Warren war nicht gewillt, die Antworten zu liefern.

Er wusste, dass sein Verhalten nicht logisch war. Und dass jeder, vor allem Jared – der Einzige, der überhaupt wusste, was damals geschehen war – aufmerksam verfolgte, was zwischen Ellis und ihm vorging.

»Weiß jemand, was das war, was uns angegriffen hat?«

Verhaltenes Kopfschütteln, was ihn die Hände zu Fäusten ballen ließ, während er zu der Karaffensammlung auf dem Servierwagen ging, den er im damals so beliebten Jugendstil selbst hergestellt hatte. In all den Jahrhunderten war sein Hang zum Alkohol geblieben. Auch wenn er sich heute erheblich besser im Griff hatte als damals, als er noch ein Mensch gewesen war.

Jeder, der bisher Verschwundenen, war aufgegriffen worden, als er allein gewesen war. Er konnte nicht mit Sicherheit sagen, dass man da noch nicht gewusst hatte, dass sie ein Rudel waren. Aber dass sie sie nun auf seinem eigenen Land angriffen, zeugte davon, dass sie sich für stark genug hielten, um es mit ihnen allen aufzunehmen.

Das soeben Geschehene war lediglich die Eröffnung gewesen.

»Diese Leute scheinen sich sehr sicher zu fühlen, wenn sie uns nun direkt angreifen.« Jared sprach aus, was er dachte, während er den Brandy in einem Zug herunterstürzte.

Ein Mann betrat den Raum. Groß. Schwarze, halblange Haare und blaue Augen, die kühl über die Anwesenden hinwegsahen, ehe sie an ihm hängen blieben. Kenneth, wie er sich schwach erinnerte.

»Keine Spur. Es hat sich seinen Weg her gegraben und der Körper verwest gerade in absurder Geschwindigkeit. In nicht mal einer Stunde wird nichts mehr davon übrig sein.«

Das hieß nichts weiter, als dass sie keine Chance hatten, anhand des Leichnams den Weg zurückzuverfolgen, den das Vieh genommen hatte. Warren knurrte unterdrückt, während er sein Glas etwas zu hart auf die geflieste Oberfläche des Dinetts knallte und das untrügliche Knirschen hörte, mit dem es dabei zerriss.

Sie tappten im Dunkeln. Diese *Farm* konnte tatsächlich überall in der Umgebung sein und keine Menschenseele würde es mitbekommen. Die Gegend war zu ländlich, sobald man die Ballungszentren hinter sich ließ. Kleine, abgelegene Siedlungen und Ortschaften, viel häufiger jedoch vereinzelte Häuser. Touristen kamen her zum Skifahren oder Wandern, weil sie die Ruhe und Abgeschiedenheit schätzten.

Wie er ja auch. Der nächste menschliche Nachbar wohnte fast zehn Meilen von ihm entfernt.

Die einzig brauchbare Spur, die sie verfolgen konnten, war jene, der dieser Scott gerade nachging. Grundstücksverkäufe und Verpachtungen der letzten drei bis vier Jahre. Die Suche nach der Nadel im Heuhaufen.

Sie würden mit ihm reden müssen. Ein Blick auf die Uhr zeigte jedoch, dass es dazu bereits zu spät war. In England müsste es jetzt auf vier Uhr morgens zugehen und es machte keinen Sinn, den anderen Alpha aus dem Bett zu holen. Sie würden auf den Sonnenaufgang warten. Wenn mehr Menschen auf den Beinen waren und ein Angriff dieser Wesen dadurch erschwert wurde. Er konnte sich nicht vorstellen, dass sie die Gefahr einer Entdeckung durch Menschen eingehen würden, um sie in die Finger zu bekommen.

Widerwillen machte sich in ihm breit, wenn er daran dachte, mit diesem Mann zu reden. Denn Eifersucht nagte an ihm, seit er Ellis in seinem Büro dabei erwischt hatte, wie sie mit diesem Mann telefoniert hatte. Wie warm ihre Stimme in dem Moment geklungen hatte. Sie mochte den anderen Wolf und er hatte an sich halten müssen, um ihr nicht das Handy abzunehmen und es zu zerbrechen.

Er wusste nicht, wie sie die letzten Jahre gelebt hatte. Er wusste nichts von dem Leben dieser Frau, die gerade in seinem

Bett lag und deren Geruch ihn um den Verstand brachte. Hatte sie einen Mann? Kinder? Liebte sie?

Allein die Vorstellung reichte aus, um seine Instinkte durchdrehen zu lassen. Er wusste nicht, ob es so war. Aber er wusste, dass er diesen Mann töten würde, sollte er sich ihm zeigen.

Das untrügliche Kribbeln einer nahenden Wandlung, weil er die Kontrolle über seinen Wolf zu verlieren drohte, ließ ihn sich abwenden. Wortlos verließ er den Raum, das Haus, ging über den Hof und in seine Werkstatt. Er musste sich ablenken, ehe ein Unglück geschah.

Im Halbschlaf hatte sie mitbekommen, wie er viel später zu ihr zurückgekehrt war. Wie er sich neben sie gelegt und sie nach einem Moment des Zögerns in die Arme gezogen hatte. Und fast hätte sie geweint, als er gleich darauf das Gesicht in ihren Haaren vergraben hatte. Stattdessen war sie stumm geblieben, obwohl ihr klar war, dass er wusste, dass sie mitbekam, was er gerade tat.

Aber jeder von ihnen akzeptierte die schweigende Übereinkunft, mit der sie beide versuchten, das Gefühl von damals einzufangen und den Schmerz zu verdrängen, der sie so fest in seinem Griff gehalten hatte.

Auch wenn sie reden wollte. Aber sie wusste, dass er es nicht würde hören wollen. Ihr dreckiger Engländer war schon immer so unfassbar stolz gewesen.

Er hielt sie noch immer im Arm, als sie am nächsten Morgen erwachte. Und er wachte auf, als sie sich neben ihm bewegte und ein unterdrücktes Stöhnen ihr entschlüpfte, als ein dumpfer Schmerz ihre Seiten entlangzog.

Eine große Hand legte sich auf ihren Brustkorb und drückte sie wieder nach unten, als sie sich dennoch aufzurichten versuchte.

»Halt still.«

Sie seufzte, tat jedoch, was er verlangte, und schloss die Augen, als er die Decke zur Seite zog, die Verbände löste und akribisch die Wunden inspizierte.

»Du wirst heute im Haus bleiben.«

Auch an diesem Abend war sie für die erste Nachtschicht geplant gewesen.

»Das ist nur ein Kratzer, Warren.«

»Keine Widerrede, Fre…« Er brach ab und stumm, mit angehaltenem Atem sah sie ihm nach, als er förmlich aufsprang und aus dem Raum stürmte.

Frechdachs.

Sie hätte nicht gedacht, dass dieses Wort mal so wehtun würde.

Manahatta, 2. Oktober 1664

Zwei Tage. Zwei ganze Tage, in denen sie vor den wachsamen Augen ihrer Eltern verborgen alles vorbereitet hatte. In denen sie Kleidung, Lebensmittel und auch Ketten sowie Wolfseisenhut, den ihre Mutter im Kräutergarten zog, gesammelt und außerhalb der Siedlung versteckt hatte. Und die Zettel, die sie vorbereitet hatte. Warren war nicht zu stolz gewesen, um ihr Angebot anzunehmen, ihm Lesen und Schreiben beizubringen. Also hatte sie sich hingesetzt und einzelne Buchstaben auf gleich mehrere Zettel geschrieben. So, wie ihre Mutter es damals für sie gemacht hatte. Sie hoffte einfach, dass ihre Mutter es ihr verzeihen würde, dass sie sich so großzügig an den teuren Bögen bedient hatte, die nun zusammen mit all den Dingen, die sie in den nächsten Wochen benötigen würde, im Wald auf sie warteten.

Sie würde alles später zum Haus der Witwe Verhoeven bringen. Seit deren Mann vor einigen Jahren gestorben und sie zu ihrer Tochter in die Stadt gezogen war, stand es leer. Ein guter Ort, an dem sie mit Warren die nächsten Tage bleiben konnte. Dort würden sie ungestört sein, lag es doch so weit im Nordosten, dass kaum jemand den Weg dorthin fand, wenn es keinen Grund dafür gab.

Dort würden sie bleiben, bis er alles überstanden hatte, bis das Fieber gesunken und er sich mit seiner veränderten Natur arrangiert hatte.

Noch immer konnte sie nicht fassen, dass er so leicht zugestimmt hatte. Da war kein Zögern gewesen, kein Zaudern oder Bedenkzeit, alles Dinge, die sie verstanden hätte. Ihre Mutter hatte Wochen benötigt, ehe sie ihrem Vater ihre Entscheidung hatte mitteilen können. Er nicht. Er hatte einfach ja gesagt und ihr damit die Tränen in die Augen getrieben.

Sie kannten sich nun genau einen Monat. Aber noch nie war sie sich etwas so sicher gewesen wie jetzt. Er war es. Selbst wenn ihr Vater nicht mit ihrer Entscheidung einverstanden wäre, würde sich nichts daran ändern. Sie konnte es fühlen. Tief in sich. Das Wissen darum, dass Warren der *Eine* für sie war.

Heute Nacht würden sie sich wiedersehen. Danach würden sie sich nie wieder trennen. Ein beruhigendes Gefühl. Er würde stets an ihrer Seite sein. Egal, was die Zukunft ihnen brächte, er wäre bei ihr.

Sie riss sich aus ihren Gedanken los, als es an der Tür ihrer Kammer klopfte und ihre Mutter kurz darauf eintrat. Sie lächelte. Dieses kleine, wissende Lächeln, das seit Wochen ihre Züge erhellte, wenn sie sie ansah. Weil sie es wusste. Weil sie darum wusste, was ihre Tochter gerade durchlebte.

Ohne ein Wort miteinander gesprochen zu haben, half ihre Mutter ihr. Irgendwie vollbrachte sie das Kunststück, ihren Vater abzulenken, damit sie sich immer wieder aus dem Haus schleichen konnte. Hatte geschafft, dass dieser kein Wort darüber verlor, dass seine Tochter neuerdings nach einem menschlichen Mann roch.

Ellis lächelte und richtete sich in ihrem Bett auf, als ihre Mutter sich neben sie auf die Matratze setzte.

»Du hast dich verändert«, meinte ihre Mutter leise mit einem warmen Leuchten in den Augen und Ellis senkte die Lider, als sie ihr über die Wange strich. Wie sie es früher immer getan hatte, als sie sie ins Bett gebracht hatte.

Es stimmte. Sie hatte sich verändert. Sie war ruhiger geworden. Der Wildfang, der sich viel zu schnell mit anderen raufte, war gewichen. Selbst die kleinen, harmlosen Kabbeleien mit ihrem Vater hatten aufgehört.

Ellis schmunzelte, als sie plötzlich selbst bemerkte, wie brav sie geworden war. Oberflächlich. Während sie sich jede Nacht heimlich davonstahl. Vielleicht war sie einfach zu müde, um weiterhin jenes Mädchen zu sein, das ihre Familie kannte.

»Mein kleiner Wildfang wird erwachsen.«

Sie errötete und wich dem Blick ihrer Mutter aus, als diese leise lachte und ihr einen Kuss auf die Stirn gab.

»Er ist es, nicht wahr?« Kein Vorwurf. Keine Anschuldigungen, weil sie ihre Unschuld verschenkt hatte.

Weil es unwichtig war. Ihr Volk gab nicht viel auf die Jungfräulichkeit einer Frau. Es war nicht entscheidend, wer der erste Mann war. Entscheidend war, wer der Letzte wäre.

»Ja, Mutter. Er ist es.«

Dennoch hatte sie entschieden, dass sie Warren ihrem Vater erst dann vorstellen würde, wenn er diesen als den Partner seiner Tochter nicht mehr ablehnen konnte. Sie würde ihren Vater vor vollendete Tatsachen stellen, damit dieser in seiner sturen Art nicht mehr aufbegehren konnte. Oder versuchen konnte, Warren von ihr fernzuhalten.

Etwas, das ihre Mutter ebenfalls gesehen zu haben schien, denn anderenfalls hätte diese ihr nie diesen Rat gegeben.

»Du tust das Richtige, Liebling. Er wird es später verstehen. Er muss nur erst noch lernen, dass seine Tochter kein Kind mehr ist. Das ist für Väter schwierig.«

Ellis' Herzschlag setzte für einen Moment aus. Ihre Mutter wusste, was sie plante.

Erleichterung machte sich in ihr breit, als sie das Lächeln der älteren Frau bemerkte, die in ihrer Erscheinung kaum älter war als ihre Tochter. Erleichterung, weil ihre Mutter wusste, was gleich geschehen würde.

»Danke, Mutter. Ich hab dich lieb. Euch beide.«

14

Sie gingen sich aus dem Weg. Warren tauchte den ganzen Tag nicht im Haus auf, hatte sich in seiner Werkstatt eingeschlossen und wann immer sie aus einem der Fenster in den Hof sah, zog ein feiner Schmerz durch sie hindurch. Mehr noch als in der vorangegangenen Nacht tat es nun weh, was zwischen ihnen stand. Er hatte sie im Arm gehalten. Wie früher. Hatte sie nicht mal im Schlaf losgelassen.

Dennoch war da diese tiefe Kluft zwischen ihnen. Sie war entstanden, als sie ihn zurückgelassen hatte. Und sie war tiefer geworden, je mehr Zeit ins Land gegangen war.

Man sagte, dass die Zeit alle Wunden heilte.

Sie konnte das nicht bestätigen.

Die Kluft zwischen ihnen war tiefer als der Marianengraben.

Sie gab sich Mühe, die Spannung zwischen ihnen zu ignorieren, die selbst dann noch in der Luft hing, wenn er nicht mal in ihrer Nähe war. Eine Spannung, die selbst jene im Haus bemerkten, die neu eingetroffen waren, und die Jared dazu brachte, ihr immer wieder nachdenkliche Blicke zuzuwerfen.

Sie wollte nicht reden. Wollte nicht darüber reden, wie sehr sie feststeckten. Ihre Vergangenheit hatte sie fest im Würgegriff, presste ihren Brustkorb zusammen und brachte ihr Herz dazu, sich zu quälen, während es tapfer versuchte, das Blut durch ihre Adern zu pumpen.

Also ging sie schließlich auch Jared aus dem Weg und war dankbar darum, dass sie sich damit entschuldigen konnte, mit Scott reden zu müssen, als dieser ihr eine Nachricht schickte, dass sie sich melden sollte. Bestenfalls, wenn sie allein war.

Sie zog sich in Warrens Büro zurück, um ungestört zu sein. Obwohl dieser Raum voll war mit seinem Geruch. Oder vielleicht gerade deswegen. Hier war sie ihm nah, ohne wirklich in seiner Nähe zu sein. Hier konnte sie sich zumindest einbilden, dass alles in Ordnung war, verdrängen, was nicht zu verdrängen war und tiefe Spuren in ihrer beider Leben hinterlassen hatte.

Also setzte sie sich an seinen Schreibtisch und knipste die kleine Lampe dort an, nur um zu erleben, wie sie im nächsten Augenblick mit einem dramatischen Knacken durchbrannte.

Glühbirnen. Sie verabschiedeten sich immer mit einem Knall. Es war ihr ein Rätsel, wieso Warren diese mittlerweile antiken Teile noch hatte. Oder wo er sie herbekam.

»Hi Scott.« Der Wolf ging bereits beim zweiten Klingeln dran und brummte nur, was ihr ein schiefes Lächeln entlockte. Einen Nerd bei der Arbeit zu stören, war augenscheinlich nicht die beste Idee.

»Wie ist die Lage?«

Das Lächeln verschwand, während sie mit einer Hand über ihre langsam verheilende Seite strich.

»Wusstest du, dass es Monster gibt, deren Haut wie ein Panzer ist? Nur an der Kehle war sie etwas weicher.«

Scott schnaubte ob ihres künstlich heiteren Tonfalls. »Hat dir schon mal wer gesagt, dass du einen Dachschaden hast?«

Sie grinste, während sie mit den Fingern an der Kante der Schreibunterlage spielte, die zum Schutz des antiken Schreibtisches dort lag. »Das würde nie jemand wagen, denn ich würde jeden durch die Wand prügeln, der solch infame Unterstellungen tätigt.«

»Aha.«

»Du glaubst mir nicht.« Mit dem Fingernagel fuhr sie unter die Kante der Matte und lächelte. Da lagen Zettel. Das machte sie auch oft, wenn sie aufräumen wollte. Sie war eine katastrophale Hausfrau. Aufgeräumt war, wenn man die Dinge nicht mehr sehen konnte. Mit schöner Regelmäßigkeit landeten daher Kassenbons, Notizzettel und andere Kleinigkeiten unter jener Matte, die sie selbst auf einem antiken Schreibtisch platziert hatte. Bis ihre aus-den-Augen-aus-dem-Sinn-Taktik dazu führte, dass die Matte sich wölbte und sie *wirklich* aufräumen musste. Das passierte in etwa alle sechs Monate. Ja, sie war eine lausige Hausfrau.

»Doch, doch. Natürlich glaube ich dir. Immerhin habe ich das schon gesehen.«

Sie strahlte über das ganze Gesicht, obwohl er es nicht sehen konnte, während sie neugierig weiter unter die Matte fuhr und die Struktur des Papiers ertastete. Es war anders als erwartet. Kein Kassenzettel. Kleine Stubben ließen die Oberfläche ungleichmäßig werden. Als wäre es kein maschinell gefertigtes Papier. Als wäre es traditionell hergestelltes Hadernpapier, etwas, das sie schon lange nicht mehr gefühlt hatte. Es wurde kaum noch produziert und war verdammt teuer. Nichts, was man achtlos unter eine Ablage schob.

»Warum sollte ich mich melden?«, kam sie dann jedoch auf das eigentliche Thema zurück und zog die Finger unter der Matte wieder hervor.

»Ich möchte deinen Eindruck haben von den beiden Rudeln.«

Verständlich. Scott und sein Bruder Julian hatten bis vor kurzem nur Streuner und Julians Rudel gekannt. Und das Rudel ihres Vaters, etwas, woran keiner der beiden schöne Erinnerungen hatte. Es war nur natürlich, dass sie misstrauisch gegenüber anderen Werwölfen waren. Insbesondere nachdem sie erst vor kurzem einem fremden Werwolf vertraut und es teuer bezahlt hatten.

»Mein dreckiger Engländer hat gelernt, sich regelmäßig zu duschen, und die anderen scheinen auch ganz okay zu sein«, erwiderte sie gutgelaunt und kicherte, als sie dem sonst so zurückhaltenden Werwolf ein Knurren damit entlocken konnte.

Es tat so unfassbar gut, mit ihm zu reden und für einen Moment diesen riesigen Berg Mist zu vergessen, auf dem sie hockte und dessen Gestank die Luft verpestete.

»Kannst du das bitte für sozial inkompetente Informatiker übersetzen?«

Scott war vielleicht eine Menge, ganz gewiss sogar Informatiker. Das Prädikat *sozial inkompetent* hatte sich allerdings nur einer der beiden Brüder verdient: sein soziopathischer Bruder Julian.

»Ich vertraue ihnen.«

»Das wollte ich wissen. Celia ist gerade damit beschäftigt, die Daten durchzugehen, die dieser Vince uns geschickt hat. Sie wird sich darum kümmern, dass jene, die nicht mit dem Stempel *jagt Menschen* versehen sind, von uns kontaktiert werden, sobald die Website online ist.«

Gemeinschaft. Lykaon hätte sich vermutlich nie vorzustellen gewagt, was das im Zeitalter der Digitalisierung bedeutete.

»Wie lang?« Wie heiser ihre Stimme doch plötzlich klang.

»Ein paar Wochen. Maximal noch drei Monate, bis das Gerüst steht.«

Die letzte Gemeinschaft von Wölfen, die sie erlebt hatte, war vor über dreihundertsiebzig Jahren untergegangen. Ellis kam nicht dagegen an, Ehrfurcht in sich aufkeimen zu spüren bei der Vorstellung, dass es eines Tages wieder normal sein könnte. Eine Ehrfurcht, die sie dann jedoch mit einem hastigen Räuspern abwürgte.

»Okay. Egal. Nach dem unangekündigten Besuch letzte Nacht habe ich jetzt aber auch ein Anliegen an dich. Hast du irgendwas für uns, womit wir was anfangen können? Adressen, die wir abgehen können? Wir können nicht ewig hier sitzen und warten, dass die Scheiße zu uns kommt.«

Oder zulassen, dass die drei entführten Wölfe weiterhin gequält wurden. Bei ihr waren es nur wenige *Untersuchungen* gewesen. Sie hatte nicht mal einen Bruchteil dessen erlebt, was andere Gefangene durchgemacht hatten.

Aber auch sie wusste seitdem, wie es war, bei lebendigem Leib aufgeschnitten zu werden, nur damit man zusehen konnte, wie lange sie für die Heilung benötigte.

Um herauszufinden, wie alt sie war, nachdem sie die Tür ihrer ersten Zelle mit einem Grinsen aus der Verankerung gerissen hatte und davonspazieren wollte.

Scott hatte tatsächlich was für sie. Nicht viel, aber immerhin etwas, das dafür sorgen würde, dass sie nicht mehr untätig herumsitzen und warten mussten. Er hatte die Liste der Grundstücksverkäufe und Vermietungen fertig und so weit um nicht ins Raster passende Adressen bereinigt, dass noch knapp zwanzig übergeblieben waren, die sie nach Spuren würden absuchen können. Allesamt abgelegene ehemalige Farmen oder Hütten, die sich in den Pocono Mountains befanden und die sich mit einem Klingeln ihres Postfachs schließlich zu Wort meldeten, während sie erneut mit den Fingern unter die Matte glitt.

Ihre Neugier gewann und vorsichtig zog sie die darunter befindlichen Zettel heraus.

»Du bist ein Schatz, Scott«, meinte sie schließlich und erstarrte, als sie auf die Papierbögen sah, die unter der Matte zum Vorschein kamen.

Nachdem er am Morgen geflüchtet war, hatte er sich in der Arbeit vergraben. Die beiden Stühle waren fertig und eine Auftragsarbeit für ein Museum trocknete gerade. Die beiden Aufträge würden in den kommenden Tagen vom Lieferdienst abgeholt werden und in seiner Arbeitswut verließ er schließlich die Werkstatt, um die Rechnungen zu schreiben. Alles, nur um nicht versehentlich *ihr* über den Weg zu laufen.

Er hatte schon die Hand an der Klinke zu seinem Büro, als er ihre Stimme von der anderen Seite der Tür hörte.

Du bist ein Schatz, Scott.

Die Eifersucht überrannte jeden Schutzwall, den er gehofft hatte, in den zurückliegenden Stunden errichtet zu haben, und brachte ihn dazu, die Klinke herunterzudrücken und ins Büro zu platzen.

Sie war leichenblass und ihre Augen wirkten riesig in ihrem schmalen Gesicht, als sie aufsah. Und sein Herz setzte aus, als er erkannte, was sie in der Hand hielt.

Das Hadernpapier war alt. Im Lauf der Jahre war es weich geworden, vergilbt und die Knickkanten, an denen es gefaltet worden war, lösten sich auf. Er hatte sich dennoch nie davon trennen können. Genauso wenig wie von den Kleidern, die sie ihm genäht hatte und die noch immer in einer Truhe oben auf dem Dachboden lagen. Außerhalb seiner Sichtweite, aber immer noch nah genug, wenn die Erinnerungen ihn quälten.

Von den Papierbögen hatte er sich hingegen nie so weit trennen können. Jahrelang hatte er sie sogar am Körper getragen, bis die Zeit es ratsamer hatte erscheinen lassen, sie an einem besseren Ort aufzubewahren. Einen Ort, an dem sie weniger Schaden nahmen.

Mit diesen Zetteln hatte sie damals versucht, ihm Lesen und Schreiben beizubringen. Mit diesen Zetteln hatte er sich später selbst Lesen und Schreiben beigebracht. Auf diese Zettel hatte er gestarrt, als er begriffen hatte, dass sie nicht mehr zurückkehren würde.

Er hörte, wie sie nach ihm rief. Hörte den Schmerz in ihrer Stimme, aber er verschloss sich davor. Zu sehr riss der eigene Schmerz an ihm, als er auf dem Absatz kehrt machte und aus dem Haus stürmte.

Manahatta, 8. Oktober 1664

Sein Schädel brummte und obwohl er gerade geschlafen hatte, war er vollkommen erschöpft. Mit einem Stöhnen griff er sich an die Stirn, während er versuchte, die vielen Gerüche in seiner Nase zu sortieren. Es roch so … anders.

»Warren!« Ellis' Aufschrei klingelte in seinen Ohren, dennoch lächelte er, als er spürte, wie sie sich kurz darauf neben ihn legte und an ihn schmiegte.

Seine Frau. Der Gedanke fühlte sich gut an. Ihr Geruch hüllte ihn ein, der Geruch der Wölfin, der ihr eigen war, und überlagerte die übrigen Gerüche.

»Wie geht es dir?«

Langsam klärte sich sein Kopf, das Brummen verflog und auch die Kraft kehrte in seine Glieder zurück.

Sie hatten es wirklich getan. Er war jetzt wie sie.

Er blinzelte, um in die Gegenwart zurückzufinden, in der sie sich noch immer an ihn schmiegte.

»Erschöpft. Hungrig.« Beide Worte klangen heiser, kratzten in seinem Hals und er hörte sie kichern.

»Ich hol dir was.«

Missmutig verfolgte er, wie ihr Körper neben dem seinen verschwand und sah ihr nach, als sie aufstand und zu der Feuerstelle in der Mitte des Raumes ging. Nackt. Schamlos.

Er knurrte und erschrak selbst bei dem ihm fremden Geräusch.

»Was reizt dich gerade?«

Über die Schulter warf sie ihm einen amüsierten Blick zu und er ließ den Kopf wieder ins Kissen sinken und starrte an die Decke.

»Du bist nackt, Frau.«

»Du doch auch.«

Etwas, das er tatsächlich erst jetzt bemerkte. Er war ebenfalls nackt unter den Laken und Fellen, die sie hergebracht hatte.

»Warum?«

»Schon mal einen bekleideten Wolf gesehen?«

Er stockte. Dann erinnerte er sich.

Es waren nur Fragmente. Einzelnen Szenen. Sie hatte ihn hergebracht. In diese Hütte. Hatte ihn eindringlich angesehen mit so viel Hoffnung in ihren Augen, dass sein Brustkorb zu eng für sein verdammtes Herz geworden war.

Sie hatte ihm erklärt, was sie tun würde. Was danach mit ihm geschehen würde.

Es war ihm alles egal gewesen. Er wollte nur bei ihr sein.

Mit den Fingern strich er über seine Handinnenfläche, aber da war nichts. Obwohl er sich erinnern konnte, wie sie ihn dort geschnitten hatte. Wie es gebrannt hatte, als sie die gleiche Wunde an ihrer Hand auf die seine gepresst hatte. Wie die Hitze ihn versengt und er kurz darauf das Bewusstsein verloren hatte.

Die Wunde war vollkommen verheilt, doch als er herabsah, konnte er die schnurgerade Linie erkennen, die sie hinterlassen hatte.

Die letzte Narbe seines Lebens. So hatte sie es genannt. Die einzige, die nie verblassen würde. Ihr Zeichen auf seiner Haut.

»Wie lang bin ich schon hier?«

»Sechs Tage.«

Sie rührte in dem Kessel, den sie über das Feuer gehängt hatte, schien jedoch nicht zufrieden, als sie vorsichtig probierte, und aufmerksam verfolgte er, wie sie zu einem Beutel ging, der unweit des gemauerten Herdfeuers lag, und darin kramte. Gewürze. Sie hatte wirklich an einiges gedacht, ehe sie ihn hergebracht hatte.

Noch mehr Erinnerungen stürmten auf ihn ein. Schmerz. Das Fieber. Und wie er gerannt war. Auf vier Pfoten. Er erinnerte sich an Knurren und wie ein kleiner Wolf sich ihm schließlich in den Weg gestellt hatte.

Wie sie ihn angegriffen und er nach ihr geschnappt hatte.

»Habe ich …« Er brachte den Satz nicht zu Ende, als sie leise gluckste.

»Du bist ein verdammt starker Wolf geworden. Und ja, du hast.«

Reue überkam ihn. Er hatte sie angegriffen. Als Wolf. Hatte seine Zähne in ihre Flanke getrieben. Das Geräusch, das Winseln, das er ihr damit entlockt hatte, klang in seinen Ohren nach und er biss die Zähne zusammen.

»Das ist normal, Warren. Du hast deinen Wolf noch nicht unter Kontrolle. Das musst du erst lernen. Das musste ich auch, als vor vier Jahren die ersten Wandlungen kamen.«

Sein Wolf. Es war tatsächlich geschehen und das Gefühl war unbeschreiblich. Trotz des Schmerzes der Wandlung. Das Gefühl, anschließend als Wolf durch den Wald zu jagen, vermochte er nicht in Worte zu fassen. Noch nie hatte er sich so frei gefühlt. Keine Zwänge. Keine Reue. Nur diese unglaubliche Freiheit.

»Das Essen braucht noch ein bisschen.« Sie klang entschuldigend und er lächelte inwendig.

»Komm her, Frau.«

Er schluckte, als sie sich umdrehte und er den Kratzer sah, den er auf ihrem Brustkorb hinterlassen hatte. Dort, wo er sie mit den Krallen erwischt hatte, als sie zu Boden gegangen und sich auf den Rücken gerollt hatte. Als sie ihm ihre Kehle präsentiert und ihn damit zur Räson gebracht hatte.

Weil er selbst in seinem Zustand begriffen hatte, dass sie sich unterwarf. Weil er sie nicht verletzen wollte. Niemals.

»Das ist nichts, Warren. Außerdem hast du auch den einen oder anderen Kratzer abbekommen.« Ihre Augen blitzten übermütig, als ob es nur eine kleine Rauferei gewesen wäre, und sie versuchte, ihr Lächeln zu verstecken, indem sie sich auf die Lippe biss. Er konnte es dennoch sehen und die Scham, ihr wehgetan zu haben, verflog.

»Ich will es trotzdem wiedergutmachen. Komm her, Frechdachs.«

Ihre Augen leuchteten, als sie zu dem Alkoven zurückkehrte, in dem das Bett stand. Und sie kicherte leise, als er ihre Hand nahm und zu sich zog, bis sie auf Hände und Knie gestützt auf das Bett zu sank.

Ihre Atmung wurde schwer, als er mit einer Hand über ihren Rücken strich. Als er an ihr hinabwanderte, bis seine Hand auf diesem Prachtarsch ruhte, den sie so ungeniert nach oben reckte.

Lust flammte in ihm auf, wurde angestachelt von ihrer eigenen, die er in sich zu spüren glaubte, als er seine Hand zwischen ihre Beine gleiten ließ und seidige Nässe dort fand. Sie wollte ihn und erneut hörte er sein eigenes Knurren, als der Geruch ihrer Erregung sich in der Luft ausbreitete.

»Warren, bitte. Jetzt.« Heiser presste sie die Worte hervor, als er mit den Fingern in sie eintauchte. Sie wollte ihn, drängte sich seiner Hand entgegen und er war schon auf den Knien und hinter ihr, kaum dass sie zu Ende gesprochen hatte.

Wärme umfing ihn, als er in sie eindrang. Wärme und die unfassbare Enge ihres zierlichen Körpers und er biss sich auf die Wange, um nicht schon jetzt zu kommen. Der Geschmack von Blut füllte seinen Mund und er stöhnte, als sie den Oberkörper auf ihre Unterarme senkte und ihn so noch tiefer in sich ließ.

Mit einer Hand griff er in ihre Haare, drückte ihren Kopf nach unten und schluckte, als er die kleinen Bissmale in ihrem Nacken sah. Er hatte sie dort hinterlassen und so sehr er es auch bereute, so sehr machte es ihn auch an. Seine Spuren auf ihrem Körper.

Sie wimmerte leise, als er sich in ihr zu bewegen begann. Langsam, vorsichtig, jedoch jede Rücksicht vergessend, als sie bettelte. Als sie ihn anflehte und seinen Stößen entgegenkam. Mit einer Hand an ihrer Hüfte hielt er sie, damit sie nicht ausweichen konnte.

Abgehackte, kleine Schreie entwichen ihr, mischten sich in das Klatschen, wenn ihre Körper gegeneinander stießen. Er fickte sie. So hart, dass er fürchtete, ihr wehzutun. Aber noch immer kam sie ihm entgegen, noch immer feuerte sie ihn an, verlangte nach mehr und er spürte, wie sie sich immer enger um ihn schloss. Wie sie ihn tiefer zog und hörte ihren kehligen Schrei, als sie ihren Höhepunkt erreichte, während er sich ein ums andere Mal in sie pumpte. Sie zitterte vor ihm, wisperte seinen Namen. Wieder und wieder und er verlor sich in diesem atemlosen Stammeln, in dem Pulsieren um ihn herum und ein Laut, halb Schrei, halb Knurren, entrang sich ihm, als er kurz darauf in ihr kam.

Sie schnurrte leise und ließ sich nach vorn fallen, als er außer Atem wenig später neben sie auf die Matratze glitt. Und er erwiderte matt das Lächeln, das sie ihm schenkte und ihre Augen strahlen ließ, während er um Atem rang. Zärtlichkeit stieg in ihm auf, als er sie so ansah.

Seine Frau. Er brauchte keinen Pfaffen, der ihm das bestätigte.

Ihr Lächeln vertiefte sich, als er eine Strähne fortstrich, die ihr ins Gesicht gefallen war. Ihre Wangen waren rosig, ihre Augen leuchteten. Sie war tatsächlich glücklich.

»Und das Wichtigste in deinem neuen Leben ist: Ein Wolf hat immer Hunger.«

Er lachte leise, als im gleichen Moment ihr Magen knurrte.

Ein Wolf. Das war er nun. Wie sie. Er konnte ihn sogar riechen. Der Geruch des Tieres haftete ihr an. Etwas Wildes, Ungezähmtes, das von Freiheit erzählte. Von den Wäldern, in denen sie jagte. Von der Freiheit des Himmels, wenn sie über das Land preschte.

Er ließ sie ziehen, als sie sich erhob und nackt, wie sie war, zur Feuerstelle ging. Er liebte diese Ungeniertheit an ihr, die es ihm vergönnte, ihren Körper in aller Seelenruhe zu bewundern, während sie Eintopf in zwei Schalen füllte, ehe sie zu ihm zurückkehrte.

Ihr wissendes Lächeln verriet ihm, dass sie genoss, wenn er sie so ansah.

Er wollte sie schon wieder.

Sie schnalzte missbilligend mit der Zunge, als sie seinen Gedanken erriet. »Erst essen!«

Er knurrte. Zum ersten Mal bewusst und sie kicherte, während er ihr eine der Schalen abnahm und zusah, wie sie zu ihm auf das Bett kletterte.

»Aber wir haben in den nächsten Tagen nicht viel zu tun, außer dich mit deinem Wolf bekannt zu machen.« Ihr Lächeln veränderte sich, wurde lüsterner und er musste sich zwingen, nicht einfach wieder über sie herzufallen. Seine unersättliche

Geliebte, deren Schamlosigkeit ihn gerade wahnsinnig machte, während sie splitternackt auf dem Bett saß und aß.

Sie hatte ihm erzählt, wie es werden würde. Wie es für sie alle war, wenn sie ihren Partner in einen Wolf wandelten. Sie hatte ihn mit ihrem Blut infiziert. Jetzt würde sie dafür sorgen, dass er lernte, mit seinem geänderten Wesen zu leben. Wie jedes andere Paar, bei dem einer der beiden ein Mensch war, hatte sie sich mit ihm vom Rudel abgesondert, damit er nach und nach lernte, zunächst mit sich und seinem Wolf, dann mit der Gemeinschaft im Rudel umzugehen. Und erst, wenn er dies beherrschte, würde er wieder unter Menschen gehen.

Denn obwohl Wölfe keine Menschen jagten, besaßen sie diesen Instinkt, den es zu kontrollieren galt. Weil es keine bessere Beute gab als jenes Wesen, das von sich selbst glaubte, die Krone der Schöpfung zu sein.

Ein Wolf musste lernen, diesen Instinkt im Zaum zu halten. Oder er wurde von der Gemeinschaft, in der er lebte, dafür gerichtet.

Auch Wölfe besaßen Regeln. Regeln, die sie ihm beibringen würde, ehe er vor ihren Vater trat in der Hoffnung, dass dieser ihn als den Mann seiner Tochter akzeptierte. In der Hoffnung, dass dieser ihn in seinem Rudel aufnahm.

Er würde lernen. Schnell. Er würde beweisen, dass er dieser Frau würdig war. Er würde seinen Platz in ihrer Welt bekommen.

15

Er ignorierte, dass es nicht *ihr* Geruch war, der ihn umgab. Ignorierte, dass es nicht *ihr* zierlicher Körper war, der unter ihm lag und den er mit seinem Gewicht auf das Bett fesselte. An dem er hinabglitt.

Es waren auch nicht ihre Hände, die er packte und auf die Matratze drückte, während er seine Zähne in die Haut ihres Bauches grub.

»Warren! Stopp!«

Er erstarrte. Und als hätte er sich verbrannt, wich er von Natalie ab, bis er auf der Bettkante saß, das Gesicht in seine Hände vergraben.

Kopflos war er aus dem Haus gestürmt. Hatte sich ins Auto gesetzt und war in die Stadt gefahren. Von unterwegs hatte er Natalie angerufen und war erleichtert gewesen, dass sie Zeit hatte.

Weil er sonst nicht gewusst hätte, was er tun sollte, um diese Rastlosigkeit in sich in den Griff zu bekommen.

Ein Fehler, wie er nun begriff.

»Was ist los?«

Als er aufsah, kniete sie neben ihm auf dem Bett und rieb sich das Handgelenk, das er in seiner Unachtsamkeit zu fest gehalten hatte. Es war schon jetzt rot, morgen würden die Spuren seiner fehlenden Kontrolle dunkel auf ihrer Haut prangen.

»Sie ist einfach in mein verdammtes Wohnzimmer spaziert, als wäre nie etwas geschehen.« Er wusste, dass Natalie nichts mit seinen Worten anfangen konnte. Aber er wusste auch nicht, wie er es anders erklären konnte. Er wusste ja nicht mal, wie er sprechen sollte.

»Wer?«

Schwer ließ er die Luft seinen Lungen entweichen, während er ihr dabei zusah, wie sie sich erhob, in einen Kimono schlüpfte und sich neben ihm niederließ.

»Meine Frau.«

Sie hob die Brauen. »Ich wusste nicht, dass du verheiratet bist.«

»Es ist schon lange her. Sie ist eines Tages einfach verschwunden.«

Natalie schwieg, schien zu überlegen, was sie sagen sollte. Oder auch nur wollte. »Und jetzt ist sie aus heiterem Himmel wieder bei dir aufgetaucht?«

Er nickte.

»Du liebst sie immer noch.«

Sein Magen zog sich zusammen bei ihrer nüchternen Feststellung. Aber er konnte es auch nicht leugnen. Jahrhundertelang hatte er sich eingeredet, dass es anders wäre. Dass seine Liebe zu ihr mit ihrem Verschwinden erkaltet war.

Ein Blick auf sie hatte ausgereicht, um ihn eines Besseren zu belehren.

»Es ändert nichts. Sie hat getan, was sie getan hat.«

»Und weil das so ist, dachtest du, dass es eine gute Idee wäre, zu mir zu kommen und ihr das anschließend unter die Nase zu reiben.«

Warren kam nicht umhin einzuräumen, dass Natalie recht hatte. Auch wenn ihm das erst jetzt bewusst wurde. Aber er *hatte* sie verletzen wollen. Hatte ihr jenen Schmerz zufügen wollen, den er verspürte, seit sie wiederaufgetaucht war.

Er war nicht bereit, ihr zu verzeihen. Monatelang hatte er damals nach ihr gesucht, hatte sich an seine Hoffnung geklammert, dass sie zu ihm zurückkehren würde. Bis die Hoffnung schal geworden war und er hatte einsehen müssen, dass sie nicht mehr zurückkommen würde. Er hatte nie herausgefunden, warum sie das getan hatte. Warum sie ihm erst den Himmel versprochen hatte, um ihn dann in die Hölle hinabzustoßen. Aber irgendwann hatte auch er einsehen müssen, dass er sie offensichtlich mehr geliebt hatte als sie ihn.

Wochenlang waren sie in diesem Cottage geblieben, nachdem sie ihn gewandelt hatte. Wochen der Abgeschiedenheit. Des Glücks. Bis sie eines Tages gemeint hatte, dass es an der Zeit wäre, ihn zu ihrem Rudel zu bringen. Doch sie hatte vorgehen und ihren Vater vorsichtig darauf vorbereiten wollen. Er hatte sie ziehen lassen. Erwartungsfroh. Weil er endlich die Chance bekommen sollte, ein wirkliches Leben mit ihr zu führen.

Nachdem sie nicht zu ihm zurückgekehrt war, war er losgezogen und hatte nach ihr gesucht. Er hatte sogar den Ort gefunden, an dem sie mit ihrem Rudel gelebt haben musste, den er jedoch nie zuvor gesehen hatte. Eine von vielen kleinen Siedlungen, keine zehn Häuser, die in einem Kreis um einen Platz errichtet worden waren. Allesamt verlassen. Nur ihre Gerüche waren noch schwach vorhanden.

Dennoch hatte er nicht aufgegeben. Hatte versucht, ihre Fährte zu finden. Aber er war ungeübt in solchen Dingen gewesen und hatte schließlich aufgeben müssen, als Tage vergingen und die Gerüche sich mehr und mehr verloren.

Eine ganze Weile war er dort geblieben. Hatte in ihrem Bett geschlafen, mit ihrem Geruch in der Nase, der dort am stärksten gewesen war. In die Welt der Menschen hatte er nicht mehr zurückgekonnt. Er war desertiert, wie es so schön hieß, als er mit ihr fortgegangen war. Und er traute sich auch noch nicht genug, um sich schon jetzt den Menschen zu stellen, von denen ein Teil seiner Instinkte überzeugt war, dass sie eine gute Beute waren.

Er blieb daher an diesem Geisterort, versteckte sich, wenn Menschen dort auftauchten, und bemühte sich, ein normales Leben zu führen. Lernte allein, wie er mit seinem Wolf umgehen musste, um nicht die Kontrolle zu verlieren. Er brachte sich selbst das Jagen bei, Fährten zu lesen, Witterungen aufzunehmen.

Und er übte mit jenen Zetteln, auf die sie Buchstaben gemalt hatte und Gegenstände, die mit diesen begannen. Prägte sie sich ein und übte so lange, bis er das Haushaltsbuch lesen konnte, das ihre Eltern geführt und zurückgelassen hatten.

Er blieb dort, bis andere kamen, die in die leerstehenden Häuser ziehen wollten. Erst dann verließ er Manahatta, ohne Ziel, wanderte durch die Kolonien und das unberührte Hinterland, blieb für einige Zeit an dem einen oder anderen Ort, aber wurde nie wirklich sesshaft.

Bis er auf Jared traf. Erst durch ihn war er langsam in die Welt der Menschen zurückgekehrt. Der damals noch so junge Wolf hatte ihm einen Sinn im Leben gegeben. Weil er sich an sich selbst erinnert gefühlt hatte. So waren sie schließlich gemeinsam in Pennsylvania gelandet, hatten dieses Land gekauft und sich hier niedergelassen. Auch Jared hatte auf diesem Land ein Haus gebaut. Fünf Meilen jene Straße hinauf, die sich durch den Wald schlängelte, in dem ihrer beider Land lag.

»Weißt du, warum sie wiedergekommen ist?«

»Ja. Und es hat rein gar nichts mit dem zu tun, was damals geschehen ist.« Mehr würde er ihr nicht sagen können. Leider.

»Wirklich?«

Er stockte. *Ich habe darum gebeten herzukommen.* Das hatte sie gesagt, als er sie hatte verhöhnen wollen, dass ausgerechnet sie bei ihm aufgetaucht war.

Da war so viel Schmerz in ihrer Stimme gewesen, als er sie vorhin hatte stehen lassen. Erst jetzt sickerte diese Erinnerung zu ihm durch, vergiftete ihn und ließ seinen Magen sich zusammenziehen.

Auch sie litt unter der Situation, die sie selbst geschaffen hatte. Sie hätte nicht wiederkommen müssen. Nach all den Jahrhunderten hätte sie einfach ihr Leben weiterleben können. Daran hatten sie sich inzwischen doch beide gewöhnt. Oder nicht?

Trotzdem war sie gekommen. Trotzdem hatte sie um Aufnahme in sein Rudel gebeten und hatte akzeptiert, dass er sie auf den letzten Platz verwiesen hatte.

Einen Platz, den er am Ende selbst nicht einhalten konnte. Weil er sie nicht leiden sehen konnte. Weil er sie nicht leiden sehen *wollte.* Weil dieses verfluchte Gefühl noch immer in ihm lebte und jenen Zorn Lügen strafte, hinter dem er sich versteckte.

»Warren?«

Als er aufsah, lächelte Natalie.

»Geh nach Hause und bring deine Sachen in Ordnung.« Ihr Lächeln wurde schief. »Auch wenn ich mich gerade um meinen besten Kunden bringe, aber … Ich will dich hier nie wieder sehen.«

Er grinste matt, während sich ihm gleichzeitig alles zusammenzog bei der Vorstellung, Ellis erneut gegenüber zu treten. »Bester Kunde?«

Natalie gluckste. »Ich hab mit dir und deiner Regelmäßigkeit mein Haus abbezahlt. Natürlich bist du mein bester Kunde.« Dann schwand das Lächeln und ihre Miene wurde ernst. »Geh zu deiner Frau zurück, Warren.«

Ihre Hand legte sich auf seinen Oberschenkel, drückte ihn sacht und schließlich erhob sie sich und ging an die Kommode zu dem Umschlag, den er dort abgelegt hatte. Auffordernd hielt sie ihn ihm entgegen, doch er schüttelte den Kopf, während er sich ebenfalls erhob und nach seinem Pullover griff, den er ans Fußende gehängt hatte.

»Das gehört dir.« Er schlüpfte in den Pullover, ehe er sie erneut ansah. »Wenn du jemals irgendwas brauchst … egal, was. Ich bin da, okay?«

»Sag das nicht zu laut, ich könnte drauf zurückkommen.«

Er gab dem Impuls nach, zog sie in die Arme und drückte sie. »Das sollst du auch. Das ist keine Floskel, Natalie.«

»Okay.« Sie wich von ihm ab und schien im ersten Moment selbst überrascht. Dann grinste sie. »Und jetzt raus. Ich hab noch ein Date mit einer Flasche Wein, um den Verlust runterzuspülen, und ich will nicht zu spät kommen.«

Es war ein eigenwilliges Gefühl, als er keine Dreiviertelstunde später auf den Hof fuhr. Auf ihre Art und Weise hatte Natalie ihm den Kopf gewaschen. Und ihn davor bewahrt, eine Dummheit zu begehen.

Allerdings wusste er jetzt nicht mehr, wie er sich verhalten sollte.

Er konnte die zurückliegenden Jahrhunderte nicht ungeschehen machen. Ellis ebenso wenig. Es war geschehen und es hatte tiefe Gräben zwischen ihnen gezogen. Gräben, von denen er nicht wusste, ob sie sie jemals wieder würden füllen können.

Denn noch immer war da jener Schmerz, der an den Rändern seines Bewusstseins nagte, der dort war, seit sie nicht mehr in jenes Cottage zurückgekehrt war.

Für eine kleine Weile waren sie so unendlich glücklich gewesen. *Er* war es. Und er hatte geglaubt, dass auch sie es gewesen war. Aber offensichtlich nicht genug, um zu bleiben.

Die Außenbeleuchtung flammte auf, als er den Wagen auf dem Hof parkte und sich dem Haus näherte. Es war nach zehn Uhr, die erste Nachtwache war zur Hälfte verstrichen und er würde erst ab Mitternacht gebraucht. Es blieben ihm also noch zwei Stunden, um jene Rechnungen zu schreiben, die am späten Nachmittag in Vergessenheit geraten waren.

Oder um mit ihr zu reden.

Um herauszufinden, warum sie damals gegangen war.

Wie lange hatte er sich den Kopf darüber zerbrochen? Wie lange hatte er versucht, Erklärungen dafür zu finden, dass sie ihn einfach zurückgelassen hatte?

Er wusste es nicht mehr. Aber irgendwann war die Wut gekommen. Auf sie. Und in jener Wut war er schließlich erstarrt.

Vollkommen in Gedanken versunken trat er in den Flur, schloss die Haustür hinter sich und blieb abrupt stehen, als sein Blick auf Ellis fiel.

Sie stand im Türrahmen zum Wohnzimmer, starrte ihn an und jeder Muskel in ihm verkrampfte sich, als sie demonstrativ Luft holte.

»Ich habe nicht mit ihr …«

Sie schnitt ihm das Wort ab. »Das spielt keine Rolle.«

Wortlos sah er ihr nach, als sie sich auf dem Absatz umdrehte und ins Wohnzimmer zurückkehrte.

Sie hatte recht. Denn er hätte es getan, wenn Natalie ihn nicht abgehalten hätte.

Ellis hatte keine Ahnung, wie sie die Zeit überstand, bis Warren seine Nachtwache antrat. Eigentlich hatte sie in die Küche gehen und sich was zu essen suchen wollen, als er ins Haus gekommen war.

Eiskalt hatte sie die Erkenntnis getroffen, dass er keine Zeit vergeudet haben konnte. Vor zwei Nächten erst hatte er mit ihr geschlafen. Die vergangene Nacht hatte er sie im Arm gehalten.

Der Schmerz, der eingesetzt hatte, als sie die andere Frau an ihm gerochen hatte, hatte sie daher umso härter getroffen.

Sie hatte so sehr gehofft, dass sie einen Anfang gemacht hatten. Vielleicht keinen guten, aber sie hatte sich eingeredet, dass es irgendetwas bei ihm gab, worauf sie hätten aufbauen können. Ein Gefühl, das nichts mit Hass und Verachtung zu tun hatte.

Keiner von ihnen konnte ungeschehen machen, was damals passiert war. Keiner von ihnen konnte zurückholen, was sie damals miteinander geteilt hatten. Sie wusste sehr genau, was sie ihm angetan hatte. Sie hatte ihn verlassen. Hatte ihn in ihre Welt geholt, in einen Wolf gewandelt, um ihn kurz darauf zu verlassen. Allein zu lassen mit jener Natur, die sie geschworen hatte, ihm nahezubringen. Sie hatte geschworen, für ihn da zu sein, wenn er lernte, mit seinem neuen Wesen umzugehen.

Sie hatte sein Vertrauen missbraucht und die einzige Liebe, die ihr je vergönnt war, ohne ein einziges Wort zurückgelassen. Hilflos seinen Instinkten ausgeliefert, die er gerade erst begonnen hatte zu erforschen.

Sie hatte sich selbst für das gehasst, was sie an jenem Tag getan hatte. Und sie tat es noch. Aber jedes Verständnis dafür, dass er sich so verhielt, wie er es nun tat, ließ den Schmerz nicht weniger werden.

Erst, nachdem er das Haus für die Nachtwache verlassen hatte, schaffte sie es, ins obere Stockwerk und in jenes Zimmer zu gehen, das er ihr zugedacht hatte.

Die Matratze war verschwunden. Ebenso die Tasche, mit der sie gekommen war. Stattdessen stand nun ein Regal an einer Wand und die Reinigungsmittel, deren Gerüche in der Luft gehangen hatten, waren wieder hineingewandert.

Eine ganze Weile starrte sie blicklos auf das Regal, unfähig, eine Entscheidung zu treffen. Unfähig, auch nur irgendwas bei diesem Anblick zu empfinden. Sie fühlte sich taub, gefangen in diesem Moment, kurz bevor irgendetwas in ihr endgültig zu Bruch ging.

Schließlich riss sie sich mit Gewalt aus ihrer Erstarrung, schloss die Tür hinter sich, zog sich aus und wechselte in ihre Wolfsgestalt.

Es war einfacher als Wolf, denn als Mensch auf dem Fußboden zu schlafen.

Die Nacht war ruhig geblieben. Keine weiteren Angriffe und Müdigkeit hatte sich über ihn gelegt, als er die Treppe nach oben in sein Schlafzimmer nahm. Sein Weg führte ihn an der Abstellkammer vorbei, die er Ellis gegeben hatte, und für einen Sekundenbruchteil versteifte er sich, als er riechen konnte, dass sie auch in dieser Nacht dahinter schlief.

Er hatte die Matratze bereits am Vormittag wieder auf den Speicher und ihre Sachen in sein Schlafzimmer geräumt. Denn trotz des unglücklichen Ausgangs des Morgens hatte er da schon gewusst, dass er keine Nacht mehr ohne sie aushalten würde. Auch wenn er sich eingeredet hatte, dass es an den Neuankömmlingen gelegen hatte.

Unwichtig. Morgen würde er schauen, wo er sie nun würde unterbringen können. Die Schlafzimmer waren alle belegt, aber er wollte sie auch nicht weiterhin auf dem Fußboden schlafen lassen. Ob nun mit oder ohne Matratze dazwischen.

Er ließ sie liegen, unterdrückte den Impuls, der ihn dazu bringen wollte, sie trotz ihrer zu erwartenden Abwehr, in sein Schlafzimmer zu bringen, und ging in ins Bett.

Ich hoffe wirklich, dass sie es wert war. Der Satz ihrer zweiten Begegnung vor so langer Zeit tauchte unvermittelt in seinem Kopf auf, kaum dass er die Augen geschlossen hatte. Er quälte ihn, denn damals wie heute war sie es nicht. Damals wie heute hatte er damit lediglich versucht, sich abzulenken. Um sie aus dem Kopf zu bekommen.

Ihr Geruch hing noch immer in den Laken. Nur schwach, aber unbestreitbar da. Am Ende drückte er seine Nase in das Kissen, auf dem sie geschlafen hatte, und mühte sich, die Welt zu vergessen.

16

Ellis gab sich Mühe, ihn nicht anzustarren, während sie auf der Rückbank auf dem Platz hinter dem Fahrer saß. Aber es war schwer. Sein Geruch hing in ihrer Nase, ließ ihr Herz rasen und schnürte ihr den Hals zu. Ihr gebrochenes Herz.

Die zurückliegende Nacht war die Hölle gewesen. Ein Meer aus Erinnerungen, jede einzelne davon vergiftete nun ihre Seele.

Wie auch die seine. Das wusste sie, auch wenn nichts an ihm darauf schließen ließ. Aber sie kannte ihn. Wusste um seine Gabe, sich hinter einem harten Ausdruck zu verschanzen. Wusste um seine Gabe, der Welt nicht zu zeigen, was in ihm vorging.

»Träumst du? Wir sind da.«

Sie blinzelte, als der Mann, der sich ihr als Basil vorgestellt und die Fahrt hier raus in die Berge neben ihr auf der Rückbank verbracht hatte, sie aus ihren deprimierenden Gedanken riss. Offensichtlich hatte sie verpasst, dass Warren den Wagen auf einem kleinen Feldweg mitten zwischen den Bäumen geparkt hatte und ausgestiegen war.

»Aber der Traum war doch so schön, Mama!«, jammerte sie mit Fistelstimme und sah, wie Basils Mundwinkel zuckten.

»Du bist bescheuert«, meinte er dann jedoch und sie grinste, während sie sich abschnallte und die Wagentür öffnete.

»Erzähl mir was Neues.«

Der Geruch des Waldes umfing sie, verdrängte ein wenig den Geruch des Motors und Benzins, und einen kurzen Moment fühlte sie sich in die Vergangenheit zurückversetzt. In eine Zeit, in der es diese hochmotorisierten Blechmonster noch nicht gegeben hatte und nichts schneller war als ein Pferd. Die Welt um sie herum wirkte unberührt … zumindest, wenn man die ausgetretenen Pfade der Wanderer höflich ignorierte.

»Wo lang?« Sie sprach es zu Warrens Rücken, es war jedoch Jared, der ihr antwortete: »Da drüben, hinter der Bergkuppe.«

Die vierte Adresse auf ihrem Teil der Liste.

Sie hatten schon früh angefangen, die Adressen, die Scott ihr gemailt hatte, abzuarbeiten. Bei Sonnenaufgang waren sie aufgebrochen, hatten sich in zwei Gruppen zu je vier Personen aufgeteilt, um schneller voranzukommen. Warren, Jared, Basil und sie waren die eine Gruppe. Patrick, Vince, Kenneth und Rachel die andere. Alle anderen sollten im Haus bleiben und das Grundstück überwachen. Aber sie alle waren bisher erfolglos gewesen.

Ihr Mund wurde trocken, als sie sah, wie Warren sich wortlos seiner Kleider entledigte. Wie gebannt starrte sie auf seinen Rücken, beobachtete, das Muskelspiel darin, als er seine Hose auszog, und sah hastig weg, als er die Sachen achtlos auf den Fahrersitz warf und ihr so einen Blick auf seine Vorderseite gewährte.

»Jared!«

Ellis sah, wie der Angesprochene verstohlen grinste. Warrens Laune war schon auf einem Tiefpunkt gewesen, als sie aufgebrochen waren. Und jede Adresse, die sie erfolglos angesteuert hatten, hatte eine weitere Verschlechterung zur Folge gehabt. Etwas, das Basil und sie höflich ignorierten, Jared jedoch demnächst vermutlich in einen Lachkrampf beförderte, wenn sie das Funkeln in seinen Augen richtig deutete, als er unaufgefordert seine Sachen auszog und zu Warrens ins Auto warf. Allerdings hütete auch dieser sich davor, Warren zu zeigen, wie sehr dessen Verhalten ihn amüsierte. Der Mann kannte seinen Alpha augenscheinlich nicht nur lange, sondern auch gut genug, um zu wissen, wann es besser war, die Klappe zu halten.

Wenige Sekunden später standen beide Männer in Wolfsgestalten vor ihnen und Basil und sie setzten sich in Bewegung, als Warren knapp knurrte und sich in die Richtung wandte, in der die aktuelle Adresse lag.

»Ist es noch weit, Papa Schlumpf?«, fragte sie in die angespannte Stimmung, als sie geraume Weile später die Bergkuppe erreichten.

Warren knurrte und Ellis grinste in sich hinein.

»Ja, noch sehr weit, Schlaubi«, kam es gleich darauf von Basil und sie kicherte.

»Da drüben«, schob er dann hinterher und sie wandte den Blick in jene Richtung, auf die er mit ausgestrecktem Arm wies. Zwischen dichten Bäumen etwas unterhalb ihrer Höhe stieg Rauch am Hang auf. Es war also jemand anwesend.

Warren gab ihr keine Gelegenheit, die tatsächlich beeindruckende Aussicht über das Tal zu ihren Füßen zu genießen. Mit einem Satz sprang er vorwärts ins Unterholz und mit einem Seufzen stapfte sie dem Wolf nach.

Wenige Minuten später blieb sie wie angewurzelt stehen, alle Sinne in Alarmbereitschaft bei dem Geruch, der in ihre Nase stieg. Menschlich. Dennoch haftete ihm etwas an, das sie bisher lediglich in Deutschland wahrgenommen hatte.

»Deckung!«

Die Welt um sie herum explodierte fast im gleichen Moment, in dem sie aufschrie. Erde und Gesteinsbrocken flogen auf und sie stöhnte, als ein Ast von einem zerfetzten Baum sie frontal in die Brust traf und in hohem Bogen durch die Luft katapultierte.

Ein erstickter Laut entwich ihr, als sie schließlich auf dem Waldboden aufschlug. Zweige und kleine Steinchen bohrten sich in ihren Rücken und für einen Moment sah sie Sterne, als sie sich auf die Seite rollte und hustete.

Dann kam sie abrupt wieder auf die Beine, ignorierte den Schmerz und sah sich hektisch um.

Der Geruch von Blut hing in der Luft und ihr Herz gefror als sie schwach das Echo von Warrens Schmerz in sich spürte. Aber er lebte. Immerhin etwas.

Hinter einen Strauch gehockt, ließ sie ihren Blick erneut über die Umgebung schweifen. Es sah aus, als hätte man eine Landmine gezündet. Ausgerissene Äste, aufgewühltes Erdreich und entwurzelte Büsche. Aber der typische Geruch von C4 oder anderen Sprengstoffen hing nicht in der Luft. Dafür jenes eigenwillige Kribbeln auf ihrer Haut, von dem sie inzwischen wusste, dass es von der Magie herrührte, die ihre Art nicht in der Lage war, wahrzunehmen.

Aber ihre Auswirkungen konnten sie spüren.

Magier. Die Scheißkerle hatten sie erwartet.

Blind angelte sie in der Innentasche ihrer Jacke nach ihrem Handy und rümpfte die Nase, als sie einen kurzen Blick darauf warf. Das Display war gerissen, aber es war noch intakt. Den Blick auf ihre Umgebung gerichtet, entsperrte sie es und rief den Gruppenchat auf, den sie vor ihrem Aufbruch eingerichtet hatten. Sie schickte den anderen ihren Standort ohne ein einziges Wort. Sie war sich sicher, dass die anderen es verstehen würden.

Warrens Geruch wurde intensiver und Erleichterung flutete ihre Nerven, als er in ihrem Sehfeld auftauchte. Geräuschlos schlich er in geduckter Position in ihre Richtung und sie lächelte matt, als er schließlich dicht neben ihr stand.

Ein gedämpftes Knurren entwich ihm und als sie seinem Blick folgte, sah sie es ebenfalls.

Die Drecksäcke näherten sich.

Hinter den Bäumen machte sie insgesamt vier Männer aus. Unlogisch, denn wenn sie die Dämonen richtig verstanden hatte, waren sie meist in Dreiergruppen, sogenannten Triaden, anzutreffen. Aber darüber konnte sie sich später noch den Kopf zerbrechen.

Erneut ließ sie ihren Blick über die zerstörte Umgebung schweifen und schluckte, als sie Basil wenige Meter von ihnen entfernt hinter einem heruntergekommenen Ast erkannte. Er war verletzt und nicht bei Bewusstsein.

Wo war Jared?

Ihr Blick ging weiter nach oben und sie verbiss sich ein Lächeln, als sie den anderen Werwolf entdeckte. Er hockte auf einem abgeknickten Baum, nicht weit entfernt von den Magiern, die sich von Deckung zu Deckung in ihre Richtung schlichen.

Vier Magier. Und sie konnte das Blut aus Basils Kopfwunde nicht riechen.

In Ellis' Kopf ratterte es. Wieso konnte sie das Blut nicht riechen?

Zu spät. Jared sprang, als der erste der Männer unter ihm ankam und Ellis schrie auf, als er diesen zu Boden riss.

Es fehlten zwei. Sie hatte nichts gerochen, aber wie aus dem Nichts tauchten weitere Männer auf. Die fehlenden beiden.

»Warren, nein!«

Doch der Wolf neben ihr machte einen Satz nach vorn, verließ seine Deckung und griff die Männer an. Ellis blieb keine andere Wahl, als sich ebenfalls einzumischen, während das Kribbeln auf ihrer Haut stärker wurde.

Irgendwas ging hier vor und der Stein in ihrem Magen besagte deutlich, dass sie gerade direkt in die Scheiße rannten.

Nur knapp schaffte sie es, der Magiewelle auszuweichen, die einer der Angreifer nach ihr schleuderte, kaum dass sie aus der Deckung heraus war. Bei der zweiten Welle hatte sie weniger Glück. Sie erwischte sie, als sie sich noch von der anderen wegdrehte, riss sie von den Füßen und mit einem Keuchen knallte sie wenige Schritte entfernt gegen einen Baum.

Sterne flackerten vor ihren Augen und sie schüttelte die Benommenheit ab, während sie sich wieder auf alle viere aufrichtete.

Warren hatte ihren zweiten Angreifer zu Boden gerissen. Der Geruch von Blut füllte die Luft und Ellis wusste, dass das Lächeln, das ihre Lippen umspielte, voller Genugtuung war, während sie dabei zusah, wie Warren dem Magier die Kehle herausriss, ehe er sich mit einem bedrohlichen Knurren dem anderen zuwandte.

Blut tropfte von seinen Lefzen und die Härte in seinem Blick schnürte Ellis für einen Moment die Luft ab.

Sie hatte immer gehofft, dass er den Wolf in sich eines Tages würde beherrschen können.

Er hatte mehr getan. Sie waren eins. Einander so nah, wie man dem Tier in sich nur sein konnte.

Sie bekam keine Zeit, sich ebenfalls zu verwandeln. Ein dritter Mann näherte sich Warren von hinten, während dieser den anderen Kerl in Schach hielt, und Ellis stürzte sich auf ihn, noch ehe er ganz aus der Deckung des Baumes, hinter dem er sich verborgen gehalten hatte, heraus war.

Stahl schrappte über ihre Haut, zerriss ihre Kleidung auf Höhe ihrer Rippen und sie biss die Zähne zusammen bei dem scharfen Brennen, dass er dort hinterließ, als sie den Magier mit sich zu Boden riss. Mit einem dumpfen Laut landete der Mann unter ihr auf dem gefrorenen Boden und sie hieb ihm ihre Faust ins Gesicht. Mit Befriedigung vernahm sie das Knirschen, das anzeigte, dass sein Jochbogen unter ihrem Treffer zersplitterte.

Dann wurde sie von ihm geschleudert.

»Verdammter Scheißkerl!« Fluchend und hustend kam sie wieder auf die Beine und fixierte den Mann, der ebenfalls auf die Knie gekommen war. Eine Hand hatte er hoch über seinem Kopf erhoben und wachsam verfolgte sie den leuchtenden Ball, der darin funkelte.

Magie. Genug, um sie erneut von den Füßen zu reißen. Oder ernstlich zu verletzen. Das wusste sie seit Deutschland.

Sie blendete das Knurren aus, das Warren ausstieß, ehe sie hörte, wie zwei Körper aufeinander prallten. Sie durfte sich nicht ablenken lassen. Nicht, während der Typ vor ihr sie nicht aus den Augen ließ und sein Blick ihr kalte Schauer über den Rücken jagte.

Typen wie er waren es gewesen, die sie aus ihrem eigenen Haus entführt hatten. Mit exakt jener Kälte in den Augen, dieser Grausamkeit, die darin glitzerte und bei der sich ihr sämtliche Härchen auf den Armen aufrichteten.

»Nie wieder.«

Sie war lange genug in ihrem Leben weggelaufen. Es reichte.

Die gleißend helle Kugel flog in ihre Richtung, aber sie war bereits verschwunden, noch ehe sie ihr Ziel erreichte. Mit einem Satz hatte sie sich zur Seite geworfen, bremste kurz vor einem Baumstamm und federte vom Waldboden ab, direkt auf den Mann zu. Erneut riss er die Klinge hoch, aber genau damit hatte sie gerechnet.

Sie stöhnte, als sie sie mit der Hand umfasste und die scharfe Schneide sich in ihre Haut grub. Blut quoll aus den tiefen Schnitten hervor, ließ sie auf dem Metall abrutschen, bis sie gegen die Parierstange stieß. Wie erwartet war die Fehlschärfe stumpf und mit einem Knurren packte sie fester zu.

Die Klinge brach und der Mann taumelte nach vorn, als sie ihn im gleichen Moment mit der anderen Hand im Nacken nach vorn riss. Ihr Knie landete in seinem Gesicht und erneut hörte sie das Brechen eines Knochens.

Der Magier ging zu Boden wie ein Sack Kartoffeln und als sie ihn mit der Stiefelspitze herumdrehte, lächelte sie grimmig.

Sie hatte ihm die Nase direkt ins Hirn getrieben.

Zur Sicherheit kniete sie sich erneut hin, griff nach der abgebrochenen Klinge am Boden und trennte ihm den Kopf vom Rumpf. Ganz so, wie die Dämonen es ihr gesagt hatten, damit die Drecksäcke auch wirklich nicht mehr aufstanden.

Erst danach wandte sie sich um und ließ ihren Blick über die Umgebung gehen.

Auch Warren war siegreich gewesen und sie bekam einen trockenen Mund, als sie sah, wie er in seine menschliche Gestalt zurückkehrte, ehe er sich, nackt wie er war, aufrichtete.

Er war noch immer genauso schön wie damals. Rau und mit Muskeln, die bei jeder kleinsten Bewegung unter seiner Haut zu arbeiten schienen. Ein Körper, der es gewohnt war, hart zu arbeiten. Blut lief aus einem tiefen Kratzer an seiner Hüfte herab, färbte seinen Oberschenkel rot, doch er schien es kaum zu bemerken, als er mit dem Unterarm Blut von seinem Kinn wischte und sie die Zähne zusammenpresste, ehe sie den Blick abwandte.

»Wo ist Jared?« Seine Stimme war kaum mehr als ein Knurren, während er mit zusammengezogenen Brauen den Platz absuchte.

Ellis stockte, während sie es ihm gleichmachte.

Jared und Basil waren verschwunden. Auch von den anderen Magiern fehlte jede Spur und Ellis fluchte unterdrückt.

Warren versteinerte, als in der Ferne das Heulen eines Wolfes erklang. Ein weiblicher Wolf. Die Verstärkung war gekommen. Aber sie waren zu spät.

Den halben Wald hatten sie abgesucht. Aber Jared und Basil blieben verschwunden. Nicht eine einzige verdammte Spur hatten sie zurückgelassen. Als ob sie sich einfach in Luft aufgelöst hatten.

Und das Haus, das sie eigentlich hatten überprüfen wollen, hatte sich als weiterer Fehlschlag erwiesen. Wie auch immer hatten diese Magier erfahren, dass sie auf der Suche nach ihnen waren und ihnen eine Falle gestellt.

Jetzt waren zwei weitere von ihnen verschwunden. Und sie hatten keinerlei Hinweis, wo sie nach ihnen suchen sollten.

Die Tür zu dem Schrank, den er für eine Filmproduktion hatte anfertigen sollen, flog quer durch den Raum und sein Knurren versank unter dem Geräusch splitternden Holzes, als sie an der Wand zerschellte. Der Einlegeboden folgte. Dann der Fuß. Aber er konnte nicht aufhören. Ein Möbelstück nach dem anderen flog gegen die Wand, aber die erhoffte Befriedigung blieb aus. Er wurde nur immer wütender.

»Warren!«

Er erstarrte. Sie.

»Was machst du hier?«

Als er aufsah, stand er in den Trümmern dessen, was er hinterlassen hatte.

Ellis stand an der Tür, eine Braue gehoben besah sie sich, was er soeben angerichtet hatte.

»Raus!«

Sie ging nicht. Stand einfach nur reglos da und sah ihn an.

»Verschwinde, Ellis!«

Er sah sie zusammenzucken. Und wie sie gleich darauf die Schultern straffte und das Kinn reckte.

»Nein, das werde ich nicht.«

Er konnte das Knurren nicht aufhalten, das bei ihren Worten in ihm aufstieg. Er wollte es auch gar nicht. Sie sollte nicht hier sein. Sie hätte nie zurückkehren dürfen. Es war in Ordnung gewesen, als sie weg gewesen war.

»Was willst du hier, Frau? Reicht es nicht, was du bereits getan hast? Willst du jetzt auch noch zusehen, wie hier alles den Bach runtergeht? Macht es dich glücklich zuzusehen, wie ich erneut untergehe? Ist es das, warum du hier bist? Wie oft noch? Wie oft willst du mich noch leiden sehen?«

»Warren, nicht …«

Er unterbrach sie, ignorierte ihren gequälten Ton, den Schmerz in ihrem Blick, als er die Distanz überbrückte, bis nur noch eine Handbreit sie voneinander trennte. Aber sie wich auch nicht zurück. Sie blieb einfach stehen und legte den Kopf in den Nacken, um ihm weiterhin in die Augen sehen zu können.

»Es wäre besser gewesen, wenn du nie wieder aufgetaucht wärst, Ellis. Du hast einmal mein Leben zerstört. Ein zweites Mal lasse ich das nicht zu. Geh zurück nach Europa. Geh zurück zu deinem Kerl. Ich kann dich hier nicht gebrauchen.« Er sah die Tränen in ihren Augen, aber er verschloss sich davor, wandte sich ab und biss die Zähne zusammen, als er ihr halbersticktes Schluchzen in seinem Rücken hörte.

»Ich habe dich nie verlassen wollen. Und es hat auch nie einen anderen Mann in meinem Leben gegeben. Da warst immer nur du.« Die Tränen ließen ihre Stimme brüchig klingen und obwohl sie kaum mehr als geflüstert waren, fühlten sie sich an, als hätte sie sie ihm entgegengebrüllt. Jedes einzelne Wort wie Klingen in seinem Herzen, die sich herumdrehten, als er sich erneut zu ihr umwandte.

Sie hatte ihre Hand nach ihm ausgestreckt und jene Tränen, die er zuvor gehört hatte, liefen über ihre Wangen. Lautlos trugen sie ihren Schmerz in die Welt und er hielt den Atem an, als sie zu reden begann.

17

Manahatta, 25. Oktober 1664

Überall auf ihrem Körper kribbelte es. Ihr Herz raste. Aber sie lächelte, während sie durch den Wald ging. Zwei Wochen waren sie nach seinem Aufwachen in dem Cottage geblieben. Zwei Wochen, die ihr wie der Himmel auf Erden vorgekommen waren. Er lernte so wahnsinnig schnell. Sie hatte kaum etwas tun müssen. Als ob es nie anders hätte sein sollen. Warren war ein Wolf. Wie sie. Jeden Tag hatte sie dabei zusehen können, wie er vertrauter mit jenem neuerwachten Wesen in sich wurde. Wie er lernte, damit umzugehen. Als ob er von Anfang an dieses Wesen in sich verstand. Er begrüßte es mit offenen Armen.

Und sie liebte es, ihn so zu erleben. Zum ersten Mal hatte sie das Gefühl, dass er dort war, wo er immer hatte sein wollen. Mit sich im Reinen. Als ob er durch die Wandlung seinen Frieden gefunden hatte. Noch immer war er der aufbrausende, ruppige Mann, den sie kennengelernt hatte. Daran würde vermutlich auch nichts und niemand etwas ändern. Das entsprach seiner Natur. Und irgendwie liebte sie ihn auch dafür. Dafür, dass sie nie vorhersehen konnte, was er als nächste tat.

Die vergangenen Wochen waren wie eine Auszeit von ihrem eigentlichen Leben gewesen. Und sie hatten sie beide in vollen Zügen genossen. Er hatte zu jagen gelernt, Fährten zu folgen und Witterungen aufzunehmen. Er hatte gelernt, die Kraft, die sich nun in seinem Körper verbarg, zu kontrollieren. Sie hatte recht gehabt. Als menschlicher Mann war er stark gewesen. Als Wolf war er eine Urgewalt.

Und sie hatte gelernt, dass ihr Hunger nach ihm nur noch größer geworden war. Wie umgekehrt der seine nach ihr.

Doch nun war es an der Zeit, in die Realität zurückzukehren. Sie konnten nicht ewig in dem Cottage bleiben, auch wenn die Vorstellung verlockend war. Aber ihre Eltern mussten sich Sorgen machen. Drei Wochen war sie insgesamt fortgeblieben und sie ahnte, dass ihr Vater getobt haben musste. Ihr Vater ... Ellis lächelte. Warren und er waren sich so erschreckend ähnlich. Es würde eine Weile dauern, bis diese beiden sturen und stolzen Männer lernten, miteinander auszukommen. Aber auch das war etwas, worauf sie sich freute. Sie freute sich darauf, Warren ihrem Vater endlich vorzustellen. Zu erleben wie die beiden wichtigsten Männer in ihrem Leben lernten, miteinander umzugehen.

Aber erst wollte sie allein mit ihm reden. Ihn vorbereiten, damit die erste Begegnung nicht in einem Desaster endete. Deshalb hatte sie Warren in der Hütte zurückgelassen. Einen wenig begeisterten und etwas knurrigen Warren, dem sie dennoch das Versprechen hatte abringen können, dort auf sie zu warten.

Ein metallischer Geruch in der Luft ließ sie schließlich kurz vor der Siedlung ihres Rudels stehen bleiben. Er war nur schwach und mit gerunzelter Stirn reckte sie die Nase und konzentrierte sich auf den Geruch.

Sie erstarrte. Blut. Der Geruch von Blut hing in der Luft und ließ ihr Herz für einen Moment stolpern.

Etwas stimmte nicht. Ganz und gar nicht.

Ihr ganzes Leben hindurch war sie von ihrer Familie und dem gesamten Rudel darauf vorbereitet worden, dass so etwas geschehen könnte. Man hatte sie dafür trainiert, in solchen Momenten dann nicht den Kopf zu verlieren. Dennoch kämpfte sie nun mit der aufsteigenden Panik, die ihre Hände schweißnass werden und ihr Herz rasen ließ. Ein Teil von ihr wollte fliehen, während ein anderer sich wandeln und mitten in die Siedlung preschen wollte.

Ellis zwang sich dazu, keinem von beiden nachzugeben. In geduckter Haltung huschte sie in den Schatten von Deckung zu Deckung, darauf bedacht, gegen den schwachen Wind zu schleichen, während sie sich vorsichtig der Siedlung näherte.

Und dem Geruch des Blutes, der eindringlicher wurde und ihre Eingeweide sich verkrampfen ließ.

Ihre Hände zitterten, als sie schließlich in Sichtweite war. Der Geruch von frischem Blut war inzwischen so intensiv, dass er die Luft verpestete und jeglichen anderen Geruch überlagerte. Unmöglich zu sagen, ob noch jemand am Leben war. Unmöglich zu sagen, ob die Gefahr bereits weitergezogen war. Über allem lag der erstickende metallische Geruch, den sie inzwischen schon auf ihrer Zunge zu schmecken glaubte und der ihre Atmung flach und kurz werden ließ.

Sie biss sich auf die Lippe, um sich davon abzuhalten, nach ihren Eltern zu rufen, während sie zwischen zwei der Häuser hinter einem Karren in Deckung ging. Der Drang danach wurde schier übermächtig, während sie ihren Blick über den Platz gehen ließ. Sie durfte niemanden auf sich aufmerksam machen. Wenn noch einer der Angreifer hier wäre, wäre das ihr Todesurteil.

Ihr Blick blieb an einem Rock hängen. Blassblau. Und sie schluckte gegen die aufsteigenden Tränen an, als sie ihn als den Lieblingsrock ihrer Mutter erkannte.

Niedergeschlagen.

Bitte, sei nicht tot. Bitte, sei nicht tot … Die Litanei hallte durch ihren Kopf, machte jegliches andere Denken unmöglich, während ein Teil von ihr die Wahrheit bereits kannte.

Ihre Mutter würde niemals aufgeben. Sie würde kämpfen, um das zu schützen, was sie liebte. Wenn sie dort lag …

Sie blinzelte, als Tränen ihre Sicht verschwimmen ließen, und zwang sich, weiterhin zu atmen, still zu bleiben, während alles in ihr schreien wollte. Sekunden später huschte sie weiter. Aus der Deckung hinter dem Karren hervor und näher Richtung Platz. Ins Zentrum des Geschehens.

Dann sah sie es. Noch mehr Tote. Verdrehte Körper, rote Lachen, die sich um sie herum gebildet hatten.

Sie hatten sich gewehrt. Sie alle. Keiner hatte überlebt und sie wandte den Blick hastig zur Seite, als sie den massiven Körper ihres Vaters am anderen Ende des Platzes erkannte. Die Glieder seltsam verdreht, die Kleider dunkel verfärbt. Da war zu viel Rot auf seinem weißen Hemd.

Ihre Nase war vollkommen unbrauchbar. Zu viele Gerüche in der Luft. Die ihres Rudels. Von Fremden. Und über allem der entsetzliche Geruch von viel zu viel Blut. Keine Chance, mit ihrer Nase etwas dahinter zu erfassen. Aber ihre Ohren funktionierten noch einwandfrei und sie zuckte zusammen, als ein Geräusch, übernatürlich laut, ihre gespannten Nerven fast zum Zerreißen brachte.

Sie war nicht allein. Aus einiger Entfernung konnte sie gedämpft eine männliche Stimme hören. Keine, die sie kannte. Auch die Worte konnte sie nicht verstehen. Es klang, als wäre der Mann in einem der Häuser. Und wenn er redete, musste mindestens noch ein weiterer bei ihm sein.

Sie war in Gefahr.

Warren war in Gefahr.

Wenn diese Leute ihre Spur zurückverfolgten. Wenn sie das Cottage fänden …

Ihre Hände zitterten, als sie hastig die Haken und Ösen ihres Kleides löste und aus dem schweren Stoff stieg. Kälte strich über ihre nackte Haut, doch sie spürte sie kaum, als sie auf alle viere ging und sich auf ihren Wolf konzentrierte.

Sie biss die Zähne zusammen, um auch das kleinste Geräusch zu unterdrücken, als die Wandlung einsetzte und ihre Gliedmaßen sich verkürzten. Als der Druck kam, jener feine Schmerz, mit dem ihre Knochen sich verformten und eine neue Position einnahmen.

Pures Adrenalin rauschte durch ihre Adern, als sie schließlich auf vier Pfoten im Schatten zwischen den Häusern stand, und dabei zusah, wie zwei ihr unbekannte Männer aus einem der Häuser auf den Platz traten. Wölfe. Sie lachten leise, aber sie konnte die Anspannung in ihren Schultern sehen. Als ob sie wussten, dass ihr Tagwerk noch nicht vollbracht war. Als ob sie wussten, dass noch jemand fehlte.

»Die Tochter …« Die Worte wehten zu ihr herüber und sie knurrte unterdrückt, als der Drang, den Männern an die Kehle zu springen, schier übermächtig wurde.

Sie wussten von ihr.

»Verbrennt die Leichen. Ich stelle einen Trupp zusammen. Sie kann nicht allzu weit weg sein.«

Der andere nickte und Ellis holte tief Luft, ehe sie ihrem Impuls nachgab und aus ihrer Deckung schlich.

Die Männer brauchten nur wenige Augenblicke, um sie zu bemerken, als sie auf den Platz trat. Ihr Herz trommelte in ihrer Brust und ein leises Knurren entwich ihr, während sie die beiden mit Blicken fixierte und gleichzeitig die Umgebungsgeräusche in sich aufnahm. Jede Veränderung, das leiseste Rascheln konnte ihren Tod bedeuten.

Sie musste sie fortlocken. Fort von diesem Ort und weit weg von Warren. Sie durften ihn nicht finden. Egal, wie stark er war. Egal, wie gut er sich in seinem neuen Leben auch zurechtfand, er war am Ende dennoch ein Frischling und der Mensch war stark in ihm. Er hätte keine Chance gegen diese Männer.

Als aus dem Haus zu ihrer Linken Schritte erklangen, zögerte sie nicht. Abrupt wandte sie sich ab und rannte in Richtung der Waldgrenze, blieb dann jedoch stehen und hörte zu, wie die Männer Befehle brüllten. Sie rannte erst weiter, als sie sich sicher war, dass sie ihr folgten.

Vier Männer, zwei davon Wölfe, setzten ihr nach, als sie sich ihren Weg durch das Unterholz bahnte. Aber sie wusste, dass es erheblich mehr sein mussten. Das Rudel ihres Vaters war groß gewesen und jeder einzelne von ihnen in der Lage zu kämpfen. Etwas, worauf ihr Vater stets wert gelegt hatte. Vier Männer allein wären nicht ausreichend gewesen, um sie zu töten.

Sie hetzte weiter durch den Wald, bremste ab, wenn sie glaubte, dass die Männer zurückfielen, und beschleunigte, wenn sie ihr zu nah kamen. Sie kannte die Strecke. Sie hätte sie blind laufen können. Seit ihren ersten Wandlungen hatte sie sie immer wieder genommen. Weil sie es geliebt hatte, am Ufer des Noortrivier zu sitzen und dem Wasser zuzusehen, wie es gen Süden zog. Sie wusste genau, wohin sie wollte. Und dass ihr Plan wahnsinnig war.

Die Chancen standen gut, dass sie dabei draufging. Aber eine andere Möglichkeit gab es nicht. Nicht, wenn sie wollte, dass wenigstens einer von ihnen überlebte. Sie musste die Männer von Warren weglocken und mit ein wenig Glück waren sie dumm genug, um ihr ins Wasser zu folgen, wo sie im besten Fall ertranken.

Ihre Eltern hatten ihr immer verboten, im Fluss zu schwimmen. Denn die oberflächliche Trägheit des Wassers verbarg die massive Strömung darunter. Natürlich hatte sie es getestet. War bis zu den Knien ins Wasser gegangen, um sich im nächsten Moment auf dem Allerwertesten wiederzufinden.

Die Strömung war mörderisch. Also genau das, was sie brauchte.

Als sie das Ufer erreichte, wartete sie einen Moment. Den Blick nach hinten auf die Waldgrenze gerichtet, blieb sie dicht am Wasser stehen und wartete ab, bis die Männer hinter ihr aus dem Unterholz brachen. Dann rannte sie in die Strömung.

Das Wasser war eiskalt. Binnen Sekunden drang es durch ihr Fell und bis auf ihre empfindliche Haut. Ihre Muskeln verkrampften vor Kälte, aber sie strampelte einfach weiter, während sie sich dazu zwang, den Blick nicht nach hinten zu richten.

Die Strömung riss an ihr, wollte sie in die Tiefe ziehen und immer wieder schwappte das Wasser über ihr zusammen. Die Kälte lähmte sie, aber sie klammerte sich an den Gedanken, dass es auch ihre Verfolger lähmen würde.

Sollten die Männer in menschlicher Gestalt ihr ebenfalls gefolgt sein, standen die Chancen gut, dass sie zuerst ertranken. Ihre Körper waren zu groß, die Strömung musste ungleich stärker auf sie einwirken.

Die Welt um sie herum verblasste zu farbigen Schlieren, immer wieder unterbrochen von Wasser. Sie konnte ihre Pfoten nicht mehr spüren, dann ihre Läufe. Bis nur noch die alles zerfressende Kälte des Wassers ihr Denken bestimmte.

Mechanisch tat sie, was sie nicht mehr spüren konnte, und hoffte einfach, dass ihr Körper die Befehle, die ihr Hirn verzweifelt hinausschrie, noch umsetzen konnte. Immer wieder schluckte sie Wasser, immer häufiger tauchte sie unter die Oberfläche. Und immer übermächtiger wurde der Wunsch, einfach aufzugeben.

Sie hatte die Orientierung verloren. Aber selbst, wenn sie sie gehabt hätte, wäre es sinnlos gewesen. Nicht sie war es, die die Richtung bestimmte. Die Strömung riss sie mit und sie konnte nichts weiter tun, als dem Sog zu widerstehen, der sie in die Tiefe ziehen wollte.

Sie kämpfte, gegen die Strömung, die Kälte. Bis sie gegen ihren eigenen Körper kämpfte, dessen zunehmende Erschöpfung und Taubheit sie an den Rand dessen brachte, was sie leisten konnte. Bis Wasser in ihre Lungen schwappte und die Wellen über ihr zusammenschlugen.

Nadeln stachen in ihre Lunge, als sie zu sich kam. Noch immer war ihr Körper taub und erst, als Wasser in ihre Nase drang, begriff sie, dass sie sich nach wie vor im Noortrivier befand. Oder wie auch immer man den Fluss in dieser Gegend nennen mochte.

Die Strömung hatte sie in einer Biegung in die herabhängenden Äste eines verkrüppelten Baumes gespült und sie strampelte, um ihre Hinterläufe aus Pflanzen und Schlick zu befreien, ehe sie sich mit letzter Kraft an Land zog.

Sie war allein. Kein Mensch und auch kein Tier, das sie in der Umgebung ausmachen konnte. Und erneut schwanden ihre Sinne, während die Sonne langsam hinter dem Land versank.

Als sie das nächste Mal erwachte, schien die Herbstsonne warm auf ihre Glieder. Ihr Fell war getrocknet, aber noch immer glaubte sie, die Kälte in sich zu spüren. In ihren Knochen. In ihrer Seele.

Ihre Beine zitterten, als sie es schließlich schaffte, sich aufzurichten.

Wenn du ohne zu zögern dein Leben für ihn geben würdest. Das waren die Worte ihrer Mutter gewesen, als sie sie gefragt hatte, woran man erkannte, dass man dem *Einen* begegnet war.

Sie hatte recht behalten. Irgendwo im hintersten Winkel ihres Herzens spürte sie, dass Warren noch am Leben war. Dass er unverletzt war. Sie wusste nicht, wie viel Zeit seit ihrer Flucht vergangen war. Aber sie hoffte, dass das Gefühl tief in ihrem Innersten richtig und Warrens Versteck unbemerkt geblieben war.

Dass er würde leben können.

Sie wandte sich ab und trottete in den angrenzenden Wald, als der Schmerz in ihrer Brust zu stark wurde.

18

Nicht ein Wort hatte er gesagt, hatte sie einfach reden lassen, während sein harter Blick auf ihr geruht hatte, bis sie glaubte, dass er sie damit aufzuspießen versuchte. Dennoch hatte sie nicht einfach abgebrochen. Die Schleusen waren geöffnet, sie konnte einfach nicht mehr schweigen. Sie wollte es auch nicht.

Jetzt jedoch wusste sie nicht, was sie tun sollte. Sie hatte ihm alles gesagt. All die Dinge, die damals geschehen waren.

Alles, bis auf das eine.

»Du bist nicht zurückgekommen.«

Eine Feststellung, deren Endgültigkeit wie ein Urteilsspruch in der Luft hing und ihre Schultern nach unten drückte.

Nein, das war sie nicht. Aber sie hatte es gewollt.

»Ich war auf dem Weg zurück, als sie mich erneut aufspürten. Zwei von ihnen habe ich töten können, dann habe ich sie erneut von dir fortgelockt.« Sie räusperte sich, ehe sie fortfahren konnte. »Ich habe sie tiefer ins Hinterland geführt. Sie waren so versessen darauf, mich zu erwischen, dass ihnen nie aufgefallen ist, dass ich sie von dir weggelockt hatte. Zwei Jahre haben wir das Spiel gespielt. Ich bin geflohen, sie haben mich wieder aufgespürt. Bis ich irgendwann den Spieß umdrehen konnte.« Sie presste die Lippen zusammen, als die Erinnerungen sich wie kalte Finger nach ihren Eingeweiden ausstreckten. »Ich habe sie alle getötet. Nach und nach. Wann immer ich die Möglichkeit dazu hatte. Bis niemand mehr da war, der mich hätte jagen können. Bis niemand mehr von dem Rudel auf Manahatta wusste. Dann bin ich zurückgekehrt.« Sie schluckte gegen die Tränen an, die in ihr aufstiegen. Vergebens. »Aber du warst nicht mehr da.« Die Tränen liefen und mit einer hektischen Bewegung ihres Unterarms rieb sie sie fort. »Ich habe nach dir gesucht. Ich habe so lange nach dir gesucht, Warren. Bis zu viel Zeit vergangen war. Bis zu dem Tag, an dem ich Angst davor hatte, dich zu finden.«

Kein Wort. Die Stille, die eintrat, als sie schließlich endete, hing wie Blei in der Luft, ließ Schauer über ihren Rücken laufen und trieb ihr erneut die Tränen in die Augen. Stumm stand er vor ihr und sie vermochte nicht zu sagen, was in seinem Kopf vorging.

Dann wandte er sich ab. Genauso schweigend ließ er sie zurück und Ellis sackte in die Knie, als die Tür mit einem leisen Klicken hinter ihm ins Schloss fiel.

Am Ende wusste sie nicht mehr, wie lange sie dort in der Werkstatt auf dem Boden gehockt und geweint hatte. Umgeben von seinem Geruch. Diesem schmerzlich-vertrauten Geruch. Er hatte sich in ihr eingebrannt, so tief, dass er sie nun in winzige Teile hatte zerspringen lassen.

Wie lang hatte sie sich danach gesehnt, wieder seinen Geruch in der Nase zu haben? Die Wärme seines Körpers an dem ihren zu spüren? Wie viel Angst hatte sie davor gehabt, wieder vor ihm zu stehen?

Sie hatte gewusst, dass es schwer werden würde.

Sie hatte ihn im Stich gelassen. Hatte ihn in ihre Welt geholt und allein gelassen. Egal, wie gut ihre Gründe dafür auch gewesen sein mochten. Jahrhunderte alte Wut ließ sich nicht mit wenigen Worten auslöschen.

Am Ende war es ihre Feigheit gewesen, die sie nach Europa hatte gehen lassen. Weit von ihm entfernt und an einen Ort, von dem sie wusste, dass er nie dahin zurückkehren würde.

Sie war tatsächlich nach London gegangen. Jahrzehntelang hatte sie in jener von Krankheit und Armut gebeutelten Stadt gelebt. In jenem Viertel, von dem sie gewusst hatte, dass er dort geboren war. Bis sie es nicht mehr ertragen hatte. Bis sie geglaubt hatte, ihn an jeder Ecke sehen zu können. Riechen zu können unter dem Dreck und der Verwahrlosung der einfachen Bevölkerung des East Ends. Später war sie auf den Kontinent gezogen. Hatte sich treiben lassen. Als einfache Magd war sie über das Land gewandert, hatte auf Höfen gearbeitet und so getan, als wäre nie etwas in ihrem Leben geschehen. Als wäre sie nicht die, die sie war. Eine Wölfin, Tochter eines starken Alpha-Paares.

Als Mensch hatte sie gelebt und zu verdrängen versucht, was sich nicht verdrängen ließ.

An einem einzigen Tag hatte sie alles verloren, was ihr Leben ausgemacht hatte: Ihre Familie. Ihr Rudel. Die Liebe ihres Lebens.

Und Feigling, der sie war, hatte sie es vorgezogen, mit dem dumpfen Schmerz in ihrer Brust zu leben, statt zurückzukehren und sich dem zu stellen, was sie zurückgelassen hatte.

Bis heute.

Bis die Zeit die Gräben zwischen Warren und ihr so tief hatte werden lassen, dass nichts und niemand sie mehr überwinden konnte.

Einzig er wäre dazu in der Lage. Allerdings sah es nicht so aus, als ob er es noch wollte.

Mit alles lähmender Müdigkeit in den Gliedern und verquollenen Augen kam sie schließlich auf die Beine. Sie fühlte sich zerschlagen, ihre Seele war wund von den vielen Tränen, die sie geweint, und von den noch viel mehr Tränen, die sie so viele Jahre hindurch zurückgehalten hatte.

Die Sonne war bereits untergegangen, als sie auf den Vorplatz trat, an dem das Haupthaus und die umgebaute Scheune lagen. Eisig zog die winterliche Kälte in ihren Körper, schnürte ihr im ersten Moment die Luft ab und sie presste die Lippen zusammen, ehe sie tief Luft holte, sich straffte und Richtung Haupthaus ging. Es gab etwas, das sie tun mussten. Und vielleicht würde die Bedrohung, die über ihnen schwebte, ihr dabei helfen, nicht zusammenzubrechen.

Jahrhundertelang hatte sie die Welt glauben lassen, eine einfache Frau zu sein. Eine Frau, deren Humor durch nichts zu erschüttern war.

Am Ende war sie aber noch immer das gleiche Kind, das sie gewesen war, als sie in jenen Fluss sprang, den man heute Hudson nannte.

Es war erstaunlich still im Haus, als sie in den Flur trat. Bei so vielen Personen, die sich hier aufhielten, war die Stille regelrecht ohrenbetäubend und hinterließ einen Knoten in ihrem Magen. Die Tür zum Esszimmer stand offen und sie kam nicht umhin, einen Blick hineinzuwerfen, als sie in Richtung Treppe ging.

Warren saß dort. Zusammen mit Patrick, Laura, Vince und Rachel. Und selbst auf die Entfernung konnte sie die Spannung in der Luft ausmachen.

Noch immer sagte Warren kein Wort, aber er sah sie an. Mit dem gleichen harten Ausdruck, den er zuvor bereits gehabt hatte. Und Ellis schluckte, trat jedoch näher, als er ihr mit einer knappen Kopfbewegung bedeutete, zu ihnen zu kommen.

»Schließ die Tür.« Die ersten Worte, die er an sie richtete, und sie fühlten sich wie Peitschenhiebe auf ihrer Haut an, als sie mit verkrampften Muskeln der Aufforderung nachkam.

Eine Handbewegung von ihm ließ sie sich neben ihn setzen. Die Hände im Schoß verschränkt, den Blick auf die Tischplatte gerichtet, tat sie es und mühte sich, zu ignorieren, dass die übrigen Anwesenden sie unverhohlen anstarrten.

»Es gibt einen Spitzel.« Er spuckte die Worte zwischen zusammengebissenen Zähnen heraus und Ellis zwang sich dazu, zu nicken, während sie noch immer den Blick gesenkt hielt.

Eine unbequeme Wahrheit in einem System, das auf die Loyalität eines jeden Rudelmitglieds baute. Keine Wahrheit, die man leichtfertig eingestand. Aber eine, die auch offensichtlich war. Die Magier hätten nicht wissen dürfen, was sie am heutigen Tag geplant hatten. Dennoch hatten sie die Möglichkeit gehabt, sie mit ihrem eigenen Plan in die Falle zu locken und Warrens Rudel nachhaltig zu schwächen.

Es musste für Warren ein Schlag ins Gesicht sein, von einem seiner eigenen Rudelmitglieder verraten worden zu sein. Dass der Spitzel aus Patricks Reihen kam, war unwahrscheinlich. Sie waren zu kurz hier.

Die Erkenntnis ließ sie zusammenzucken. Die wahrscheinlichste aller Möglichkeiten war, dass man *sie* für den Spitzel hielt. Sie war neu. Und trotz allem, was sie mit Warren verband, war sie eine Fremde.

»Ich würde dir das nie antun.« Sie flüsterte, während sie im gleichen Augenblick wusste, dass kein Wort, das sie vorbringen konnte, etwas an diesem Eindruck würde ändern können. Er konnte ihr nicht glauben. Nicht nach allem, was zwischen ihnen geschehen war. Sie würde es in seiner Position ebenso wenig.

Sie spürte erst, wie verkrampft sie tatsächlich war, als eine Hand an ihrem Kinn sie dazu zwang, aufzusehen. Erst dann, als ihre Blicke sich begegneten und sie das kaum merkliche Lächeln bemerkte, das seine Mundwinkel hob, spürte sie, wie ihre Schultermuskulatur sich löste und der Druck auf ihre Brust weniger wurde.

»Ich glaube dir, Ellis.« Mit dem Daumen strich er über ihre Unterlippe und erneut schossen Tränen in ihre Augen.

Sie wollte so vieles sagen. Schreien. Lachen. Weinen. Ihm um den Hals fallen. Stattdessen blieb sie still sitzen, während sie überlegte, wie man atmete.

»Nun, ich tue es nicht.«

Warrens Hand verschwand von ihrem Kinn, als sie sich dem Sprecher zuwandte. Vince, Patricks Beta, sah sie mit kalter Miene an und sie drückte den Rücken durch und richtete sich in ihrem Stuhl auf.

Eine Hand, groß und warm, legte sich über die ihren, drückte sie sacht und ihr Herz geriet aus dem Takt, während sie sich mühte, nicht zu Warren zu sehen. Sie wusste nicht, was geschehen war, seit er sie in der Werkstatt zurückgelassen hatte. Aber irgendetwas hatte sich verändert.

»Ich denke nicht, dass wir über die nötigen Informationen verfügen, um ein Urteil fällen zu können, Vincent.« Patricks ruhige Stimme war sogar noch leiser als sonst. Und auch wenn sie nichts von ihrer Wärme verloren hatte, bewirkte sie, dass Vince sich wieder entspannte. Wenn auch widerwillig.

»Sie ist meine Partnerin. Wenn sie sagt, dass sie es nicht ist, glaube ich ihr.«

Rachel hustete dezent bei Warrens Worten. Vince knurrte weniger zurückhaltend als seine Partnerin und Patrick lächelte matt.

»Dann bitte ich, das Verhalten meines Betas zu entschuldigen. Das ändert die Sache in der Tat«, erwiderte Patrick gelassen und Ellis war nicht in der Lage zu erkennen, was er dabei wirklich dachte.

»Dennoch bleibt offen, dass es jemanden oder etwas gibt, wodurch Informationen nach außen gelangen«, kehrte Patrick schließlich zum ursprünglichen Thema zurück, als hätte Warren nicht soeben eine Bombe gezündet, und ein wenig bewunderte Ellis den Mann für dessen Ruhe. Ihr wäre das in seiner Situation nicht gelungen.

»Neben Ellis und mir sind nur noch Eugene und John da. Alle anderen sind entführt. John halte ich für unwahrscheinlich, weil es seine eigenen Brüder waren, die es zuerst erwischt hat. Die Bindung der drei ist zu eng, als dass er sie einfach ans Messer liefern würde. Und Eugene … ausgeschlossen. Er ist mit am längsten bei mir. Und ich habe ihn selbst gebissen.«

Ellis keuchte und ihr Blick ging fragend zu Warren, der ihr ein bissiges Lächeln schenkte.

»Lange Geschichte. Aber deswegen halte ich es für ausgeschlossen, dass einer der beiden Informationen weitergibt.«

»Sie könnten mithilfe von Magie reingekommen sein und alles verwanzt haben«, mischte sich Rachel nun ins Gespräch ein, nachdem sie ihren Schock verdaut zu haben schien. Auch wenn sie Ellis immer wieder kurze Blicke zuwarf, während sie sich an Warren wandte. »Immerhin haben wir die Magier vorhin auch nicht gerochen.«

Nicht nur vor ihrem Erscheinen. Auch danach war keinerlei Fährte von ihnen aufzunehmen gewesen. Anders als in Deutschland schienen die Magier hier zu wissen, wie man sich vor den Sinnen eines Werwolfs schützte.

Oder sie hatten dazugelernt.

»Es könnten jedoch auch die deVries sein, die ihr Verschwinden nur inszeniert haben, um den Verdacht abzulenken.« Patricks leise Worte ließen Warrens Miene zur Maske erstarren.

»Oder das ist genau das, was man uns glauben lassen möchte. Wenn wir uns untereinander misstrauen, wird es nur noch einfacher, uns einzeln zu erwischen«, hielt Ellis dagegen und sah, wie selbst Vince nickte.

»Wir werden das Rätsel nicht lösen, indem wir hier sitzen und uns immer neue Theorien ausdenken.« Womit Vince recht hatte. Die Wahrscheinlichkeit, dass sie sich damit selbst am meisten schadeten, war entschieden höher als die Effektivität weiterer Grübeleien.

»Ich werde die anderen informieren. Dann durchsuchen wir das Haus nach Wanzen.«

Ellis nickte langsam. Zwar glaubte sie nicht, dass sie dabei etwas finden würden. Aber so waren sie zumindest nicht untätig und konnten diesen Punkt auf der Liste abhaken.

Wie erwartet blieb ihre Suche erfolglos. Nicht der Hauch einer Spur von Wanzen oder ähnlichen Abhörgeräten und müde rieb Ellis sich die Nasenwurzel, als sie sich weit nach Mitternacht auf die Couch sinken ließ.

Der Tag war nicht nur lang gewesen, sondern auch mehr als nur ereignisreich. Nur langsam sickerte die Erkenntnis zu ihr durch, was in den zurückliegenden Stunden geschehen war.

Warren kannte die Wahrheit. Alles davon.

Und er hatte es sich nicht nehmen lassen, alle anderen davon in Kenntnis zu setzen, wer sie für ihn war. Patricks Rudel war diese Information weitestgehend egal. Wenn überhaupt hatte es ein paar gehobene Brauen gegeben. Eugene und John hingegen hatten sie fragend und mit eindeutigem Interesse an jenen Dingen hinter der knappen Aussage, dass sie Warrens Frau war, angesehen. Sie ahnte, dass sie ihnen irgendwann Rede und Antwort würde stehen müssen, wie allen anderen auch, und hatte entsprechend mit einem flapsigen *»Ich schreibe irgendwann meine Biographie, dann könnt ihr es in Ruhe nachlesen.«* abgehakt.

Auch vor sich selbst, wie sie einräumen musste. Während sie das Haus auf den Kopf gestellt hatten, hatte sie es geschafft, die Geschehnisse zwischen sich und Warren zu verdrängen. Jetzt hingegen drängten sie mit Macht in ihr Bewusstsein zurück und ließen sie trotz ihrer Müdigkeit unruhig werden.

Wie sollte sie sich jetzt verhalten? Sie wusste ja nicht mal, wo sie schlafen sollte. Warren hatte ihr *Gästebett* abgebaut und eine weitere Nacht neben den Haushaltsreinigern würde ihre Nase nicht durchstehen.

Allerdings war sie sich auch verdammt sicher, dass es Fragen aufwerfen würde, wenn sie nun einfach in eines der jüngst freigewordenen Zimmer ging.

Nachdem nun heraus war, dass Warren und sie eine gemeinsame Vergangenheit hatten, stand sie mit dem Rücken zur Wand. Alles, was sie nun tat, konnte Auswirkungen auf die Stabilität im Haus haben. Zwar hatte sie nicht vorgehabt, wieder von hier zu verschwinden, jetzt allerdings konnte sie es auch gar nicht mehr. Zumindest nicht, ohne Warrens Stellung im Rudel zu riskieren. Jedes Aufbrechen des Konfliktes zwischen ihnen würde nun Auswirkungen haben.

»Ellis, komm ins Bett.«

Sie hatte nicht mitbekommen, dass er ins Wohnzimmer gekommen war. Doch als sie nun zur Tür sah, lehnte er im Rahmen und sah sie an. Nicht mehr kalt und abweisend wie am Nachmittag in der Werkstatt. Aber noch immer war sein Blick für sie nicht zu deuten.

Sie zuckte zusammen, als die Glühbirne in der Stehlampe neben der Couch mit einem Knall durchbrannte.

»Diese Scheißdinger! Warren, wirklich, du solltest darüber nachdenken, langsam in diesem Jahrhundert anzukommen. Durchbrennende Glühbirnen sind nämlich verdammt neunziger«, fauchte sie und sah im Halbdunkel, wie er schwach lächelte.

»Ich ruf morgen einen Elektriker an. Irgendwas stimmt mit den Leitungen im Haus nicht.«

»Die sind vermutlich auch noch aus den Neunzigern«, murrte sie, während sie der Stehlampe einen bösen Blick zuwarf und auf die Beine kam.

»Achtziger«, erwiderte er und sie gluckste leise.

Spannung sammelte sich in der Luft, als sie unschlüssig bei der Couch stehen blieb und schließlich die Hände in die Taschen ihrer Jeans schob. Sie wusste nicht, was sie tun sollte. Ein Teil von ihr wollte zu ihm gehen, ihn berühren. Der andere Teil wünschte sich meilenweit von hier fort.

Es war einfacher gewesen, mit ihm umzugehen, als er sie noch verachtet hatte. Dafür hatte sie einen Plan entwickelt gehabt. Das hier überforderte sie gerade.

»So lange habe ich mich gefragt, warum du damals abgehauen bist. Am Anfang habe ich noch Entschuldigungen gesucht. Ich hatte nicht glauben wollen, dass du so hartherzig sein könntest. Nicht nach dem, was wir hatten. Aber irgendwann ging das nicht mehr. Irgendwann war die Wut über deinen Verrat zu groß.«

»Wenn ich die Zeit zurückdrehen könnte …«

Er fiel ihr ins Wort. »Würde es genauso enden. Du hast getan, was du für richtig gehalten hast. Und vielleicht war es das auch. Vielleicht wäre einer von uns nicht mehr am Leben, wenn du dich damals anders entschieden hättest. Das werden wir nicht mehr erfahren.«

Sie nickte, unfähig, etwas darauf zu erwidern, und ballte in den Taschen ihrer Jeans die Hände zu Fäusten.

»Ellis?«

Sie sah auf und zum ersten Mal seit sehr langer Zeit sah sie die Wärme in seinem Blick. Jene Wärme, von der sie viel zu oft geträumt hatte. Die sie beim Aufwachen zum Weinen gebracht hatte, wenn sie hatte erkennen müssen, dass es wieder nur ein Traum gewesen war.

»Komm her.«

Langsam und mit weichen Knien setzte sie sich in Bewegung, umrundete den Tisch und holte tief Luft, als sie schließlich vor ihm stand und zu ihm aufsah. Seine Hand legte sich auf ihre Wange, strich ihr eine Haarsträhne hinters Ohr und sie hielt Luft an, um die Tränen zurückzudrängen, die in ihren Augen brannten.

»Die meiste Zeit meines Lebens habe ich dich gehasst. So etwas verschwindet nicht einfach mit ein paar klärenden Worten. Das wird Zeit brauchen.« Seine Stimme klang rau, kehlig, während seine Finger mit unendlicher Zärtlichkeit Kreise auf ihrer Wange malten, bis die ersten Tränen sich aus ihren Wimpern lösten.

»Ich habe alle Zeit der Welt, Warren.« Ihre Stimme war kaum mehr als ein ersticktes Flüstern und kratzte in ihrer Kehle, während sie unfähig war, den Blick von ihm zu lösen.

»Aber ich warne dich, ich bin immer noch kein guter Mann, Frechdachs.«

Die Gefühle überrannten sie unvorbereitet und sie wäre gefallen, wenn er sie nicht an sich gezogen hätte, als ihre Knie im gleichen Moment weich wurden. Er hielt sie so fest, dass sie glaubte, dass er ihr die Rippen brechen musste, als sie ihr Schluchzen an seiner Brust erstickte. Aber sie klammerte sich nicht weniger fest an ihn, während er das Gesicht in ihren Haaren vergrub und kleine Küsse auf ihrem Scheitel platzierte.

»Ich habe nie von einem guten Mann geträumt. Immer nur von einem dreckigen Engländer.«

Ihre Lippen fanden sich wie von selbst und Ellis seufzte und stellte sich auf die Zehenspitzen, als seine Hand an ihren Hinterkopf glitt und sie festhielt. Sein Kuss war rau, hart und voll jenes Verlangens, das sie ebenfalls verspürte. Doch viel zu schnell beendete er den Kuss wieder und schwer atmend sah sie zu ihm auf.

»Ich hab dich vermisst.«

Sie gab ihm keine Zeit, etwas darauf zu erwidern. Stattdessen schlang sie die Arme um seinen Hals, zog sich an ihm hoch und klammerte die Beine um seine Hüften, während sie ihre Lippen auf die seinen presste.

Ein leises Grollen erklang aus seiner Brust, als sie nun ihn küsste. Sekunden später fühlte sie sich gegen die Wand gepresst, gefangen zwischen ihr und Warrens hartem Körper.

Sie verloren beide die Kontrolle. Ausgehungert fielen sie übereinander her und Ellis scherte sich nicht darum, dass er ihr weh tat, als er seine Finger fest in ihren Hintern grub. Sie tat ihm auch weh, klammerte sich an ihn, kratzte mit den Nägeln über seinen Nacken, fuhr unter seinen Pullover und hinterließ Spuren auf der Haut seines Rückens.

Wie ein Staudamm, der unter der Last der Wassermassen zusammenbrach, waren die Mauern zwischen ihnen gebrochen, dahinter die nackte Gier, die sich in all der Zeit, die sie getrennt voneinander gewesen waren, gestaut hatte und die nun, wie ein wildes Tier aus ihnen herausbrach.

Ellis wusste schließlich nicht mehr, wie sie es nach oben in sein Schlafzimmer geschafft hatten. Er musste sie getragen haben. Blind für ihre Umgebung wäre sie allerdings auch an Ort und Stelle über ihn hergefallen.

Sie hörte das Reißen von Stoff, als er ihr ungeduldig den Pullover über den Kopf zog. Sie half ihm, wand sich unter seinem Gewicht, das sie in die Matratze drückte, während sie jedoch nicht in der Lage war, die Klammer ihrer Beine um seine Hüften auch nur für eine Sekunde zu lösen. Und sie stöhnte, als sie schließlich seine Lippen auf ihrer erhitzten Haut spürte.

»Warren, bitte. Ich kann nicht mehr.« Sie keuchte es an der nackten Haut seiner Schulter, als er seinen Pullover über den Kopf zog und zu dem ihren warf. Allein das Gefühl seiner Haut an der ihren reichte, um die Hitze in ihr weiter zu schüren. Bis das Verlangen zwischen ihren Beinen pulsierte und sie glaubte, ihre eigene Erregung riechen zu können, während er die Knöpfe ihrer Hose öffnete.

Seine Hände zitterten und sie lächelte, als sie die ihren darüberlegte und sie schließlich wegzog, um die Hose selbst auszuziehen.

Er machte ihr Platz, als sie sie abstreifte und sie seufzte erstickt, als er gleich darauf ihre Hände nahm und über ihrem Kopf fesselte, während er sie zurück in die Matratze drängte. Sein Becken schob sich zwischen ihre Beine und sie stöhnte, als sie spürte, dass er inzwischen genauso nackt wie sie war.

»Ich werde nicht zulassen, dass du noch mal abhaust.« Ein leises Knurren begleitete seine Worte und sie hob den Kopf, um ihn zu küssen.

»Ist das eine Drohung?«, flüsterte sie an seinen Lippen und schmunzelte, als er daraufhin leise lachte.

»Ein Versprechen, Frechdachs.«

Er wusste, dass sie nicht schlief. Sie lag vollkommen entspannt vor ihm, ihr Rücken an seiner Brust und er genoss das Gefühl, ihres Körpers an dem seinen. Es war seltsam, sie nach all der Zeit wieder bei sich zu haben. Aber er musste zugeben, dass sich nichts an seinen Gefühlen geändert hatte. Und es wohl auch nie würde.

Mit zwei Fingern strich er durch die dunklen Haarsträhnen, die über ihre Schulter gefallen waren, und sah, wie eine Gänsehaut auf ihrer Schulter entstand. Ihre Haare waren heute kürzer als damals, aber sie konnte sie endlich offen tragen. So, wie er es damals schon geliebt hatte, es in der Öffentlichkeit jedoch unschicklich gewesen wäre.

Sie bewegte sich vor ihm, drückte ihren Po gegen seinen Schwanz, der schlagartig zu neuem Leben erwachte. Wie schon viel zu oft in dieser Nacht. Als ob der Hunger nach ihr nie ein Ende finden würde.

»Das fühlt sich nach einer weiteren Runde an.« Sie schnurrte regelrecht und mit einer Hand an der Hüfte packte er sie und presste seine Erregung fester in ihre weiche Haut.

Sie dankte es mit einem neuerlichen Schnurren, während sie sich langsam an ihm zu reiben begann. Sie war mindestens so hungrig nach ihm wie er nach ihr.

Als ob keine Jahrhunderte vergangen wären.

Mit einer einzigen fließenden Bewegung drückte er sie auf den Bauch und schob sich über sie. Und er genoss, wie sie zischend nach Luft schnappte, als er gleich darauf in sie eindrang. Auf die Unterarme gestützt beugte er sich herab, bis seine Lippen dicht an ihrem Ohr lagen.

»Ich werde schon dafür sorgen, dass du morgen nicht laufen kannst, Frechdachs.«

Zur Antwort drängte sie sich ihm entgegen und stöhnte leise, als er sich in ihr zu bewegen begann.

Die einzige Frau, die er je gewollt hatte, wand sich unter ihm, kam seinen Stößen entgegen und er genoss die leisen abgehackten Laute, die er ihr entlockte, als er das Tempo beschleunigte. Als er tiefer in sie eindrang und spürte, wie sie sich fester um ihn zusammenzog.

Sie hatte ihn nicht aus einer Laune heraus verlassen. Sie hatte ihn schützen wollen. Sie, die Frau, die er einst mehr als sein Leben geliebt hatte. Sie hatte ihn nie verlassen wollen.

Das Blut rauschte in seinen Ohren, während er sich in tiefen, harten Stößen in ihr vergrub, überlagerte fast ihr heiseres Stammeln, mit dem sie nach ihm rief, während sie sich seinem Rhythmus anpasste. Ihn anfeuerte, schneller zu werden. Sein Herz raste in seiner Brust, Sterne flackerten vor seinen Augen auf und für einen winzigen Moment sah er sie beide in diesem Cottage, in dem sie ihn zum Wolf gemacht hatte. In dem sie ihn zu ihrem Partner gewählt hatte.

Seine Partnerin, die zu ihm zurückgekehrt war.

Er kam, angefeuert von ihren kehligen Lauten, tief in ihr, spürte das Zucken ihres Schoßes und wie sie sich ein letztes Mal unter ihm aufbäumte, als sie im gleichen Moment ihren Höhepunkt erreichte. Und er lächelte, als sie gleich darauf matt unter ihm zusammenbrach.

Seine Frau. Sie hatte Narben auf seiner Seele hinterlassen. Narben, die nun endlich heilen konnten. Jetzt, da sie bei ihm war.

Schwer atmend ließ er sich neben sie auf die Matratze fallen, zog ihren schweißnassen Körper an sich und verfolgte gebannt das heftige Heben und Senken ihrer Brust, als sie sich an ihn schmiegte.

Es würde seine Zeit brauchen, aber sie würden wieder zueinander finden. Es würde anders werden. Doch diesmal für immer.

19

Die Dämmerung setzte gerade ein, als das Geräusch splitternden Glases Warren auffahren ließ.

»Was zur Hölle …« Auch Ellis war aufgewacht und fluchte, als sie das Licht auf dem Nachttisch anstellen wollte, dabei jedoch in Glas griff.

Türen wurden geöffnet und Schritte erklangen auf dem Flur. Augenscheinlich waren auch die übrigen Leute im Haus von dem Lärm geweckt worden.

»Sind bei euch auch die Lampen geplatzt?« Johns Stimme von jenseits der Tür ließ Warren aufstehen, während Ellis noch mit dem Schlaf kämpfte und sich müde über das Gesicht rieb.

»Das ist kein Problem, das ein Elektriker lösen kann«, meinte er und sie nickte, während sie dabei zusah, wie er seine Hose vom Boden angelte.

»Irgendwas ist im Haus«, erwiderte sie leise, während sie ebenfalls aufstand und nach ihren Sachen fahndete, die quer im Raum verteilt lagen.

Zur Antwort sprang im Erdgeschoss der Fernseher an und Warren knurrte.

Ellis sah ihm nach, als er wenige Sekunden später mit nichts als seiner Jeans am Leib aus dem Raum stürmte. Dann schnappte sie sich Hose und Pullover, die in einer Ecke des Raumes gelegen hatten, und ging ihm langsamer nach.

Der Fernseher brüllte, als sie kurz darauf das Wohnzimmer betrat, und sie runzelte die Stirn, während sie die Bilder anstarrte, die darauf gezeigt wurden.

»Was soll das?« Warrens Stimme vibrierte regelrecht vor unterdrückter Wut, dann griff er nach der Fernbedienung und der Bildschirm wurde schwarz.

Keine Sekunde später sprang das Gerät wieder an.

Warren machte es mit einem Knurren wieder aus.

Das Gerät sprang erneut an, doch als Warren es ein weiteres Mal ausschalten wollte, legte Ellis ihm eine Hand auf den Unterarm.

»Warte. Irgendwas will es uns sagen.«

In ihrem Rücken konnte sie hören, wie auch die anderen den Raum betraten, aber sie wandte sich nicht nach ihnen um. Ihr Blick blieb fest auf das eingefrorene Bild gerichtet, das der Fernseher nun zeigte.

Stühle auf einem Tisch in einer Küche. Irgendwas sagte ihr das. Platzende Glühbirnen, flackerndes Licht …

»Das ist Poltergeist!«, erklang Lauras Stimme in ihrem Rücken und Ellis blieb der Mund offenstehen, als die Einzelteile in ihrem Kopf sich zusammensetzten.

Flackerndes Licht, von Geisterhand anspringende E-Geräte … Das hatte sie bereits einmal erlebt. In Deutschland. Selazar.

Sie hatte sich immer gefragt, was dieser seltsam aussehende Mann wohl sein mochte.

»Zeig dich!«

Das Licht der Dämmerung, das zuvor den Raum in mattes Grau getaucht hatte, verdunkelte sich und sie sah, wie Warrens Körper sich spannte, als sie beide zur Decke sahen.

Rauch. Jede Menge dunkler Rauch, der sich unter der Zimmerdecke sammelte. Der sich verdichtete und wie kleine Tropfen schließlich zu Boden tropfte.

Warrens Körper spannte sich und sie spürte, wie er in eine Angriffsposition glitt, legte ihm jedoch die Hand auf die Brust und sah zu ihm auf.

»Warren, warte. Wenn er uns etwas hätte tun wollen, hätte er das schon längst.«

Da war sie sich doch ziemlich sicher. Sie hatte Selazar im Kampf gesehen. Der spindeldürre Dämon verfügte über Möglichkeiten, über die sie nicht mal nachdenken wollte. Er hätte sie alle in ihren Betten töten können, ohne dass auch nur einer von ihnen aufgewacht wäre. Er hätte dabei nicht mal seine dürren Finger rühren müssen.

Schweigend, aber mit angespannten Muskeln verfolgte sie, wie mehr und mehr Rauch von der Decke tropfte, bis die Tropfen sich zu einer Säule verdichteten. Eine Säule, in der die Umrisse eines Wesens sichtbar wurden, und Ellis verschränkte die Arme vor der Brust, während sie dabei zusah, wie die Gestalt sich schließlich aufrichtete und der Rauch verblasste.

»Du liebst dramatische Auftritte, oder?«

Sie hatte recht gehabt. Das Wesen, das nun vor ihnen stand, als der Rauch sich langsam zurückzog, war groß, aber spindeldürr. Und wie auch bei Selazar war die fast gräuliche Haut übersät mit schwarzen Zeichen, ähnlich wie Runen, die seinen kompletten Körper überzogen. Sogar das Gesicht.

»Wenn ihr so vernagelt seid, dass ihr alles ignoriert, was um euch herum geschieht? Ja, ich konnte nicht widerstehen. Seit Tagen versuche ich, euch auf mich aufmerksam zu machen. Aber ihr seid eine Meisterleistung der Ignoranz.«

»Es wäre ja auch vermessen von uns, darauf zu warten, dass du an die Haustür klopfst und dich uns vorstellst.«

Der Dämon lächelte leicht, was in seinem düsteren Gesicht seltsam bizarr anmutete. »Das war mir leider nicht möglich.«

»Also spionierst du für diese Magier.« Das letzte Wort spuckte Warren regelrecht heraus und Ellis hob fragend eine Braue, als der Poltergeist ihr einen bedauernden Blick zuwarf.

»Ich hatte keine andere Wahl, Wolf. Sie haben mich erpresst.«

Warren schnaubte. »Womit sollte man dich erpressen können?«

Trauer ließ die Miene des Wesens bitter werden. »Sie haben meine Frau und meine Tochter. Sollten sie herausfinden, was ich hier gerade mache, werden sie sie töten.«

Betretenes Schweigen breitete sich aus bei dem Schmerz im Blick des Poltergeistes. Ein Schweigen, das Patrick schließlich durchbrach, als dieser vortrat und dem Dämon einen nachdenklichen Blick zuwarf.

»Warum zeigst du dich uns ausgerechnet jetzt?«

»Weil ich es nicht mehr ertragen habe. Ich riskiere gerade meine Familie, um euch zu helfen. Weil diese Sache hier größer ist, als alles, was ich bisher gesehen habe. Das hier bedroht uns alle. Celeste würde nicht wollen, dass ich euch nicht helfe.« Er lächelte traurig und Ellis brauchte keinen Hellseher, um zu begreifen, dass Celeste seine Frau sein musste.

»Was ist passiert?« Lauras mitfühlender Ton hätte Ellis beinahe ein Lächeln entlockt.

»Ich weiß nicht wie, aber sie schienen gewusst zu haben, wo ich lebe. Ungewöhnlich, denn eigentlich hatte ich dafür gesorgt, dass niemand davon weiß.« Er lächelte schief, während er in die Runde sah. »Wenn ein Poltergeist sich an einem Ort niederlässt, sorgt er dafür, dass die Menschen vergessen, dass das Haus, in dem er lebt, existiert. Wir leben für gewöhnlich sehr zurückgezogen. Was ihr aus dem Fernsehen kennt, passiert nur, wenn man uns stört. Meine Familie und ich haben nun zweihundert Jahre in dem alten Anwesen gelebt. Vollkommen unbehelligt. Bis eines Tages diese Magier aufgetaucht waren.« Sein Blick wurde leer und kurz presste er die Lippen zusammen, ehe er fortfahren konnte. »Ich hatte keine Chance. Trotz der Wurzeln, die ich in das Anwesen geschlagen hatte, haben sie uns einfach überrannt. Als sie Isadora … Als sie meine Tochter in die Finger bekamen, hatte ich keine andere Wahl mehr, als mich zu ergeben. Sie ist doch noch ein Kind …«

Ellis zog sich der Magen zusammen, während sie den gequälten Schilderungen des Mannes vor sich lauschte. Die Grausamkeit, mit der die Magier seine Frau und Tochter eingesperrt und vor seinen Augen gequält hatten, rührte an ihr Herz. Und kurz fragte sie sich, wie sie wohl in seiner Position gehandelt hätte. Sie war sich sicher, dass sie das Gleiche getan hätte.

Als sie einen Blick auf Warren warf, war seine Miene nichtssagend. Aber die Wut schien gewichen, ließ die Luft um ihn herum nicht mehr flirren und sie lächelte leicht, als er den Kopf wandte und sie ansah.

Aye, auch er hätte an der Stelle des Poltergeistes für die Magier spioniert, um die seinen zu schützen.

»Also habe ich in eurem Haus Wurzeln geschlagen, während diese Schweine ihre Zuchtanlage im Keller meines Anwesens aufgebaut haben. Sie haben dort ein riesiges Kellerareal geschaffen mit ihrer Magie und immer wieder Menschen dorthin verschleppt. So viele Tote. So viel Leid. Ich kann jeden einzelnen Tropfen Blut spüren, der den Boden meines Hauses verunreinigt. Jeden gequälten Schrei, den diese Leute von sich geben. Wie meine Tochter auch. Sie ist doch noch so klein. So etwas sollte sie nicht erleben müssen.«

Als Ellis diesmal einen Blick auf Warren warf, war seine Miene versteinert. Und sie schluckte schwer, als sie begriff. Auch er hatte bereits als Kind Dinge erlebt, die man nicht erleben sollte, vor den ihn jedoch niemand hatte schützen können.

»Was bedeutet dieses *Wurzeln schlagen?«* Patricks ruhiger Einwurf ließ Warrens Miene sich wieder entspannen, während der Poltergeist entschuldigend lächelte.

»Ah, entschuldigt. Ich vergaß, dass ihr das nicht wissen könnt.«

Ellis schnappte nach Luft, als der Raum sich schlagartig verdunkelte und riesige, schwarze Wurzeln auf den Wänden sichtbar wurden. Sie zogen sich quer durch den Raum. Über den Boden. Die Decke. Alles schien davon überwuchert. Und jede einzelne von ihnen lief zu dem Mann vor dem Fernseher.

Oder was auch immer, denn der schmale Mann mit der blassgrauen Haut und den Zeichen darauf war verschwunden. An seiner Stelle stand etwas anderes. Größeres. Schwärzer als die Nacht und mit monströsen Ausmaßen. Rote Augen leuchteten in einem dunklen Gesicht und Ellis glaubte flüchtig, die Andeutung von scharfen Reißzähnen zu erkennen, als er den Mund öffnete.

Dann blinzelte sie kurz und als sie erneut hinsah, war alles wieder wie zuvor.

»Wenn wir uns an einem Ort niederlassen, schlagen wir Wurzeln. Wir treiben sie tief in die Erde, nähren uns davon, bis wir zu einem Teil davon werden. Und das Land ein Teil von uns. Die Magier haben meine Wurzeln gekappt und mich geschwächt. Nur so konnten sie mein Land einnehmen. Dann haben sie mich gezwungen, mich hier einzunisten. Um zu überleben, habe ich hier Wurzeln geschlagen, verzeiht mir. Aber ich brauche diese Verbindung zu dem Land«, erwiderte der nun wieder blasse, dürre Mann und bedachte Warren mit einem entschuldigenden Lächeln, der jedoch nur eine wegwerfende Handbewegung machte.

»Aber dann weißt du, wo die Arschlöcher sich versteckt halten?«

Der Poltergeist nickte. »Ich werde euch alles sagen, aber versprecht mir, im Gegenzug meine Familie und mein Land zu befreien.«

Es war ein seltsames Gefühl, mit allen anderen zusammen beim Frühstück zu sitzen. Es war das erste Mal. Das erste Mal, dass sie neben Warren an der riesigen Tafel saß, und wann immer sie aufsah, warf man ihr wie schon am vergangenen Abend neugierige Blicke zu. Sie wusste, dass das noch lange so weitergehen würde. Doch so sehr es sie auch reizte, ihnen einen blöden Spruch zu dem Thema um die Ohren zu hauen, sie schwieg verbissen, während sie sich auf ihr Essen konzentrierte. Irgendwann würde sie Rede und Antwort stehen müssen. Wenn das alles hier vorbei war.

Und vielleicht, wenn nicht gerade ein *Poltergeist* durch das Haus spukte, bei dem nicht klar war, was genau er alles mitbekam.

Alle hatten sich hier versammelt. Ausgenommen jener, die gerade den Wachdienst hatten. Auch wenn dieser inzwischen obsolet war, immerhin saß der Feind mitten unter ihnen. In den Stromleitungen, wie der Poltergeist erklärt hatte, ehe er Warren mit einem pikierten Naserümpfen darauf hingewiesen hatte, dass diese wirklich dringend neu gemacht werden sollten.

Sie behielten die Farce der Wachen bei, weil keiner von ihnen bereit war, die Magier darauf aufmerksam zu machen, dass sie wussten, was in ihrem Haus lebte und für sie spionierte. Der Poltergeist würde zudem weiterhin Informationen an die Magier abliefern, um sich nicht selbst zu verraten. Allerdings nur noch jene Informationen, die für sie sinnvoll erschienen, bis sie einen Plan hatten, um die Magier zu überwältigen.

Etwas, das er bereits seit ihrem Eintreffen tat: Er filterte die Informationen, die er an weitergab. So wussten diese zwar, dass weitere Werwölfe im Haus waren, jedoch nichts davon, dass man inzwischen wusste, wer sie waren.

Rafain, wie der Dämon sich schließlich nach der ersten Aufregung vorgestellt hatte, war ebenfalls nicht mit am Tisch. Wie er sagte, benötigte er keine menschliche Nahrung. Dass er sich danach jedoch in Luft aufgelöst hatte, irritierte sie. Nachhaltig. Seit sie wusste, dass er im Haus war, fühlte sie sich beobachtet. Mehr noch als zuvor. Alles andere als angenehm. Ob der Poltergeist wohl auch Warren und sie …? Sie schob den Gedanken von sich. Allein darüber nachzudenken, reichte ihr schon. Sie baute einfach drauf, dass Rafain ein Mindestmaß an Zurückhaltung und Respekt vor der Privatsphäre anderer Leute besaß. Sie musste das glauben. Oder sie würde herausfinden müssen, wie man einen Poltergeist umbrachte.

Die Stimmung blieb gespannt im Raum. Als ob jeder reden wollte, aber irgendwas sie davon abhielt. Und schließlich platzte Ellis der Kragen.

»Das geht so nicht, Leute. Wirklich nicht. Also, haut eure Fragen raus, damit wir das endlich abhaken können.«

Stille. Betretene Stille, um genau zu sein, in der jeder sie einfach nur anstarrte.

»Du bist wirklich seine Partnerin?« Rachel. Irgendwie hatte sie damit sogar gerechnet. Die Wölfin hatte von Anfang an neugierig auf das gewirkt, was Ellis hatte hierbleiben lassen.

»Seit sehr langer Zeit, ja«, erwiderte Ellis daher mit einem Lächeln, während sie ihren Teller zurückschob und sich mit verschränkten Armen in ihrem Stuhl zurücklehnte.

»Wo warst du?« John. Der Mann, der sie bisher kaum aus den Augen gelassen hatte, und Ellis seufzte.

»Überall, nur nicht hier. Warren und ich wurden getrennt, als andere Wölfe das Rudel meines Vaters abschlachteten. Ich hatte keine andere Wahl, als ihn zurückzulassen.« Selbst heute biss die Erinnerung sie noch und hastig sah sie in ihren Schoß.

Eine Hand legte sich auf ihren Oberschenkel und als sie aufsah, bemerkte sie Warrens Lächeln.

»Woher wissen wir, dass du nicht auch von ihnen kommst und deine Verbindung zu Warren nutzt? Du warst Jahrhunderte verschwunden und dann spazierst du hier einfach rein, als wäre nie etwas geschehen? Wie kommst du darauf, dass wir dir glauben? Warren mag blind dafür sein, weil er an deinem Rock hängt. Aber ich nicht.«

Da war er. Der Vorwurf, der die Luft vergiftet hatte, und Ellis straffte instinktiv die Schultern und richtete sich in ihrem Stuhl wieder auf.

»Gar nicht, Eugene. Es gibt keine Garantie, dass ich nicht doch auf deren Seite stehe. Ich könnte der Verräter in eurer Mitte sein. Genau das hat in Deutschland einige Männer das Leben gekostet. Weil wir dem falschen Mann vertraut haben und blind in seine Falle getappt sind. Ich erwarte nicht, dass auch nur ein einziger von euch mir vertraut. Ich würde es an eurer Stelle auch nicht tun.«

Ein eigenwilliges Gefühl stieg in ihr auf, nachdem sie geendet hatte und die stummen Blicke auszuhalten versuchte, die fest auf ihr ruhten. In Vinces Blick lag die gleiche Skepsis wie in Eugenes und auch wenn innerlich alles in ihr auf die Hinterbeine ging und sich wehren wollte, schwieg sie.

Sie hatte gemeint, was sie gerade gesagt hatte. Wäre sie in deren Position, sie würde sich auch nicht glauben. Die Erinnerungen an Kris waren in ihr auch noch viel zu frisch, als dass sie es einfach beiseiteschieben konnte. Dennoch traf sie der stille Vorwurf. Sie war es nicht gewohnt, dass man ihr misstraute.

»Ich weiß, dass ich mich erst werde beweisen müssen. Darum bin ich hier. Und ich bin gewillt, es auch zu tun. Es ist euer gutes Recht, mich zu prüfen, ehe ihr mich in eurem Rudel akzeptiert.«

Ihr Blick fiel auf Rachel und Ellis lächelte, als sie das Begreifen in deren Augen dämmern sah.

Als einzige hatte nun ausgerechnet jene, die sich am meisten an Ellis' Verhalten gestört hatte, verstanden, *warum* sie nicht wieder gegangen war. Warum sie ausgehalten hatte, was Warren ihr in seinem Zorn aufoktroyiert hatte.

Weil es nie nur darum gegangen war, Warren zurückzugewinnen. Wenn sie eine wirkliche Chance haben wollte, sie beide, dann würde auch sein Rudel sie akzeptieren müssen. Und das konnte es nicht, wenn es ihr nicht vertraute. Denn damals wie heute funktionierten diese Gemeinschaften nur, wenn man einander vertraute. Blind vertraute. Genau deshalb hatte auch Warren sofort von sich gewiesen, dass einer aus seinem Rudel sie hätte verraten haben können.

Es würde lange dauern, bis sie ihren Platz finden würde. Lange, bis auch der letzte Zweifel gewichen wäre. Aber sie hatte diese Zeit. Vor allem *wollte* sie es auch.

Die wenigen Wochen, die sie in Julians Rudel in Deutschland verbracht hatte, hatten ihr deutlich gemacht, wie sehr ihr genau das gefehlt hatte. Wölfe waren nicht dafür geschaffen, allein zu sein. Sie konnten es, aber ein wesentlicher Teil ihrer Natur verkümmerte dabei. Wie ihre tierischen Pendants waren sie am Ende des Tages soziale Wesen. Jeder für sich stark. Als Gruppe jedoch fast unangreifbar.

»Ich habe ihr eine Chance gegeben, Eugene. Macht ihr das bitte auch.« Warrens Hand drückte leicht ihren Oberschenkel und sie presste die Lippen zusammen, um das Lächeln zu verbergen, das bei seinen Worten in ihr aufsteigen wollte.

»Haben wir eine andere Wahl?« Sanfter Spott schwang in Johns Stimme mit und als sie aufsah, zwinkerte er ihr zu. Jener Mann, der von Anfang an einen sehr lockeren Umgang mit ihr gehabt und sich nicht zu schade dafür gewesen war, ihr das auch zu zeigen.

»Alles andere könnte wehtun.« Auch in Warrens Stimme lag Erheiterung. Einzig Eugenes Miene blieb misstrauisch. Es würde seine Zeit brauchen, ehe dieser Mann sich von ihr überzeugen ließ.

Aber wichtig war, dass Warren seine Ansage gerade gemacht hatte. Er würde zu ihr stehen. Und er verbürgte sich für sie. Das Wort des Alphas stand im Raum, auch Eugene würde dem nicht widersprechen. Selbst dann nicht, wenn er mit den Zähnen knirschte, als er nun seinen Teller zurückschob und sich ohne ein weiteres Wort erhob und gen Ausgang wandte.

»Eugene!« Warrens Stimme klang scharf und ließ nicht nur Ellis zusammenzucken, während der Angesprochene wie erstarrt in der Bewegung verharrte.

»Ich werde nicht dulden, dass du Unfrieden hier reinbringst.« Die Worte klangen gepresst, Warren war alles andere als glücklich damit, dass jener Mann, den er einst selbst in einen Wolf gewandelt hatte, nun auch jener war, der seine Entscheidung ablehnte.

»Sie gehört nicht hier her«, war jedoch alles, was Eugene nach einem Moment herausbrachte und Warren damit ein leises Grollen entlockte.

»Erinnere dich, wie es war, als du herkamst. Und dann bedenke, dass du ohne sie nicht möglich wärst. Nichts von alldem hier.«

Stille. Und Ellis glaubte, sehen zu können wie Eugene diese Information zu verarbeiten begann. Dann sackten seine Schultern herab und sie hörte, wie er schwer ausatmete.

»Ich werde es versuchen.«

»Mehr verlange ich nicht, Eugene.«

Der Angesprochene nickte und als er diesmal den Raum verlassen wollte, hielt auch Warren ihn nicht mehr davon ab.

»Eugene war in der gesamten Zeit der einzige Mensch, der je herausfand, was wir sind. Kurz nach 1900. Er war Wildhüter in der Gegend und er wurde von einem Tier gebissen. Er erkrankte an Tollwut. Als klar war, dass es nicht nur eine einfache Erkältung war, kam er zu mir. Er bat mich, ihn zu wandeln. Ich wollte ablehnen, aber … Er hatte die Wahl, an der Krankheit zu sterben oder bei der Wandlung. Es war seine einzige Chance. Seitdem ist er bei uns.«

Die unaufgeforderte Erklärung versetzte Ellis einen kleinen Stich. Warren hatte bei Eugene das getan, was sie für ihn damals ebenso hätte machen müssen. Er war für den Mann da gewesen, hatte ihm geholfen, sich in seinem neuen Leben zu orientieren.

Etwas, worin sie versagt hatte.

»So hat jeder von uns seine Geschichte.« Das kam von Patrick und als sie aufsah, bemerkte sie das kleine Lächeln, das seine Mundwinkel umspielte, während sein viel zu wissender Blick auf ihr ruhte.

Nachdem das Frühstück auf so unschöne Weise geendet hatte, waren sie sitzen geblieben. Zumindest jener enge Kern der Alphas und Betas, zu dem sie nun wohl auch gehörte, auch wenn es sich noch immer merkwürdig anfühlte.

Auch Rafain hatte sich wieder zu ihnen gesellt. Jetzt saßen sie um den Esstisch herum und starrten auf die Karte der Umgebung, die Warren auf seinem Tablet aufgerufen hatte.

»Da oben? Wir hätten noch ewig danach suchen können und hätten es nicht gefunden.«

Der Poltergeist schmunzelte bei Warrens unwirschem Ausruf, während er mit finsterem Blick jenen Ort auf der Karte anstarrte, den der Poltergeist markiert hatte. Irgendwo mitten im Grünen Pennsylvanias, etwas abseits von einem Ort namens Pecks Pond.

»Genau das war die Absicht. Meine Frau und ich wollen so wenig wie möglich mit anderen zu tun haben. Eigentlich hätte man uns dort nie finden sollen.«

Bekümmerung lag in seiner Stimme und Mitleid wallte in Ellis auf, als sich jenes Gefühl auch in seinem Gesicht spiegelte. Es gab eindeutig Gründe, aus denen die beiden so zurückgezogen lebten.

»In einem Umkreis von zwanzig Meilen keine Menschenseele.« Rafain klang regelrecht stolz darauf.

»Ja, ein riesiges Areal, auf dem die Drecksäcke schalten und walten können, wie sie möchten.« Warrens bissiger Zynismus dämpfte die gute Laune des Poltergeistes wieder.

»Sie haben Höhlen in den Sandstein getrieben, um dort unentdeckt ihre Armee züchten zu können«, setzte Rafain nach einer Weile leise an. »Mithilfe dieser Dämonen, die sich durch Erdreich und Steine wühlen. Ihr habt einen davon erwischt. Grausame Biester. Fast kein Bewusstsein. Nicht wirklich intelligent. Aber stark. Und leicht zu beeinflussen. Keine Ahnung, wo die Magier sie aufgetrieben haben. Die müsst ihr zuerst ausschalten.« Er zögerte einen Moment. »Und jene Wölfe, die sie für sich abgerichtet haben.«

»Wie viele?« Warrens Tonfall war frostig und der Poltergeist wich seinem Blick aus.

»Mehrere Dutzend, als ich noch dort war.«

Für einen kurzen Moment schloss Ellis die Augen, während sie spürte, wie ihr das Blut aus den Wangen wich.

Mehrere Dutzend, die sie gewandelt hatten. Die Zahl jener, die nicht überlebt hatten, musste im guten dreistelligen Bereich sein. Nicht viele Menschen überlebten die Wandlung.

Wieder einmal hatten die Magier in ihrem Wahn einen Berg an Leichen hinterlassen.

»Wie konnte das nicht auffallen?«

Rafain hob ratlos die Schultern. »Viele waren Obdachlose. Einige wenige Touristen oder Aussteiger. Und Amish.«

Amish. Pennsylvania war berühmt für diese Bevölkerungsgruppe, die nur halb so homogen war, wie das Fernsehen einen glauben machen wollte. Aber hier gab es sie tatsächlich noch: Amish alter Ordnung und Mennoniten. Sie lebten unter sich, die wenigsten von ihnen waren registriert oder besaßen eine Sozialversicherungsnummer. Wenn sie verschwanden, war es entsprechend schwer, ihre Spur zu verfolgen. Und Ellis konnte sich vorstellen, dass nur ein Bruchteil der Verschwundenen den Behörden überhaupt gemeldet worden war.

Ein Festmahl für die Magier also, die alles und jeden hatten abschöpfen können für ihre Zucht.

Sie war nicht bereit, noch mal Berge aus Leichen zu sehen. Jene Nacht in Deutschland hatte ihr gereicht.

»Entschuldigt mich bitte für einen Moment.« Sie musste raus. Raus aus diesem Raum, in dem die Luft schlagartig zum Schneiden dick geworden war. Weg von jenem Ort, der die Bilder einer einzigen Nacht wieder hatte lebendig werden lassen.

Warren sah ihr nach, als sie mit steifen Beinen das Esszimmer verließ. Sie wirkte verkrampft und ihre sonst so rosigen Wangen leichenblass. Etwas hatte sie aufgewühlt und er fluchte innerlich, dass er ihr nun nicht nachgehen konnte.

»Wie kommen wir da rein?«

Der Poltergeist seufzte. »Ich habe Jahrzehnte darauf verwendet, das Gelände so abgeschottet wie möglich zu halten. Es gibt kaum Wege und diese Magier haben alles weitere abgesichert. Da liegen so viele Bannsprüche drauf, dass man kaum atmen kann.« Dann runzelte er die Stirn. »Nein, euch wären die vollkommen egal. Zumindest die Bannsprüche funktionieren bei euch nicht. Es blieben nur diese … Dinger, die Werwölfe und die Magier.«

»Wer führt sie an?«

Rafain hob ratlos die Schultern. »Das habe ich in der ganzen Zeit nicht herausgefunden. Sie handeln wie ein Kollektiv. Wenn es jemanden gibt, der sie anführt, dann war er zumindest nie vor Ort. Ich habe auch nie erlebt, dass sie über jemanden gesprochen haben. Die einzigen Zeiten, zu denen sie das Gelände verlassen, sind jene Momente, wenn sie *Nachschub* besorgen. So nennen sie die Menschenjagd … und die Jagd auf euch, seit sie euch vor einem halben Jahr entdeckt haben.«

Ein halbes Jahr. Und er hatte nichts davon mitbekommen.

»Wie lang bist du hier?«, überging er den Stachel, der ihn die Hände zu Fäusten ballen ließ, und sah zu Rafain, der jedoch seinem Blick auswich.

»Fast genauso lang. Sie haben mich hergeschickt, um mehr über euch in Erfahrung zu bringen.«

Die Kiefer zusammengepresst zwang Warren sich dazu, das Knurren herunterzuschlucken, das in ihm aufsteigen wollte. Zwang sich dazu, nicht auf jenen Mann loszugehen, der noch immer den Blick stur auf das Tablet gerichtet hielt, obwohl dessen Bildschirm bereits schwarz geworden war. Er hatte *absolut* nichts bemerkt. Die Mistkerle hatten sie in aller Seelenruhe ausspioniert und auf dieser Basis ihre Strategie geplant.

Als er in die Runde sah, ruhte Patricks nachdenklicher Blick auf ihm. Als ob dieser Mann zu spüren schien, was in ihm vorging. Vielleicht tat er das sogar. Der andere Alpha musste sich ausmalen können, was gerade in ihm vorging.

»Wie viel wissen sie?« Es fiel Warren schwer, jene Wut herunterzuschlucken, die noch immer an ihm zerrte. Die ihn seine

Faust in das Gesicht jenes Mannes schlagen lassen wollte, der sie monatelang ausspioniert hatte.

»Die Informationen, die deine Frau mitgebracht hat, habe ich nicht weitergegeben. Im Moment gehen sie also davon aus, dass ihr im Trüben fischt. Sie fühlen sich sicher.«

Warren nickte knapp. »Dann sorg dafür, dass es auch so bleibt. Und wir brauchen einen Grundriss deines Hauses und der Höhlen darunter.«

Er wartete nicht, bis der Poltergeist etwas darauf erwidern konnte. Stattdessen kam er auf die Beine und folgte der Fährte, die ihn zu Ellis führen würde.

Sie wusste, dass es dumm war, sich von den anderen abzusondern. Es war zu gefährlich. Selbst für eine Wölfin ihres Alters. Auch wenn sie die vier Wölfe riechen konnte, die das Gelände sicherten. Aber wie sie nun wussten, war diese Sicherheit nicht mehr als Augenwischerei. Die größte Bedrohung hatte die ganze Zeit hier gelebt.

Aber sie hatte auch nicht mehr bei den anderen bleiben können. Nicht wenn die Bilder jedes Mal aufflammten, wenn sie die Augen schloss. Sie hatten sich in die Rückseite ihrer Lider gebrannt, das ewige Mahnmal dessen, was sie erst vor wenigen Wochen gesehen hatte.

»Ich habe dich nur ein einziges Mal weinen sehen.«

Ellis zuckte zusammen, als Warrens Stimme viel zu nah vor ihr erklang. Sie war so in Gedanken gewesen, dass sie nicht mitbekommen hatte, dass er sich ihr näherte. Jetzt wischte sie hastig mit dem Handrücken die Tränen fort. Unnötig, es kamen sofort neue nach.

»Damals warst du der Auslöser«, erwiderte sie leise und sah, wie er schwach lächelte.

»Aye, ich erinnere mich gut. Und heute?«

Sie sah auf. »Ich habe gesehen, wozu diese Leute fähig sind, Warren. Da waren so viele Tote. Sie hatten einen ganzen Raum voller Leichen, die sie nicht hatten verbrennen können. Weil es zu viele davon waren.«

Sie schluchzte, als sie den Knoten in ihrer Brust nicht mehr ignorieren konnte. Als ihre Sicht verschwamm und sie am liebsten geschrien hätte. Vor Wut. Vor Verzweiflung. Weil die Bilder noch immer in ihrem Kopf waren.

Arme schlangen sich um sie, zogen sie an eine breite Brust und erschöpft ließ sie sich dagegen sinken, während die Tränen nunmehr unkontrolliert über ihre Wangen liefen.

Wie viele Nächte hatte sie wachgelegen, hatte sich in den Schlaf geweint, während sie sich gewünscht hatte, ihn an ihrer Seite zu haben? Trost bei ihm zu finden?

In ihren schwächsten Momenten hatte sie versucht, sich auszumalen, wie es sich anfühlen würde, wenn er sie in den Armen hielt. Doch nichts kam dem Gefühl nah, das sie nun hatte. Es spielte keine Rolle, wie viel Zeit vergangen war. Unwichtig, was noch immer zwischen ihnen stand oder wie fragil die Annäherung war, die sie gerade erlebten. Die Geborgenheit, die sie nun wärmte, während sie sich fest an ihn drängte und die Arme um seine Taille schlang, beruhigte ihre wunde Seele. Sie konnte die Bilder nicht vertreiben, aber sie linderte die Qual, die mit ihnen wie ein hungriges Tier über sie hergefallen war.

»Ich werde dich nicht zwingen, mit uns zu gehen, Ellis.«

Das Geräusch, das sich ihr bei seinen Worten entrang, war die hilflose Mischung aus Lachen und Schluchzen, während sie den Kopf hob und zu ihm aufsah.

»Und die Stärke einer fast vierhundert Jahre alten Wölfin zuhause vor dem Fernseher sitzen lassen, während ihr den ganzen Spaß habt? Du hast sie doch nicht mehr alle.« Sie hatte gehofft, ihrer Stimme einen festen Klang geben zu können. Doch sie wusste, dass sie gescheitert war, als er eine Braue hob.

»Wirst du je aufhören, dich hinter deiner Klappe zu verstecken?«

Sie neigte leicht den Kopf, als dächte sie darüber nach. Dann schüttelte sie ihn. »Nicht, wenn ich nicht muss.«

»Sture Wölfin.« Leise Erheiterung schwang darin mit, vertrieb auch die letzten Tränen und sie lächelte matt.

»Passt doch gut zu einem sturen Wolf, meinst du nicht?«

»Jetzt bin ich also kein dreckiger Engländer mehr?«

Ihr Lächeln wurde schief bei seinem Ablenkungsmanöver. »Den hebe ich mir für besondere Momente auf.« Dann schwand ihr Lächeln und sie schluckte schwer. »Warren?«

Er sah auf sie herab und auch sein Lächeln wich einer ernsten Miene.

»Ich will, dass wir das wieder hinbekommen.«

Er schwieg. Lang. Und Ellis biss sich auf die Innenseite ihrer Wange, während sie darauf wartete, was er nun sagen würde.

»Das will ich auch, Frechdachs. Und ich bin stur genug, das auch hinzubekommen.«

Erneut zog er sie an sich und mit einem Lächeln drückte sie ihre Nase gegen seine Brust, bis sie nichts anderes mehr wahrnehmen konnte als seinen Geruch. »Wir müssen lernen, einander wieder zu vertrauen.«

Seine Hand glitt in ihre Haare und sie sah auf, als er sacht daran zog.

»Geduld, Frechdachs. Solche Dinge brauchen Zeit.«

Sie gluckste, ehe sie sich auf die Zehenspitzen stellte und ihm einen flüchtigen Kuss gab. »Das sagt der Richtige. Ich erinnere mich da an Zeiten …« Sie quiekte, als er sie in den Hintern kniff. Und sie wusste, dass ihre Augen funkelten, als sie von ihm abwich und ihn angrinste.

»Also, was ist jetzt? Machen wir den Scheißern nun die Hölle heiß oder nicht?« Diesmal klang ihre Stimme schon erheblich fester und entlockte ihm ein schwaches Lächeln.

»Jetzt wirst du erstmal mit mir zurück ins Haus kommen. Dann machen wir uns einen Plan. Und danach machen wir den Scheißern die Hölle heiß.«

Er trat neben sie, als sie sich daraufhin dem Haus zuwandte, und ihr Herz geriet aus dem Takt, als er wortlos ihre Hand nahm und die Finger mit den ihren verflocht.

20

Natürlich war es reines Wunschdenken, dass sie binnen der nächsten Stunden irgendwas würden erreichen können. Auch wenn Warren es wollte. Er hatte es satt, in seinem Haus zu sitzen und nichts tun zu können. Aber sie waren nicht vorbereitet. Noch immer war der Poltergeist damit beschäftigt, die Pläne seines Hauses und jene der von den Magiern geschaffenen Kellergewölbe aufzuzeichnen. Seit einem halben Jahr war er nicht mehr dort gewesen und niemand konnte ihnen sagen, ob sich seitdem nicht wesentliche Dinge verändert hatten.

Magie konnte Dinge, von denen er nie geträumt hätte. Und er hasste sie schon jetzt. Je eher sie diese Scheiße hinter sich hatten, umso eher würden sie alle wieder zur Normalität zurückkehren können.

Statt hier zu sitzen und darüber nachzudenken, wie viele Gegner auf diesem verfluchten Berg wirklich waren. Nicht mal der Poltergeist, von dem er immer noch nicht wusste, ob er ihm trauen sollte, hatte diese Frage beantworten können. Laut seiner Aussage war es ein unüberschaubares Kommen und Gehen in dem Haus, seit die Magier dort eingefallen waren.

Mittlerweile fragte Warren sich, was der verdammte Dämon überhaupt wusste.

Er kämpfte mit sich. Mit seiner Ungeduld und jenem angeborenen Misstrauen, das noch tiefer reichte, seit Ellis ihn damals verlassen hatte.

Ellis. Er lächelte. Noch immer hatte er nicht ganz verstanden, dass das alles real war. Dass *sie* real war. Dass sie neben ihm schlief. Nacht für Nacht. Und dass sie ihn mit dem gleichen warmen Lächeln ansah, mit dem sie ihn früher angeschaut hatte. Doch noch immer fiel es ihm schwer zu glauben, dass sich all das nicht binnen kürzester Zeit wieder in Luft auflösen würde. Dass er einmal mehr allein in einer Hütte zurückbleiben würde.

Es war ihm nie bestimmt gewesen, glücklich zu sein. Oder auch nur zu leben. Der verdreckte Junge aus East End, der spätestens mit der großen Pestwelle hätte verrecken müssen, die kaum ein Jahr nach seinem Aufbruch in die Neue Welt halb Shoreditch in die anonymen Massengräber befördert hatte.

Schon vor Ellis hatte er jedem Glück misstraut, das seine Wege gekreuzt hatte. Nach ihr …

Jared. Die Erinnerungen an den Mann als jungen Wolf im Wald überfielen ihn unvermittelt und straften seine Gedanken Lügen.

War diese Begegnung denn kein Glück gewesen? Seit Corin war Jared der einzige Mann, den er Freund nannte. Seit Jahrhunderten. Und er hatte es nie bereut. Aus der Schicksalsgemeinschaft zweier Ausgestoßener war eine tiefe Bindung geworden. Die Basis für alles, was sie sich seitdem hier aufgebaut hatten.

War das kein Glück?

War es kein Glück, was er hatte, wenn er nun aus dem Fenster seiner Küche Ellis dabei zusah, wie sie Eugene im Training windelweich prügelte?

Diese Frau … Er lächelte. Noch immer war sie klein. Noch immer zierlich. Und noch immer lag dieses Funkeln in ihren Augen. Das gleiche Funkeln, das dort gewesen war, als sie vor so langer Zeit dem Soldaten am Teich die Knochen gebrochen hatte. Damals hatte er sich davor gefürchtet. Heute hingegen …

Das Klingeln seines Handys riss ihn aus seinen Gedanken und er runzelte die Stirn, als er es aus der Hose zog und den Namen auf dem Display erkannte.

»Natalie?«

Nichts.

»Was ist los?« Er verbiss sich das gereizte Knurren, als er keine Antwort von ihr bekam.

Dann – entfernt – ein Schluchzen.

»Hilfe!« Natalies Stimme. Sie ging unter in einem Schmerzlaut und einem Geräusch, wie wenn etwas Hartes zu Boden ging. Dann brach die Verbindung ab.

»Scheiße!« Als er aufsah, stand Patrick in der Tür zum Flur.

»Was ist passiert?«

Warren wusste nicht, was er dem anderen Alpha sagen sollte. Er konnte diesen Mann nicht einschätzen. Er war anders, als er es von Seinesgleichen gewohnt war.

Natalie. Er musste sich nicht fragen, was geschehen war. Die Scheißkerle hatten von ihr erfahren.

In seiner Arroganz hatte er nicht mal darüber nachgedacht, dass diese Frau ein lohnenswertes Ziel für die Magier sein könnte.

Aber wenn es stimmte und sie sich immer die Schwächsten einer Gemeinschaft suchten … Natalie war eine alleinstehende Frau, die gewiss nicht nebenher als Prostituierte gearbeitet hätte, wenn ihr Leben ein Zuckerschlecken gewesen wäre.

»Ich muss weg.«

Er wusste, dass er zu spät kommen würde. Und er wusste, dass es keine Möglichkeit gäbe, mit der er Ellis hinterher würde erklären können, was los war. Nicht, ohne sie zu verletzen.

Patrick wich zur Seite, als er aus der Tür stürmte. Er vergaß sogar seine Jacke, als er im Flur nach dem Wagenschlüssel auf dem Sideboard griff und ins Freie rannte.

Das Zimmer war verwüstet. Das Bett war abgezogen, Decke und Laken lagen in einem zerknitterten Haufen auf dem Boden. Sie hatte sich daran festgehalten, als man sie gepackt hatte.

Der Sessel, der am Fenster gestanden hatte, war umgestürzt. Die Ziergegenstände, die Natalie zur Dekoration auf die Kommode gestellt hatte, lagen zerbrochen auf dem Boden. Wasser aus einer herabgestürzten Vase bildete eine Lache inmitten der Scherben, in der die Blumen sich seltsam fremd ausnahmen.

Sie hatte sich gewehrt. Deutlich konnte er den Geruch ihrer Angst in der Luft wahrnehmen. Wie auch ihr Blut. Sie hatte nicht kampflos aufgegeben. Und sie war verletzt worden.

Natürlich hatte sie keine Chance gehabt. Insgesamt roch er drei Männer. Eine Triade, nach dem, was Ellis erzählt hatte. Eine menschliche Frau hatte nicht die Möglichkeiten, sich gegen so eine Übermacht zu wehren. Selbst ein einziger dieser Männer wäre zu viel für sie gewesen.

Die Hände zu Fäusten geballt, blieb er in der Mitte des Raumes stehen, darauf bedacht, nichts zu berühren. Als ob es das besser machen würde. Ellis würde riechen, wo er gewesen war. Natalies Geruch hing schwer im Raum und würde seiner Kleidung anhaften, wenn er von hier wieder verschwand.

Minutenlang verharrte er in seiner Position, nahm den Geruch in sich auf, bis blasse Bilder vor seinem geistigen Auge entstanden. Wie sie sich gewehrt hatte. Geschrien hatte. Schließlich bückte er sich und sah unters Bett.

Da lag es. Ihr Handy, von dem aus sie ihn angerufen hatte. Ein Kunststück, dass sie das noch hinbekommen hatte, ehe jemand es zertreten und unter das Bett gekickt hatte.

Sie hatte nach ihm gerufen. Aber er war zu spät gewesen.

Er machte auf dem Absatz kehrt und ging nach draußen, folgte den Gerüchen der Männer und jenem Natalies, der von dem scharfen Geruch ihrer Angst nahezu vollständig überlagert war.

Er endete abrupt am Straßenrand. Dort, wo man sie vermutlich in einen Wagen gezerrt hatte.

Immerhin hatten sie sie nicht umgebracht. Noch nicht. Seinetwegen? Oder weil sie sie noch brauchten für ihre … Er knurrte, als er die Hände zu Fäusten ballte und seine Nägel sich so tief in die Handballen gruben, dass der Geruch von Blut in seine Nase stieg.

Nicht auch noch Natalie. Sie hatte niemandem etwas getan. Wenn hier jemand unschuldig war, dann sie.

Er würde es sich nicht verzeihen, wenn sie deswegen sterben sollte.

Sein Herz trommelte in seiner Brust, als er den Wagen zurück auf den Hof lenkte. Und es wurde nicht besser, als er parkte und ausstieg. Egal wie schwach Natalies Geruch an ihm auch sein mochte, Ellis würde ihn bemerken. Und sie würde sich erinnern.

Er konnte nur hoffen, dass er die Chance bekam, ihr zu erklären, was vorgefallen war. Konnte nur hoffen, dass sie verstand, warum er nicht würde ignorieren können, dass sie entführt worden war.

Es war wie eine Wiederholung jenes Abends, als er zuletzt von Natalie zurückgekehrt war. Nur diesmal stand Ellis nicht im Durchgang ins Wohnzimmer, sondern in der Tür zur Küche. Die Arme vor der Brust verschränkt stand sie dort und er sah, wie ihre Miene versteinerte, als sie den Geruch erkannte, den er mitbrachte.

»Vertrauen, ja?« Ihre spröden Worte scheuerten auf seinen überreizten Nervenenden und er war schon bei ihr und packte sie am Oberarm, noch ehe sie die Zeit hatte, sich abzuwenden und durch die Küche nach draußen zu verschwinden.

»Lass mich los!« Ein unüberhörbares Knurren schwang in ihrer Stimme mit, unterstrich die kalte Wut, die ihre Augen glitzern ließ, aber er verstärkte lediglich seinen Griff, als sie sich ihm zu entwinden versuchte.

»Erst wenn du mir zuhörst!«

Zur Antwort wand sie sich nur noch stärker in seiner Umklammerung und knurrte tatsächlich, als er den Druck erhöhte, bis er wusste, dass er ihr wehtat.

»Verdammt, Frau! Es ist nicht mal im Ansatz so, wie du denkst!«

Sie schnaubte, hielt jedoch still, während ihr Blick unter gehobener Braue ihn mit seiner Verachtung vergiftete.

»Nein? Dann hast du also nicht den ersten unbemerkten Moment genutzt, um zu ihr zu fahren?« Tropfen für Tropfen sickerten ihre Worte wie Säure in ihn, durchfraßen seine Haut und drangen immer tiefer in ihn ein.

»Sie hat angerufen, weil sie Hilfe brauchte.«

»Im Bett?« Noch mehr Gift und er verspannte sich.

»Sie sind bei ihr eingebrochen. Als ich eintraf, war sie bereits verschwunden.« Er holte tief Luft und zwang sich dazu, die Verspannung wieder zu lösen, bis er sogar den Griff lockerte, mit dem er sie festhielt.

»Sie?«

Eine rhetorische Frage. Er konnte das Verstehen in ihren Augen sehen, als er sie losließ und sie umgehend auf Abstand zu ihm ging. Aber sie rannte wenigstens nicht davon.

»Das mit Natalie und mir ist vorbei.« In einer fahrigen Geste strich er sich durch die Haare, ehe er tief Luft holte. »Verdammt, Frau, glaubst du wirklich, dass sich in der Hinsicht bei mir irgendwas geändert hat? Es gab nie eine andere Frau als dich. Der Rest … Sex gegen Geld. Damals wie heute.«

Für einen Moment schloss sie die Augen und er schluckte schwer, als sie die Lippen zusammenpresste. Schmerz spiegelte sich in ihrem Blick, als sie die Lider wieder hob und ihn ansah.

»Meinst du, dass es das für mich besser macht? Auch bei mir hat sich nichts geändert, Warren. Damals wie heute bin ich eifersüchtig.«

Er hörte das Zittern, als sie tief Luft holte.

Sie hatte ihm gesagt, dass es nie einen anderen in ihrem Leben gegeben hatte. Und er glaubte es ihr, beruhigte das doch seine eigene Eifersucht. Doch im gleichen Moment wollte er sie dafür verfluchen. Weil es zu viele Natalies in seinem Leben gegeben hatte, um sie nicht zu verletzen.

»Ich weiß, dass ich nicht so empfinden sollte, Warren. Ich habe dich verlassen, es war dein gutes Recht, dir andere Frauen zu suchen.« Wieder dieses Zittern, als sie um Atem rang. »Meine größte Angst war immer, dass ich dich finde und deine Familie kennenlernen muss. Dass ich mitansehen muss, wie du mit einer anderen Frau glücklich bist.« Sie stockte und brach ab, als ihre Augen sich mit Tränen füllten. Tränen, die sie die Zähne zusammenbeißen ließen, weil sie sie nicht vergießen wollte.

Deshalb war sie nicht mal dann zu ihm zurückgekehrt, als der technische Fortschritt die Suche hatte einfacher werden lassen. Weil sie Angst vor dem gehabt hatte, was sie würde finden können. Sie musste es nicht sagen, er konnte es in ihren Augen sehen.

Und erst jetzt begriff er, dass auch er aus diesem Grund nie nach ihr gesucht hatte. Weil er die Demütigung nicht ertragen hätte, sie mit einem anderen zu sehen. Zu sehen, dass sie glücklich war. Ohne ihn. Jahrhundertelang hatte er sich eingeredet, sie zu hassen. Weil es die Dinge für ihn hatte leichter werden lassen. Dass sie dann auch nicht bei ihm aufgetaucht war, obwohl sie ihn ganz einfach im Netz hätte finden können, hatte ihn nur in seinem künstlichen Hass bestätigt. Es hatte die Last des Verlusts von ihm genommen.

Bis heute.

Jetzt wollte der Selbstbetrug sie beide mit sich in die Tiefe ziehen.

Manchmal war Liebe nicht genug, um zu ertragen, was die Welt zu bieten hatte.

»Ich hatte nie eine Familie. Und ich habe auch nie eine andere Frau geliebt. Wenn überhaupt habe ich sie gemocht. Meistens waren sie mir jedoch egal.«

Die Tränen liefen über ihre Wangen. Lautlos, während sie ihn mit angehaltenem Atem ansah.

»Du magst sie.« Die Worte waren nur erstickt, gequetscht zwischen den Tränen, die ihr die Kehle zuschnürten, und hinterließen scharfe Schnitte auf seinem Herzen. Er hatte sie nie verletzen wollen. Dennoch hatte er es getan. Jedes verdammte Mal in den zurückliegenden Jahrhunderten. Vorsätzlich.

»Ich mag Natalie. Ja.«

Sie schniefte und ihr künstliches Lächeln ließ ihn fast in die Knie gehen.

»Heißt sie so?«

Rhetorisch, dennoch nickte er nach einem Moment. »Ellis, schrei mich an. Geh auf mich los. Mach irgendwas. Aber nicht das hier. Damit kann ich nicht umgehen.«

»Ich kann nicht.« Ihre Worte versanken in einem Schluchzen und er war schon bei ihr und hielt sie, bevor sie in die Knie gehen konnte. Gemeinsam gingen sie zu Boden, während er sie an sich gezogen hielt. Behutsam streichelte er ihren Rücken, während sie sie sich unter Schluchzen verkrampfte. Aber sie ließ zu, dass er sie hielt. Sie stieß ihn nicht von sich, obwohl er es war, der für ihren Schmerz verantwortlich war.

Er wusste nicht, wie lang sie dort auf dem Boden saßen, er auf den Knien, sie dazwischen, an ihn geklammert. Aber es dauerte lang, bis ihr Schluchzen leiser wurde und schließlich zu einem Schniefen verklang.

»Das sind die Scherben, die wir beide hinterlassen haben. Damit müssen wir jetzt leben.« Ihre Stimme klang rau von den vielen Tränen und für einen Moment vergaß er, wie man atmete bei ihren Worten. Wir. Keine Schuldzuweisung, obwohl ihr Schmerz darüber schwer in der Luft lag. Aber auch Hoffnung, dass sie das würden meistern können.

»Lass sie uns wieder auffegen und schauen, was wir noch reparieren können.«

Als sie den Kopf hob, schwammen noch immer Tränen in ihren Augen. Aber sie lächelte, während sie sich mit den Handrücken über die Wangen wischte. »Vielleicht sollten wir eher in ein Einrichtungshaus gehen und neues Porzellan kaufen.«

So tapfer. So stur. Und wieder einmal wunderte er sich darüber, dass sie sich damals für ihn entschieden hatte. Er war nicht mehr der dreckige Engländer, dem sie einst begegnet war. Oberflächlich war er heute ein anderer. Aber unter all der Sauberkeit und dem guten Leben, das er inzwischen führte, war er noch immer jener Mann, dem sie vor so langer Zeit begegnet war. Jener unbeholfene Mann, der sie noch immer liebte. Verzweifelt liebte.

Doch eines hatte sich wirklich geändert: Er fühlte sich ihr gegenüber nicht mehr unterlegen. Selbst nachdem sie ihn gewandelt hatte, war dieses Gefühl nicht gewichen. Erst heute. Denn erst heute begriff er, dass sie einander immer ebenbürtig gewesen waren.

Partner. Jenes Wort, das ihm damals so seltsam vorgekommen war. Heute verstand er es.

»Meinetwegen auch neues Porzellan. Das alte ist vielleicht etwas aus der Mode gekommen.« Er lächelte. Vorsichtig. Und sie hob eine Hand und strich über seine Wange, über die Bartstoppeln, die bereits wieder nachgewachsen waren. »Trotzdem müssen wir erst die Scherben wegfegen, ehe sich noch mal einer von uns daran schneidet.«

»Dann sollten wir vielleicht bei Natalie damit anfangen.«

Er war sprachlos. Wieder einmal. Und auch sie schwieg, als er den Kopf senkte, bis seine Stirn an der ihren lehnte.

Die einzige Liebe seines Lebens. Er hätte nie daran zweifeln dürfen.

21

Ihre Knie fühlten sich noch immer weich an und noch immer glaubte sie, die Tränen auf ihren Wangen zu spüren, die sie vergossen hatte, als sie am Abend nach ihrem Wachdienst ins Esszimmer zu den anderen kam.

Fünf Stunden waren seit ihrem Zusammenbruch in der Küche vergangen. Noch immer fühlte sich fremd in ihrem Körper, noch immer flippten ihre Gedanken unkontrolliert hin und her, ein unentwirrbarer Knoten aus Erinnerungen, Ängsten und Hoffnung.

Die Hoffnung überwog, als sie den Raum betrat und Warrens Lächeln bemerkte, mit dem er sie ansah. So warm, dass es sie umgehend zurück an jenen Teich katapultierte, an dem sie sich einst begegnet waren. Sie konnte gar nicht anders, als es zu erwidern.

Sie würde lernen müssen, damit klar zu kommen. Würde lernen müssen zu akzeptieren, dass es andere Frauen gegeben hatte. Das würde sie auch irgendwie schaffen. Weil sie es wollte. Weil sie ihn wollte.

Und weil es ein beschissener Kleinmädchentraum war, dass es anders hätte gewesen sein können. Nicht bei ihm. Am Ende hatte sie ihn gut genug gekannt, um es besser zu wissen.

Punkt Eins auf einer langen Liste an Dingen, die sie würden abarbeiten müssen. Neben vielen weiteren, allen voran …

»Rafain!«

Ellis zuckte zusammen, als Warren so unvermittelt nach dem Dämon rief, der sich mit einem leichten Flackern der Lampen im Raum auch gleich darauf ankündigte, ehe der unvermeidliche Rauch auftauchte, aus dem kurz darauf diese Verballhornung eines menschlichen Körpers trat.

»Ich esse immer noch nicht, falls es das ist, weshalb du hier das halbe Haus zusammenbrüllst, Wolf.« Der gelassene, leicht spöttische Tonfall des Poltergeistes ließ Ellis ein Lächeln verstecken, ehe Warren es bemerken konnte, der den Neuankömmling finster anstarrte.

»Wie nah kommst du an dein Land heran?«

Der Poltergeist wiegte den Kopf, während er darüber nachdachte.

»Auf ein paar Meter an die Grundstücksgrenze vielleicht. Sie haben die Bannsprüche sehr sorgfältig gelegt«, meinte er dann leise und warf Warren einen entschuldigenden Blick zu.

»Nah genug, um herauszufinden, wie viele Wachposten sie haben?«

»Oberirdisch eventuell. Alles dahinter? Nein.«

»Gut, dann hast du jetzt eine Aufgabe. Finde heraus, wann die Wachwechsel sind. Wenn wir angreifen, will ich so viele wie möglich von den Wichsern oben haben. Je mehr wir vor dem Haus erwischen, desto leichter wird es im Inneren.«

Alle Augen wandten sich Warren zu und sie sah die Überraschung in den Mienen der Anwesenden. Auch Ellis musste das erstmal verdauen.

»Ich halte das für keine gute Idee. Im Moment warten sie nur darauf.« Patrick Tremaine war vermutlich der einzige, dessen Gesichtsausdruck ungerührt blieb.

»Sie haben eine Freundin in ihrer Gewalt. Sie ist ein Mensch. Sie wird dort schneller draufgehen, als wir bis zehn zählen können.«

Wenn sie es nicht schon war, ergänzte Ellis in Gedanken, während sie den Blick auf Warren gerichtet hielt, der seinerseits Patrick nicht aus den Augen ließ.

»Kenneth? Sag Vince und den anderen Bescheid. Wir sollten nicht unvorbereitet da reingehen. Die Farce der Wachen kann jetzt aufhören.«

So viel also dazu, dass sie erst in Ruhe alles planen wollten, statt kopflos da reinzustürmen und aufs Beste zu hoffen.

Ihr Schädel dröhnte, als wäre ein Truck drüber weggerollt und stöhnend richtete Natalie sich auf. Wo war sie? Ihre Sicht war nur verschwommen und auch als sie blinzelte, wurde es nicht besser.

Sie lag auf dem Boden eines kargen winzigen Raumes. So klein, dass selbst ihr Kleiderschrank ihr groß dagegen vorkam. Jemand hatte eine kratzige Wolldecke über sie gebreitet, aber selbst die konnte die Kälte nicht abhalten, die ihre Finger und Füße taub werden ließ. Mit den Fingern strich sie über den Untergrund. Kein Teppich oder Holz. Nur nackter Stein. Wie in einer Zelle. Und es war eiskalt.

Ihr Blick klärte sich, was es jedoch nicht besser machte.

Hobbyprostituierte von Unbekannten niedergeschlagen und entführt. Sie hatte in ihrer Jugend genügend *Criminal Minds* Folgen gesehen, um zu kapieren, dass die Geschichte hier nicht gut ausgehen würde.

Nicht für sie.

Laut der Serie brauchte sie sich auch gar nicht erst die Frage nach dem Warum stellen. Es hatte nichts mit ihr zu tun. Falsche Zeit. Falscher Ort. Der Kerl hatte seine Gelegenheit gesehen und sie genutzt.

Sie hätte eventuell nicht nach einem Ersatz für Warren suchen sollen. Es war ja nicht so, dass sie das Geld gebraucht hätte. Nicht mehr. Die Schulden, die ihr beschissener Ex-Mann ihr hinterlassen hatte, als er eingefahren war, hatte sie schon längst abbezahlt. Aber irgendwie hatte sie sich an die Sorgenfreiheit gewöhnt, die dieser Nebenverdienst ihr gebracht hatte. Sie war gierig geworden. Jetzt zahlte sie den Preis.

»Verdammte Scheiße!« Ihre Kehle war staubtrocken und ihr Fluch ging in ein Husten über, als sie nach hinten rutschte, bis sie mit dem Rücken an einer kalten, nackten Wand lehnte. Ihr Blick klärte sich und ihr Herz sank. Im schwachen Licht einer Lampe erkannte sie, wo sie war. In einem verdammten Kellerloch.

»Ah, du bist endlich wach.«

Sie erstarrte. Die männliche Stimme war aus dem Nichts gekommen. Irgendwie gedämpft. Der Mann, dem sie gehörte, war definitiv nicht mit ihr im Raum. Aber er war auch nicht weit entfernt.

Ihr Entführer? Nein, der hatte anders geklungen. Aber vielleicht einer seiner Kumpel, mit denen er bei ihr aufgetaucht war.

»Verschwinde!«

Der Typ schnaubte. »Nichts lieber als das, aber ich sitze hier genauso fest wie du, Natalie.«

Sie erstarrte. »Woher …«

»Ich bin ein Freund von Warren.«

Warren! Sie hatte versucht, ihn anzurufen. Irgendwen anzurufen. In ihrer Panik hatte sie es nur geschafft, wahllos die Anrufliste zu erwischen und fast blind eine Nummer zu wählen. Dann hatte irgendwas sie von den Füßen gefegt und das Handy war ihr aus der Hand gefallen.

Ob sie überhaupt etwas dabei erreicht hatte? Unklar.

»Das erklärt gar nichts«, zischte sie, während sie die Beine anzog und den Kopf zwischen die Knie drückte. Atmen. So unterbewertet bei einer Panikattacke.

Sie hatte wirklich geglaubt, mit ihrer Jugendsünde von Ehemann den Tiefpunkt ihres Lebens erreicht zu haben. Nun, offenbar hatte sie sich geirrt. Ihr Ex hatte ihr nie eine Panikattacke beschert. Nur blaue Flecken.

»Du hast keine Ahnung, oder?«

Als die Sterne vor ihren Augen nicht mehr tanzten, wagte sie es endlich, den Kopf zu heben und sich erneut nach der Stimme umzusehen. Nein, es war niemand mit ihr in dem winzigen Verschlag.

»Wovon soll ich eine Ahnung haben?« Mehr und mehr beschlich sie der Verdacht, dass der Typ entweder nicht ganz dicht oder aber einer ihrer Entführer war, der irgendwelche Informationen aus ihr herausbekommen wollte. Beides keine rosigen Vorstellungen. Vor allem, da sie keinerlei Informationen hatte. Worüber denn auch?

»Ich dachte immer, Warren hätte es dir erzählt.«

Sie tippte auf die erste Möglichkeit: Der Typ war nicht ganz dicht.

»Was soll Warren mir erzählt haben?«

Ein Seufzen erklang, während ihr Blick die Wände und schließlich die Decke absuchte. Ein Lüftungsgitter. So langsam kapierte sie, wo die Stimme ihren Ursprung hatte.

»Weißt du, wie du hergekommen bist?«, wich der Fremde ihrer Frage aus und sie beschloss, dass es besser war, keinen Streit deswegen mit ihm anzufangen. Wenn er ein Irrer *und* einer der Männer war, die sie entführt hatten, könnte das übel ausgehen. Criminal-Minds-übel. Und noch wollte sie nicht hinnehmen, dass sie so enden sollte.

»Ich hatte einen neuen Freier. Dachte ich. Und dann waren sie plötzlich zu dritt. Ich wollte weglaufen, aber ... ich war nicht schnell genug. Gott, ich hätte auf meinen Ex hören und eine Waffe kaufen sollen.«

Der Fremde schnaubte. »Vergiss es. Mit einer Waffe hättest du auch nichts ausrichten können. Sie hätten dich in jedem Fall erwischt.«

»Woher weißt du das?«

»Weil sie mich auch erwischt haben.«

Sie schnaubte. »Tolles Argument. Weil du ein Mann bist und sie dich überwältigt haben, muss ich als Frau selbstredend gegen die Leute verlieren.«

Er lachte leise. »So war das nicht gemeint, Nat. Es ist nur ... Versprichst du mir, nicht hysterisch zu werden?«

Sie hob eine Braue, wohl wissend, dass er es nicht sehen konnte. Egal. Sie würde sein Spiel jetzt einfach mitspielen. Irre provozierte man nicht. Auch nicht, wenn sie in einem anderen Raum waren und eventuell nicht mal einen Schlüssel zu ihrer Zelle besaßen. »Hau raus.«

»Ich bin ein Werwolf.«

Sie lachte. Laut. Bis sie sich den Bauch halten musste, weil es weh tat. Bis Tränen über ihre Wangen liefen.

Sie glaubte ihm nicht. Natürlich tat sie das nicht. Mit einem Seufzen ließ Jared sich wieder mit dem Kopf gegen die Wand sinken und starrte an die Decke.

Wenn ihn sein Zeitgefühl nicht täuschte, saß er bereits seit einigen Tagen hier fest. Und vor wenigen Stunden hatte man Natalie in die Nachbarzelle gebracht. Schwierig zu sagen, wie lang genau, denn sie saßen in einem fensterlosen Raum und das

Deckenlicht brannte durchgängig. Sein Zeitgefühl ließ ihn langsam im Stich.

Ausgerechnet sie. Er kannte ihren Geruch. Weil er Warren immer angehaftet hatte, wenn er von ihr zurückkam. Er hatte ihn stets als angenehm empfunden. Ganz Frau. Kein Parfum. Nur der ihr eigene Geruch. Sauber. Rein. Wie ein Nadelwald im Frühling.

Er hatte sie nie gesehen. Wozu auch? Aber er hatte immer gewusst, wohin Warren ging, wenn er abends noch in die Stadt fuhr. Fünf Jahre lang. Jeder hatte es gewusst. Keiner hatte ein Wort darüber verloren.

Und jetzt saß sie hier. In diesem unterirdischen Gefängnis in der Zelle neben seiner, die durch das verdammte Belüftungssystem miteinander verbunden waren. Seit Stunden schon hatte er ihren Geruch daher in der Nase.

Er konnte nur beten, dass man mit ihr nicht das Gleiche machte, was man mit ihm angestellt hatte. Nachdenklich rieb er sich über die Stelle an seinem Hals. Noch immer fühlte es sich fremd an. Sie hatten ihm etwas dort eingesetzt. Einen dieser Chips, von denen Ellis gesprochen hatte. Wozu die gut waren, hatte er fast im gleichen Augenblick erleben dürfen. Als er die Fesseln, die ihn gehalten hatten, zerrissen hatte und auf seine Wärter losgegangen war, kaum dass die Sedierung nachgelassen hatte.

Das nächste, was er wusste, war, dass sie Strom durch seinen Körper gejagt hatten, bis er den Geruch verbrannten Fleisches in der Nase gehabt hatte. Seine Wärter hatten gelacht, als sie ihn erneut in Ketten, stärkere diesmal, gelegt hatten. Dann hatten sie ihn *untersucht*. Oder wie man das nennen mochte, wenn man einen Mann bei lebendigem Leibe aufschnitt.

Die Wunden waren inzwischen schon gut verheilt. Ebenso die Platzwunde, die der Stein an seinem Kopf hinterlassen hatte, als man ihn bewusstlos schlug. Der Schmerz hingegen hatte sich tief in seine Erinnerungen gebrannt.

Für Natalie hoffte er, dass man ihr das ersparen würde.

»Nat?« Sie hatte endlich wieder mit diesem Lachen aufgehört, bei dem es ihm kalt den Rücken runtergelaufen war.

»Du bist irre, oder?«

Er lächelte matt. Vielleicht war er das. Weil er hoffte, dass das hier ein gutes Ende nehmen würde. Dass Warren und die anderen sie finden würden, ehe noch mehr Menschen zu Schaden kamen. Er konnte den Tod riechen. Er drang durch den Türspalt in seine Zelle und verpestete die Luft.

»Eigentlich nicht«, erwiderte er dann jedoch nach einem Moment und hörte sie glucksen.

»Das haben die Psychopathen bei *Criminal Minds* auch immer geglaubt.«

Jared runzelte die Stirn, dann dämmerte es ihm. Eine alte TV-Serie. Gut, wenn sie das davor bewahrte, vollständig durchzudrehen, sollte es ihm recht sein.

»Ich mein … das ist ein Krankheitsbild, oder? Lykanthrophie, nicht wahr?«

Er schmunzelte. Sie redete noch mit ihm. Immerhin. »Lykanthropie. Ja, das Krankheitsbild gibt es.«

»Schon mal überlegt, zum Arzt damit zu gehen?«

Mehrfach sogar. Allerdings hätte man ihn damals vermutlich eher am Baum aufgeknüpft, denn sich um Heilung bemüht.

Er knurrte. Demonstrativ, obwohl er nicht sicher war, ob sie es auf ihrer Seite der Wand würde hören können. Das menschliche Gehör war weit weniger fein als das seine und im Lauf der Jahrhunderte war die Erinnerung daran etwas verschwommen. Aber er wusste auch nicht, wie er ihr sonst hätte beweisen können, dass seine Worte die Wahrheit waren und nicht die Einbildung eines psychotischen Geistes.

Als er sie nach Luft schnappen hörte, entspannte er sich wieder. Sie hatte es gehört.

»Das kam jetzt nicht zufällig vom Band, oder?«

So langsam verstand er, warum Warren die ganzen Jahre immer wieder zu ihr zurückgekehrt war.

»Nein, kam es nicht.«

Eine Weile blieb es stumm auf ihrer Seite. Aber er konnte das Rascheln von Kleidung hören, als sie auf dem Boden herumrutschte, vermutlich auf der Suche nach einer bequemen Position.

»Warren auch?«

»Aye. Warren auch.«

»Oh.« Mehr erwiderte sie nicht darauf und er lächelte.

»Sitz ich deswegen hier?« Tränen hatten sich in ihre Stimme geschlichen und sein Lächeln verblasste. »Weil diese Leute was von Warren wollen?«

»Ich weiß es nicht, aber ich nehme es an.«

»Ach, Scheiße!« Ein Klatschen, wie von einer Hand, die auf nackten Stein traf, während die Tränen ihre Stimme erstickt klingen ließen. »Was haben die jetzt mit mir vor? Mit uns?«

Er hatte schon den Mund geöffnet, schloss ihn dann jedoch wieder. Die Möglichkeiten, die er im Kopf hatte, waren nichts, was er ihr erzählen konnte. Sie war so schon kaum in der Lage, ihr psychisches Gleichgewicht zu behalten.

»Nat?«

Ein Schniefen auf der anderen Seite. Sie wusste, warum er schwieg.

»Erzähl mir was von dir.«

Sie lachte erstickt. »Was denn?«

»Wo bist du geboren? Wie bist du aufgewachsen?«

Sie kicherte fast hysterisch, aber schließlich begann sie stockend zu erzählen. Er ließ sie einfach reden. Über alles, was ihr in den Sinn kam.

Wer redete, weinte zumindest nicht.

Die Stimmung im Haus hatte sich verändert. Hatte man vorher noch vereinzelt Lachen hören können oder die unausweichlichen Kabbeleien, wenn zu viele Wölfe unter einem Dach lebten, so hatte sich eine ernste Stille über das Haus gesenkt, nachdem auch die letzten informiert waren.

Jeder wusste, dass Warrens Plan kein Plan war, dass sie sehenden Auges in die Falle liefen. Aber genauso wussten sie, dass sie keine andere Chance hatten. Nicht, wenn es galt, eine Frau zu retten, die definitiv sterben würde, sollte sie länger dort bleiben.

Vielleicht jedoch war diese Frau auch lediglich ein Vorwand, um die Hölle des Abwartens endlich zu beenden. Ellis war sich sicher, dass schon sehr viele dort gestorben waren. Allen voran Menschen. Kam es wirklich noch auf eine mehr oder weniger an?

Ihr eigener Zynismus kotzte sie gerade an.

Auch in Deutschland hatten diese Wahnsinnigen Menschen entführt und gewandelt. Auch in Deutschland waren sie irgendwann dazu übergegangen, Frauen zu entführen und mit dem Blut der älteren Wölfe zu infizieren. Die Todesrate von Frauen, die gewandelt wurden, ohne dass sie die Partnerin eines Wolfes war, lag jedoch bei fast hundert Prozent.

In Deutschlanden hatten sie entsprechend auch nicht eine davon lebend vorgefunden. Eine galt zwar als vermisst, ob Julian und Scott bei der Suche nach ihr erfolgreich waren, hatte sie bisher nicht mitbekommen. Ob sie die Frau lebend fanden?

Ellis schätzte die Chancen nicht gerade hoch ein.

Die von Natalie auch nicht.

Und obwohl sich ihr Magen bei der Vorstellung zusammenzog, diese Frau zu retten, würde sie den Teufel tun und sich weigern.

Es war nicht die Schuld dieser Frau, was zwischen Warren und ihr im Argen lag. Dennoch tat es weh. Irgendwann würde sie hoffentlich lernen, damit umzugehen. Sie musste es, wenn sie eine Chance haben wollten. Keiner von ihnen konnte ändern, was geschehen war. Sie konnten nur nach vorne sehen. Sie beide.

Also zog sie sich um, nachdem sie am späten Mittag von ihrem kleinen heimlichen Ausflug zurückkam, mit dem sie sich hatte Luft machen müssen. Sie wechselte ihre Jeans und den Pullover gegen ganz ähnliche Kleidung. Nur schwarz und erheblich beweglicher als die Jeans es gewesen war. Dann ging sie ins Wohnzimmer, in dem die meisten anderen, auch Warren, sich versammelt hatten und die Spannung fast mit Händen greifbar war. Sie hoffte, dass zumindest sie ein paar Stunden Schlaf gehabt hatten. Zumindest mehr als sie.

»Hast du eigentlich Waffen?«, platzte sie in die angespannte Stille, bevor irgendwer etwas sagen konnte, was sie gerade definitiv nicht würde beantworten können. Die Frage, wie es ihr inzwischen ging, beispielsweise und die in Warrens Augen leuchtete, als sein Blick auf sie fiel.

Er hob lediglich eine Braue und sie lächelte leicht. Er hatte ihr Ablenkungsmanöver durchschaut.

»Messer? Schwerter? Ich will nicht unhöflich erscheinen, aber diese Biester bringt man um, indem man ihnen den Kopf von den Schultern holt. Das geht erheblich besser mit Klingen als mit den Händen.« Wobei auch das eine Option wäre. Stark genug waren sie alle dafür. Es war nur zeitaufwändiger. Und gefährlicher, war man doch in dem Moment ungeschützt.

»Ich bin mir nicht sicher, ob es allzu viele hier gibt, die mit einem Schwert umgehen können, Frechdachs.« Das halbe Lächeln auf Warrens Lippen ließ sie erröten.

»Ich vergesse es doch immer wieder. Aber Messer?«

Kenneth schnaubte. »Zu ineffektiv für den Zweck. Ich bleibe bei der Handarbeit.«

»Das gefällt mir nicht.« Sie murmelte die Worte in Richtung ihres Brustbeins, während sie den halb gelösten Schnürsenkel ihres Sneakers bewunderte. Aber natürlich konnte jeder im Raum sie verstehen. Das Gehör eines Wolfes konnte durchaus ein Nachteil sein. Selbstgespräche waren eindeutig keine Lösung, wenn einer in der Nähe war. Oder ein ganzer Raum voll davon.

»Entweder wir machen es auf die Weise, auf die wir die meiste Erfahrung haben, oder die Chancen steigen, dass wir draufgehen.«

Ellis nickte schließlich widerwillig und warf Warren, der das Totschlagargument in den Raum geworfen hatte, einen mürrischen Blick zu.

Entweder war die Übermacht so groß, dass sie ohnehin draufgehen würden, oder sie hatten eine Chance, wenn sie bei dem blieben, was sie am besten konnten: Hände, Zähne und Krallen. Die kümmerlichen Reste dessen, was von ihrem Erbe übrig war.

»Und du hast wirklich nicht mal ein einziges … Schwert? Ich wäre da nämlich eventuell geübt drin.« Sie warf ihm ihren lang erprobtesten treudoofen Blick zu und er schmunzelte, während er langsam auf die Beine kam. »Sogar drei, Frechdachs. Aber ich bin mir nicht sicher, wie scharf sie noch sind. Die habe ich schon … eine Weile.«

Seine Hand legte sich in ihren Rücken, als er auf ihrer Höhe des Raumes ankam und sofort kroch die Wärme in ihren Körper. Gott, sie hatte vergessen, was selbst solch kleine Berührungen bei ihr auslösten.

Und er wusste es. Sie sah es an dem kleinen Glimmen in seinen Augen, das es ihr unmöglich machte, den Blick von ihm zu lösen. Er würde sie küssen. Hier. Vor allen anderen. Er würde die Arme um sie legen und …

»Laura, nein!«

Ellis zuckte bei Patricks scharfen Worten zusammen und der Bann brach. Sie hatte nicht gewusst, dass Patrick laut werden konnte. Zum ersten Mal wirkte er tatsächlich wie ein Wolf. Die Lippen zusammengepresst, die Falten zwischen Nase und Mund waren tiefer geworden und Verärgerung ließ seinen Blick düster werden, als er seine Frau ansah, die soeben das Wohnzimmer betreten hatte.

»Meinst du, es ist besser, wenn ich allein hierbleibe und ein hervorragendes Opfer bin? Oder dass andere mit mir hierbleiben, deren Kraft dann auf eurer Seite fehlt?«

Ellis glaubte, Patricks Zähneknirschen hören zu können, als seine Kiefermuskeln sich spannten. Laura hingegen lächelte und für einen Moment versetzte ihr der Anblick einen Stich. Ihre Mutter hatte genauso liebevoll gelächelt, wann immer ihr Vater in seinem Sturkopf über das Ziel hinausgeschossen war.

»Ich kann das, Patrick. Du weißt das, du hast mich selbst trainiert. Und ich verspreche dir, nicht von deiner Seite zu weichen.«

Es war wie ein Tennismatch, als nun sämtliche Blicke von Laura zu Patrick zurückgingen.

Der Alpha sah nicht so aus, als wollte er seiner Frau nachgeben, die mit unverändert warmem Lächeln zu ihrem Mann sah und so entspannt wirkte, als wollte sie ihm gerade erklären, dass sie shoppen gehen wollte. Und nicht gegen einen Feind unbekannter Stärke antreten.

»Nicht einen Millimeter, Laura.«

Die Angesprochene gluckste leise. »Ja, Sir.«

Die Flaschen auf dem Servierwagen klirrten leise, das Licht flackerte und Ellis rollte die Augen.

Der Poltergeist könnte auch einfach die Klingel nehmen.

»Wachwechsel sind im Sechs-Stunden-Rhythmus. Der nächste ist in zwei Stunden.«

Ellis war sich nicht sicher, ob Rafain diese Auftritte mit Rauch von der Decke und seinem Erscheinen mitten im Raum absichtlich so inszenierte. Sie vermutete allerdings, dass der Mann auch wieder jeder andere einfach durch die Tür hätte kommen können. Allerdings wäre es dann jedoch erheblich schwerer, die Aufmerksamkeit auf sich zu ziehen. Und es war durchaus ein amüsanter Anblick, wie alle Wölfe im Raum ihn gerade anstarrten.

Eventuell verstand sie seine Vorliebe für dramatische Auftritte ein wenig.

»Gut.« Warrens Einwurf brach die Erstarrung der Leute im Raum und Ellis lächelte, als er dabei einen Arm um sie legte und an sich zog. »Dann sollten wir jetzt los.«

22

Sie hatten sie weggeholt. Zu viert waren sie in ihre Zelle gekommen und hatten die schreiende und um sich schlagende Natalie in Ketten gelegt.

Ketten. Für einen Menschen. Und bei dem, was einer der Männer dabei gesagt hatte, war es ihm kalt den Rücken runtergelaufen.

Dann wollen wir doch mal herausfinden, wie viel Wolf sie tatsächlich abkann.

Ein Satz, der für ihn gedacht gewesen war, der hilflos mitanhören musste, wie sie Natalie fortbrachten. Bis ihre Schreie und ihr Flehen auf dem Flur verhallt waren.

Ihr Todesurteil. Jared versuchte, sich nicht vorzustellen, was die junge Frau nun erwartete. Aber seine Eingeweide zogen sich allein bei dem Gedanken daran zusammen. Er hatte schon viele sterben sehen, weil sie die Transformation nicht überlebten. Qualvoll sterben, wenn niemand sie erlöst hatte. Und auch er, der überlebt hatte, erinnerte sich noch zu gut daran, wie es sich für ihn damals angefühlt hatte. Die Schmerzen. Das Fieber.

Über Stunden hatten sie in ihren Zellen gesessen, Rücken an Rücken, lediglich die Wand, die sie voneinander trennte, und hatten geredet. Oder vielmehr hatte er sie reden lassen. Damit sie sich wieder beruhigte. Er hatte ihr zugehört. Den Geschichten aus ihrer Kindheit, die sie sich langsam hatten entspannen lassen. Den Geschichten aus ihrer weniger schönen Jugend und von ihrer desaströsen Ehe. Er hatte sie einfach reden lassen in der Hoffnung, dass sie so vergaß, worauf das alles hier hinauslaufen würde.

Bis sie den Spieß umgedreht hatte. Bis er die zaghafte Neugier in ihrer Stimme gehört hatte, als sie ihn fragte, ob er das ernst gemeint hatte. Diese *Wolfssache,* wie sie es genannt hatte.

Er hatte bei ihrer unbeholfenen Frage tatsächlich lächeln müssen. Wie schon öfter, während sie erzählt hatte. Sie hatte es tatsächlich geschafft, sie beide von ihrer Umgebung abzulenken.

Also hatte er ihr den Gefallen erwidert und hatte von sich erzählt. Von jenen Dingen, von denen er einzig Warren erzählt hatte in seinem Leben. Von seiner Kindheit im Fort. Einer Kindheit als Ausgestoßener. Kein Weißer und keine Rothaut. Ein Leben zwischen allem, der Verachtung der Fortbewohner ausgeliefert. Dazu gezwungen zuzusehen, wie seine Mutter litt. Dann hatte er ihr davon erzählt, wie er zum Wolf geworden war.

Im Gegensatz zu ihr kannte er keine schönen Geschichten. Aber sie hatte zugehört und mehr als einmal hatte er sie dabei nach Luft schnappen hören. Weil sie mit ihm gelitten hatte, obwohl das alles schon Jahrhunderte her war.

Jetzt war sie fort.

Mit beiden Fäusten schlug er gegen die Mauer, die ihn die ganze Zeit von ihr getrennt hatte. Und er hieß den Schmerz willkommen, als seine Knöchel aufplatzten und der Geruch seines Blutes ihren langsam schwächer werdenden Duft verdrängte.

Das hatte sie nicht verdient.

Niemand hatte das verdient, was nun vor ihr lag.

Er wünschte ihr einen schnellen Tod. Mehr konnte er nicht tun.

Es tat so weh. War es das, was Jared versucht hatte zu beschreiben? Diesen Schmerz? Ihr Körper schien in Flammen zu stehen und wie wild wand sie sich, obwohl sie wusste, dass sie nicht entkommen konnte. Der Feind war nicht mehr nur um sie herum. Er war in ihr. Wütete in ihr, während sie nicht mal die Arme heben konnte.

Man hatte sie in diesen Raum gebracht, sie ausgezogen und auf eine Liege gefesselt. Arme. Beine. Mit Ketten, bei deren Anblick sie regelrecht schockiert gewesen war. Niemals wäre sie in der Lage, auch nur eine einzige davon zu sprengen.

Es war nur ein kleines Piken in ihrer überstreckten Armbeuge gewesen. Kaum der Rede wert.

Dann hatte ihr Arm zu brennen begonnen. Wie Feuer, das sie von innen heraus verbrannte. Und es hatte sich ausgebreitet. Im Rhythmus ihres wild schlagenden Herzens war es auf ihren gesamten Körper übergegangen und sie hatte geschrien. Bis man ihr einen Knebel verpasst hatte, der seitdem die Schreie dämpfte.

Ob sie wohl weinte? Sie konnte es nicht mehr spüren. Es brannte so sehr. Nicht mal das kalte Metall der Liege in ihrem Rücken machte ihr noch etwas aus. Dafür war die Hitze viel zu groß.

Ihr Körper verkrampfte, als eine neuerliche Schmerzwelle sie erfasste.

»Sie schafft's nicht.«

Was schaffte sie nicht?

»Ich hätte gedacht, dass wenigstens diese hier es packt.«

»Holt schon mal einen Sack.«

Sie redeten über ihren Tod.

Eiswasser löste die Hitze in ihren Adern ab, als ihr das bewusst wurde.

Den Männern war es vollkommen egal. Als wäre sie nichts weiter als ein Objekt. Ein *Versuch*. Ein Affe im Labor, dem man etwas injiziert hatte, um zu gucken, was passierte.

Die Hitze kehrte zurück. Und mit ihr der Schmerz, als die Männer sich über sie beugten. Sie konnte lediglich ihre Schemen erkennen in dem Wirrwarr aus Farben und Licht von der Lampe über der Liege.

Dann wurde es schwarz.

Mit einem Stöhnen sank Jared gegen die Tür seiner Zelle, als das Echo von Schmerz ihn erfasste. Nicht seiner. Und beinahe hätte er es nicht bemerkt in seiner Raserei, mit der er versucht hatte, die Tür aufzubrechen.

Sie hatten es getan. Mit seinem Blut. Diese unschuldige Frau würde an seinem Blut krepieren. Er konnte es spüren. Den Schmerz, den sie durchlitt, als die Transformation einsetzte. Das schwache Echo ihrer Verzweiflung.

Den Moment, als sie aufgab, sich dagegen zu wehren.

Er sackte in die Knie, als ihre Gefühle in ihm wieder abklangen.

»Es tut mir leid, Natalie. So unendlich leid.«

Es war nicht mehr lang bis zur Dämmerung. Aber keiner von ihnen würde darauf warten, dass es dunkel wurde. Es machte keinen Unterschied. Das Land des Poltergeistes lag so weit ab von allem, dass niemand bemerken konnte, welche Hölle hier gleich losbrechen würde.

»Ab hier müsst ihr allein gehen.« Bedauern schwang in Rafains Stimme mit und als Ellis seinen Blick suchte, sah er hastig zu Boden. Dennoch hatte sie das Aufflackern von Schmerz in seinen Augen sehen können. Seine Familie war da drin. Jene geliebten Wesen, die er gerade riskierte, um das hier zu beenden.

Sie vermochte nicht zu sagen, ob sie an seiner Stelle ebenso gehandelt hätte. Wäre sie in der Lage, Warrens Leben aufs Spiel zu setzen, wenn es erforderlich wäre? Sie hatte keine Antwort darauf, nur die Erinnerung an den Schmerz, der sie erfasst hatte, als der Hudson sie vor so langer Zeit wieder ausgespuckt hatte.

Rafain sah auf, als sie zu ihm trat und eine Hand auf seinen Arm legte.

»Wir werden sie finden und zu dir zurückbringen.« Ein Versprechen, dessen Erfüllung ungewiss war. Sie wusste es und er wusste es ebenso. Dennoch lächelte er gequält.

»Findet denjenigen, der die Bannsprüche gelegt hat, und tötet ihn. Dann kann ich euch helfen.«

Sie nickte knapp, ehe sie sich Warren zuwandte, der dicht neben ihr stand.

»Lass uns was kaputt machen gehen.« Mit diesen Worten zog sie das Schwert, das Warren ihr gegeben hatte. Ein Kurzschwert, jenen nicht unähnlich, mit denen sie einst zu kämpfen gelernt hatte. Es hatte im Lauf der Jahre seine Schärfe etwas eingebüßt, jedoch war keine Zeit geblieben, es schleifen zu lassen. Aber es würde reichen. Es musste.

»Hat dir schon mal jemand gesagt, dass du irre bist?«

Sie grinste, als er dabei den Arm um ihre Schultern legte und kurz drückte.

»Nein, heute noch nicht.«

Er küsste sie auf die Schläfe. »Du bist irre.«

»Whohooooo! Endlich mal ein Kompliment von dir!«

Er lachte leise, dann wandte er sich an Patrick, der mit Laura zusammen etwas versetzt hinter ihnen gestanden hatte. Sie wechselten kein Wort miteinander, doch Patrick nickte nach einem Moment zum Zeichen des Verstehens.

»Vince?«

Der graumelierte Wolf schnaubte und warf den Kopf hoch.

»Ken?«

Das schwarze Tier mit den absurden Ausmaßen und strahlend blauen Augen knurrte.

»Los!«

Als die beiden Tiere vorpreschten, folgten ihnen auch jene, die in Wolfsgestalt auf diesen Moment gewartet hatten.

Ellis hatte sich nie für gläubig gehalten. Doch als sie den Tieren dabei zusah, wie sie im Unterholz verschwanden und Richtung des Hauses rannten, das hinter den Bäumen lag, bekreuzigte sie sich hastig und betete, dass sie es schaffen würden.

Dann packte sie den Griff ihres Schwertes fester und rannte los.

Die Luft hatte sich verändert. Obwohl noch immer der gleiche Geruch nach Tod und Verwesung darin hing, hatte sich eine weitere Nuance hineingemischt.

Adrenalin. Der unverkennbare scharfe Geruch von Aufregung. Und Angst.

Jared wagte es nicht zu hoffen. Wagte es nicht, daran zu glauben, dass dieser Wahnsinn ein gutes Ende nehmen könnte. Warren wäre nicht minder wahnsinnig als die Leute, die ihn gefangen hielten, wenn er sie ausgerechnet dann angriff, während sie genau damit rechneten.

Trotzdem hoffte er, als Stimmen aufbrandeten. Selbst für sein Gehör zu weit weg, um die Worte zu verstehen. Und sie entfernten sich immer weiter, zusammen mit dem Geruch des Adrenalins.

Ellis rannte. Seite an Seite mit Warren bahnte sie sich einen Weg durch das dichte Gestrüpp, das bis auf wenige Meter an das Haus des Poltergeistes heranwucherte.

Rafain hatte nicht gelogen. Es war wirklich Wachwechsel. Zumindest wenn sie der Menge an Leuten glauben sollte, die plötzlich aus der Haustür ins Freie stürmte. Wie ein riesiger Wasserschwall ergossen sie sich auf Veranda und Hof, die Tür der Flaschenhals, durch den sie alle mussten. Keine Chance, rechtzeitig dort zu sein, um sie noch vor dem Verlassen des Hauses zu erwischen.

Die Luft lud sich auf und etwas, das sich wie Elektrizität anfühlte, ließ die Härchen an ihren Armen sich aufrichten.

»Runter!« Sie schrie und es war ihr scheißegal, dass sie dabei ihre Deckung aufgab.

Sekunden später explodierte das Unterholz. Dreck und Zweige regneten herab und Ellis hustete Erde, als sie sich unter der plötzlichen Hitze zu Boden warf.

Warren lag neben ihr. Erde hatte sich in seinen Bartstoppeln verfangen und sie zwang sich zu einem Lächeln.

Sie kamen synchron auf die Beine, als die Hitze über ihnen wieder abflaute.

Das Unterholz war verschwunden. Um sie herum nichts als verbrannte Erde.

Ein Beben ließ sie gleich darauf fast erneut das Gleichgewicht verlieren und instinktiv umklammerte sie den Griff ihres Schwertes fester.

»Das ist mehr als einer.«

Warren nickte nur und zog das Schwert, das er selbst bei sich getragen hatte.

Ein Blick in die Runde sagte ihr, dass auch die anderen der Druckwelle hatten ausweichen können. Einige wirkten benommen, während sie den Dreck aus ihrem Pelz schüttelten, andere hatten sich bereits wieder der sich aufstellenden Armee vor ihnen zugewandt. Die Ruten eingezogen, die Körper geduckt, jederzeit bereit, entweder anzugreifen oder sich erneut zu Boden zu werfen.

Ein zweites Beben erschütterte den Untergrund und Ellis fiel gegen Warren, ehe sie es verhindern konnte. Er packte sie und sie verzog die Lippen, als sie zu ihm aufsah. Dann explodierte der Boden vor ihnen.

Das Ding, was nun der Erde entstieg, war größer, als jenes, welches sie vor ein paar Tagen erwischt hatten, und im ersten Moment verschlug es Ellis die Sprache, während Warren an ihrer Seite unterdrückt knurrte.

»Wirf mich.«

»Was?«

»Wir machen das wie bei seinem kleinen Bruder, nur diesmal bin ich oben.«

Warren schüttelte den Kopf, als er sein Schwert zurück in die Scheide steckte. Dann packte er sie und Ellis kreischte auf, als sie keine Sekunde später durch die Luft flog.

Richtige Richtung. Das Vieh hatte sich noch nicht ganz aus dem Loch befreit, das es in die Erde gesprengt hatte, als sie das Schwert in seine Schulter hieb, um ihren Flug daran abzubremsen.

Es kreischte. In einer Frequenz, die ihre Ohren erst klingeln und anschließend die Welt um sie herum dumpf werden ließ. Beim letzten Mal hatten sie offensichtlich Baby Halbstark erwischt.

Das Vieh schüttelte sich und Ellis krallte die Finger fester um den Knauf ihres Schwertes, während sie mit den Füßen versuchte, einen Halt auf dem glatten, steinharten Körper zu finden.

Dann kam ein zweites dieser Biester aus dem Loch und bei dem Brüllen, das dieses ausstieß, als sich gleich drei Wölfe darauf stürzten, war Ellis froh, dass bereits das erste ihre Trommelfelle hatte platzen lassen.

»Warren!« Sie brüllte, obwohl sie sich selbst kaum hören konnte, als sie auf dem Ungeheuer unter sich Fuß fasste und sich schließlich an ihrem Schwert hochziehen konnte.

Warren reagierte, als hätten sie solche Dinge bereits ihr ganzes Leben hindurch geprobt. Mit einem einzigen Satz stürzte er sich auf das Wesen, nicht auf die Kehle, aber in die Mitte, brachte es aus dem Gleichgewicht und Ellis hätte fast erneut den Halt verloren, als es nach hinten kippte und zu Boden ging. In letzter Sekunde schaffte sie es, sich herumzuschwingen und mit beiden Füßen auf der Brust des Monsters zu laden. Dann riss sie das Schwert aus der Schulter und hieb die Klinge in dessen Hals.

Die Klinge brach, als sie mit aller Kraft das Heft drehte und den Kopf damit mehr herunterhebelte denn schlug.

»Wertarbeit sieht eindeutig anders aus«, schnaubte sie und wischte sich mit dem Ärmel das Blut vom Gesicht, das sich bei dem Manöver großzügig auf ihr verteilt hatte. Vermutlich sah sie jetzt aus, wie einem Splattermovie entsprungen, aber zumindest ihr Gehör kam langsam zurück. Zumindest ausreichend, um Warrens Erwiderung zu hören.

»Sag das dem Hessen, dem ich es damals abgenommen habe, Frechdachs.«

Sie grinste und warf das abgebrochene Schwert ins Gras, als Warren ihr seines hinhielt.

»High Five?«

Er hob eine Braue und wies mit dem Kinn auf das Vieh wenige Meter entfernt.

»Später. Der da fehlt noch.«

Sie zwinkerte ihm zu, dann rannte sie mit einem fröhlichen »Ladies first!« davon und bekam nur noch am Rande mit, wie er den Kopf schüttelte, als sie sich mit einem lauten Schrei mitten zwischen die drei Wölfe auf das andere Vieh warf.

Vor dreihundertzweiundsiebzig Jahren hätte er nie zu träumen gewagt, eine derart blutrünstige Frau zur Partnerin zu haben. Aber das war sie. Mit der kontrollierten Präzision eines Profikillers ging sie auch auf das zweite Ungeheuer los, schaffte es erneut, auch diesem den Kopf vom Hals zu trennen, während das Vieh von drei Wölfen am Boden gehalten wurde.

Dann warf sie sich in die Schlacht, die vor ihnen getobt und verhindert hatte, dass sie erneut von einer Druckwelle hatten erwischt werden können.

Es war unmöglich, das gesamte Feld zu überblicken. Obwohl die Fläche nicht groß war und die Dämmerung nur langsam einsetzte, konnte er kaum weiter schauen, als bis zu seinen nächsten Angreifern.

Wölfen. Sie wurden von ihrer eigenen Art angegriffen!

Ellis hatte sie gewarnt. Er hatte gewusst, dass das passieren würde. Dennoch war er nun schockiert von dem Anblick, der sich ihm bot. Von dem Hass in den Augen seines Angreifers, als dieser sich auf ihn stürzte, während ein weiterer Wolf in seiner tierischen Gestalt auf sie zu rannte.

Gemeinsam gingen der andere und er zu Boden. Ineinander verkeilt rollten sie über die aufgewühlte Erde und nur in letzter Sekunde schaffte Warren es, dem Wolf auszuweichen, der sich auf sie stürzen wollte.

»Kapierst du es nicht?« Er schrie den Mann an in seinem Unglauben. Er *wollte* es nicht verstehen.

»Ihr seid der Feind.« Die Augen des anderen waren so leer, dass Warren im ersten Moment fast die Faust übersehen hätte. Er duckte sich, riss den Kerl erneut herum und kam kontrolliert unter ihm zu liegen.

»Ihr werdet manipuliert!«

»Sie haben mich gerettet!«

Sinnlos, weiter mit diesem Mann reden zu wollen. Das Glänzen seiner Augen zeugte vom Fanatismus, den die Gehirnwäsche hinterlassen hatte. Etwas, das er bisher nur aus dem Fernsehen gekannt hatte.

Er rollte sich ein, brachte seine Füße unter den Mann und warf ihn noch in der gleichen Sekunde von sich. Der Kerl flog in hohem Bogen und Befriedigung wallte in Warren auf, als er das Jaulen hörte, als er auf gleich zwei weiteren Wölfen landete sie und unter sich begrub.

Ihm blieb keine Zeit, den Moment zu genießen. Er stand kaum, als ein weiterer Mann sich auf ihn stürzte. Er war wütend, aggressiv … und so unerfahren, dass er zwei Sekunden später mit gebrochenem Genick zu Boden ging. Kanonenfutter. Wie viele der Wölfe, von denen sie gerade angegriffen wurden. Stark und in der Überzahl, aber auch so unerfahren, dass sie kaum eine Chance hatten.

Aus dem Augenwinkel sah er Ellis, die sich in einen Pulk Wölfe warf, dann wurde er abgelenkt, als drei Männer in seinem Radius auftauchten. Das waren keine Wölfe. Ihre Hälse waren frei von jeglichem Blinken, das irre Glänzen in ihren Augen unterschied sich jedoch nicht von jenem des Wolfes zuvor. Dann sprang etwas in seinen Rücken und er taumelte.

»Patrick!« Der Mann stand nur wenige Meter von ihm entfernt und sah auf, als Warren zu Boden gerissen wurde. Der Alpha verstand, packte Laura, die gerade einen Wolf abgeschüttelt hatte und rannte in Richtung jener Männer, die Warren für Magier hielt.

Noch immer strömten Männer und auch Frauen nach draußen auf den Hof. Ein nur langsam schwächer werdender Strom an Gegnern, zahlenmäßig ihnen weit überlegen. Warren blendete die niederschmetternde Erkenntnis aus, als erneut der Boden bebte. Diesmal der des gesamten Vorplatzes.

23

Risse zogen sich durch die Wände seines Gefängnisses und Staub rieselte auf Jared herab, als alles um ihn herum in Bewegung geriet.

Die Finger hatte er sich blutig gekratzt bei seinen Versuchen, die Tür aufzubrechen, aber er spürte den Schmerz kaum. Adrenalin verpestete inzwischen die Luft, obwohl niemand mehr in der Nähe war. Es hing überall, ließ sein Herz rasen und er spürte die Unruhe des Tieres tief in ihm.

Wie lang hatte er gebraucht, bis er die Natur dieses Wesens in sich zu kontrollieren gelernt hatte? Wie oft hatte Warren ihn dabei blutig geprügelt, bis er wieder klar hatte sehen können?

Er lächelte, als er an jene Zeit zurückdachte. Der junge Wolf, der er einst gewesen war, hatte Warren den letzten Nerv gekostet … und ihn ins Leben zurückgeholt. Es gab einen Grund, aus dem er jenen Nachnamen einst gewählt hatte. Er hatte nie vergessen wollen, was seitdem das Wichtigste in seinem Leben war.

Aber manchmal war es gut, zu dem zurückzukehren, was man war. Manchmal, war Gewalt nötig, um zum Frieden zurückzukehren.

Ein weiteres Beben erschütterte die Erde, erneut rieselte Staub von der Decke und Jared lächelte, als dabei ein neuer Riss in einer der Wände auftauchte. Direkt neben der Tür, die ihn von der Schlacht trennte, die draußen im Gange war. Inzwischen war er sich sicher: Warren und die anderen waren gekommen.

Es war an der Zeit, den Gefallen von einst zu erwidern.

Mit penibler Sorgfalt entledigte er sich seiner Kleider, faltete sie zusammen und legte sie in einem ordentlichen Stapel auf den Boden. Dann wandte er sich der Tür zu. Sie war leicht verbogen, der Riss hatte sich zwischen ihr und der Raumdecke entlang gearbeitet und das Gewicht der Decke hatte sich auf sie gesenkt. Sie saß nicht mehr ganz richtig in den Angeln. Ein kleiner Spalt war zwischen ihr und ihrem Rahmen entstanden, in den Jared nun seine blutigen Finger schob.

Er schrie seinen Schmerz heraus, als er die Tür packte und jeden Muskel bis zur Belastungsgrenze trieb. Metall knirschte, Staub rieselte und ein Grollen ging durch den Raum, als die Statik ein weiteres Mal strapaziert wurde.

Dann gab die Tür nach. Mit einem metallischen Knirschen verbog sie sich und riss schließlich aus den Angeln. Achtlos warf er sie zur Seite, während er in die Dunkelheit des Flures starrte, der dahinter zum Vorschein gekommen war.

Sein Körper brannte, während er sich einen Moment gab, um sich zu sammeln. Die Gerüche zerrten an ihm. Tod, Elend, Angst. Der Geruch von Blut, der schwach seine Sinne kitzelte. Alles davon zerrte an seiner hart antrainierten Selbstbeherrschung.

Das Tier in ihm wollte raus. Es wollte spielen. Es wollte Rache für das, was man ihm angetan hatte. Und für Natalie.

Er gab nach, als das Tier an seinen eigenen Gefängniswänden tief in ihm kratzte, ballte die Hände zu Fäusten und ließ sich nach vorn fallen, als die Wandlung einsetzte.

Es war an der Zeit.

Fünf Wölfe hatten ihn zu Boden geworfen. Ihre Zähne und Krallen hatten tiefe Wunden auf seiner Haut hinterlassen, aber sie befeuerten letztlich nur die Wut, die ihn trieb. Die den Wolf in ihm trieb, der dicht unter der Oberfläche in ihm lauerte und auf seinen Moment wartete. Noch nicht. Warren konnte ihm keinen Raum geben, die Sekunden der Wandlung wären tödlich.

Ein Jaulen erklang aus dem Maul, das eben noch nach seiner Kehle geschnappt hatte, und das Tier, das direkt auf seiner Brust gelandet und ihn auf die Erde befördert hatte, erstarrte.

Dann flog es und er sah die blutverschmierte Klinge, die aus seinem Brustkorb ragte, ehe es außerhalb seines Radius' verschwand. Ein zweites Tier folgte und er bekam den dritten Angreifer an der Kehle zu fassen. Seine freie Hand hieb er in den Brustkorb, spürte, wie Haut und Knochen nachgaben, dann schloss er seine Finger um das wild schlagende Herz dahinter.

Blut verteilte sich warm auf seinem Körper, als er das Herz aus dem Wolf riss, der umgehend in sich zusammensackte. Dann rollte er zur Seite und noch mit dem Herz in der Hand trieb er die Handkante in den Nacken des letzten Wolfes. Sein Blick brach, als die Wirbel unter dem Schlag nachgaben.

Als er aufsah, stand eine Walküre über ihm. Klein, zierlich und mit einem blutverschmierten Grinsen im Gesicht, während sie sich das Schwert an der Hose abwischte.

»Alles okay bei dir?«

Sie hob nachlässig eine Schulter. »Bis zur Hochzeit ist alles verheilt«, erwiderte sie und er griff ihre Hand und ließ sich von ihr hochziehen.

»Du bist schon verheiratet, Frechdachs.«

Das Grinsen wurde breiter und entblößte eine blutige Zahnreihe. Dann wischte sie sich mit dem Ärmel über das Gesicht und er schüttelte amüsiert den Kopf.

»Ich wusste, dass ich einen Logikfehler hatte.«

Es ging so schnell, dass er im ersten Moment nicht begriff. Ihr Blick ging auf Höhe seines Ellenbogens an ihm vorbei, dann hob sie das Schwert, das gleich darauf wie ein Pfeil dicht an ihm vorbeischoss. Ein Jaulen kündete davon, dass sie getroffen hatte, das Blitzen in ihren Augen davon, dass der Angreifer nicht mehr aufstehen würde.

»Gib mir Deckung, Brite.« Sie hatte schon beide Hände an den Saum ihres Pullovers gelegt und verpasste sein Nicken, während er seinen Blick auf die Umgebung richtete.

Drei weitere Angreifer hielten auf sie zu, als sie gerade ihre Hose auszog. Magier und Warren konnte sie nur noch mit sich zu Boden reißen, als eine dieser Magiewellen über den Platz fegte und explodierte, als sie auf die bereits verkohlte Baumreihe traf, die den Hof einfasste.

»Danke.« Halb gehustet presste sie das Wort heraus, dann warf sie die Hose von sich und drehte sich auf alle viere.

Wie damals schon war es beeindruckend, in welcher Geschwindigkeit ihr Körper sich zu verändern begann. Und er musste sich bewusst machen, dass er ebenfalls nicht länger brauchte, um nicht in seiner Faszination zu erstarren.

Die Wölfin, zu der sie wurde, war klein und drahtig. Aber er wusste, dass sie in dieser Gestalt noch um einiges tödlicher war als zuvor.

»Ich bin dran.«

Sie schnaubte und warf den Kopf zurück zum Zeichen des Verstehens, dann wandte sie ihm den Rücken zu und warf sich zusammen mit Kenneth und einem weiteren Wolf auf die Magier.

Er folgte ihr wenige Augenblicke später, riss den ersten dieses Dreiergespanns zu Boden und grub seine Zähne tief in dessen Kehle. Adrenalin rauschte durch seine Adern, als er das Gurgeln hörte, als der Körper unter ihm krampfte und er kurz seinen Kiefer entspannte, um seine Zähne erneut, diesmal tiefer in den Hals des Mannes zu graben. Bis er die Wirbel brechen spürte und die Spasmen des Magiers abrupt stoppten.

Er schüttelte sich. Blut spritzte auf und der Kopf löste sich vom Rumpf. Er sah ihm nicht nach, als er auf dem Boden davonrollte. Stattdessen wandte er den Blick zum zweiten Magier. Kleine Leuchtkugeln glühten in seinen Händen und er wollte springen, als ein neuerliches Beben einen weiteren Wühler ankündigte. Die Erde schwankte, als wären sie an Deck eines Schiffes, und Warren spreizte die Läufe, um nicht zu fallen, als sie plötzlich alle in die Luft gewirbelt wurden.

Dieses Mal wühlte sich kein Wesen aus der Tiefe. Die Welt explodierte einfach, als, was immer es auch sein mochte, an die Oberfläche kam. Er sah nur Tentakel. Unzählbar viele, die sich aus der aufgeplatzten Erde erhoben, länger wurden, sich streckten, wild um sich schlugen und blind alles und jeden durch die Luft wirbelten.

Warren duckte sich, als einer der Tentakel ihn beinahe erwischte, und knurrte, als etwas auf ihn tropfte.

Es sickerte umgehend durch seinen Pelz und beißender Schmerz flammte auf, wo die Flüssigkeit sich durch seine Haut ätzte.

Ein Schatten flog über ihn hinweg und ein dumpfes Poltern in seinem Rücken verriet ihm, das es hinter ihm aufgeschlagen war.

Ein Magier, wie er erkannte, als er sich danach umwandte. Seine eine Gesichtshälfte war verätzt, er konnte bis auf den Knochen darunter sehen, und der Geruch verbrannten Fleisches füllte seine Nase. Doch trotz dieser schweren Verletzungen stand der Mann wieder auf.

Warren zögerte nicht. Er sprang. Federte vom Boden ab und ein schmerzerfülltes Jaulen entwich ihm, als er den von Säure bedeckten Körper des Mannes zu Boden riss. Es verätzte seine Pfoten, sein Zahnfleisch, als er nach dem Mann schnappte und dessen Unterarm zu fassen bekam. Aber er wich nicht zurück, ignorierte den Schmerz und warf seinen Kopf zurück, bis er spürte, wie Sehnen und Muskeln im Arm des Magiers nachgaben.

Der Arm flog und erneut setzte er ihm nach. Diesmal erwischte er dessen Kehle.

Gespenstische Stille senkte sich über den Platz, als der Blick des Mannes vor ihm brach und sein Kopf zur Seite rollte, losgelöst von seinem Körper. Und als hätte jemand einen Schalter betätigt, wurde es Nacht.

Jared folgte dem Geruch des Blutes. Ignorierte alle anderen Gerüche, auch wenn sie an seinen Sinnen zerrten. Er würde sich später darum kümmern. Im Moment war es wichtiger, den anderen zu Hilfe zu kommen.

Er konnte sie riechen. Sie waren wirklich gekommen, um sie zu befreien.

Er wetzte die Gänge entlang, folgte den Gerüchen und dem schwachen Luftzug, der von der Kälte draußen kündete. Sein Atem kondensierte, hinterließ Dampfwolken in der Luft, während er Etage um Etage nach oben nahm und schließlich ins Erdgeschoss des Hauses gelangte.

Bis er auf *andere* stieß. Magier. Männer wie jene, die ihn aufgeschnitten hatten.

Er dachte nicht lang nach, sondern ergab sich dem Tier, als es seinen Tribut forderte. Er ignorierte das Beben unter seinen Pfoten, als er sich von hinten auf den ersten Mann stürzte.

Ignorierte die Rufe, die um ihn herum laut wurden. Die Geräusche schwerer Stiefel, die sich ihm näherten, als er seine Zähne in die Schulter des ersten Mannes grub.

Vielleicht würde er draufgehen. Aber er würde dabei so viele wie möglich mit sich nehmen.

Eine gewaltige Explosion erschütterte die Welt und plötzlich fand er sich auf dem Rücken wieder. Holz splitterte und ein schweres Knarzen kündete davon, dass ein tragender Balken zu Schaden gekommen sein musste.

Unwichtig. Jared schüttelte sich, als seine Pfoten Halt auf dem Boden fanden. Noch immer waren seine Zähne tief in die Schulter des Magiers verbissen und die Wunde riss auf unter seinen hektischen Bewegungen. Der Mann schrie und Blut lief in sein Maul, reizte das Tier in ihm und er gab ihm nach. Sein Kopf blendete aus, als der Schmerzschrei des Mannes abrupt endete.

Ihr Körper brannte und ihr Fell war klamm. Von Blut. In dieser Gestalt schwitzte sie nicht, aber sie hechelte gegen die Hitze in sich an. Ellis wusste nicht mehr, wie viele Wunden sie bereits davongetragen hatte, aber sie glaubte, dass jeder Zentimeter ihres Körpers davon übersät war. Die Druckwelle einer Triade hatte sie durch die Luft gewirbelt und sie glaubte, sich mindestens eine Rippe gebrochen zu haben, als sie dadurch gegen die Hausecke geschleudert worden war.

Sie hatte es ihnen vergolten, indem sie mit ihrem Blut die Erde getränkt hatte. Die drei stellten keine Bedrohung mehr dar. Ihre verdrehten und enthaupteten Körper lagen um sie herum und sie rutschte auf dem glitschigen Untergrund beinahe aus, als sie sich von ihnen entfernen wollte.

Dann kam die Explosion. Erdreich wirbelte auf, Wurzeln und kleine Zweige trafen sie, verfingen sich in ihrem Pelz und als sie wieder klarsehen konnte, sah sie … Tentakel?

Das Wesen, das nun der Erde entstieg, schien keinen Rumpf zu haben und wenn sie hätte Wetten müssen, sie hätte es für einen Meeresbewohner gehalten. Irgendwie wie ein Oktopus. Nur von unten wie oben gleich. Gab es überhaupt ein Unten und Oben? Unwahrscheinlich, denn die Tentakelflut streckte sich in jede Richtung. Flüssigkeit tropfte von ihren Spitzen herab und sie hörte das Zischen, wenn sie auf etwas Lebendiges traf. Säure. Sie ätzte sich sogar in die Erde, die sich umgehend von braun zu schwarz färbte.

Im ersten Moment glaubte sie, dass irgendwas schon wieder ihre Trommelfelle erwischt hatte, als die Geräusche plötzlich verstummten. Als das restliche Tageslicht gleich darauf ebenfalls von alles verzehrender Dunkelheit verschlungen wurde, korrigierte sie sich.

Rauch. Wie Nebelschwaden zog er sich plötzlich über die Erde, bedeckte die Lebenden und die Toten, sammelte sich schließlich in der Mitte und türmte sich auf.

Wenn sie gekonnt hätte, sie hätte bei dem Schauspiel gelächelt.

Rafain.

Er hatte gesagt, dass sie jenen Magier töten mussten, der für die Bannsprüche verantwortlich war, die ihn von seinem Grund und Boden fernhielten. Nun, dem Mann hatte nicht gerade ein Zettel auf der Stirn geklebt. Aber offensichtlich musste er soeben gestorben sein.

Sie würden später auslosen können, wem diese Ehre gebührte. Jeder von ihnen hatte reichlich Tote hinterlassen. Wölfe wie auch Magier.

Das Wesen, das sich aus der meterhohen Rauchsäule schälte, hatte nichts mit jenem Wesen gemein, dem sie zuerst in Warrens Wohnzimmer begegnet war.

Es war … größer. Massiver. Die vollentwickelte Version dessen, worauf er ihnen bei ihrer ersten Begegnung im Wohnzimmer einen flüchtigen Blick gewährt hatte.

Es war beeindruckend.

Spätestens jetzt würde niemand mehr annehmen, dass der Poltergeist ein schwaches Wesen war. Und sie lächelte, als sie sich umsah und die Überraschung im Blick der anderen bemerkte. Keiner von ihnen hatte mit so etwas gerechnet.

Dieses Urvieh, das gerade den Rauch wieder in sich einsog, war alles, aber nicht schwach. Düstere Muskelberge, rotglühende Augen und Reißzähne, von denen der Geifer tropfte.

Und diese Wurzeln, die er gerade tief ins Erdreich grub, Wurzeln, die ihm sogar entgegenkamen und sich mit den anderen verbanden. Wie die Wurzeln eines Baumes, die sich halb oberirdisch, halb unter der Erde erstreckten, wühlten sie sich in den Boden und sie hörte sogar auf zu hecheln, als sie das Pulsieren darin bemerkte.

»Geht! Jetzt!«

Die Stimme schien von überall her zu kommen, hallte voll und tief über den Platz und Ellis zögerte auch nicht, wandte sich ab und trottete in Richtung Haus. Sie stockte nicht mal, als entsetzliche Schreie aus tausend Kehlen ertönten und eisige Schauer ihren Rücken hinabjagten.

Sie würde den Teufel tun und sich zu dem umdrehen, was gerade hinter ihr aufzog.

Auch sie hatte ihre Grenzen.

Warren sah zu, dass er in Richtung Haus kam, als der Poltergeist es ihnen befahl. Hakenschlagend preschte er über den aufgewühlten Boden des Hofes, wich Tentakeln und Magiern aus, die diese beschissenen Magiebälle wie Handgranaten nach ihnen schleuderten.

Zwei Wölfe brachte er noch im Lauf zu Fall, zerfetzte ihre Kehlen und ließ sie ausblutend und sterbend draußen zurück. Dann war er im Haus, die Geräusche von draußen verstummten schlagartig und das Blut gefror in seinen Adern, als er Jared in der riesigen Eingangshalle erkannte.

Sein dunkelbrauner Pelz war rot von Blut.

Er fraß.

Ellis stockte in der Bewegung, als sie die Eingangshalle erreichte und auf das Blutbad sah, das ein einzelner Wolf dort angerichtet hatte. Nur am Rande bekam sie mit, dass irgendetwas verhinderte, dass sie auch nur ein einziges Geräusch von draußen hörte. Dafür war sie viel zu gebannt von dem grausigen Anblick, der sich ihr bot. Körperteile lagen im Raum verstreut, Blut war an Wände und Decke gespritzt, sammelte sich auf den Holzdielen in kleinen Lachen und sie benötigte einen Moment, ehe sie schwach unter dem alles vernichtenden Geruch des Blutes jenen des Wolfes bemerkte, der in einem Berg von etwas stand, das sie grob als Reste von Lebewesen identifizierte. Blutige Fleischhaufen. Viel mehr war nicht von ihnen geblieben.

Der Wolf knurrte, als er den Kopf hob und sie fixierte und erst jetzt erkannte sie ihn.

Jared.

Er hatte die Kontrolle verloren und sein Knurren wurde lauter, als weitere Wölfe hinter ihr durch die Tür drängten und sie dazu zwangen, weiter in die Halle zu gehen.

Aus dem Augenwinkel konnte sie Warren erkennen. Das Nackenfell gesträubt, schlich er in geduckter Haltung zu ihr, während er den knurrenden Wolf nicht aus den Augen ließ.

Keiner gab einen Laut von sich, als der Wolf aus dem Fleischberg trat und einen Schritt in Richtung Warren machte, der umgehend ein leises Grollen ausstieß.

Dann ging alles ganz schnell. Eben noch war Warren neben ihr, im nächsten Moment sprang er auf Jared. Der Wolf hatte keine Chance. Als ineinander verkeilter Pelzball gingen die beiden Tiere gemeinsam zu Boden und Ellis konnte im ersten Moment nicht mehr sehen als Schnauzen, Pfoten und Ruten, während die beiden Leiber um die Vorherrschaft rangen.

Ein Jaulen ließ ihr das Blut in den Adern gefrieren und sie musste den Impuls unterdrücken, dazwischen zu gehen. Den ihr eigenen Impuls, ihren Partner zu schützen. Aber das hier war seine Aufgabe. Jared war nicht nur sein Beta, er war sein engster Freund. Kein anderer würde zu ihm durchdringen können. Würde sie dazwischen gehen, würde es nur noch schlimmer werden.

Nur ein einziges Mal in ihrem ganzen Leben hatte sie einen Wolf im Blutrausch erlebt.

Im heutigen Weißrussland. Er hatte ein halbes Dorf ausgelöscht, ehe sie ihn hatte stoppen können. Die Bilder hatte sie nie vergessen können und sie erwachten zu neuem Leben, je länger sie auf das Massaker vor sich starrte.

So viel Blut.

Es war egal, dass das dort ihre Feinde gewesen waren. In ihrer Erinnerung waren es einfache Bauern. Männer, Frauen, Kinder …

Sie kehrte zurück in ihre menschliche Gestalt, als der Schmerz zu groß wurde und sie sich selbst nicht mehr traute. Und Tränen brannten in ihren Augen, während sie weiterhin versuchte, den beiden Kontrahenten mit Blicken zu folgen.

Erneut ein Jaulen. Schmerzverzerrt. Aber es war nicht Warren, der es im gleichen Moment schaffte, Jared unter sich zu begraben.

Ellis hielt den Atem an, als sie sah, wie die beiden Wölfe zur Ruhe kamen. Jared lag auf dem Rücken, den Hals überstreckt und Warrens Zähne fest in seiner Kehle. Jareds Rute fegte über den Boden und Warren beantwortete es mit einem Knurren.

Dann Stille. Und erleichtert atmete Ellis auf, als Jared die Rute einrollte und fiepte.

Warren ließ umgehend los und gebannt sah sie zu, wie er gleich darauf die Gestalt wechselte.

Jared machte es ihm einen Moment später nach und schwer atmend sahen die beiden Männer einander an, Warren noch immer über seinem Beta hockend, Jared blutverschmiert mit einer tiefen Bisswunde im Hals am Boden.

»Peaceful, ja?«

Jared lächelte gequält und ließ sich aufhelfen, als Warren sich erhob und ihm die Hand hinhielt.

»So ist zumindest das Ziel.«

Schweigend standen die Männer anschließend voreinander und Ellis lächelte verschmitzt bei dem Anblick. Verflucht beste Freunde. Eindeutig.

»Schön, dass du zurück bist.«

Jared lächelte und kratzte sich verlegen am Hinterkopf. »Schön, dass du mir dabei nicht jeden Knochen gebrochen hast. Die vier reichen fürs Erste.«

»Fünf.« Mit einem Grinsen wies Warren auf Jareds Handgelenk und der rollte mit den Augen und stöhnte theatralisch.

Die Umarmung gleich darauf war kurz, aber innig. Dann wandten sie sich dem bisher schweigenden Publikum zu, von dem tatsächlich einige in der Zwischenzeit in ihre menschliche Gestalt gewechselt hatten.

»Lasst uns hier aufräumen«, schaffte Warren es nach einem Moment, sich an die Umstehenden zu wenden, und Ellis sah, wie Jared verlegen zur Seite schaute.

Patrick, der eine zitternde und mit Schrammen übersäte Laura fest an sich drückte, nickte über den Kopf seiner Frau hinweg, löste sich dann jedoch nur widerstrebend von ihr. Und

Ellis versetzte die Sorge in seinen Augen einen kleinen Stich, als er Lauras Kinn anhob und ihr einen flüchtigen Kuss gab, ehe er zuließ, dass sie von ihm abwich.

»Hier müssen irgendwo die Frau und Tochter von Rafain stecken. Hat sie wer gesehen?«

Betretenes Schweigen.

»Dann suchen wir sie halt.« Laura klang unbekümmert, aber Ellis konnte das Flackern in ihren Augen sehen. Auch Laura besaß eine Familie. Eine Tochter.

Irgendwie schaffte sie es, keinen Blick auf die blutigen Überreste zu werfen, als sie den Eingangsbereich verließen und auf die Tür zum Keller zusteuerten. Ein schwacher Luftzug drang von dort herauf. Ein kühler Luftzug, der den Geruch von noch mehr Tod mit sich brachte, und Ellis betete einfach, dass irgendwer überlebt hatte. Dass sie nicht wieder vor einem Berg von Leichen stehen mussten.

Selbst im Halbdunkel des Kellers, der von kaum mehr als einer Notbeleuchtung erhellt war, konnte er dabei zusehen, wie Ellis mit jedem Schritt in die Tiefe weiter erblasste. Und er spürte, wie sie seine Hand nahm, als sie das Loch in der Wand entdeckten, das sie noch weiter nach unten führte. Direkt hinein in den Berg und in ein Tunnelsystem, in dem sie binnen weniger Minuten die Orientierung verloren.

»Du musst da nicht runter, Ellis.«

Zur Antwort drückte sie seine Hand kurz fester, während sie unbeirrt einen Fuß vor den anderen setzte.

Beklemmung machte sich zwischen ihnen breit, je tiefer sie sich durch die verschachtelten Gänge arbeiteten. Kälte und der Druck der Gesteinsmassen umschlossen jeden von ihnen und er sah, wie Laura sich fröstelnd über die Arme rieb. Ihre Lippen wurden langsam blau.

Vereinzelt begegneten sie noch Magiern, vielmehr jedoch stießen sie auf Menschen. Infizierten. Gewandelten. Toten. Sie saßen in Zellen. Auch die Toten. Teilweise angekettet. Verdreckt. Wie Tiere hatte man sie eingepfercht und Warren biss die Zähne zusammen. Auch er war einst so eingesperrt worden. Er erinnerte sich an die Verzweiflung, die in seinen Eingeweiden damals gewühlt hatte und die er nun in den Augen jener wenigen Überlebenden erkannte, denen sie begegneten.

Die Leute waren in keinem guten Zustand. Sie waren so apathisch, dass sie nicht mal reagierten, als sie versuchten, mit ihnen zu reden. Sie starrten sie einfach nur an, als sie die Klappen öffneten, die in die Türen eingelassen worden waren. Schließlich gaben sie ihre Bemühungen auf.

Sie mussten sie hier rausholen. Ehe sie erfroren. Oder verhungerten. Oder ihr Verstand einfach aufgab. Wenn er das nicht bereits hatte.

»Scheiße!«

Er wurde zur Seite gestoßen und verdutzt sah er Jared nach, als dieser den Flur hinab zu einer der Türen sprintete. Dann roch er es ebenfalls.

Natalie.

Die Tür gab unter Jareds Ansturm nach, als wäre sie aus Papier. Sie riss aus ihrer Verankerung und Jared verschwand im Raum dahinter. Warren folgte ihm. Langsamer. Er wollte nicht sehen, was ihn dort erwartete.

Schließlich blieb er vor der Tür zu etwas, das er als Untersuchungsraum identifizierte, stehen und wartete, was Jared daraus hervorholen würde.

Reglos verharrte er, als dieser kurz darauf mit einer Frau auf den Armen zurück auf den Flur trat. Ihre Haare waren strähnig und stellenweise verfilzt, ihre Wangen glühten rot.

»Sie lebt.«

Diesmal war er es, der bei Jareds leisen Worten die Finger fester um Ellis' Hand schloss. Sie erwiderte den Druck, ohne dabei jedoch den Blick von der bewusstlosen Frau zu nehmen.

Er musste keine Gedanken lesen, um zu wissen, was in ihr vorging.

Sie konnten es beide riechen.

»Vielleicht hat sie ja Glück.« Tonlos kamen die Worte über ihre Lippen und Jared senkte den Kopf.

»Vielleicht.«

Sie wichen zur Seite, als er mit dem reglosen Bündel in seinen Armen den Weg zurück antrat. Und in allen Mienen spiegelte sich die Betroffenheit, als sie ihm nachsahen.

Natalies Chancen standen denkbar schlecht.

Auf der Hälfte in dieses unterirdische Verlies fanden sie beide deVries und Basil. Sie waren alle in einem schlechten Zustand und mit diesen Chips ausgestattet, aber sie lebten. Und schweigend sah Warren dabei zu, wie John seine Brüder wortlos in die Arme zog.

Dann fanden sie eine weitere Zelle. Der Geruch darin war ihnen vertraut, aber als sie die Tür öffneten, war der Raum dahinter leer.

Morris war entweder tot oder geflohen. Oder … Er wandte sich ab, als er die nächste Schussfolgerung nicht ertragen wollte.

Sie gingen weiter, bis sie das erstickte Weinen eines Kindes hörten.

»Ich hab so Angst, Mama.«

»Ich weiß, mein Schatz. Ich weiß.«

Er gab Ellis frei, als diese sich bei den Worten von ihm löste und in Richtung der Stimmen lief.

»Wer sind Sie?« Das Misstrauen war selbst für Warren nicht zu überhören, als Ellis die Klappe der Zellentür öffnete und hineinsah.

»Die Kavallerie. Ihr Mann hat uns geschickt.«

»Rafain!« Es raschelte hinter der Tür und Warren sah dabei zu, als Ellis mit einem Ruck die Tür herausriss und zwei Gestalten wenig später auf den Korridor traten.

Eine Frau. Groß, drall, blond. Und ein Kind. Fast wie eine Puppe mit weißer Haut, glatten schwarzen Haaren und blassblauen Augen, die einen Schauer auf Warrens Rücken verursachten. Das Kind des Poltergeists hatte etwas Unheimliches an sich. Mindestens so unheimlich wie sein Vater, als es ihn direkt ansah.

Ein Zeichen war auf ihre Stirn gemalt worden. Mit Blut. Es war getrocknet und bereits braun und als hätte das Kind seine Gedanken erahnt, wischte es sich über die Stirn.

»Es geht nicht weg, weißt du? Papa muss es wegmachen.«

»Wo ist mein Mann? Ich kann spüren, dass er hier ist.« Die Stimme der Mutter überschlug sich, als sie das Kind an sich zog und beide Arme schützend um den schmalen Leib schlang.

Ellis mühte sich um ein Lächeln. »Draußen.«

Wohin sie sie nicht bringen konnten. Nicht mit einem Kind. Das Mädchen sollte nicht sehen, was oben geschehen war.

Doch wieder hob es den Kopf und sah ihn mit einem matten Lächeln an.

»Es ist in Ordnung. Aber ich möchte jetzt zu Papa. Er wartet auf mich.«

Unheimlich war kein ausreichendes Wort, um dieses Kind zu beschreiben.

Er wich zur Seite, als das Mädchen sich von seiner Mutter löste, deren Hand nahm und mit ihr gemeinsam den Korridor zurückging.

Sie folgten ihr. Sie alle folgten dem Kind, das blind seinen Weg aus diesem Labyrinth aus grob geschlagenen Gängen zu finden schien. Bis der Druck des Gesteins auf seinen Körper weniger wurde. Bis die Luft sich erwärmte und sie schließlich das Kellerloch erreichten.

Gespenstische Stille umfing sie, als sie ins Erdgeschoss zurückkehrten. Und mit gerunzelter Stirn sah Warren sich um, als sie die Eingangshalle betraten.

Sie war unversehrt. Obwohl er das Blut noch immer riechen konnte. Aber nicht ein Sprenkel färbte mehr die plötzlich weißen Wände.

»Papa!«

Rafain stand in der Mitte der Halle und ging mit ausgebreiteten Armen in die Knie, als seine Tochter sich von der Hand ihrer Mutter losriss und auf ihn zu rannte. Sie lachte, als sie sich in seine Arme warf, und Warrens Kehle wurde eng, als der Poltergeist die Arme um sein Kind schloss und das Gesicht in ihren Haaren vergrub. Er war sich nicht sicher, aber für einen kurzen Moment glaubte er, Tränen in den Augen des Mannes zu sehen, als er sein Kind fest an sich presste.

»Kannst du das wegmachen? Bitte?«

Das Mädchen hatte den Kopf gehoben und ein trauriges Lächeln umspielte Rafains Lippen, als er ihr eine Strähne aus dem Gesicht strich, ehe er mit dem Zeigefinger das Zeichen auf ihrer Stirn nachfuhr.

»Das wird aber wehtun, Isadora.«

Die Kleine nickte ernst. »Das macht nichts. Es kratzt so doll.«

»Das hört gleich auf. Bereit?«

Er fasste die Hände des Mädchens und Warren hielt die Luft an, als Rauch aufstieg. Als schwarze Wurzeln aus dem Boden wuchsen und an dem Kind hochrankten.

Es schrie, als sie sich in ihre Haut bohrten, und fast hätte er Ellis' Hand zerquetscht, als er im Reflex die Hände zu Fäusten ballte.

Doch so schnell wie der Spuk begonnen hatte, war er auch wieder vorüber. Die Wurzeln zogen sich zurück, der Rauch verflüchtigte sich und einzig die Tränen auf den Wangen des Kindes zeugten von dem Schmerz, den es gerade ausgehalten hatte.

Das Mal war verschwunden und sie lachte befreit auf, als ihr Vater sie erneut in die Arme zog.

»Danke, Papa.«

Warren glaubte, seinen Augen nicht trauen zu können, als der Körper des Mädchens plötzlich zu flackern begann. Bis er durchsichtig wurde und kaum mehr als ein blasser Schemen in den Armen ihres Vaters war.

»Sie ist ein Phantom. Wie jedes Kind von einem Poltergeist und einer menschlichen Mutter. Das Mal hat ihre Kräfte unterdrückt, sonst hätte man sie nie dort unten festhalten können.«

Er hatte nicht mitbekommen, dass die Mutter neben ihn getreten war. Doch als er nun zu seiner linken Seite sah, stand sie dort, ein zittriges Lächeln im Gesicht.

Er wandte den Kopf zurück zu Rafain und seiner Tochter, als selbst deren Lachen transparent wurde und nur knapp sah er noch, wie die Konturen des Mädchens sich auflösten und Rafain mit einem nachsichtigen Kopfschütteln auf die Beine kam.

»Geh nicht nach draußen, bitte.«

»Ja, Papa«, erklang eine geisterhafte Kinderstimme und Warren schluckte das Schaudern einfach herunter. Was anderes blieb ihm auch nicht übrig.

»Celeste.«

Ein erstickter Laut entwich der Frau neben ihm, dann setzte sie sich in Bewegung. Langsam, als ob sie es nicht fassen konnte. Und Rafain blieb einfach stehen, hielt ihr seine Hand mit der Innenfläche nach oben entgegen und wartete.

Sie schluchzte, als sie bei ihm ankam und er sie an sich zog.

»Sie haben dich einfach aus mir rausgerissen.«

Warren verstand kaum, was sie an seine Brust schluchzte, während Rafain beruhigend ihren Rücken streichelte. Einerseits, weil sie ihr Gesicht dabei in den Stoff des Hemdes presste, aber auch weil er nicht den blassesten Schimmer hatte, wovon sie redete. Ihr Mann hingegen schon, denn er sah den Schmerz in dessen Augen, ehe er zu seiner Frau herabsah.

»Ich weiß, Liebling.«

»Ich will dich wieder bei mir haben.«

Rafain lachte leise bei ihren Worten und strich ihr mit den Fingerknöcheln über die Wange. »Erinnerst du dich noch, wie viel Angst du früher davor hattest?«

Und trotz der Tränen auf ihren Wangen lächelte Celeste nun, während sie sich mit geschlossenen Augen der Zärtlichkeit ihres Mannes entgegenreckte.

»Das ist schon so lange her. Wirst du irgendwann aufhören, mich damit aufzuziehen?«

»Nein« Er lächelte. »Es war so unendlich niedlich.« Dann küsste er sie und sprachlos verfolgte Warren, wie sich Wurzeln um die Frau schlangen, sich an ihr hochwanden und zu pulsieren begannen, ehe sie zum Teil in ihr versanken.

»Besser?«

Rafain lächelte, als die Wurzeln langsam verblassten und schließlich genauso verschwanden wie zuvor seine Tochter.

»Viel besser.«

Die beiden gaben ein seltsames Bild ab. Die üppige, plötzlich vor Leben regelrecht strahlende Frau und der spindeldürre Riese mit der grauen Haut und den seltsamen Zeichen darauf, bei dem nie jemand auf den Gedanken käme, ihn als attraktiv zu bezeichnen. Sie waren so verschieden voneinander und doch war die Liebe, die sie miteinander verband, nicht zu übersehen.

»Und du wirst auch nicht in den Garten gehen, meine Liebe.«

»Warum nicht?« Misstrauen flackerte in ihrem Blick und er seufzte schwer, als sie von ihm abwich und zur Haustür ging.

»Oh nein! Meine Rosen!«

Sie lief nach draußen und Warren wusste nicht so recht, ob er schreien oder lachen sollte, als er ihr hinterherging und einen Blick auf den Hof warf.

Da draußen lagen abgetrennte Tentakel, Gliedmaßen, Köpfe und sogar fast vollständige Tote. Der Boden war aufgewühlt und Blutlachen hatten sich auf der gefrorenen Erde gesammelt.

Aber die Hausherrin jammerte über ihre Rosen.

»Kann ich von dem Schock, den sie hat, auch was abhaben?« Ellis Stimme an seiner Seite und mit einem unterdrückten Lachen legte er den Arm um ihre Schultern.

»Es ist so beschissen kalt hier.« Ein Zittern durchlief sie und er zog sie dichter an sich und schlang beide Arme um sie.

»Wir sollten was zum Anziehen finden. Und dann müssen wir uns was einfallen lassen. Wir können sie nicht da unten lassen.« Er sah, wie ihre Miene sich bei seinen Worten verhärtete, und rieb über ihren auskühlenden Rücken.

»Nein, das können wir nicht.« Widerwillen lag in ihrem Tonfall. Sie wollte dort nicht mehr hinein. Dennoch würde sie es tun. Weil sie stur genug war, um ihre eigenen Grenzen zu ignorieren. Er konnte nur hoffen, dass er da war, wenn sie zusammenbrach.

24

Sie arbeiteten die ganze Nacht hindurch. Holten nach und nach die Leute aus den Zellen, wickelten sie in Decken, die Rafain und Celeste aufgetrieben hatten, und irgendwie schaffte der Poltergeist es, diese entsetzliche Kälte aus dem Inneren des Berges zu vertreiben, die sie mit den Zähnen hatte klappern lassen.

Dann hatten sie damit begonnen, die Toten zu bergen. Man hatte sie einfach in diesen winzigen Zellen, in denen sie gestorben waren, liegen lassen. Ellis hatte sich immer eines starken Magens gerühmt. Beim Anblick einer seit vermutlich seit Jahren dort liegenden Leiche hatte sie sich jedoch übergeben müssen.

Es war schlimmer als in Deutschland. Nein, nicht schlimmer. Anders. Noch menschenverachtender, wenn man es nicht mal mehr für erforderlich hielt, die Toten zu beseitigen. Sie wollte sich nicht vorstellen, wie es gewesen sein musste, in einer der angrenzenden Zellen zu sitzen. Mit diesem entsetzlichen Geruch in der Nase. Mit dem Wissen, dass man selbst aller Wahrscheinlichkeit nach so enden würde. Kein Wunder, dass jene, die sie befreit hatten, kaum redeten und nur apathisch vor sich hinstarrten.

Es waren weniger, als sie angenommen hatte. Zehn Männer, die nicht gewandelt worden waren, ihrer Erscheinung nach zu urteilen Obdachlose. Leichte Beute also.

Vier Männer, die die Wandlung überlebt hatten, aber nicht mal mehr wussten, welcher Tag heute war und auf alles losgingen, was ihnen zu nahe kam. Kenneth und Warren hatten sie am Ende bewusstlos geschlagen und in Ketten gelegt, um sie befreien zu können.

Drei Frauenleichen bargen sie in jener Nacht. Sie waren noch frisch und sie hoffte einfach, dass man erst vor kurzem dazu übergegangen war, auch Frauen zu entführen. Drei tote Frauen. Vier, wenn kein Wunder geschah.

Jared war mit Natalie zurück zu Warrens Haus gefahren. Niemand hatte ihn aufgehalten. Warren hatte noch versucht, mit ihm zu reden, aber Jared hatte nur geknurrt und Warren hatte ihn schließlich ziehen lassen.

Die Frau brauchte ein Wunder. Dringend. Oder Barmherzigkeit.

In einem der Räume dicht unterhalb des ursprünglichen Kellers entdeckten sie schließlich das System, mit dem die Chips gesteuert wurden. Ellis fackelte nicht lang, auch wenn sie wusste, dass Scott sie deswegen verfluchen würde. Mit einem gezielten Tritt gegen das Rack und mehreren Schlägen zerstörte sie den Aufbau, bis es nichts weiter war als ein Haufen Kabel und Altmetall.

Dann fanden sie den zweiten Ausgang und ihnen wurde klar, dass sie nichts gewonnen hatten. Die Fährten mehrerer Magier und auch Wölfe sammelten sich dort und wenige Meter entfernt konnten sie von Reifen aufgewühlte Erde erkennen. Dort, wo die Wagen gestanden hatten, mit denen sie von hier abgehauen waren.

Vince hatte umgehend mit Rachel die Suche aufgenommen, doch niemand glaubte, dass die beiden eine Spur finden würden.

Sie hatten der Hydra den Kopf abgeschlagen. Ein weiteres Mal. Ihr Sieg war bitter geworden bei dieser Erkenntnis.

»Du gehörst ins Bett.«

Sie wirbelte auf dem Absatz herum, als Warrens Stimme in ihrem Rücken erklang.

»Das gehören wir alle.«

Mit verschränkten Armen stand sie neben dem Leichnam, den sie gerade in einen Sack hatte packen wollen. Damit man ihn wie all die anderen von hier fortbringen und zumindest einigermaßen würdevoll bestatten konnte.

Indem man sie verbrannte. Er hatte die Wandlung nicht überlebt. Halb Mensch – halb Wolf. Ein Zustand, in dem kein menschliches Wesen ihn je entdecken durfte.

»Ellis, hör auf damit.«

Etwas lief über ihre Wange und hektisch rieb sie mit dem Ärmel darüber und zog die Nase hoch.

»Nein, Warren. Schon mal was von Gleichberechtigung gehört? Ich bin älter und stärker und überhaupt die größte Kackbratze am Platz. Ich sollte die Letzte sein, die geht. Wir sind noch nicht fertig!«

Er sagte nichts. Und seine Konturen verschwammen vor ihren Augen, als er auf sie zutrat und in die Arme zog.

»Es ist in Ordnung, Ellis. Du darfst schwach sein.«

Sie brach zusammen. Einfach so. Ihre Knie gaben nach und plötzlich fand sie sich in der Zelle zusammen mit Warren auf dem kalten Steinboden wieder.

»Ich ertrag das nicht mehr, Warren. Ich habe so viele von uns sterben sehen. Mein ganzes Rudel. Meine Eltern. Sie haben sie abgeschlachtet, wusstest du das? Und das hier …« Sie brach ab, als er ihren Rücken streichelte. Geschüttelt von Schluchzern drängte sie sich in seine Arme, krallte die Finger in seine Seiten. Vermutlich tat sie ihm weh damit, aber kein Laut kam über seine Lippen. Er hielt sie einfach nur fest.

»Es ist okay, Ellis. Wein dich aus.«

Sie tat es. Konnte auch gar nicht anders, denn ihr Körper schien plötzlich ein Eigenleben zu besitzen. Eines, das sie hilflos werden ließ in Anbetracht der Tränen, die ungebremst über ihre Wangen liefen. Sie weinte, bis sie keine Tränen mehr hatte, die sie vergießen konnte. Bis ihr Mund trocken und ihre Kehle staubig war.

Erst dann hob Warren sie hoch.

Sie war zu schwach, um sich dagegen zu wehren, als er sie den Weg zurück ins Haus trug. Zu erschöpft, um mehr zu tun, als den Kopf an seine Schulter zu lehnen und mit geschlossenen Augen die Welt um sich herum auszublenden.

Sie wusste, dass sie dabei an mehreren Leuten vorbeikamen, aber niemand sagte ein Wort, als Warren sie nach draußen und zu seinem Wagen brachte. Wie ein Kind setzte er sie auf dem Beifahrersitz ab. Und wie ein Kind ließ sie es geschehen, dass er sie anschnallte, ehe er auf den Fahrersitz stieg.

Ihr Körper fühlte sich bleischwer und gleichzeitig hohl an. Die Wange gegen die Kopfstütze gelehnt, sah sie in die aufgehende Sonne, während er den Wagen zurück zu seinem Haus lenkte. Sie konnte nicht mehr reden. Nicht mehr weinen. Es tat auch nichts mehr weh. Alles um sie herum war dumpf geworden. Die Farben. Die Geräusche. Sogar Warrens Hand auf ihrem Oberschenkel fühlte sich seltsam entfernt an. Als wäre das gar nicht ihr Körper, den er gerade berührte.

Genauso, wie er sie in den Wagen gebracht hatte, holte er sie da auch wieder raus. Als ob sie vergessen hatte, wie man sich abschnallte. Oder Wagentüren öffnete.

Sie ließ es zu. Ließ zu, dass er sie ins Haus trug, die Treppe hinauf und ins Bad. Und wie ein Zuschauer verfolgte sie, wie er sie auszog und sich schließlich mit ihr zusammen unter die Dusche stellte.

Dann weinte sie wieder. Obwohl sie nicht mal wusste, woher sie die Kraft dazu nahm. Oder die Tränen. Und Warren hielt sie fest, als sie sich hilfesuchend an ihn klammerte.

Irgendwann kam die Wut und mit aller Kraft, die sie noch besaß, trommelte sie auf seine Brust. Aber er unternahm nichts, um sie davon abzuhalten. Bis sie aufgab. Bis sie ihre Wange an seine Brust bettete und irgendwie den Schmerz ertrug, der nicht weichen wollte und doch so gar nichts mit den Kratzern auf ihrer Haut zu tun hatte.

»Es tut mir leid.« Ihr gebrochenes Wispern ging fast unter im Prasseln des Wassers.

Er hörte sie dennoch, seine Arme spannten sich einen Moment fester um sie und sie seufzte leise, als er ihr einen Kuss auf den Scheitel gab.

»Dir muss nichts leidtun, Ellis.«

Sie erwiderte darauf nichts. Sie konnte nicht mehr. Die Erschöpfung ließ sie träge werden und so seufzte sie nur leise, als er schließlich das Wasser abdrehte, sie wie ein Kind abtrocknete und ins Bett trug.

Sie schmiegte sich an ihn, als er neben ihr lag und die Decke über ihnen ausbreitete.

Sie schlief in seinen Armen, während die Sonne hinter einer dicken Wolkendecke den Himmel hinaufkletterte. Ein unruhiger Halbschlaf, durchbrochen von Albträumen und Geräuschen, die sie auffahren ließen. Und sie wachte auf, als am Vormittag die anderen zurückkehrten. Im Halbschlaf drängte sie sich an Warren, vergrub ihre Nase an seiner Brust und kletterte auf ihn, als auch das nicht reichte.

Sie waren beide nicht ganz wach, aber das machte nichts. Ihre Lippen berührten sich, ihre Zungen. Seine Hand glitt an ihren Hinterkopf und sie stöhnte, als sie sich an seiner erwachenden Erregung rieb.

Sie brauchte ihn. Mehr denn je in ihrem Leben brauchte sie das Gefühl von Leben, das er ihr gab. Nur er war in der Lage, die gähnende Leere in ihr zu füllen, den Schmerz zu lindern, den die tiefe klaffende Wunde auf ihrer Seele verursachte.

Er stöhnte rau, als sie sich auf ihn sinken ließ. Als sie ihn tief in sich aufnahm und ihr Becken kreisen ließ.

Ihr Partner. Seine Hände legten sich auf ihre Hüften, hielten sie, als sie das Tempo beschleunigte, ihren Rhythmus fand. Mit den Händen auf seiner Brust abgestützt, ritt sie ihn, mit harten, schnellen Bewegungen, bis sie das Pulsieren ihres nahenden Höhepunktes spürte.

Er kam mit ihr zusammen, als die Wände ihres Innersten sich fest um ihn zusammenzogen, bis sie nichts anderes mehr spüren konnte als ihn in sich. Die Hitze, die Lust. Als sie den Kopf in den Nacken warf und ihr Schrei sich in sein Stöhnen mischte.

Schweißgebadet und mit rasendem Herzen sank sie schließlich auf ihn.

Ihr Partner.

Nie ein anderer. Immer nur er.

So viele Jahrhunderte hatte sie von ihrer Erinnerung gelebt. Ihn nun so zu spüren, kam ihr wie ein Wunder vor. Eines, das sie nie wieder gehen lassen wollte.

»Ich will dich nie wieder vermissen müssen.«

Seine Arme spannten sich wie Schraubstöcke um sie und sie lächelte matt.

Als sie diesmal einschlief, fand sie endlich Frieden.

Als sie am späten Nachmittag die Treppe herunterkam, machte Ellis einen bedeutend besseren Eindruck. Die dunklen Schatten unter ihren Augen waren zwar nicht verblasst, aber die Leere in ihrem Blick war gewichen und Warren lächelte verstohlen, als sie John im Vorbeigehen ihren Ellenbogen in die Seite hieb, sodass dieser unterdrückt keuchte.

»Nur so. War mir gerade nach.« Ja, sie fand wieder zu ihrem Naturell zurück.

Dann fiel ihr Blick auf ihn und er schluckte schwer bei der Wärme, die sich plötzlich in ihre Augen schlich.

»Kaffee?«

Sie nickte bedächtig und folgte ihm in die Küche.

Der größte Teil von ihnen schlief. Vince und Rachel waren noch nicht wieder zurück und drückende Stille lag über dem Haus trotz der vielen Anwesenden.

Sie hatten die vier frisch gewandelten Männer in eine leerstehende Scheune etwas abseits des Haupthauses gebracht. Mit diesen entsetzlichen Ketten gefesselt, die sie unter dem Haus des Poltergeistes gefunden hatten. Weil sie nicht gewusst hatten, wie sie das Problem sonst hätten lösen sollen. Als er aufgestanden war, hatte Kenneth dort Wache geschoben und sein Magen hatte sich bei dem Anblick der Gefesselten zusammengezogen. Aber sie hatten keine andere Wahl gehabt. Er hatte nie Vorkehrungen für einen solchen Fall treffen müssen. Mit Ausnahme von Eugene war nie ein Frischling bei ihm gewesen. Und Eugene hatte gewusst, was auf ihn zukam und eine erstaunliche Disziplin in seiner Anfangszeit besessen. Er hatte ihn weder einsperren noch fesseln müssen, um ihn unter Kontrolle zu halten.

Die vier Männer hingegen waren auch jetzt noch nicht ansprechbar. Aber zumindest wandelten sie sich nicht unkontrolliert. Man konnte sich ihnen jedoch nicht nähern, ohne dass sie knurrten und sich gegen ihre Ketten stemmten.

Es war sicherer so.

Es fühlte sich dennoch falsch an.

»Sie haben das Schlimmste überstanden. Alles andere ist eine Frage von Geduld und Zeit. Sie müssen lernen.«

Er erwiderte matt ihr Lächeln, als Ellis seine Gedanken erriet, und stellte einen Kaffeebecher vor sie, ehe er sich ihr gegenüber an den Tisch setzte.

»Die Zeit haben sie, an der Geduld arbeite ich noch.« Zumindest hoffte er das. Auch wenn sie diese unterirdische Hölle ausgeräumt hatten und der Poltergeist wieder auf seinem eigenen Land war, konnte niemand sagen, dass es nun auch wirklich vorbei war.

»Das heißt, du wirst …« Sie brach ab, als er nickte, und legte ihre Hand über die seine.

»Dieses Rudel verträgt noch ein paar Welpen.« Es hatte humorvoll klingen sollen. Doch der Tonfall misslang.

Dieses Rudel *brauchte* Zuwachs. Sie waren zu wenige, um so etwas noch mal durchzustehen. Bereits beim ersten Mal hätte sich seine Taktik, dieses Rudel zu führen, fast gerächt. Ohne Patrick und seine Leute wären sie vermutlich alle nach und nach dort unten gelandet. Nur durch die Hilfe des anderen Rudels hatten sie nicht einen einzigen verloren, als sie da reinmarschiert waren. Sie waren verletzt. Sie alle. Aber keiner hatte diesen Tag mit seinem Leben bezahlt. Etwas, das ihm nun wie ein Wunder vorkam. Und er trug die Schuld daran.

Weil sie nicht eng genug beieinander standen. Mitunter konnten Wochen vergehen, in denen er keinen einzigen von ihnen zu Gesicht bekam.

Er hatte es so gewollt. Weil er – mit Ausnahme von Jared – niemanden wirklich an sich herangelassen hatte. Selbst Eugene nicht, obwohl er ihn selbst gewandelt hatte. Obwohl er die Wochen danach mit ihm durchgestanden und ihn gelehrt hatte, was es hieß, ein Wolf zu sein.

Weil *er* diese Nähe nicht ertragen hatte, hatte er auch ihn von sich gestoßen, sobald der Frischling halbwegs auf eigenen Beinen gestanden hatte.

Er hatte Mauern gebaut und sein Rudel hatte es stillschweigend akzeptiert. Sie hatten genommen, was sie kriegen konnten, ehe sie ohne irgendetwas dastanden.

In den letzten Tagen hatte er gesehen, wie ein funktionierendes Rudel agierte. Hatte gesehen, wie blind sich alle aufeinander verließen. Sie verstanden sich sogar ohne Worte. Weil sie einander nahestanden. Näher, als er es je in seinem Rudel zugelassen hatte. Seine Leute hatten sich an ihm orientiert und so waren sie stets ein Rudel aus Einzelgängern geblieben.

Es würde sich ändern müssen, wenn sie auch weiterhin bestehen wollten.

Er würde sich ändern müssen.

»Was ist das mit diesem *Datingportal* für Werwölfe, von dem du erzählt hast?«

Sie strahlte über das ganze Gesicht, als er diese Frage stellte. Ihre Finger verflochten sich mit den seinen und er drückte ihre Hand, als sie zu reden begann, obwohl sich alles in ihm dabei zusammenzog. Er würde lernen müssen, wie es war, anderen zu vertrauen.

Und er würde hier und jetzt damit beginnen.

Er klopfte nicht an, als er etwas später mit einem Tablett voller Essen den Raum betrat, in den sich Jared mit Natalie verzogen hatte.

Sie lagen beide auf dem Bett und Jared wirkte, als hätte er seit seiner Befreiung kein Auge zugemacht. Dunkle Ringe lagen unter blutunterlaufenen Augen, als der Wolf ihn misstrauisch ansah, und Warren lächelte bei dem leisen, aber bedrohlichen Knurren, das sein Beta ausstieß, als er weiter in den Raum trat.

Es war schon lange her, dass er den halben Santee in diesem Zustand erlebt hatte.

Was immer auch in dem Berg geschehen war, hatte bewirkt, dass der Wolf in ihm sich für Natalie verantwortlich fühlte. Und er würde mit seinem Leben jene Frau beschützen, die gerade mit vom Fieber geröteten Wangen und schweißnasser Haut neben ihm lag.

»Ihr müsst essen. Und der Chip muss raus bei dir.«

Das Knurren erstarb und erschöpft rieb sich Jared über das Gesicht. Dann richtete er sich auf, bis er mit dem Rücken am Kopfteil des Bettes lehnte.

»Entschuldige.«

Warren schnaubte, sagte jedoch nichts dazu, stellte das Tablett auf den Nachttisch und griff nach dem Skalpell, das er neben dem Teller platziert hatte.

»Halt still.«

Jared hob eine Braue beim Anblick des Messers, sagte jedoch nichts und drehte den Kopf, bis die Stelle, an der der Chip dicht unter der Haut saß, frei lag. Das Blinken hatte aufgehört, aber niemand wollte ein Risiko eingehen. Wie auch in Deutschland war nicht sicher, ob es ein Backup zu dem System gab, das sie steuerte.

Jared stöhnte unterdrückt, als Warren den Chip schließlich herausschnitt und die Kapillaren durchtrennte, mit denen er sich an die Nervenstränge des Wolfs geheftet hatte. Der Spuk war binnen weniger Augenblicke vorbei und eine Kompresse auf die blutende Wunde gedrückt, sank Jared schließlich tiefer zurück in die Kissen.

»Brauchst du Hilfe?«, fragte Warren mit einem demonstrativen Blick auf die schlafende Frau auf dem Bett und sofort verengten sich Jareds Lider. Warren hätte seine Hand dafür ins Feuer gelegt, dass er gerade ein Knurren herunterschluckte. Dann entspannte Jared sich sichtlich und mit einem tiefen

Atemzug wandte er sich der bewusstlosen Frau zu. Behutsam strich er über ihre Stirn, ihre Wange, dann warf er Warren einen traurigen Blick zu.

»Sie hat aufgehört zu krampfen. Aber das Fieber geht nicht runter.«

Das würde es auch in den nächsten Tagen nicht. Das wussten sie beide. Bis die erste Wandlung kam. Die letzte Hürde, die Natalie würde aushalten müssen.

Oder sie starb.

»Sieh zu, dass du sie bei Kräften hältst.«

Jared nickte schwach, während er kaum in der Lage schien, sich von der Frau an seiner Seite zu lösen.

»Es war mein Blut, weißt du?«, murmelte er leise, während er, ohne jedoch den Blick von Natalie zu nehmen, die Kompresse auf den Nachttisch legte. Die Blutung hatte bereits wieder aufgehört.

Warren nickte, auch wenn Jared es nicht sehen konnte. So etwas hatte er sich bereits gedacht.

Das Blut hatte eine Verbindung zwischen ihnen geschaffen. Wie damals zwischen Elisabeth und ihm. Kein Wunder also, dass sein Beta sich nun für diese Frau verantwortlich fühlte.

Genauso wie er. Denn wäre er nicht gewesen, hätten diese beschissenen Irren nie ein Auge auf Natalie geworfen.

Jared ließ ihn nicht aus den Augen, als er sich auf die Bettkante setzte. Und er packte Warrens Handgelenk, um diesen davon abzuhalten, sie zu berühren, als er die Hand nach ihr ausstreckte.

Das hier war mehr als nur Blut, was sie miteinander teilten, und mit einem halben Lächeln entspannte Warren seinen Arm, zum Zeichen, dass er nicht mehr versuchen würde, Natalie anzufassen.

»Hat King Kong etwa die weiße Frau gefunden?«

Jared hob amüsiert eine Braue. »Hast du gerade versucht, einen Witz zu machen?«

»Scheint nicht funktioniert zu haben.«

Jared grinste, dann wurde seine Miene ernst. »Ich habe ihren Geruch an dir immer gemocht.«

Lange sahen sie einander daraufhin an. Schweigend. Bis Warren es war, der den Blick senkte.

»Stört es dich?«

»Nein. Ich will nur, dass sie überlebt. Alles andere steht in den Sternen.«

Ein gequältes Stöhnen neben ihm ließ Jared sich wieder Natalie zuwenden.

»So kalt.« Ihre Stimme war kaum mehr als ein Krächzen und Warrens Herz zog sich zusammen, als er sah, wie Jared ihr über die Wange strich.

»Jared?« Natalies Stimme, viel zu hoch und brüchig, um sie noch als die Stimme jener Frau zu erkennen, die er gekannt hatte.

»Ich bin hier, Nat.«

Mit einem Ächzen versuchte Natalie, sich in Jareds Richtung zu drehen. Aber sie war bereits so geschwächt, dass sie scheiterte. Und sie wimmerte leise, als Jared sie fester an sich zog, bis sie mit der Wange auf seiner Brust ruhte. Warren erhob sich und wandte den Blick ab, als sein Beta mit ruhigen, gleichmäßigen Bewegungen über ihre Haare strich. Vorsichtig, als könnte sie jederzeit zerbrechen.

»Wenn du Hilfe brauchst, ruf einfach. Ich bin da.« Seine Stimme kratzte im Hals und er war schon fast an der Tür, als Jared ihn noch mal aufhielt.

»Warren?«

Er drehte sich um.

»Sie tut dir gut.«

»Das hat sie schon immer.«

Sie lächelten beide, dann wandte er sich um und ließ Jared mit Natalie allein.

Er war nervös. Wie früher, als er noch ein Kind gewesen war und seinem Vater beichten musste, wenn er was angestellt hatte. Aber er würde auch keinen Rückzieher machen. Nicht mehr. Nie wieder.

Sie saß in der Küche. Noch immer am gleichen Platz, auf dem er sie zurückgelassen hatte. Sie hatte ihr spätes Frühstück beendet, aber noch nicht weggeräumt und schien vollkommen in Gedanken gewesen zu sein, denn sie schrak zusammen und blinzelte, als er sie ohne lange Umschweife am Ellenbogen packte und auf die Füße zog.

»Elisabeth Dorothea van Briel, ich liebe dich.«

Es war raus. Ungelenk und unpassend, wie er an ihrem offenen Mund erkannte, und umgehend wallte die gewohnte Verärgerung in ihm auf.

Er war kein Romantiker. Nie gewesen. Er hatte schon damals mit nicht mehr als zwei linken Händen in der Hinsicht aufwarten können.

Trotzdem hatte sie sich einst in ihn verliebt.

Kein Wort kam über ihre Lippen, als sie beide Hände um sein Gesicht legte und zu sich hinab zog. Dann küsste sie ihn. Zärtlich, innig. Mit all den Gefühlen, die er nie würde in Worte fassen können, und plötzlich war es egal, dass er nicht romantisch war. Dass er bis heute nicht gelernt hatte, wie man mit einer Frau umging.

Weil es *ihr* egal war.

Als der Kuss endete, waren sie beide außer Atem. Und das sanfte Lächeln auf ihren Lippen, als sie seinen Blick suchte, ließ ihn die Luft anhalten.

»Warren de Navarre, du holzköpfiges, stures Abziehbild von einem Engländer, ich liebe dich.«

Immerhin nicht mehr *dreckig.* Sie machten Fortschritte.

»Ich habe dich immer geliebt, Ellis. Selbst als ich dich gehasst habe. Verstehst du das?«

Sie schlang die Arme um seine Hüften und er schloss die Augen, als sie ihre Wange an seine Brust schmiegte und ihn fest an sich zog.

»Natürlich. Ich habe mich doch genauso gehasst.«

Es gab nichts mehr, was er darauf hätte sagen können. Also schwieg er, fuhr mit den Fingern durch ihre Haare. Sie waren kürzer als damals, aber noch immer lang genug. Und er lächelte, als er sie ihr aus dem Gesicht strich und den Sidecut aufblitzen sah.

Das war seine Ellis. Nah dran, aber nie ganz so, wie man es erwarten würde. Und immer, wenn man glaubte, sie verstanden zu haben, kam sie mit einer Überraschung daher.

Lang blieben sie so stehen. Ignorierten, dass Eugene irgendwann in die Küche platzte und mit einer gemurmelten Entschuldigung wieder verschwand. Es war nicht wichtig. Nichts war mehr wichtig, außer diesem Moment, in dem sie einander so nah waren wie noch nie in ihrem Leben.

Sie lösten sich nicht mal, als ein Wagen auf den Hof fuhr. Erst als die Haustür aufflog und ein fremder Geruch vermischt mit dem von Blut die Luft schwängerte, hob Ellis den Kopf und sie war es, die zuerst das Wort ergriff.

»Rachel und Vince«, sagte sie nur und er nickte, als er hörte, wie der Beta aus New Orleans mit einem deftigen Fluch etwas über den Boden in Richtung Wohnzimmer schleifte.

25

Der Krach, den das Erscheinen von Rachel und Vince zur Folge hatte, bewirkte, dass alle, ausgenommen Jared und Natalie, ins Wohnzimmer geplatzt kamen, kaum dass Vince sein halb verblutetes Opfer dort mitten im Raum hatte liegen lassen.

Kein Wolf. Unter dem Blut roch es menschlich. Aber Ellis wusste seit Deutschland, dass das nichts zu sagen hatte. Da war noch etwas Anderes in dem Geruch des Mannes, der sich wimmernd auf dem Boden zusammenrollte und zwei blutende Armstümpfe gegen seinen Bauch presste.

Als sie zu Rachel sah, hob diese gelassen eine Schulter.

»Vince ist Pragmatiker. Und nachdem er begriffen hat, dass Magier ihre Hände für ihre kleinen Kunststückchen brauchen …« Sie ließ den Satz in der Luft hängen und Ellis überlegte, ob sie nun grinsen oder angewidert den Kopf schütteln wollte.

Sie entschied sich fürs Grinsen.

Und dafür, sich den Trick zu merken. Den konnte sie eventuell noch gebrauchen.

»Der Scheiß wächst übrigens verdammt schnell nach.« Vince wirkte nicht erbaut davon, diese Auskunft geben zu müssen.

Dann wurde er jedoch abgelenkt, als der Kerl auf dem Boden versuchte, auf die Beine zu kommen. Mit einem großen Schritt war er bei ihm, zog ihn am Kragen seines Pullovers hoch und Ellis verzog das Gesicht, als er dem Mann, ohne mit der Wimper zu zucken, mit einem gezielten Tritt beide Beine brach.

»Knochen übrigens auch«, fügte Rachel mit gelassener Miene hinzu, nachdem der Kerl am Boden aufhörte, vor Schmerz zu kreischen, und Ellis schüttelte den Kopf. Relationshipgoals. Die Beiden hatten sich gesucht und gefunden.

»Wo habt ihr ihn gefunden?«

Rachel kicherte hinter vorgehaltener Hand und Vince warf Patrick, der die Frage gestellt hatte, einen Blick im Sinne von *frag nicht* zu, ehe er sich zu einer Antwort bequemte: »Auf dem Klo einer Tankstelle.«

»Wir gingen davon aus, dass die Kerle so schnell und weit weg wie möglich wollten. Die nächste größere Stadt mit einem Flughafen und idealen Abtauchbedingungen war New York City.«

Sie hatten geraten. Ellis notierte sich, künftig lautstark zu widersprechen, sollte man sie jemals wieder *irre* nennen. Im Vergleich mit den beiden war sie vollkommen normal.

Allerdings hätten sie auch anders keine nennenswerte Chance gehabt, die Geflüchteten zu erwischen. Insofern war Irrsinn wohl die einzig logische Verhaltensweise.

»Wo sind die anderen?«, hakte Warren nun nach und Vinces Miene verdüsterte sich, während Rachel etwas betreten zur Seite sah.

»Uns entwischt.« Vince knirschte tatsächlich mit den Zähnen und Rachel studierte fasziniert ihre Fingernägel. Bei näherer Betrachtung klebte Blut darunter, wie Ellis amüsiert bemerkte. Die Frau stieg spontan in ihrem Ansehen bei ihr.

»Zwei haben wir lebend geschnappt. Und … na ja …« Rachel druckste herum und verstummte schließlich mit schuldbewusst hochgezogenen Schultern.

»Der andere hat so laut geschrien, dass Rachel während der Fahrt zurück die Nerven verloren hat.« Erheiterung lag in Vinces Stimme und Ellis mühte sich um einen nichtssagenden Gesichtsausdruck, als sie Patricks gehobene Braue bemerkte. Er schien das von den beiden bereits zu kennen.

»Erinnert mich daran, euch künftig nur noch getrennt loszuschicken«, seufzte Patrick schließlich schwer, ehe er sich an Warren wandte. »Die Ehre gebührt ganz dir. Sie haben in deinem Territorium gewildert und nicht in meinem.«

»Darf ich? Darf ich? Darf ich?«, machte Ellis klatschend und hüpfend auf sich aufmerksam und Warren warf ihr einen schrägen Seitenblick zu, dann zuckte er mit den Achseln, ehe er sich das wimmernde, blutverschmierte Bündel über die Schulter warf.

»Du darfst assistieren, Frechdachs. Los, ehe ich die Dielen wegen des Scheißers abschleifen muss!«

Warren war ein böser Mann. Ob es etwas über ihren geistigen Gesundheitszustand aussagte, dass sie ihn dafür gerade noch ein wenig mehr liebte?

Viel war von dem Magier nicht übriggeblieben. Aber Vince hatte recht gehabt: Körperteile wuchsen recht schnell wieder nach. Cooler Trick eigentlich. Zumindest besaß es durchaus seine Vorteile, wenn man einen Knochen mehrfach brechen konnte.

Oder Teile abschneiden.

Sie war noch immer etwas beleidigt, dass sie die nicht an einen der Männer hatte verfüttern dürfen, die im hinteren Teil der Scheune, in die sie gegangen waren, angekettet waren und tatsächlich zurzeit wenig Menschliches an sich hatten.

Aber eigentlich hatte sie es sich ganz nett vorgestellt gehabt, den Magier dabei zusehen zu lassen, wie seine Körperteile gefressen wurden.

Aber Warren hatte mit einem harschen »Traumatisier nicht die Frischlinge!« abgelehnt.

Egal.

Sie blinzelte, als Warren sich erhob und die blutigen Hände an seiner Jeans abwischte.

Der Magier hatte alles gesagt, was er wusste. Nachdem die Zunge wieder weit genug nachgewachsen war. Zweimal.

Erst danach hatten sie ihm den Kopf abgeschlagen. Und Ellis konnte sich des Gedankens nicht erwehren, dass der Mann dabei erleichtert gewesen war.

Gut, sie waren ja auch alles andere als nett gewesen. Eventuell wäre sie an seiner Stelle auch erleichtert gewesen.

Was der Mann allerdings zu berichten gehabt hatte, lag nun wie ein Stein in ihrem Magen und wollte sie in die Tiefe ziehen.

Bereits in Deutschland hatten sie angenommen, dass diese Leute organisiert waren.

Das war eine lächerliche Untertreibung gewesen.

Sechs Jahre waren sie bereits auf der Erde. Der Kerl hatte irgendwas von einem künstlich geschaffenen Tor gefaselt, durch das sie unbemerkt hergekommen waren. Weder Warren noch sie hatten dabei verstanden, was er damit gemeint hatte. Zwischen dem ganzen fanatischen Gefasel von der Überlegenheit der Magier und der Rückeroberung ihrer Welt waren die schmutzigen Details augenscheinlich nicht im Schädel dieses Mannes haften geblieben.

Sie hatten wirklich versucht, mehr über die Pläne dieser Leute zu erfahren. Leider war der Mann in deren Hierarchie nicht hoch genug, um mit diesen Dingen weiterhelfen zu können. Dabei hatten sie sich so viel Mühe gegeben, ihn zum

Reden zu bekommen. Wer hatte eigentlich behauptet, dass Folter kein probates Mittel war, wenn man es eilig hatte?

Aber eines hatten sie erfahren und es hatte bewirkt, dass Ellis diesmal Warren zurückhalten musste, der anderenfalls den Mann etwas zu schnell umgebracht hätte. Die Leute hatten nach wie vor Morris in ihren Fingern.

Den einzigen seines Rudels, den sie nicht wiedergefunden hatten.

Um mit ihm und seinem Blut an einem anderen Ort von vorn anzufangen.

Das war der Moment gewesen, in dem Warren einfach ausgerastet war. Ellis hatte ihn kaum halten können, als er sich auf den Mann stürzen wollte. Und eigentlich hatte sie es auch gar nicht gewollt.

Aber da hatten sie längst noch nicht alles aus dem Mann herausbekommen.

Er hatte ihnen sogar das Ziel in New York nennen können. Sie hatten es umgehend an die Wartenden weitergegeben. Allerdings machte sich keiner von ihnen große Hoffnung, dort etwas oder jemanden zu finden. Natürlich waren diese Leute längst verschwunden. Patricks Anruf wenige Stunden später bestätigte es dann auch. Die Wohnung, deren Adresse der Kerl gegurgelt hatte, war regelrecht steril. Keinerlei Hinweise darauf, dass dort auch nur eine Kakerlake je gelebt hatte.

Abgehauen. Untergetaucht. Entwischt.

Wieder mal.

Und wer konnte schon sagen, an welchen Orten sie wieder auftauchen würden? Wie viele dieser Einrichtungen weiterhin unentdeckt auf der Welt existierten?

Scott war noch lange nicht damit fertig, die Daten zu entschlüsseln, die sie in Deutschland sichergestellt hatten. Aber selbst jetzt war abzusehen, dass es ein riesiges Netzwerk war.

Aber eines hatten sie. Einen Namen. Es war nicht viel, aber immer noch mehr als zuvor.

Meron.

Keinen Nachnamen, keine Beschreibung. Nur das. Sie wussten nicht mal, was der Kerl eigentlich war. Mensch? Wolf? Dämon? Magier? Lustiges Fabelwesen im rosa Tutu?

Aber der Kerl hatte ihn wieder und wieder gesagt, nachdem sie ihn soweit gehabt hatten, dass er redete. Wie eine Art Mantra. Und sie würde glatt drauf wetten, dass er dabei auch geschaukelt hätte … wenn er physisch dazu noch in der Lage gewesen wäre.

Und er hatte Angst vor ihm gehabt. Mehr noch als vor Warren und ihr. Das war wiederum etwas, das Ellis gruselig fand. Sie hatten sich nämlich verfluchte Mühe gegeben, damit der Kerl sich wiederholt in die Hosen pinkelte ihretwegen.

»Scheiße!«

Ellis zuckte zusammen, als Warren mit der flachen Hand gegen einen der Stützpfeiler der maroden Scheune schlug. Staub und vermoderndes Stroh rieselte von der Zwischendecke auf sie herab, aber augenscheinlich hatte Warren sich noch gut genug im Griff, um nicht mit voller Wucht gegen den Holzbalken zu schlagen. Anderenfalls wäre mehr heruntergekommen als nur etwas Dreck.

»Wir finden ihn«, versuchte sie ihn zu beruhigen, doch er knurrte.

»Wann, Ellis? Ich will mir nicht ausmalen, was sie mit ihm bis dahin alles anstellen werden.«

Sie schwieg. Er hatte recht. Sie hatte gesehen, in welchem Zustand Jared und Basil gewesen waren, als sie sie aus ihren Zellen geholt hatten. Sie hatte die kaum verheilten Wunden auf ihren Oberkörpern gesehen. Die gleichen, die sie auch gehabt hatte. Und diese beiden waren lediglich wenige Tage den Magiern ausgeliefert gewesen.

Die Bilder, als sie William und Richard aus ihren Zellen geholt hatten, hatten sich hingegen bei ihr eingebrannt. Die Leere in ihren Augen, die ausgemergelten Körper. Sie waren sogar zu apathisch gewesen, um eine Regung zu zeigen, als sie die Chips aus ihren Hälsen entfernt hatten. Sie waren genauso am Ende gewesen wie jene Menschen, die sie befreit hatten. Obwohl ihre Konstitution anfangs erheblich besser gewesen war als jene der Obdachlosen, die man entführt hatte, waren sie binnen weniger Wochen am gleichen Tiefpunkt angekommen.

Noch länger und man hätte sie gebrochen.

Sie war froh, dass sie nicht hatten herausfinden müssen, ob diese Männer anschließend gegen ihr eigenes Rudel in den Krieg gezogen wären.

Noch nie in ihrem Leben hatte sie sich so sehr ein Wunder herbeigewünscht.

Aber es gab keine schnelle Lösung. Keine gute Fee, die vorbeikommen und ein Wunder bewirken konnte. Diese Schlacht hatten sie gewonnen. Der Krieg hatte hingegen gerade erst angefangen.

Sie spürte, wie Warren sich versteifte, als sie zu ihm trat und eine Hand auf seinen Rücken legte. Und wie er tief Luft holte, als sie sich von hinten an ihn lehnte und die Arme um ihn schlang.

»Es tut mir leid, Warren.«

Seine Hand legte sich auf die ihre, streichelte sie leicht und sie schloss die Augen, als er leise zu reden begann. »Morris und ich hatten immer unsere Schwierigkeiten. Keine Ahnung, warum er nie ganz abgehauen ist. Er kam, er ging … Das einzige, was sicher war, war, dass er immer zurückkam. Nach ein paar Wochen. Manchmal Monaten.«

Sie lachte leise. »Lass mich raten, du hast ihn dafür verprügelt.«

Warrens Schultern bebten von einem unterdrückten Lachen. »Jedes verdammte Mal. Er ist trotzdem nie endgültig gegangen. Keine Ahnung, mein umwerfender Charme wird ihn nicht hier gehalten haben.«

Sie lächelte und barg ihr Gesicht zwischen seinen Schulterblättern.

»Wir finden ihn, Warren. Wir brauchen nur Zeit.«

Ein leises Grollen löste sich bei ihren Worten aus seiner Brust und sie sah auf, als er sich herumdrehte und die Arme um sie schlang.

»Und genau das ist es, was ich befürchte, Ellis. Dass wir Zeit brauchen und dass er dann noch lebt.«

Sie sagte daraufhin nichts mehr, hielt ihn einfach nur fest, als er sie an sich zog und das Gesicht an ihrem Scheitel barg. Als er Trost bei ihr suchte, während sie beide versuchten, die Hoffnung nicht gehen zu lassen.

26

Die nachfolgenden Tage wurden zu einer nervlichen Zerreißprobe für sie alle, während sie darauf warteten, dass irgendwas geschah.

Dass die Männer in der Scheune ihren Weg ins Leben zurückfanden. Dass Natalie starb. Dass sie entgegen aller Erwartungen überlebte. Alles hing in der Schwebe, alles schien kurz davor, ihnen um die Ohren zu fliegen.

Die ganze Stadt hatten sie abgesucht, aber es gab keine Spuren mehr von den Magiern. Auch auf dem Land des Poltergeistes war keinerlei Hinweis mehr zu finden. Nur die Toten, die sie nach und nach auf dem Berghang verbrannten. Wortlos, während jeder für sich versuchte, nicht darüber nachzudenken, was geschehen war. Am Ende verschlossen sie das unterirdische Labyrinth mit nichts weiter als ein paar Notizen, die diese Leute zurückgelassen hatten.

Wie es so schön im Fernsehen hieß: Die Spur war in dem Moment kalt geworden, als sie sie entdeckt hatten. Sie kamen daher überein, dass es keinen Sinn mehr machte, wenn sie sich alle in Warrens Haus pferchten. Die, die in der Gegend lebten, kehrten zurück in ihre Häuser. Ein Teil von Patricks Leuten nahm am zweiten Tag den Flieger zurück nach New Orleans.

Lediglich Patrick, Laura, Vince und Rachel blieben zurück. Aber auch sie würden abreisen, sobald klar war, wie es mit den vier Männern und Natalie weitergehen würde.

Es war ein kleiner Lichtblick, als am dritten Tag nach ihrer Befreiung der erste von ihnen zu sich kam. Er war geschwächt, verwirrt. Aber er war ansprechbar.

Ein weiterer Obdachloser, den man von seinem Schlafplatz entführt hatte. Ein Junkie, der auf diese Weise unfreiwillig seine Entgiftung hinter sich gebracht hatte und erheblich jünger war, als er aussah. Vom Leben gezeichnet. Sein Körper war ausgezehrt, die Wangen eingefallen, die verfilzten Haare stumpf und seine Haut von krakeligen Tattoos verziert.

Die Spuren auf seiner Haut würden im Lauf der Jahre verschwinden. Es würde Zeit brauchen, aber sie würden vergehen. Das Trauma hingegen würde vermutlich nie verblassen.

Am vierten Tag kam Jared mit Natalie auf den Armen aus dem Raum, in dem er sich mit ihr abgeschottet hatte. Die ganze Zeit über hatte er niemanden außer Warren in Natalies Nähe geduldet. Und selbst diesen ausschließlich für kurze Momente. Als er nun am Vorabend die Treppe hinabkam, hielten daher alle den Atem an.

»Es ist so weit«, war alles, was er sagte, und Ellis schluckte, als sie sah, wie Natalies Körper sich in seinen Armen wand.

Die letzte Hürde stand der geschwächten und viel zu blassen Frau bevor.

Gebannte Stille lag über dem Wohnzimmer, als Warren sich erhob und wortlos Jared und Natalie nach draußen begleitete. Ellis blieb sitzen. Mit fest ineinander verschränkten Fingern blieb sie auf der Couch, während sie der Frau alles Glück der Welt wünschte.

Sie konnte es gebrauchen.

Aber wirklich zu hoffen, wagte Ellis nicht.

Stunden vergingen, in denen keiner dieses verfluchte Wohnzimmer verließ. Jeder von ihnen wartete darauf, dass Jared zurückkehrte. Und mehr als einmal sah Ellis aus dem Augenwinkel, wie Patrick Lauras Hand drückte, sobald diese auch nur einmal zu tief Luft holte.

Die Welt schien still zu stehen, als die Haustür sich nach Stunden öffnete. Jared und Natalie. Und nicht der Geruch des Todes, mit dem sie insgeheim alle gerechnet hatten.

Es war dieser Moment, die Erleichterung, die Ellis dabei verspürte, der sie ihren Frieden mit der Ex-Geliebten ihres Partners finden ließ. Natalie hatte vieles durchgestanden. Sie hatte gekämpft. Sie hatte überlebt.

Auch für sie sollte es hier künftig einen Platz geben.

Ellis lächelte daher auch, als sie Warrens nachdenklichen Blick auf sich ruhen spürte, und lehnte schließlich ihren Kopf an seine Schulter. Und ihr Lächeln vertiefte sich, als er sie an sich zog und einen Kuss auf ihrem Scheitel platzierte.

»Danke«, war alles, was er sagte.

Jeder Knochen in ihrem Leib tat ihr weh und ihre Muskeln fühlten sich an, als wären sie mit Beton gegossen worden. Mit einem Stöhnen rollte sie sich auf den Rücken und legte den Arm über ihre Augen, als das Licht sie blendete.

»Nat!«

Die Stimme kam ihr seltsam bekannt vor. Woher nur?

Dann dämmerte es ihr und mit einem Ruck richtete sie sich auf, sank dann aber wieder zurück in die Kissen, als Sterne dabei vor ihren Augen tanzten und die Welt gefährlich zur Seite kippte.

»Jared!«

»Ja.« Erleichterung schwang in diesem einen Wort mit und sie mühte sich um ein Lächeln.

»Wo bin ich? Was ist passiert?«

Sie hatte einen unendlichen Filmriss. Sie erinnerte sich noch, wie man sie aus dieser eiskalten Zelle geholt hatte. An diese Männer … dann an nichts mehr.

»In einem der Gästezimmer von Warren.«

Okay, das war ihr auf einen Schlag unangenehm und erneut versuchte sie, sich aufzurichten, wurde jedoch von einer Hand auf ihrem Brustkorb wieder zurück auf das Bett gedrückt.

»Bleib liegen.«

Endlich hörte das Licht auf sie zu blenden und blinzelnd sah sie zu dem Mann hoch, der neben ihr auf der Bettkante saß.

»So siehst du also aus«, platzte es aus ihr heraus und er grinste schief.

»Ich kann hier nicht bleiben, Jared. Seine Frau …«, setzte sie dann erneut an, doch wieder drückte er sie zurück auf die Matratze und schüttelte bedächtig den Kopf.

»Du wirst so schnell nirgends hingehen.«

»Aber«, begehrte sie auf, »wenn sie davon erfährt, dass ich hier bin …« Sie verstummte, als er lächelte.

»Ellis weiß, dass du da bist.«

So hieß sie also? Ellis?

Nur zögernd entspannte Natalie sich wieder, während sie den Mann neben sich eingehender musterte.

Dunkles Haar, im Licht der Nachttischlampe fast schwarz, von dem ihm ein paar Strähnen ins Gesicht fielen. Und fast ebenso dunkle Augen. Es war nicht zu übersehen, dass er indianische Wurzeln hatte. Attraktiv, mit dem scharf geschnittenen Profil und den schmalen, jedoch sinnlichen Lippen.

Und irgendetwas war in seinem Geruch, das sie irritierte. Wie es sie insgesamt irritierte, dass sie ihn riechen konnte. Ihn. Nicht sein Aftershave oder Deodorant.

»Irgendetwas stimmt nicht, oder?«

»Du kannst dich nicht erinnern?«

Langsam schüttelte sie den Kopf, während sie die Stirn runzelte bei dem Versuch, sich zu erinnern.

Da waren diese Männer gewesen. Sie hatten sie auf diese Metallliege gebunden und dann hatten sie ihr irgendwas in die Armbeuge gespritzt. Ihr war so heiß gewesen plötzlich. Und dann nichts mehr.

»Ich hätte tot sein sollen, oder?« Schwach erinnerte sie sich, dass die Männer genau darüber gesprochen hatten, ehe sie das Bewusstsein verloren hatte.

»Die Chancen standen zumindest sehr gut, ja.«

»Sie haben mir irgendwas gespritzt, danach weiß ich nichts mehr.« Sie warf ihm unter zusammengezogenen Brauen einen Blick zu. »Was verschweigst du mir?«

»Erinnerst du dich noch an das, was ich dir über Warren und mich erzählt habe?«

Wie könnte sie das vergessen? Es hatte so absurd geklungen. Bis er geknurrt hatte. Aber vielleicht war das nur etwas, das sie sich eingebildet hatte. Vielleicht hatte man ihr Drogen …

»Nat, mach das nicht. Du erinnerst dich daran.«

Sie seufzte, während sie das flaue Gefühl in ihrem Magen zu ignorieren versuchte.

»Sie haben dir mein Blut gespritzt. Eine der wenigen Möglichkeiten, einen Menschen in einen Wolf zu verwandeln.« Er sprach so verdammt leise, dass sie sich konzentrieren musste, um ihn zu verstehen. Zu sehr konzentrieren, als dass sie hätte panisch werden können. Die Informationen sickerten so langsam in sie, dass sie ihn nur stumm ansah, als sie begriff.

»Es ist ein Wunder, dass du das überlebt hast. Aber du bist hier und hast das Gröbste durchgestanden.«

Und erst jetzt begriff sie, was sie neben allem anderen an seinem Geruch so irritierte. Da war der Geruch eines Wolfes, der ihm anhaftete. Etwas, das sie nie hätte wahrnehmen dürfen. Wie so vieles nicht.

»Das heißt …« Sie schaffte es nicht, den Satz zu beenden.

Er nickte trotzdem. Und er griff ihre Hand, als sie sich zittrig über das Gesicht rieb.

»Du bist jetzt wie wir. Und wir werden nicht zulassen, dass dir irgendwas passiert, verstanden? Wir werden dir helfen, damit zurecht zu kommen. Wir bekommen das alles wieder hin. Hab keine Angst.«

Er gab sich so entsetzliche Mühe, sie nicht aus der Fassung zu bringen, dass sie am liebsten gelacht hätte. Aber sie ahnte, dass dieses Geräusch eher hysterisch geworden wäre.

»Kann ich diese Information jetzt bitte mit einem Bier runterspülen?«

Er lachte. Erleichtert, wie sie meinte herauszuhören. Und sie spürte sich tatsächlich erröten, als er ihr gleich darauf mit einer Hand über die Wange strich.

»Vielleicht solltest du erst was essen. Die letzten Tage waren anstrengend für dich und ich habe nicht genug zu essen in dich reinbekommen. Du hast etwas Gewicht verloren.«

Sie schnaubte. »Ich war eh zu dick.«

Jared verdrehte die Augen, kam dann jedoch auf die Beine. »Das kann auch nur eine Frau in dieser Situation sagen.« Dann wurde er ernst. »Bleib einfach liegen. Ich bring dir was. Ja, auch ein Bier. Du hast gerade deine erste Wandlung hinter dir, du bist noch zu schwach, um heimlich abzuhauen.«

Natalie wusste, dass ihre Wangenfarbe gerade noch dunkler wurde, und sah verlegen zur Seite, als er ihr zuzwinkerte.

»Du kannst uns vertrauen, Nat. Wir wollen dir wirklich nur helfen.«

Sie nickte bedächtig und verfolgte aus dem Augenwinkel, wie er Richtung Tür ging.

»Jared?«

Er hatte schon die Hand nach der Klinke ausgestreckt, drehte sich nun jedoch zu ihr um.

»Es tut gut, endlich zu wissen, wie du aussiehst.«

Wie in Zeitlupe breitete sich das Lächeln in seinem Gesicht aus, als er die Anspielung verstand. In jenen Stunden, die sie Wand an Wand gesessen und er sich bemüht hatte, dass sie nicht die Beherrschung verlor, hatte sie viel von sich erzählt. Zu viel. Sie beide. Von den schönen Dingen, aber auch ihren Abgründen. Aber das begriff sie erst jetzt. Offiziell waren sie Fremde. Fremde, die sich jedoch besser kannten, als irgendein anderer. Die vertrauter miteinander waren, als Fremde sein sollten.

»Ich bin gleich zurück.«

Es ging bereits auf Mitternacht zu, als Ellis und Warren ins Bett gingen.

Ein seltsames Gefühl, wie sie befand. Keine Bedrohung vor sich, keine Schatten hinter sich. Nur sie beide und dieses grenzenlose Gefühl von Erschöpfung, das an ihren Gliedern zerrte.

Auch Warren wirkte erschöpft. Die zurückliegenden Tage hatten auch ihn mitgenommen und noch immer nagte der stille Vorwurf, Morris im Stich gelassen zu haben, an ihm. Er sprach nicht darüber, aber Ellis spürte, dass der Gedanke noch immer da war und ihn vom Schlafen abhielt.

Sie würden einen Weg finden, diesen Mann aufzuspüren. Es war fraglich, ob sie ihn würden retten können. Aber sie würden nicht tatenlos bleiben und ihn vergessen. Das waren sie ihm schuldig. Auch wenn Ellis ihm nie begegnet war, spürte sie das Bedürfnis, irgendwas zu tun. Und sei es nur, dass sie Rache nahmen.

»Warren?« Sie lag schon auf der Seite, als sie ihn noch mal ansprach.

Er brummte nur und ein Arm legte sich von hinten um sie und zog sie an seine Brust.

»Wie ist eigentlich so ein Alltag mit einem dreckigen Engländer?«

Er kniff ihr in den Bauch und sie kicherte.

»Sauber, Frechdachs. Und sehr langweilig.«

Daran hatte sie zwar so ihre Zweifel, allerdings war die Aussicht auf ein wenig Langeweile in ihrem Leben durchaus verlockend.

Und sie konnte sich tatsächlich nichts Schöneres vorstellen, als diese Langeweile mit jenem Mann zu teilen, der gerade leise neben ihr zu schnarchen begann.

Epilog

Sommer, vier Jahre später

Im Schatten eines Busches wartete sie so lang, bis der Mann ausgestiegen war und ihr sein breites Kreuz präsentierte. Dann rannte sie los.

Er hatte keine Zeit mehr, um zu reagieren. Sie erwischte ihn mit einem Satz, federte wenige Schritte vor ihm vom Boden ab und sprang ihm ins Kreuz.

Warren fluchte und Ellis kicherte, als er nach hinten griff und sie über seine Schulter nach vorn zog. In der nächsten Sekunde landete sie mit einem Keuchen unter ihm auf dem harten Boden des ungepflasterten Hofs.

»Du bist eine Plage, Frau!«, fuhr er sie an und sie kicherte, als seine Augen im gleichen Moment groß wurden.

Drei Tage war er fort gewesen. Um sich mit einem Alpha-Gespann zu treffen, das sie vor kurzem an der Westküste aufgestöbert hatten. Oder vielmehr die beiden Brüder sie. Zwei von einer Handvoll Alphas, die seit Jahrzehnten unerkannt in den Vereinigten Staaten und Kanada lebten und in den zurückliegenden drei Jahren den Weg in jenes Netzwerk gefunden hatten, für das Scott Lyko damals die technischen Voraussetzungen geschaffen hatte.

Seit sie begonnen hatten, Späher auszuschicken, die gezielt nach anderen ihrer Art suchten. Die Arbeit war mühsam und oftmals frustrierend. Und nicht selten trafen sie auf Wölfe, von denen sie sich wünschten, dass sie sie nie gefunden hätten. Aber mit jedem neuen Mitglied wuchs das, was sie inzwischen *Allianz* nannten. Und sie kommunizierten. Wie Scott es vorausgesagt hatte, war dieses Netzwerk die Sicherungsleine für sie alle geworden. Geschichten wie vor vier Jahren würden heute nicht mehr unbemerkt bleiben. Ihre Welt hatte sich verändert. Es waren Dinge geschehen, die es mehr und mehr erforderlich gemacht hatten, dass die Wölfe zueinander fanden. Und sie taten es.

Es war ein langwieriger Prozess. Aber er hatte eingesetzt. Und wie ein Stein, der anfangs nur schwerlich ins Rollen kommen wollte, beschleunigte sich diese Entwicklung nun. Mit den Stone-Brüdern von der Westküste hatten sie dabei einen weiteren Meilenstein erreicht. Zwanzig Wölfe, die sich ihnen in den vergangenen Tagen Dank Warrens Verhandlungsgeschick angeschlossen hatten. Tatsächlich war Ellis' Partner erstaunlich gut darin, mit anderen Alphas umzugehen, denen meist jegliches diplomatische Geschick abhandenkam. Am Ende waren sie eben doch Wölfe und ihrer Natur verpflichtet.

»Frau, sag, dass das nicht wahr ist!«

Sie kicherte bei Warrens Unglauben. Und ihr Kichern wurde lauter, als er den Kopf senkte und tief ihren Geruch einsog. Mit einer Hand strich sie über seinen Nacken und strahlte ihn über das ganze Gesicht hinweg an, als er den Kopf hob.

Dann nahm sie seine Hand und legte sie auf ihren Bauch.

»Es ist wahr.«

Drei Tage, die sie sich nicht gesehen hatten. Am Morgen seines Aufbruchs hatte er sie damit geweckt, dass er sich auf sie gerollt hatte. Sie war nicht mal ganz wach gewesen, als er in sie eingedrungen war. Aber so war er nun mal. Seine Ungeduld war legendär. Und sie würde den Teufel tun und sich deswegen beschweren.

Das Ergebnis hatte er dann jedoch leider verpasst.

Sie war schwanger. Am Anfang hatte sie es selbst nicht glauben wollen. Aber eine Wölfin spürte, wenn sie ein Kind erwartete. Nein, kein Zweifel. Sie würden Eltern werden.

Der einzige Wermutstropfen dabei war, dass ihre Eltern nicht mehr lebten, um es mitzubekommen. Auch nach all der Zeit schmerzte diese Wunde. Sie hatten nie diesen schrecklichen, sturen, wundervollen Mann kennenlernen dürfen, den sie Partner nannte. Sie würden nie die Gelegenheit haben, ihr Enkelkind im Arm zu halten.

»Hey.«

Ein Daumen strich über ihre Wange, wischte die Träne fort, die unversehens bei dem Gedanken geflossen war, und sie mühte sich um ein Lächeln.

»Sie wären stolz auf dich.«

Ja, das wären sie. Auf sie beide.

»Aber das wären sie nicht, wenn sie wüssten, dass ich hier liege, während jede Sekunde unser Gast auftauchen kann«, wich sie dann jedoch aus und schob ihn von sich.

»Gast?«

Ellis nickte und klopfte sich den Staub vom Hosenboden, als sie auf die Beine kam. Auch für sie waren die drei zurückliegenden Tage spannend gewesen. Nicht nur weil da ein kleines Monster wachsen wollte.

»Fay St. Claire.«

Warren sah sie an, als wäre ihr ein zweiter Kopf gewachsen.

»Vinces und Rachels Adoptivtochter?«

Ellis nickte. »Sie hat mich darum gebeten, sie zu unterrichten.«

Warren stöhnte und verdrehte die Augen gen Himmel.

»Und du hast zugesagt.«

Sie grinste. »Natürlich.«

Sie war einer der ältesten Wölfe in der Allianz. Und eine der Letzten, die von der alten Zeit noch berichten konnte. Neben Gedeon in Deutschland die Einzige, die noch wusste, welche Sitten und Gebräuche ihrem Volk einst eigen gewesen waren. Und eine von zweien, die noch gelernt hatte, wie ihre Ahnen zu kämpfen.

Gedeon und sie hatten viel Zeit darin investiert, all das niederzuschreiben. Und schließlich hatten sie damit begonnen, andere auszubilden. Gedeon jene aus den Rudeln seiner Brüder, und sie jene, die zu ihrem eigenen Rudel gehörten. Sogar die Neuen, die in den zurückliegenden Jahren ein fester Bestandteil des Rudels um Warren und sie geworden waren.

Fays Anruf war für sie dann jedoch überraschend gewesen, hatte sie die junge Frau doch nur ein einziges Mal zuvor gesehen gehabt. Es verband sie nichts, entsprechend hatte sie mit der Bitte auch nicht gerechnet. Noch nie hatte jemand von außerhalb sie darum gebeten, von ihr ausgebildet zu werden.

Aber es hatte sich richtig angefühlt.

Und sie hatte den Eindruck gehabt, dass Fay es ernst meinte. Es war nicht der Laune einer Achtzehnjährigen entsprungen. Sie wollte das wirklich.

Ellis würde den Teufel tun und sie davon abhalten.

Ein Taxi rollte auf den Hof und Ellis grinste, als Warren hinter ihr unterdrückt knurrte.

»Du weißt schon, dass du mir das am Telefon hättest sagen können, Frau?«

»Ja, aber dann wäre es nur halb so lustig gewesen«, rief sie ihm zu, während sie der hochgewachsenen, schmalen Frau entgegenging, die sich gerade ihre Tasche vom Taxifahrer geben ließ.

»Sonst noch was? Hast du meine Werkstatt verpfändet in meiner Abwesenheit?«

Sie kicherte, während sie die verdutzte Fay zur Begrüßung in die Arme zog und der Taxifahrer hinter ihnen vom Hof rollte.

»Das ist normal, das hört gleich wieder auf«, flüsterte sie der erheblich größeren Frau zu, die jedoch nur eine Braue hob und über Ellis' Schulter hinweg auf Warren starrte.

»Ich kann dich hören, Frau«, fauchte dieser auch prompt und Fays Mundwinkel zuckten verdächtig.

»Das ist gut, Warren. Dann hörst du bestimmt auch, dass du noch eine Stunde Zeit hast, bis Nat und Jared eintreffen.« Sie musste sich nicht umdrehen, um zu wissen, dass er gerade mit den Zähnen knirschte. Wie sie ihren Mann kannte, hatte dessen Abendplanung nämlich anders ausgesehen und hätte irgendwas damit zu tun gehabt, dass sie am nächsten Morgen Muskelkater hatte. Als Wolf. Ja, er konnte das durchaus.

Aber Jared und Natalie waren mindestens ebenso neugierig auf den Gast, wie sie darauf anstoßen wollten, dass der erste Nachwuchs in ihrem Rudel erwartet wurde. Und vielleicht wollten sie auch ein wenig neidisch sein, denn bisher war ihnen dieses Glück nicht vergönnt gewesen.

Fast ein ganzes Jahr hindurch hatte Jared Natalie den Hof gemacht. Auf die wirklich, *wirklich* altmodische Weise. Bis selbst Ellis von der Behutsamkeit, mit der Warrens Beta mit der verunsicherten Frau umging, verzaubert war und Warren damit beinahe eine Eifersuchtsattacke abgerungen hätte.

Es war Natalie schwergefallen, sich an ihr neues Leben zu gewöhnen. Und noch viel schwerer, sich daran zu gewöhnen, dass niemand ihr etwas nachtrug. Wochenlang war sie Ellis entweder ausgewichen oder hatte zu Boden gesehen, wenn sie sich zufällig begegneten.

Bis Ellis der Geduldsfaden gerissen war. Sie hatte eine Flasche Wein geschnappt, die Frau gepackt und die

Wohnzimmertür vor der Nase eines verblüfften Warren zugeschlagen.

Eine Flasche Wein später hatten sie alles, was vermeintlich im Raum gestanden hatte, beerdigt.

Danach war es besser geworden. Sie hatten alle dabei zusehen können, wie Natalie sich entspannte. Und wie sie lernte, jenen zu vertrauen, die sie umgaben.

Eine verkorkste Jugend nach dem überraschenden Tod ihres Vaters und eine schiefgelaufene Ehe hatten Spuren bei ihr hinterlassen, die sie anderen gegenüber misstrauisch hatte werden lassen. Jared jedoch hatte sich von all dem nicht beeindrucken lassen und am Ende den Sieg davongetragen.

Vor drei Jahren war Nat dann zu ihm gezogen und seit zwei Jahren war sie nicht nur offiziell Warrens und Ellis' Nachbarin, sondern auch Jareds rechtmäßige Frau. Mit Ring, Priester, weißem Brautkleid und allem, was dazugehörte. Eigentlich nicht erforderlich, in Anbetracht der Bindung, die Wölfe eingingen. Aber Jared hatte Ellis irgendwann verraten, dass es genau das gewesen war, was sie sich immer gewünscht hatte.

Einmal eine richtige Braut zu sein.

Ellis räumte ein, eventuell die eine oder andere Träne bei der Trauung im Augenwinkel gehabt zu haben.

Und Natalie war Ellis' beste Freundin geworden. Etwas, womit wohl niemand von ihnen gerechnet hätte. Auch Ellis nicht.

Aber sie mochte Natalie. Sehr sogar. Sie besaß nämlich zufällig den gleichen Humor wie sie. Und mit niemandem konnte man besser über Warrens Eigenheiten lachen als mit ihr.

»Komm mit, Fay. Ich zeig dir dein Zimmer. Und ignorier den knurrenden Alpha da drüben einfach. Bis zum Essen kriegt der sich wieder ein.«

»Dein Wort in Gottes Gehörgang«, murmelte Fay trocken und Ellis kicherte.

Sie war sich sicher, dass *das* der letzte Ort war, an dem man es gebrauchen konnte.

Aber sie war sich genauso sicher, dass sie mit den Konsequenzen, die sich gerade als süffisantes Grinsen auf Warrens Gesicht abzeichneten, durchaus zurechtkäme.

Hatte irgendwer gesagt, dass Langeweile nicht erstrebenswert sein konnte?

Sie liebte ihre Langeweile.

Für die Geschichtsinteressierten

Soweit es mir möglich war, habe ich mir Mühe gegeben, die Rückblicke in dieser Geschichte so originalgetreu wie möglich wiederzugeben. Man möge mir nachsehen, wenn ich dennoch an der einen oder anderen Stellen gescheitert sein sollte.

Die Zustände, die ich in London in den Sechzigern des 17. Jahrhunderts skizziere, sind korrekt. Warren, geboren im Jahr 1632, verlor seine Mutter und seine beiden Schwestern an die Beulenpest, die im darauffolgenden Jahr in der Stadt wütete. Dies war nicht die größte Pestwelle dieses Jahrhunderts in England. Diese fand in den Jahren 1665/66 statt und hat ca. 15% der Bewohner des damaligen Londons, das in etwa 250.000 Einwohner umfasste, das Leben gekostet. Insbesondere das sogenannte East End war davon betroffen. Sie ist heute als »The Great Plague« bekannt, die sich zum Teil auch über die Grenzen der Stadt hinaus erstreckte.

Die Teilung in Westen und Osten der Stadt, die auch heute noch ein Begriff ist und noch 1984 von den Pet Shop Boys im Song »West End Girls« besungen wurde, hatte in dieser Zeit einen ihrer traurigen Höhepunkte. Die Stadt erweiterte sich nach Westen, wo die Reichen sich ansiedelten, während im Osten, wo das Land von Sumpf begrenzt wurde, das Proletariat unterkam. Im 16. und 17. Jahrhundert begann die Stadt, sich über die einstigen Grenzen Londiniums auszudehnen, weil innerhalb der heutigen »City of London« kein Platz mehr war. Die

Siedlung, die damals schon als Whitechapel bekannt war, wurde in diesem Zuge dem »Greater London« einverleibt. Ebenfalls das angrenzende Shoreditch, der Ort, an dem Warren geboren wurde. Begrenzt durch die Sumpfgebiete im Norden und dem Fluss (der damals einzig mit der London Bridge zu überqueren war) im Süden war das Wachstum dieser Stadt jedoch lediglich nach Ost und West möglich, sodass die Schere zwischen Arm und Reich auf der Karte mittels einer einfachen Linie nachzuzeichnen war.

Im Vergleich mit zweihundert Jahren zuvor hatten sich im Jahr 1660 die Lebenshaltungskosten in der Stadt übrigens verfünffacht, wohingegen die Löhne der einfachen Arbeiter sich halbiert hatten. Auch wenn davon ausgegangen werden muss, dass vielfach Löhne wenigstens teilweise in Naturalien ausgezahlt wurden, die in den Quellen nur bedingt nachgewiesen werden können, kann man sich so vielleicht vorstellen, wie groß die Not im Osten dadurch gewesen sein muss. Und mit welcher Verachtung die Reichen auf die Armen gesehen haben müssen, wenn selbst heute noch bekannte Ökonomen wie Adam Smith (1723 – 1790) behaupteten, dass doch ein jeder wisse, dass man die Armen arm halten müsse, damit sie richtig arbeiteten.

Das heutige St. Pauls hat damals noch nicht existiert. An dessen Stelle stand eine halb verfallene Holzkirche gleichen Namens, die 1666 im Großen Brand von London vollständig zerstört und erst danach als das heute bekannte St. Pauls wiederaufgebaut wurde. In einem ihrer Seitenschiffe war ein Markt untergebracht, die Kasse befand sich am Taufbecken. Ein Schelm, wer Vergleiche zu Geschichten aus der Bibel zieht.

Arbeitsuchende hatten sich dort ebenfalls versammelt, um sich als Tagelöhner zu verdingen. Genau so, wie ich es auch in der Geschichte beschrieben habe.

The Fleet. Das Schuldgefängnis der Stadt. In ihm wurden jene mitsamt ihren Familien untergebracht, die ihre Schulden nicht begleichen konnten. Die Zustände waren unmenschlich, Misshandlungen etc. an der Tagesordnung. Zusätzlich wurde den Insassen ihre Unterbringung in Rechnung gestellt. Schon mal einem nackten Mann in die Tasche gegriffen? Nein? Seltsam. Wer in dieser Schuldenspirale als armer Mensch landete, hatte keine Chance mehr, da wieder rauszukommen. Vor allem auch, weil *The Fleet* das teuerste Schuldgefängnis im Land war. Wer Geld auftreiben konnte, hatte es jedoch vergleichsweise gut. Man konnte den Ort sogar verlassen und innerhalb seiner Bannmeile leben statt innerhalb seiner Mauern. Wer nicht wurde im Erdgeschoss tagsüber eingesperrt, um aus den Fenstern Passanten anzubetteln, um die *Miete* zu bezahlen. Es verwundert vielleicht nicht, dass das Gebäude quasi bei jedem großen Ereignis (Aufstände, Brände etc.) zerstört wurde. Und postwendend wiederaufgebaut. Erst 1846 wurde das Gebäude an der Farrington Road endgültig abgerissen, nachdem das Gefängnis zuvor schon mit anderen zusammengelegt worden war. Auch Charles Dickens hat *The Fleet* übrigens in seinen Geschichten verarbeitet. Nicht nur in »The Pickwicker«, sondern auch in »Little Dorrit«, das wunderschön im Jahr 2008 von der BBC verfilmt wurde.

Newgate. Nachdem der Tower als Gefängnis für das einfache Volk ausgedient hatte, wurde dieses Gefängnis das wohl berühmteste Gefängnis Englands. In Betrieb war es dabei von 1188 bis 1902. Die Zustände sind gleichzusetzen mit jenen in *The Fleet.* Nachdem die Galgen von Tyburn im 18. Jahrhundert abgebaut und vor Newgate wieder aufgebaut wurden, wurden dortige Hinrichtungen zudem ein Massenspektakel. Schaulust ist keine Erfindung des 21. Jahrhunderts.

1664 war das Jahr, in dem die *Royal Marines* gegründet wurden, als Unterstützung der *Royal Navy* bei Landungseinsätzen, Seegefechten wie auch immer. Im Unterschied zur Navy trugen diese Männer Rot, weshalb man auch auf Bildern jener Zeit immer beide Uniformen auf den Schiffen sehen kann. Offiziell war Warren kein solcher Marine, denn diese gab es erst ab Oktober und waren dem Duke of York unterstellt. Ich habe mir dennoch die Freiheit erlaubt, ihn zumindest in meiner Vorstellung als solchen auszustaffieren, denn Nicholls, der damals Nieuw Amsterdam *einnahm,* segelte tatsächlich in Yorks Auftrag in die Neue Welt, weshalb es auch New York und nicht New Nicholls heißt.

Nieuw Amsterdam war eine niederländische Kolonie und das exakt bis zu jenem von mir erwähnten 6. September 1664, der Tag an dem Peter Stuyvesant den Übergabevertrag mit den Briten unterzeichnete. Seitdem heißt es New York, da die friedliche Einnahme im Namen des Dukes of York stattfand. Zwei Tage später wurde das Fort Amsterdam geräumt. Stuyvesant wollte das nicht und hätte vermutlich auch nicht kampflos aufgegeben, wenn die Bevölkerung sich nicht geweigert hätte. Die Übernahme erfolgte tatsächlich kampflos, da die Bewohner der Stadt mit dem Generaldirektor der West-Indische-Compagnie (WIC) über Nieuw Nederland zutiefst unzufrieden waren. In ihren Augen tat der Mann alles ausschließlich für die Compagnie und interessierte sich nicht für die Bedürfnisse der Kolonie, die er wohl führte wie ein Monarch. Inwieweit das stimmte, sei dahingestellt. Er hatte durchaus seine Erfolge. So ließ er das erste Krankenhaus der Stadt bauen und bemühte sich um die Errichtung von Schulen sowie der Verbesserung der sozialen und hygienischen Zustände in der Stadt.

Auch das *Fort Amsterdam* hat existiert, wie auch die von mir erwähnte Windmühle, die auf zeitgenössischen Malereien zu sehen ist, ebenso die Geschütze des Forts. Geschütze, die man *The Battery* nannte und an deren Stelle heute der *Battery Park* zu finden ist.

Auch die Stadtmauer, die ich immer wieder erwähne, hat existiert und wurde tatsächlich nur *The Wall* genannt. Sie wurde in den Fünfzigern des 17. Jahrhunderts, als Nieuw Amsterdam Stadtrechte erhielt, zunächst aus Holz zum Schutz gegen die Ureinwohner (Lenape-Stämme) und Briten errichtet und nach und nach durch eine Steinmauer ersetzt. Sollten Sie mal in New York sein, können Sie einen guten Teil des Mauerverlaufs noch nachvollziehen. Sofern Sie die *Wall Street* entlanggehen. Die Mauer wurde mit der Wende zum 18. Jahrhundert demontiert, die Straße blieb und es ist richtig, dass dort die ersten Spekulationsgeschäfte New Yorks stattfanden, aus denen sich alles weitere ergab, sodass diese Straße heute wohl die berühmteste Straße New Yorks ist. Wenn Sie den Stadtplan des damaligen Nieuw Amsterdams nehmen und über das heutige Manhattan legen, können Sie übrigens noch immer teilweise identische Straßenzüge erkennen, auch wenn die Südspitze sich durch bauliche Maßnahmen (Aufschüttungen) stark verändert hat und heute größer ist als damals. Ich würde fast drauf wetten wollen, dass die heutige *Water Street* damals direkt am Wasser gelegen hat.

Natürlich gäbe es noch viel mehr zu erzählen. Aber wir wollen es hier jetzt mal nicht übertreiben. Denn eigentlich erwarten Sie ja hier den Klappentext für den nächsten Band.

Sie wollen Fay?

Sie kriegen Fay.

Wolfsgezeiten 5

Man nennt sie *die Schildmaid.*
Weil sie gelernt hat, mit dem Schwert ebenso gut zu kämpfen wie mit den Händen.
Man nennt sie *gnadenlos.*
Weil keines ihrer Ziele überlebt.
Man nennt sie *kalt.*
Weil es nichts gibt, was sie zu berühren scheint.

Fay war kaum mehr als ein Kind, als sie von einem Werwolf gebissen wurde und ihre Mutter starb. In Patrick Tremaines Rudel fand sie anschließend ein neues Zuhause. Und in Kenneth einen Freund.

Neun Jahre später ist von der ungewöhnlichen Freundschaft zwischen dem Killer und dem verschüchterten Mädchen nichts mehr übrig. Aus Fay ist eine Kriegerin der wachsenden Allianz der Wölfe geworden, die rücksichtslos jene jagt, die für ihr Volk eine Gefahr darstellen.
Als sie eine Spur zu dem Phantom findet, das sie alle nur unter dem Namen *Meron* kennen, muss sie auf die harte Tour lernen, dass sie allein nicht weiterkommt. Sie braucht Hilfe. Und es ist ausgerechnet jener Mann, der sie einst eiskalt hatte fallen lassen, den man ihr zur Seite stellt.

Sommer 2020

You want more?

https://sarahbaines.com

Inklusive Newsletter.
Kein Spam. Nur Neuveröffentlichungen.

Social Media:

https://www.facebook.com/SarahBainesAut/
https://www.instagram.com/sarah.baines.aut/